U0061985

《當代文藝》研究：

以香港、馬新、南越的文學創作為中心的考察

危令敦 著

天地圖書

我喜愛這裏陽光如此溫暖，
我酣醉於這島上海風如此和暢，
但當那一天這裏也開始了寒冷的季節，
當那一天我又恢復了強健的翅膀
我會再追逐於那花香日暖的理想，
飛向更南的地方。

力匡：〈燕語〉(1952)

目　錄

第一章：引言

第一節：香港的文學期刊

現代文學依靠報章與雜誌的孕育，而雜誌之中以文學期刊所發揮的作用尤其重要。①欲深入探討二十世紀香港及周邊地區現代華文文學的風貌，文學期刊無疑是一個最基本的切入點。重讀文學期刊讓研究者回到現代文學生產過程中一個關鍵的歷史現場，端詳個別作品初刊的面目，追蹤寫作人或文學團體走過的道路，審視編輯、作者以及相關人脈與文風的關係，進而綜觀特定歷史時期裏文學創作與文學場域的概況，為辨識作家群落、釐清文學思潮與書寫文學史鋪路。此外，從文學期刊裏鉤沉史料，亦可以為文學研究拾遺補缺，或勘正訛誤。②

鄭樹森(1948-)曾說，在香港，「有心人對嚴肅文學的支持，可說是前仆後繼」(鄭樹森 1991：342)；這個評語若用於本地的文學期刊，亦同樣適切。香港的文學期刊，最早可追溯至一九〇七年出版的《小說世界》以及《新小說叢》(黃康顯 1996：9，19)；至於現代文學期刊，則以二八年八月面世的《伴侶》為嚆矢。被譽為「文壇第一燕」的《伴侶》(秦賢次 1985：53)，培養了香港第一批現代文學作家，例如侶倫

(李林風，又名李霖，1911-1988)、張吻冰(張文炳，1910-1959)、謝晨光（謝維楚)、岑卓雲（1912-)、陳靈谷（陳振樞，又名陳仙泉，1909-1990)等人(黃康顯 1996：25-26)。

若從政治的角度來考量，二十世紀的香港大抵可以四九年為界，分成前後兩個時期來理解香港文化的一些基本特點。四九年十月一日，中華人民共和國成立；在此之前，香港政府為了限制南下的難民數量，以減少此地承受的人口壓力，已開始封鎖邊境，並在境內登記居民資料，為之簽發身分證。五一年初，大陸也封鎖關卡，此後兩地民眾受到管制，不可隨意出入兩地。③二十世紀的前半期，香港雖是英國屬地與租借地，此地華人在文化與心理兩方面仍然與大陸保持緊密的聯繫；但在中國共產黨立國後，由於兩地在意識形態、社會體制、經濟發展、文化氛圍各方面均存在著極大差異，再加上戰後美蘇兩大軍事與意識形態陣營對壘的衝擊，香港不免與大陸日漸疏離，並演化成具有獨異文化的國際大都會，與全球各地以及周邊地區，特別是東南亞華人社區，展開了新的互動與聯繫。黃康顯(1938-2016）與秦賢次(1943-)均以四九年為「香港文壇的分水嶺」(秦賢次 1985；黃康顯1996：70)，不無道理；他們考慮的主要因素，顯然與陸港分隔之後，香港本土主體意識與文學氣象逐漸成形有關。

根據黃康顯的說法，四九年之前，香港現代文學期刊的發展可以歸納為三個時期。二八年至三七年是第一個時期，在這十年間，「旋仆旋起」的本地期刊計有《伴侶》、《字紙簏》、《鐵馬》、《島上》、《白貓現代文集》、《人造一月》、《激流》、《人間漫刊》、《新命》、《繽紛集》、《晨光》、《咖啡座》、《春雷半月刊》、《小齒輪》、《紅豆》、《今日詩歌》、《時代風景》、《文藝漫話》以及《南風》等(黃康顯 1996:8-42,43-60;楊國雄 2014)。這些期刊的壽命長短不一,不過都是香港現代文學萌芽的見證。在黃氏眼中,這是香港文學期刊「寂寞的十年」,也是「光輝的十年」(黃康顯 1996:25-34;43-60)。

從三七年七月七日的盧溝橋事變至四一年十二月二十五日香港淪陷為止,是第二個時期。在這四年間,由於第二次中日戰爭(1937-1945)不斷擴大,導致大陸文化重心南移,大批作家陸續南下香港。隨著文化人南來,各種由大陸作家與文人主導的綜合雜誌與文學期刊遂在香港出現,包括《大風》、《藝風》、《藝文》、《抗戰文藝》(港版)、《文藝陣地》、《宇宙風》、《文藝青年》、《星島周報》、《頂點》、《文化列車》、《中國作家》(*Chinese Writers*,英文期刊)、《耕耘》、《野草》(港版)、《中國詩壇》、《時代文學》、《青年知識》、《戲劇與電影》、《筆談》以及《新兒童》等(黃康顯 1996:34-40;秦賢次 1985:54-57;梁科慶 2010)。換句話說,這個時期的重要文藝期刊的編輯與作者都是南來作家(黃康顯 1996:11),香港頓成「中國最重要的文化據點之一」;這段期間出版的文藝雜誌水準很高,「只是創作內容幾乎找不出具有香港本土色彩,或以香港為背景者」(秦賢次 1985:54)。④

此後日本占據香港三年零八個月，各種主要刊物停刊。二戰結束後，從四五年至四九年中，是四九年之前香港文學期刊發展的第三個時期。此時國共再次開戰，不少左翼文人為了躲避國民黨政權的迫害而轉移陣地，到香港創辦文藝雜誌，宣揚其政治與文藝主張。這個時期的新文學期刊計有《青年知識》、《民潮》、《文藝叢刊》(不定期刊)、《野草》(復刊)、《文藝通訊》、《文藝生活》、《新詩歌》、《野草文叢》、《中國詩壇》(復刊)、《大眾文藝叢刊》、《海燕文藝叢刊》、《小說》以及《新文化叢刊》等。這四年裏，以《文藝生活》「刊期較多」、「名氣較響」，《小說》則是「刊物中水準較高的一種」(黃康顯 1996:61-69;秦賢次 1985:57-58)。根據黃康顯的統計，「這個時期的《小說月刊》及《文藝生活》，都搜羅了全中國的名作家，包括茅盾、沙汀、巴人、郭沫若、蕭軍、艾蕪、胡風、李廣田、張天翼、丁玲、葉聖陶、卞之琳、蕭紅、端木蕻良、何其芳等等，比之四一年香港的《時代文學》與《筆談》的時代，有過之而無不及」(黃康顯 1996:67)。

依黃康顯的觀點，若在第二個時期，本地作家已「退居後臺」，在第三個時期，他們更淪為文壇的「極少數分子」(黃康顯 1996:61,65)。這也是為什麼黃繼持(1938-2002)認為，三、四〇年代的香港文學可以納入中國文學討論的基本原因：

> 香港納入整個中國文學的大流並非始自四十年代，其實早在三十年代已開始了，不過四十年代是納入了左翼文學發展，而成為其中一個重要環節。就其對香港本地文學影響而言，南來作家在三十年代已逐漸把香港本地作家「邊緣化」，可是本地作家仍有某些生存空間，至四十年代（一九四〇至一九四一年，一九四五至一九四九年）本地新文學作家的空間則大為縮減（鄭樹森、黃繼持、盧瑋鑾 1999b：17）。

> 這段時期〔案：四五至四九年〕香港文壇雖然活躍，但對香港本地文學建設來說，關係其實不大。因此，這段時期可說是「在香港」的文學，而非香港文學本身主體性的建設；對中國整體的文學史，卻有很特殊的貢獻。〔……〕這基本上是中國現代文學史的一部分，多於作為香港本土文學史重要的一章（鄭樹森、黃繼持、盧瑋鑾 1999a：8-9）。

四九年後的情況正好相反。此時國民黨政權敗象已現，左翼文人陸續北返，而不認同中共政權或右傾的文人則選擇去國，與難民一道南逃，絡繹進入香港。這一次作家南下的性質已然改變，他們不僅是政治難民，還是影響深遠的「文化難民」（黃康顯 1996：72）。此時南下的成名作家有徐訏（徐傳琮，1908-1980）、李輝英（李冬禮，1911-1991）等人，年輕作者則包括日後在港漸露鋒芒的徐速（徐斌，1924-1981）、力匡（鄭力匡/鄭健柏，1927-1991）、黃崖（1931-1992）、齊桓（孫述憲，1930-2018）等人（黃康顯 1996：12）。二十世紀下半葉的香港文壇，經歷了從五、六〇年代的難民文學到七、八〇年代的本土文學的演變，南遷作家與本土新生作家共同參與了香港華文文學的建設。

五、六〇年代香港刊行的文學期刊與綜合性雜誌為數不少，主要有：《天底下》、《文海》、《文壇》、《新青年》、《幸福》(復刊)、《星島周報》、《西點》(復刊)、《幽默》、《人人文學》、《中國學生周報》、《文藝新地》、《大學生活》、《文藝新潮》、《熱風》、《文學世界》、《海瀾》、《詩朵》、《力耘》、《論語》、《青年樂園》、《學友》、《文藝世紀》、《南洋文藝》、《新思潮》、《中學生》、《華僑文藝》(後改為《文藝》)、《文藝季》、《文藝》、《文藝沙龍》、《好望角》、《黃河文藝》、《時代青年》、《文藝線》、《伴侶》、《知識生活》、《文藝伴侶》、《環球文藝》、《小說文藝》、《水星》、《藍馬季》、《當代文藝》、《明報月刊》、《海光文藝》、《盤古》、《純文學》、《香港青年周報》、《筆端》等。其中以《人人文學》、《中國學生周報》、《文藝新潮》、《文藝世紀》、《當代文藝》的口碑最佳。

七〇至九〇年代的文學期刊與綜合性雜誌的出版亦相當蓬勃，計有：《秋螢》、《七〇年代》(雙周刊)、《文藝世界》、《文學報》、《詩風》、《海洋文藝》、《四季》、《文林》、《抖擻》、《象牙塔外》、《大拇指》、《文學與美術》、《七藝》、《文學》、《羅盤》、《號外》、《文美》、《小説散文》、《新穗詩刊》、《青年文學》、《開卷月刊》、《詩與評論》、《八方》、《香港文學》(雙月刊)、《素葉文學》、《當代文藝》(兩次復刊)、《破土》、《文藝》、《讀者良友》、《香港文藝》、《香港文學》(月刊)、《世界中國詩刊》、《博益月刊》、《文學家》、《文學世界》、《作聯會訊》/《香港作家》/《香港作家報》、《九分壹》、《當代詩壇》、《香港文學報》、《作家》、《詩雙月刊》、《世界華文詩報》、《香港筆薈》、《滄浪》、《詩世界》、《文藝報》、《學生與文學》、《讀書人》、《呼吸詩刊》、《我們詩刊》、《寫作雙月刊》、《作家雙月刊》、《開卷有益》、《文學村》、《香港書評》、《純文學》等 (黃康顯 1996:70-93;黃靜 2002:102-106;慕容羽軍 2005)。這些期刊之中,以《秋螢》、《詩風》、《海洋文藝》、《大拇指》、《號外》、《八方》、《素葉文學》、《香港文學》(月刊)、《詩雙月刊》、《讀書人》最廣為人知。

第二節:長壽的文學期刊

二十世紀下半葉,香港有好幾份長壽的文學雜誌以及注重文學創作的綜合性文化期刊面世;其中經營逾十載、出版總期數在一百期以上者為:《文壇》(月刊,1941.7

〔1950.3香港復刊〕- 1974.12，共346期）、《中國學生周報》（週刊/雙週刊，1952.7.25 - 1974.7.20，共1128期）、《青年樂園》（週刊，1956.4.14 - 1967.11.24，共607期）、《文藝世紀》（月刊，1957.6 - 1969.12，共151期）、《當代文藝》（月刊，1965.12 - 1979.4，共161期；1982.9 - 1984.8，共21期；雙月刊，1999.2 - 2000.12，共12期）、《詩風》（月刊/雙月刊，1972.6 - 1984.6，共116期）、《大拇指》（週刊/半月刊/月刊，1975.10.24 - 1987.2.15，共224期）、《香港文學》（月刊，1985.1-；至1999年共出版180期，至今已出版超過400期）。若依出版總期數排序，《中國學生周報》無疑名列榜首（1128期），其次為《青年樂園》（607期），接下來是《香港文學》（400期）、《文壇》（346期）、《大拇指》（224期）、《當代文藝》（194期）、《文藝世紀》（151期）、《詩風》（116期）。[5]

這幾份期刊之中，以《中國學生周報》與《香港文學》比較吸引研究者的目光，因為它們曾產生廣泛的影響。於鄭樹森而言，以在學青年為對象的《中國學生周報》的最大貢獻是在本地文學起步的五、六〇年代，為香港孕育了一群本地作家：「《中國學生周報》曾經培養不少本地小說家、散文家及詩人，電影版和譯林曾經介紹了大量外國前衛作品，在七三年停刊前在香港文壇舉足輕重，影響至為深遠」（鄭樹森 1995：55）。秦賢次亦認為，《中國學生周報》是「香港新生代作家的搖籃」，「它提拔了許多目前已是名作家的新人，如亦舒、西西、鍾玲玲、綠騎士、陸離、羅卡、崑南、蓬草、吳煦斌、李國威……等」（秦賢次 1985：61）。⑥《中國學生周報》也很受馬來西亞與新加坡青年讀者歡迎，《學生周報》和《蕉風》雜誌遂在五五年在新加坡創辦（莊華興 2016：210）。

《香港文學》則見證了八〇年代香港文學身分的確立。根據鄭振偉（1963-）的研究，《香港文學》的特色有二：一、致力提高本地文學水準，並積極為本地文學搜集、整理各種資訊與史料，現已成「香港文學的資料庫」；二、從全球視野出發，發揮香港在地理與文化上的橋樑作用，廣泛聯繫各地華文作者，提供發表園地，推動華文文學的發展。鄭氏認為，《香港文學》有意將本來各自發展的地區文學，匯聚成華文文學的「大流」，創造一個「不可分割和一體的」文學「大同」世界。主編劉以鬯（劉同繹，1918-2018）在〈發刊詞〉裏對這個文學的「大同」世界有以下說明：「香港文學與各地華文文學屬於同一根源，都是中國文學組成部分，存在著不能擺脱也不會中斷的血緣關係。」⑦換句話説，劉氏認為，不管「香港文學」還是「各地華文文學」，「都是」從國家疆域與國家中心來理解的文學現象（「中國文學」），而不是從族群離散與語文流變的角度來詮釋的、「消解中心」的多元聯結現象（劉以鬯 1985；鄭振偉 2000a：14-15，17，20）。

至於與《中國學生周報》互為瑜亮（羅隼語）的《青年

樂園》，則幾乎無人提及，「像是一份被遺忘的刊物」（阿濃語），「在學人的視野中消失得無影無蹤」（潘耀明語）（羅隼 1995；阿濃 1995；潘耀明 2017）。究其原因，恐怕與這本刊物的紅色背景以及後來遭到港府勒令停刊有關。[⑧]從創辦人的角度來看，由於這本刊物肩負著「文化統戰」的秘密任務，其創刊目的是為了與《中國學生周報》爭奪本地的年輕讀者，故此行事「一向」「低調」，蓄意掩飾其意識形態立場與經濟資本來源，令人有「神秘兮兮」，難以探究之感（羅隼 1995）。《青年樂園》停刊二十八年後，羅隼（羅琅，1931-）在九五年為文介紹《青年樂園》時，仍然「不方便透露」雜誌創辦人吳康民（1926-）的真名。[⑨]直至二〇一七年，也就是香港經歷「六七暴動」半個世紀之後，由陳偉中（1983-）主編的《誌青春——甲子回望〈青年樂園〉》出版，[⑩]加上《明月》特刊籌劃「回望《青年樂園》」（六月號）以及「『六七』刊物與文化思潮」（七月號）兩個專題，這份曾經流行於五、六〇年代的綜合期刊才開始以比較清晰的面目進入公共論述場域，並引起一些迴響。[⑪]根據陳偉中的研究，《青年樂園》是「五六十年代舉足輕重的青少年刊物」，「在六十年代高峰期的銷量為二至三萬份」，[⑫]而且為本地文壇培養了生力軍，包括「水之音、阿濃、舒鷹、沙洲冷、海辛、小思、西西、柯振中、雪山櫻、陳浩泉、黃炤桃、雨霖鈴、區惠本、溫乃堅等等」，值得文學研究者關注（陳偉中 2017：2，12，15）。

對於同樣具有紅色背景，[13]曾對五、六〇年代香港文壇以及東南亞讀者產生影響的《文藝世紀》，曹聚仁（1900-1972）、葉靈鳳（葉蘊璞，1905-1975）、侶倫（李林風，1911-1988）、許定銘（1947-）均持肯定態度，但秦賢次並無評語。在許定銘眼中，「《文藝世紀》是本港非常重要的文學雜誌」，「在香港的文學史上，是占有重要地位的」，研究者「絕對不能忽視」。他認為，這份雜誌創刊的最初幾年尤其出色，「內容紮實，擲地有聲」，「學術水平甚高」。不過，由於只有大陸及本港「左派」作家投稿，未免限制了刊物的風格與創意，致使整體水準「略遜於當年的《熱風》、《文藝新潮》和《人人文學》」。根據許氏意見，《文藝世紀》唯一比上述三份雜誌優勝之處在於培養人才的措施。它不僅設有「青年文藝專頁」，為年輕作者提供充足的發表園地，還安排資深作家在「文藝信箱」專欄裏回答青年的疑問，指導他們的創作，此為《文藝世紀》成功之處。《文藝世紀》培養的本地作者包括「羅漫（羅琅）、范劍（海辛）、李怡、張君默、雪山櫻（林蔭）、陳浩泉、韓牧」等人。此外，由於《文藝世紀》行銷東南亞，既吸引，也培養了那裏的年輕一代寫作人（許定銘 2006）。

《詩風》的性質與前述幾份期刊不一樣，它是同人雜誌，發行量很小，[14]可是卻獲得行家極高的評價。劉以鬯將之譽為「疾風中的勁草」（劉以鬯 1981：44）；秦賢次也稱之為「風評最好，壽命最長的」香港新詩刊物（秦賢次 1985：

68）。對於「《詩風》詩人的毅力及決心，對詩的愛好及熱忱」，羅青（羅青哲，1948-）表示欽佩。他指出《詩風》有三方面的成就：一、對詩藝與藝術本質的追求與堅持；二、對五四以降至七、八〇年代的臺、港、大陸的新詩評鑑以及對作品背景資料之介紹，成績斐然，對於推動香港的詩運有極大功勞；三、《詩風》社員及其友人多有良好的多種外語能力，在譯介外國詩歌與組織專輯時，眼界非常廣闊，為東西方文藝肩負起「交流中介」的重要任務（羅青 1992：71，72-74）。羅青對《詩風》所作的總體評價，説是喝彩其實也不為過：

> 從《詩風》出版的專輯，我們可以看出他們心胸開闊，眼光遠大，充分利用了香港的地理、政治、經濟、文化條件，為七十年代及八十年代初期的中國詩壇，做出了重大貢獻，並反映出香港的文化特色。他們不貴古賤今，也不崇現代抑古典；他們對中國新詩的過去與現在，同等重視，仔細研究；對西方詩人的介紹更是不遺餘力；對香港本地的詩人，他們也一本愛護之心，多次加以介紹推薦；對大陸及臺灣詩人的研究及討論，更是開風氣之先，遠遠走在海峽兩岸政治開放之前，充分表現了詩人的氣度及遠見，也深刻顯示出他們對藝術文學本身無比的敬重之心，尤其是厚達五百頁的《世界現代詩粹》，更是雄心萬丈的把文化中國（或詩歌中國）與

全世界各國的詩人詩作聯合起來，組成一個詩的聯合國（羅青 1992：72）。

《大拇指》也是同人綜合性雜誌，其文藝分量雖然不輕，可是卻為圈外讀者所忽略。迅清（姚啟榮，1961-）曾經抱怨，「好些大專搞文學的人，他們都不看《大拇指》，也許從來沒聽過《大拇指》，總有意無意漏去這麼的一個名字」（迅清 1985：95）。他的觀察不無道理，例如秦賢次就認為，在當年刊行的文藝雜誌之中，《大拇指》「不是最重要的一種」（秦賢次 1985：70）。其實，《大拇指》的讀者不在少數，「最高印數達六千份，停刊前實際銷路仍逾千」（許迪鏘 1998：85），這個銷量比每期只能銷三、四百本的《詩風》高得多（劉以鬯 1981：44）。此外，《大拇指》致力於推動新人創作，除了在臺灣出版《大拇指小說選》(1978），[15]以展示西西（張彥，1938-）、蓬草（馮淑燕，1946-）、梁秉鈞（1949-2013）、吳煦斌（吳玉英，1949-）、葉輝（葉德輝，1952-）等人的作品外，還發表了「鍾曉陽引起文壇注目的作品」。七九年，也斯（梁秉鈞，1949-2013）與鄭臻（鄭樹森）編輯的《香港青年作家散文選》以及《香港青年作家小說選》在臺灣出版，不少《大拇指》作者與作品均入選，故此亦被視為《大拇指》作品選集。[16]後來，部分《大拇指》的創刊成員如西西、張灼祥（1949-）、鍾玲玲（1948-）、何福仁等人集資成立素葉出版社，在七九至八五年間出版了素葉文學叢書二十二種，囊括了不少香港重要作家與學者的作品（許迪鏘 1995）。[17]

《文壇》刊行歷史最為悠久，但並未引起足夠的關注（羅隼 1994；許定銘 2008a）。研究者即便有所論及，評價似乎也偏低，秦賢次便坦言，《文壇》並「非高水準刊物」（秦賢次 1985：59）。鄭振偉的說法比較委婉，他表示《文壇》的文壇地位或文學史價值難以論斷，但可以為之作出「補白」。他認為《文壇》值得留意之處有三：一、保存了大量作品與作家資料，研究者可以從中淘金，並發掘文學史資料；二、凝聚了一群香港、臺灣、澳門的文化人，讓他們寫作抒懷，當時作家的精神面貌與文化氛圍得以保存下來；三、《文壇》的定位並非香港雜誌，而是一本以香港為營運基地的東南亞華人雜誌。主編盧森（盧法威，1911-1982）自從南遷以後，便自認「僑民」，《文壇》遂成其「華僑雜誌」——「出版十三年東南亞唯一純文藝雜誌」。根據鄭振偉的觀察，《文壇》在東南亞和北美的讀者數量確實較香港為多，若要探究香港文學期刊對海外華文文學的影響，這應該是一個合適的個案（鄭振偉 2000b：856，858；鄭振偉 2008）。

至於同樣偏重東南亞華人文化市場的《當代文藝》（下稱《當文》），論者的評價稍比《文壇》來得正面。鄭樹森將《當文》定位為「獨資經營而又能在商業市場立足的普及性文藝刊物」（鄭樹森 1995：55）。黃康顯亦從商業市場與普及文化的角度評論《當文》，他讚賞主編徐速的魄力，亦佩服他將《當文》推銷到東南亞的本事，但對這本刊物的評價不高。他認為，在大部分文學期刊——例如《文藝新潮》、《新思潮》與《好望角》——都在追求「高格調」的六〇年代，《當文》卻反其道而行，走「普及文學的路線，內容比較大眾化」，似乎不合時宜。他對徐速和《當文》重「市場」的取向提出了含蓄的批評：

> 《當代文藝》有文藝的外貌，因為內容方面包括了文學領域應有的評論、散文、詩、及小說，不過評論似乎較為輕性與軟性，主力集中於大多數讀者喜愛的小說上面。徐速以小說成名，因此他發表於《當代文藝》的小說，很易具有市場的價值（黃康顯 1996：82-83）。

秦賢次則另有看法，他認為《當文》自有其重要性，還特別提及《當文》的雄厚稿源，並以此肯定它在當年的文學場域裏所發揮的作用：

> 在香港的文學刊物中，能維持在十年以上的，當真是「屈指可數」。徐速創辦的《當代文藝》月刊，是其中之一，也是當中最重要的一種。〔⋯⋯〕《當代文藝》刊期很長，作者更多，大概五六十年代的成名作家未有不曾替它寫過稿的（秦賢次 1985：66）。

馬來西亞作家馬漢（孫速蕃，1939-）對《當文》的看法，可以為黃康顯與秦賢次的説法作出補充。在馬漢眼中，《當文》是「香港以至東南亞文化沙漠中的一枝奇葩」。原因在於《當文》不僅刊登文學作品，還兼顧文學評論；更難得的是，《當文》既不曲高和寡，亦不嘩眾取寵，而是致力維持雅俗之間的平衡，「一直保持著文藝純潔的面貌，而且做到雅俗共賞的地步。不論文藝愛好者或一般讀者，都可以人手一冊，愛不釋卷」（馬漢 1993：325）。馬來西亞作家雅波（王昌波，1947-2013）更在《當文》九週年紀念專輯裏指出，「《當文》對馬華文壇是舉足輕重的，它不但提供大量寫作版位給予本地寫作者耕耘，而且還間接培養馬華文藝接班人。許多本地『青年作家』都曾在《當文》寫過文章，對於它的『關懷』與『照顧』，我想寫作者是不會忘記的」（109：124-125）⑱。

以上論者談到的《當文》，所指實為其歷史的第一階段，也是這份雜誌最重要的時期。《當文》原刊由徐速於六五年十二月創辦，並擔任主編，由高原出版社出版；⑲後來由於經營困難，加上徐速健康欠佳，在經歷了十三年並出版過一六一期後，於七九年四月停刊，此為第一階段。八二年九月，天聲圖書公司在徵得徐速遺孀、《當文》督印人張慧貞同意之後，為《當文》復刊，聘黃南翔（1943-）出任總編輯，由當代文藝出版社出版。⑳八三年，天聲圖書公司東主因投資失利，無法繼續經營，黃南翔於是接辦《當文》，出版了九期之後，於八四年八月因財力不支而停刊，共出版二十一期（第162-182期），此為第二階段的第一次復刊（黃南翔 1999：40）。九九年二月，《當文》獲香港藝術發展局資助，以雙月刊形式復刊，由黃南翔主編，當代文藝出版社出版；營運一年後，於二千年十二月停刊，共出版十二期（第183-194期），此為第二階段第二次復刊。

第三節：香港與東南亞

戰後的亞洲無論政治還是文化方面的形勢都產生了巨變，不僅凸顯了香港於地緣政治上的重要性，還強化了香港與東南亞的地域聯繫。[21]當年直接影響香港與其周邊地區關係的兩大歷史事件，無疑是四九年中共建國以及美蘇兩大壁壘之間的冷戰與熱戰。

四九年是個關鍵的年分。這一年，中國大陸上的國共內戰以共產黨的軍事勝利，國民黨政權敗走臺灣而結束。這場戰事的結局，便是政權與意識形態的更替，以及一次規模宏大的人口流徙，鄰近的臺灣與香港直接承受了這次的衝擊。楊儒賓（1956-）從宏觀史學的角度出發，認為四九年代表了中華民族「史無前例的大變遷」，是次「大流亡潮」，無論從遷徙規模還是從文化意義來考察，都比永嘉南渡與靖康南遷來得巨大，是「全體華人必參的公案」。對於這一段變動激烈、災難深重的歷史，楊氏反對作單向與扁平的政治詮釋，他提議從苦難與創生的辯證觀點切入，將歷史災難視為未來發展所需的養分，從新審視大量華人渡海與南下對臺灣、香港所帶來的正面文化意義（楊儒賓 2015）。

楊氏對這次華人離散的歷史判斷是樂觀與積極的，他將焦點放在遷居臺港兩地知識分子所象徵的文化價值選擇之上：

> 一九四九年，一個複雜、沉淪、流離歲月的代稱。此年一群不願接受中共意識形態統治的知識分子拋棄了他們的原鄉，流落到他們非常陌生的邊陲島嶼——臺灣或香港。〔……〕就知識分子而言，比較值得注意的有兩種人物，一是自由主義分子，胡適、傅斯年、殷海光、梁實秋等人皆屬此道中人；一是文化傳統主義知識分子，錢穆、唐君毅、牟宗三、徐復觀等人可為此系列人物之代表。〔……〕民主自由與文化傳統這兩股理念驅使不同的知識分子流離海外，因為他們認為在共產中國境內，這兩股理念是無法生存的。六十年來，這兩股理念卻在海外這兩塊島嶼生了根，牢牢的成為該地區文化中最核心的價值。大體來說，香港有了自由，臺灣有了民主，在傳統文化方面則各有所得（楊儒賓 2015：58-59）。

對於香港，他有以下的觀察：

> 〔四九年〕對香港一樣有扭轉乾坤般的影響，使此一蕞

> 爾小島對世界發射出與其土地面積不成比例的巨大放射能量。此後，香港除了代表商業、金融、娛樂的刻板印象外，它還有更深層的面向可談。唐君毅先生曾稱呼一九四九的大逃難為「花果飄零」，「花果飄零」確實是二十世紀大中華地區最重要的文化現象，〔……〕然而，此次大災難很弔詭的產生了太平歲月所無法產生的豐碩果實。唐君毅先生曾以「靈根自植」自勉勉人，一甲子歲月的精煉證實了「靈根自植」不只是未來式的盼望語，而是活生生的事實（楊儒賓 2015：60-61）。

他的結語是：「共產黨人說一九四九以後有了新中國，我們也有理由說：一九四九以後有了新臺灣與新香港，而且新臺灣與新香港是新中國逼出來的」（楊儒賓 2015：61）。

杜贊奇（Prasenjit Duara, 1950-）從更宏大的視角來考察香港在戰後的歷史處境。在他看來，研究香港的學者多從中國以及殖民主義的雙重脈絡裏觀察香港，少從全球以及區域互動的角度來探討香港議題。他認為，香港自開埠以來一直是重要的「接觸地帶」（contact zone），不僅扮演了「區域重鎮」（regional metropolis）的角色，還是中西文化遭遇與激盪的中心。若從二十世紀的全球角度切入，從戰後到政權移交前的香港，與其說是地理上的「邊陲」（frontier）地帶，不如說是全球一個重要非常的「閾限空間」（liminal space）。所謂「閾限空間」，意指一種「開放、浮動、缺乏相對穩定特質的區域」；在這個區域裏，政治、經濟與文化層面都存在著「協商、便利與創意」的多面轉圜的可能。具體而言，在二戰之後的冷戰年代，香港位處社會主義陣營與資本主義陣營、帝國主義與民族主義的夾縫之間，由於其相對「中立」的性質，遂成各種政治、經濟與文化勢力互相較量與進行實驗的「前哨城市」（frontline city）（Duara 2016: 211-212）。

故此，杜贊奇指出，在文化方面，香港在二十世紀下半期已成創新「中華屬性」（Chinese-ness）的前沿。他認為，香港為港臺與東南亞華人社區塑造了一種在黨國意識形態之外的「中華屬性」。這種「非共產黨的中華屬性」（non-Communist Chinese-ness）的建構，至少可以從三個不同的文化生產層面加以觀察：一、流亡知識分子，包括新儒家以及南遷文人，所緬懷的文化原鄉，這種論述成為後來杜維明（1940-）的「文化中國」（cultural China）觀念的先聲（Tu Wei-ming 1991）；二、香港的大眾流行文化與華語電影工業——例如影響無遠弗屆的金庸（查良鏞，1924-2018）武俠小說以及邵氏兄弟的華語電影——所創造的江湖與中華想像；三、香港的粵語電影，譬如黃飛鴻系列電影，亦為離散粵人創造了有別於外省人與殖民地政權的另類本土身分想像（Duara 2016: 213-215）。[22]

杜氏討論香港時，特別關注香港與東南亞華人社區的關係。根據他的研究，二戰後的大英帝國元氣大傷，國勢不振，美國乃取而代之成為全球的新帝國，並領導包括英國在內的西歐諸國，與以蘇聯為首的共產主義陣營周旋。話雖如此，在五〇年韓戰爆發前，英國早在四八年夏天，率先在英屬馬來亞與馬來亞共產黨的武裝勢力開戰，並宣布馬來亞進入「緊急狀態」（State of Emergency, 1948-1960），成為亞洲進入冷戰年代之後的首個軍事戰區。從英國政府的全球觀點來看，要防止共產主義在亞洲蔓延，關鍵在於東南亞，尤其是中南半島，而非臺灣、香港或韓國。馬來亞是英國在亞洲的重要經濟利益所在，不容有失，故此在軍事上必須採取強硬手段，鎮壓以華人為主體的馬共及其武裝力量，在文化上則禁止中國大陸的書籍進口。香港對於大英帝國有著重要的象徵意義，可是由於處於大陸的包圍之下，在軍事上根本無從防守，倫敦只能循務實的外交途徑，承認中共政權，尋求北京的默許，小心翼翼的經營香港（汪浩 2014：46-53；潘碧華 2000；Wade 2009；Oyen 2010）。

對於美國而言，香港面向中國大陸，無疑是冷戰與文化冷戰的前哨。二戰結束後，美國一直尋求英國的協助，以充分利用大英帝國遍布全球的軍事與文化基地，其中包括了香港。可是，在英國外交官看來，美國在處理國際事務方面，尤其是對華關係，特別「笨拙無能」（inept）（Mark 2004:198）；若容許美國在香港進行文化冷戰宣傳，少不免要諸多勸導，並加以監察、管制，以免觸怒北京。事實上，美英兩國對於文化宣傳的觀點與方法亦有差異；美方傾向於公開宣揚己方觀點，英方則採納「間接、謹慎、私人」（indirect, discreet, personal）的方法，通過在地的人際網絡，散播「不具來源」（unattributed）的反共資訊。英方認為，亞洲人對於西方勢力特別敏感，也不輕信歐洲人，任何源自西方的反共宣傳，只會適得其反。文化冷戰若要取得效果，首先必須隱藏資訊的來源，然後將資料交予本地新聞機構或文人，由他們來負責具體的文宣工作。此為英方「藉亞洲人之口，與亞洲人對談」（talk to Asians through Asian mouths）的策略。始自五〇年代初期，英美已就蒐集資訊與文化宣傳兩方面交換意見並試探合作的可能。美方承認英方經驗老到，而且技藝超群；英方則羨慕美方的資源充足，有意多加利用。雙方爾後在香港分別展開的文宣活動，由英國設於新加坡的區域資訊室（Regional Information Office）與香港的美國新聞處（United States Information Service）來協調（Mark 2004: 194-197）。美國在五、六〇年代以「隱蔽權力」（unattributed power）的方式在港臺兩地推行文學宣傳（王梅香 2015b：46），可謂其來有自。

值得注意的是，香港雖是冷戰的「前哨之城」，美國選擇以香港為橋頭堡，不斷擴充美國領事館的工作人員，其文化宣傳的首要對象並非香港居民，而是人口總數接近一千二百萬的東南亞華人。五四年，香港美新處自訂的首要宣傳任務是「減少共產黨在海外華人之間的影響力」，尤其要防止、對抗共產主義意識形態對東南亞華校、學生以及教材的滲透（Mark 2004: 194-197）。事實上，早在五一年，中共領導人周恩來（1898-1976）已發出指示，稱香港是中共「通往東南亞、亞非拉和西方世界的窗口」，必須盡量利用；香港「左派」文人乃配合中共政策，利用此地的自由空間，對東南亞華人社區展開文化宣傳（張詠梅 2002：26；陳偉中 2015：56）。美國的民間團體比美國政府先覺先知，在文宣與教育兩方面早已動手。據趙綺娜（1949-2013）的研究，五二年，「援助中國知識分子協會」（Aid Refugee Chinese Intellectuals, Inc.）在美國成立，其目的在於支援流亡到香港與澳門的五萬多名中國知識分子。在援知會奔走之下，五〇年代總共協助八千九百六十三名知識難民及五千六百五十三名眷屬移居外地。最多人前往的地區是臺灣，其次是美國，第三是東南亞。到東南亞定居的知識難民有兩百九十三人，家屬三百四十人，一共六百四十一人。南下的這批讀書人，有些被安排到美新處工作，其他則到華校任教，或以專業人才的身分協助東南亞發展經濟。在這個過程中，援知會逐步獲得美國政府暗中撥款，並將援助計劃視為全球反共心理戰的一環。易言之，這批中國難民成了美國抗衡共產主義意識形態擴散的棋子（趙綺娜 1997）。

援知會除了協助難民移民之外，還提出在香港設立大學與難民醫療診所，以及資助寫作、翻譯、出版等方案。設立大學的目的，顯然不僅僅是為了解決知識分子的生計問題，而是為了針對「當時中共鼓勵海外華人青年返回大陸接受大學教育之舉」。他們認為，若能在香港把新亞、珠海等「小規模難民學校」合併成為大學，就可以長遠為港、澳、東南亞的華人子弟提供非共產主義的高等教育，以免年輕一代遭受赤化。援知會設立大學與診所的計劃，遭到港府反對，最終只得放棄（趙綺娜 1997:76-77）。與此同時，四個美國民間組織——雅禮協會（Yale-China Association）、哈佛燕京學社（Harvard-Yenching Institute）、亞洲協會（Asia Foundation）和福特基金會（Ford Foundation）——則垂青四九年創立的新亞書院，為之提供經濟支援，以利其在港辦學。周愛靈指出，美國民間組織之所以支持香港的華文大專教育，動機是為了在香港推廣「純正的華文教育」（purely Chinese education），以抗衡中共政權以資助或免費教育向香港以及東南亞華人招生的文化統戰工作。根據美方的判斷，由於五〇年代的海外華文專上教育非常匱乏，中共提供的資助或免費教育對於華人青年又很具吸引力，若不即時積極回應，努力為大陸周邊地區華人提供適切的非共產主義大專教育，亞洲勢必失去不少菁英分子，要遏止共產主義的傳播亦無從談起。此外，由於美方認定，「共產黨主宰的教育」（Communist-dominated education）否定基本人權、摧殘中華文化、壓制學術自由，他們必須在大陸以外相對自由與中立的地區另起爐灶，為華人延續中華文化的香火，同時向他們傳遞現代社會所珍重的價值觀念。無論是對新亞書院還是對新亞研究所的資助，美國民間組織念念不忘的，除了流亡香港的適齡青年學子，還有東南亞各地的華人學生。在他們看來，這是一場關乎「精神與靈魂」的爭奪戰，必須竭盡全力以「阻止中國共產黨獲勝」（周愛靈 2010：73-117，79，82；引文中譯據 Chou 2011:56 修訂）。

第四節：香港、東南亞與《當代文藝》

徐速年輕時，已對文學創作與經營雜誌非常感興趣。他在大陸辦過短期的《新大陸》，五〇年代來港又創辦《海瀾》與《少年旬刊》，但兩者很快便停刊。然而，他創辦文藝刊物的念頭未息，一直在等待合適的時機。世事的發展，有時會出乎當事人的意料；徐速經營刊物所需主要資本，最後竟來自眾人虎視眈眈的東南亞。根據他的追述，六〇年代，東亞文化事業公司在新加坡成立，有意開拓東南亞的文化市場，但市面上能賺錢的刊物，其發行權早被其他公司壟斷，只好另闢蹊徑。[23]當時東亞看上了因《星星．月亮．太陽》（1953）一炮而紅的徐速，派三位負責人來港與他見面，洽商創辦一份新的文藝雜誌，以行銷香港與東南亞。東亞的負責人比較關心法律與商業的問題，提出的合作條件基本上與文藝無關：一、刊物「不惹政治，不觸犯當地禁律」；二、徐速之名須印在封面上，以助促銷；三、封面要採用美女圖片，以廣招徠。前面兩項，徐速都可以接受，唯有第三項，他覺得「不文不藝」，很不贊同。後來雙方各讓一步，改用美人名畫；另加一條款，説明若銷售情況理想，可以採納其他封面設計。徐速的條件則是東亞必須負責每期包銷五千本，他的如意算盤很簡單：「以南洋的五千作基礎，香港與其他地區，至少應該有三千之數，這起碼封了蝕本之門，一年後也就知道刊物的命運了」（〈奮戰十三年，得失兩茫茫〉；157：163）。

徐速對於文藝作品的商品性質異常敏感，這與他流亡香港，不得不鬻文為生有關。六六年，他在〈閒話從商〉（7：47-54）一文裏如此回憶五〇年代香港知識難民的處境：「有國難投有家難歸，這是當時流亡生活的寫照，從大陸來的知識分子的唯一出路只有出賣知識，我總算是幸運者，很快就找到寫稿的門路。當時在香港，寫文章是七十二行外的一項新興的職業。」[24]對於自己的謀生之道，他有很明確的判斷：「賣稿也是一種商業行為。」從寫「散稿」到當編輯，從當編輯進而自營出版事業，似乎是南遷文人為了求存而難以避免的途徑，一如徐速所說：「從商並不是因為看商人發財而眼紅，或者受不了從文的清苦，坦白的說：這條路是被迫出來的，要是在大陸可能被迫上梁山，現在是香港，只能在算盤珠上打滾了。」他以「從軍」（大陸）、「從文」與「從商」（香港）三個階段來描述自己南下的經歷，比他所景仰的沈從文（沈岳煥，1902-1988）多了一個資本主義社會的典型環節——「從商」（7：47；杜漸 1980：6）。

徐速反對中國人輕商的習見，同情香港小商人兢兢業業的態度，佩服香港大商人審時度勢，有條不紊，當機立斷的氣派，並將他們稱為「四民之首」。不過，他承認自己只不過是個內心飽受折磨的武夫與文生，而不是個貨真價實的商人：

> 從商數年，彷如經過一場戰鬥，心靈疲倦而淒涼。〔……〕同時，我也明白了自己永遠不能成為一個標準商人。從軍與從文，給我留下了很多不能隨波逐流的性格。例如港日貿易是商場上的一個大熱門，但我卻無法忘懷抗戰時的國仇家恨，以致毫不考慮放棄了發財機會。當一個同業瀕於破產，而我需要上門逼債時，自自然然的想起了杜甫的石壕吏；當繁忙的商務占去了我的寫作和讀書的時間，便感到在浪費生命。還有，我懶散孤傲，不合時宜的壞性格，以及絕不能放棄的立場和原則，都不合乎做商人的條件，當我強裝笑臉和不喜歡的人握一次手，便痛苦了老半天。只有一點我比一般商人聰明的，我是永不會因為賺錢而出賣靈魂、人格、良心，因為這筆賬我比任何商人都精明多了（7:54）。

身為離鄉去國的文人，徐速的心境與懷抱其實不難從他與余英時（1930-）創辦的文學期刊《海瀾》（1955.11.1 - 1957.2.1）裏窺見（余英時 2018：19-20）。這本刊物的命名，一方面反映了他們對故國的思念以及初臨香港所懷抱的希望，另一方面亦流露出他們對於故土與異域之間的感情糾結。《海瀾》的名字是余英時起的，英譯為「高原雜誌月刊」（Highland Magazine Monthly）。兩種語文的刊名之間，構成了複雜微妙的對話，饒富「接觸區域」或「閾限空間」的意味。「海瀾」對「高原」（英語「highland」的發音與「海瀾」的國語發音相似）：前者是海洋意象，近在眼前，但動盪不安；後者是陸地意象，厚實穩定，但遙不可及。「海瀾」同時讓人想到濱海的香港、澎湃的西潮、甚至航海與殖民；「高原」則隱喻故鄉，也暗示前途難測的中華文化。至於華文對英文，則意味著文化視角的轉換，一方面藉著外語（「highland」）向內審視民族文化，另一方面則依靠母語（「海瀾」）向外眺望浩瀚無邊的世界。

「高原」象徵故國與中華文化，然而典出英國詩人羅伯・彭斯（Robert Burns, 1759-1796）的短詩〈我的心在高原〉（My Heart's in the Highlands）。此為詩人的懷鄉之作，抒發其心繫北方（蘇格蘭），身老異鄉的悲情（Burns 1958: 325）。此詩由李源翻譯，發表於《海瀾》創刊號，有借他人酒杯澆同仁魂磊之意。徐速深愛此詩，讀後不僅「熱淚盈眶」，還據此修訂三年前發表的同名舊作，重刊於第三期。徐詩一再低嘆的，正是心在大陸，身老香江的「鬱懷」；詩裏的「高原」指北方故里，「海濱」則是南方的香港：「生活在南國海濱，/我的心仍在北方的高原。」（徐速 1956）㉕

象徵西潮與海外的「海瀾」，源自《孟子．盡心》：「觀水有術，必觀其瀾。」《海瀾》編輯曾在題為〈觀瀾的啟示——觀海有術，必觀其瀾！〉的第二期社論裏，將「海瀾」解釋為「大海裏洶湧的波瀾」，比附為「西方文化的浪潮」，甚至進而延伸為與大陸文化相對立的商業開拓與海外「殖民」精神：

> 我們舊有的文化，主要是先民在東亞大陸上不斷耕耘創造的產物，和海洋的關係甚少。海洋的功用衹是把我們和外面的世界幾乎完全割斷，使我們得以在幾千年中閉關自守。十九世紀中葉以後，歐美風雨激起了海上的狂瀾，無情地衝擊著中國大陸。從此海洋遂不復是我們的天然屏障，相反地，倒成我們生存的威脅。而中國人的生活也就隨著捲入了西方文化的浪潮之中，無以自拔。在中國文化對照之下，我們看到，西方文化，遠肇希臘下逮近世，其精采燦爛之處，主要是表現在其海上的智慧——商業與殖民。此種智慧正是過去中國人所缺乏的〔。〕[26]

在辦《海瀾》時，徐速雖已置身「前哨之城」，內心仍為土地所困，未能「觀瀾」，進而理解海洋以及「海外」所潛藏的聯繫與溝通的功能。[27]故國之思，失根的焦慮，以及個人的苦悶，逼使他只能暫時面對當時此地的文化需求。

根據《海瀾》發刊詞，創刊的目的是要在這個「苦悶的時代」，為身處香港這個「狹窄」、「寂寞悽愴」之地的「一般文化人」，「充實心靈中所遺失的東西」，並「填補今日文化界貧乏的現象」。一般文化人所失、香港文化界所缺的究竟是什麼？發刊詞的答案有三：一、中華文化；二、非商業性與非政治性的文藝創作；三、嚴肅反映生活的文藝創作。發刊詞認為故國難歸，而香港這個資本主義殖民地社會的「洋味兒」又太重，久居會有文化失根之虞：「我們也許是處在有家難歸的今日，秋風故國之思，會聯想到我們民族文化的可愛、可敬。說得誇大些，我們真在杞憂中國文化快要沒落了，甚至我們快要忘記自己的來源了。」徐速比較務實，認為在雜誌裏高談中華文化未免浮誇，故此提議埋頭做具體工作，即立足於中華文化，推動華文文學創作，為「忠實於文學事業者」提供「一塊乾淨的土地來培養文藝的種子」。所謂「乾淨」，指遠離商業操作與政治宣傳的文藝立場；唯有如此，《海瀾》才能為貼近現實的文學作品保留一片不受干擾的淨土。至於「忠實於文學事業者」，在徐速的觀念裏，不僅指文化菁英分子。《海瀾》的發刊詞強調，名家賜稿固然歡迎，但這份期刊更重視的是在「象牙之塔」外、尚未成「家」的「凡夫俗子」，其中包括「由四方逃亡來的作家」以及「青年作家」。[28]換句話說，作為一名文人，徐速在香港創辦文學雜誌的初衷是為了在非共產主義地區，通過推廣與普及非政治性、非商業性的文學創作，保存甚至提高華人離散社群的文化水準。菁英分子與「凡夫俗子」的搭配，既是互相扶持，也是薪火相傳的關係。這種辦刊精神一直延續到後來的《當文》。[29]

然而，香港畢竟是亞洲的「地區重鎮」，戰後的香港已不能以中國的南垂視之。六〇年代成名的徐速，亦開始將目光放到香港的周邊地區，特別是東南亞華人社群。[30]此時，新加坡東亞文化事業公司願意提供部分經濟資本，讓徐速東山再起，以香港為生產平臺，替香港與東南亞的華人社區打造一本跨區域的文學刊物，實為難得的契機。[31]徐速以「當代文藝」為刊名，意味著刊物的主旨是展現「當時的文學精神」（浩于豪 1993：386），同時亦不為香港一地所限。六三年八月，徐速為籌辦《當文》，南下馬來亞和新加坡兩地，走訪舊雨新知，尋求各方支援，也感受文壇風向。在馬來亞，當時的蕉風出版社社長兼主編、《學生周報》編輯黃崖陪他到南中北馬跑一趟，會晤新潮社、荒原社、海天社的年輕文友，並作文藝書刊的市場調查（82：161-163）。[32]據馬漢的回憶，當年的徐速的名聲「正是『如日中天』」，「他的《星星．月亮．太陽》風靡了東南亞幾十萬青年男女」，「高原出版社的文藝叢書也成了青年男女的精神食糧」。馬漢獲悉徐速籌辦《當文》，表示「感到興奮」，認為這正是「東南亞萬千讀者」的期待（馬漢 1977）。馬漢的熱烈回應，證明了東亞文化事業公司的投資決定是有市場依據的。[33]

第五節：本書旨趣與章節架構

《當文》的刊期長、銷售面廣、讀者與作者眾多，而且立場與風格連貫統一，呈現出鮮明的雜誌個性，是六、七〇年代香港具代表性的文學刊物之一，值得深入考察。[34]本書以《當文》的第一階段為研究重心，聚焦於該刊所發表的香港、馬新、南越（越南南方，即越南共和國，1955-1975）三個地域的文學創作，兼及《當文》第二階段在經營上的困難與內容方面的演變。[35]

《當文》在第一階段取得如此成績，與身為主編與主筆的徐速不無關係。六〇年代，徐速在小說創作與作品的電影改編兩方面領盡風騷，成為港臺以及東南亞的知名寫作人；在他經營下，《當文》與徐速的形象合而為一，成為一種普及文化品牌，追隨者眾。根據黃康顯的研究，六〇年代是香港文學期刊出版的第一個高潮，從六一年到六六年間，香港湧現了十種以上的文學雜誌；然而這些雜誌之中，只有《當文》與《伴侶》（1963.1 - 1971.10）一紙風行，最高銷售量「可達兩萬本到三萬本」（黃康顯 1996：82）。[36]秦賢次認為《當文》的銷情驕人，足見其經營之成功：「《當代文藝》〔……〕最高曾銷到三萬份以上，這個紀錄至今〔案：八五年〕還無其他刊物曾打破過」（秦賢次 1985：66）。

《當文》能在文學市場上穩占一席，因為它不僅服務香港讀者，還成功爭取香港周邊地區——特別是東南亞——的華人讀者，並且進而吸引各地寫作人的支持，為離散華人社群創造了一個跨域華文文學想像聯合體。根據張慧貞的紀錄，《當文》最早的行銷地區除東南亞外，還包括美國、加拿大、墨西哥、澳洲、英國、法國、西德、瑞典、瑞士、捷克、帝汶、馬爾他以及南非等地（13：136）；《當文》六週年時，她更信心十足的宣稱：「世界五大洲七大洋，只要有華人的地方，只要有看得懂『中文』的人的地方，都有了《當文》的蹤跡」（73：142）。不過，《當文》自創刊以來的主要銷售地一直都是東南亞華人社區，全盛時期在馬來西亞、新加坡、印尼、泰國與南越等地的銷量尤其可觀（黃南翔 1999：36）。相對於東南亞的銷情，香港反成《當文》的「次要市場」（秦賢次 1985：66）。故此，在《當文》的第一階段，香港以外的最大稿源來自馬來西亞、新加坡與南越就不令人感到意外了。[37]加上《當文》以培養「文藝接班人」為職志，發表園地公開，當年確實吸引了不少有志於寫作的香港與東南亞青年投稿（37：98-99）。[38]根據《當文》六六年十二月的統計，創刊後的十三期內一共收到一千四百三十五篇文稿，發表了一百三十七位作者的作品（13：178）。到了七〇年十二月，為《當文》寫稿的作者已經超越三百人（61：198）。整體而言，《當文》的作者群體相對穩定，而且年紀亦輕。在吸引讀者與栽培寫作新人兩方面，《當文》第一階段的跨境經營可謂成功。重讀《當文》，能為我們揭示六、七〇年代香港與東南亞不同地區華文文學創作的基本陣容與特點。

《當文》成功的另一個重要原因是其普及性，這個特點在第一階段尤其明顯。《當文》不唱高調，拒絕低俗，在政治與文藝兩方面力保中間路線，其文學定位偏向於香港文學史家所說的「中額」（middle-brow）品味（鄭樹森、黃繼持、盧瑋鑾 2000：26-27），特別照顧受過高中教育的華文文學愛好者的需求。徐速本人的民族主義立場以及對西方思潮與現代主義的戒心，亦決定了《當文》所刊大部分作品的風格與內容不會過於西化或激進，都是華人讀者所能接受的。易言之，通過考察《當文》所展現的文學景觀，能夠了解當年香港與東南亞一般文藝讀者的文學趣味。不過，話說回來，《當文》也不是一本拘謹保守，不思進取的文學雜誌。徐速對於具有現代主義風格的來稿，還是有包容的度量的。《當文》的作者群裏，其實不乏像溫任平（溫瑞庭，1944-）、謝清（謝國華，1947-）、文愷（程文愷，1947-）、英培安（1947-）、零點零（顏學淵，1948-1976）等被馬新文學史家歸類為「現代派」的中堅分子。此外，徐速在筆戰中挺身而出為《當文》作者林筑（蔡炎培，1935-）的「密碼詩」辯護，亦足見其作為主編的氣量與擔當（詳見第二章）。

《當文》還有一個值得關注之處：徐速辦雜誌，不限於紙上談文，在文學推廣以及與文友的情感聯繫兩方面亦非常活躍。《當文》積極參與或介入香港與東南亞華人社群的文學活動，包括派人出席本地的文學講座、舉辦跨區域徵文比賽、開設現代文學函授課程、出版文學創作與評介書籍[39]，並在《當文》裏報道、評論各地華文文學動向，以及開闢「當文之友」欄目，以促進編者與各地讀者、作者之間的溝通聯繫。[40]從《當文》的作者陣容以及各種周邊文藝活動，讀者不難感受到《當文》對華人離散社群所散發的凝聚力。

綜合而論，《當文》不僅是香港的文學期刊，還是聯繫香港與東南亞華人的文化紐帶。由於徐速當年的聲譽與魄力，《當文》第一階段的經營時間甚長，在文學推廣與培養各地華文作家方面貢獻良多。在十三年間，它凝聚了一群來自不同地區、熱愛文學的華人作者與讀者，大家因談文説藝、寫作、閱讀與批評而發展成為「《當文》之友」。藉著研讀《當文》，研究者可以重返當年一個重要的華文文學生產現場，檢視筆耕群體的陣容，他們的風格與關懷，並感受這個寫作與閱讀群體在交流與競爭中所產生的情感聯繫。可惜《當文》所創造的團體精神與文學氛圍只是七〇年代初曇花一現的風景，隨著七五年共產主義勢力席捲中南半島，印支三邦的戰局急轉直下，《當文》失去當地市場，再加上整體經營環境惡化，徐速健康不佳等因素的影響，《當文》被迫停辦，第一階段遂成歷史。徐速遽歸道山之後，《當文》在香港與東南亞的凝聚力也隨之煙消雲散。其後兩次復刊，雖有投資者與主編苦心經營，但由於主將不在，加上時移世易，《當文》的面貌雖屢經修整，影響力已難比當年，終在二千年停刊。

本書分六章：第一章為引言；第二章介紹主編及主筆徐速，並說明《當文》的文學立場、刊物的內容與特點，以及曾經介入的文學對話與論爭；第三、四、五章分別剖析香港、馬新、南越的作者在《當文》發表的新詩、散文與小說創作，兼及三區的文學評介或短論，以見當年的議論焦點或各地文壇的局部面貌；第六章是尾聲，解說《當文》進入第二階段後所面對的困難與內容的轉向。

第三章裏出場的多位香港作者，在目前的文學研究裏還較少有人論及，是受到忽略的寫作群落，本章有補遺之意。第四章提及的馬新作者，很多人後來都成了當地文壇中堅或知名人物。當年他們突圍「北上」，闖蕩港臺兩地的文學江湖，本章紀錄了他們在《當文》留下的蹤影。第五章透過《當文》所保存的越華文學資料，記敘南越華文文壇在七〇年代的萌芽與毀滅，同時審視在這個靈光乍現的時刻，由火與血所催生的文學創作。隨著時移世變，《當文》的跨域特色難再，第六章要交代的是《當文》復刊之後改頭換面，「回歸」香港的轉變。

文學期刊遠觀猶如森林，只有近看才能體察樹木扶疏的型態各異。本書的第一、二、六章綜述《當文》第一及第二階段的總體特點，屬於遠觀印象。第三、四、五章按香港、馬新、南越三個地區，分別討論各區主要投稿者在新詩、散文、小說三個《當文》核心文類的表現，是近距離的觀察報告。各地的文學短論與評介，亦會在各章中盡量兼顧。為了確保資料無誤，本書的討論對象只能集中在發表數量較多（標準因地域而異）、可以確定身分的作者，遺珠之憾自然在所難免。此外，由於本書旨在為《當文》作一「內緣」的刻畫，故此集中篇幅討論《當文》的刊物特點、寫作群體的構成、作者的文學風格、他們關心的議題以及彼此間的互動。至於各地作者的其他創作與文學活動、《當文》與本港同類期刊的橫向比較等規模較為龐大的「外緣」議題，雖行文略有涉及，均非本書所能涵蓋的範圍，只有期諸異日更深入的探討了。

註釋：

① 關於文學期刊與現代文學的關係，參閱：Hockx 2003：1-32；應鳳凰2007a；陳平原2015a；陳平原2015c；劉增人等2015：3-15。黃繼持指出，要研究香港華文文學，必須關注三個方面：「第一是報章副刊，第二是文藝雜誌，第三才是成書的作品」，見鄭樹森、黃繼持、盧瑋鑾2000：9。關於五、六〇年代香港報刊、文學雜誌與文學創作的關係，參閱黃繼持1998的討論。關於香港報紙文藝副刊研究，見樊善標2011a，樊善標2011b。

② 關於文學期刊的研究方法，見Scholes and Wulfman 2010: 44-72；韓晗2011：1-14；207-217。關於報刊研究的討論，參閱梁秉鈞等2008。

③ 區志堅、彭淑敏、蔡思行2011：200-208；葛量洪1984：182，191，199；Caroll 2007: 116-140。

④ 關於「南來作家」的討論，見盧瑋鑾1998b。

⑤ 二十世紀下半葉還有兩份長壽的文化與文學期刊值得關注：《盤古》及《作聯會訊》/《香港作家》/《香港作家報》。《盤古》（月刊，1967.3.12 - 1978.7.15，共117期）經營超過十年，出版亦超過一百期；它是政治性很強的文化刊物，不過也有文藝版面。根據古蒼梧（古兆申，1945-）的說法：「《盤古》除了關心中國政治之外，也非常關心中國文化、文藝的發展」，「刊登文學創作、翻譯、評論的篇幅還是不少的。很多位港臺著名的作家，都在《盤古》發表過作品，其中包括了戴天、余光中、劉大任、西西、黃維樑、綠騎士、蔡炎培、李國威、鍾玲玲、淮遠、溫健騮、何達、蕭銅等等。但《盤古》主要還是一份思想性的刊物，儘管也刊登創作，卻沒有有計劃地去組稿。《盤古》在文學方面比較突出的工作，是文藝思潮的討論和推動」。見古蒼梧1986，另參閱陳智德2002；盧瑋鑾、熊志琴訪談2010：139-151；陳子謙2016：16-74。至於《作聯會訊》/《香港作家》/《香港作家報》的出版情況如下：香港作家聯誼會於八八年一月成立，五月開始出版《作聯會訊》，至九〇年九月，共出版二十四期。從第廿五期（1990.10）開始，《作聯會訊》更名為《香港作家》（月刊），向文學報刊過渡。九九年三月，香港作家聯誼會更名為香港作家聯會。始自第八十四期（1995.10），《香港作家》再易名為《香港作家報》（月刊）；第一一一期又再改成《香港作家》，直到第一二三期（1999.1）休刊為止。換句話說，在二十世紀以內，作為文學報刊的《香港作家》/《香港作家報》一共出版了九十九期。二千年一月，香港作家聯會再辦《香港作家》（月刊），在十二期後，於〇一年一月改為雙月刊，一直延續至今。這份包含創作、評論與翻譯的文學期刊，目前未見研究者關注。參閱陶然1997；關於香港作家聯會，參閱蔡敦祺主編1999：49-56；曾敏之（1917-2015）2009。

⑥ 關於《中國學生周報》的討論，見盧瑋鑾1985；也斯1996；葉蔭聰1997；葉積奇2007；吳兆剛2007；熊志琴2010；劉佩瓊2015。

⑦ 關於《香港文學》的研究，參閱陳筱筠2015。

⑧ 關於《青年樂園》停刊的經過，見陳偉中編2017：420-428。

⑨ 吳康民在二〇一一年出版的自傳裏，公開承認他是《青年樂園》的創辦者：「一九五五年，為加強香港青年工作，創辦《青年樂園》週刊，與受

美國支助的《中國學生周報》抗衡，聯繫『官津補私』（即除愛國學校外）的廣大學生，卓有成績」。見吳康民2011：14，178-179。吳康民「根正苗紅」，出身紅色革命家庭，其父吳夢龍（後改名吳華胥，1899-1991）於二五年參加共青團，由周恩來（1898-1976）委任為廣東省潮州惠來縣黨部特派員，二六年轉為中共黨員，二七年成為國民黨政權的通緝犯，曾兩度來港，在第二次中日戰爭期間（1937-1945）擔任國民革命軍第十二集團軍政治部少校幹事，五六年出任汕頭市副市長。吳康民的大哥逸民與二哥健民亦於戰爭期間「參加革命」，投身對日游擊戰爭。當時年僅十一歲的吳康民亦參與宣傳活動，其小妹則在四〇年代末成為解放軍部隊機要無線電通訊報務員。吳健民（1921-2015）後來出任第一任廣東省潮安縣委書記和市委書記，後調任廣東省及中南局工作，曾任廣東省計委副主任及中南局農業局長，珠海特區市委書記及市長。吳康民的妻子也於四八年「參加革命」。詳見吳康民2011；吳康民編1992。吳華胥於三六、三七年分別參與創辦香港文藝協會、香港中華藝術協進會，曾任《大眾日報》主筆。吳華胥在港期間所撰文章可參閱〈國防文學與戰爭文學〉、〈口號之爭與創作自由〉，收錄在陳國球編2016：206-209；212-217；其他詩文見吳康民編1992：86-181。梁慕嫻認為吳康民也是中共黨員，參閱梁慕嫻（1940-）2018。

⑩ 此書的出版緣由見：石中英（楊宇杰，1950-）口述、韓雪整理2017：25-26。

⑪ 例如梁慕嫻2018。

⑫ 根據《青年樂園》總編輯陳序臻（1935-）的回憶，第一期的銷量約五千份，最後一期的銷量約一萬五千份，最高銷售量為兩萬份。見〈史料鉤沉：問答《青年樂園》〉，陳偉中編2017：21。

⑬《文藝世紀》是中共的僑務委員會出資創辦的，陳偉中2015。

⑭ 劉以鬯曾在八一年提及《詩風》的銷售情況：「據熟悉《詩風》的人告訴我，《詩風》銷數最多的時候，每期銷三、四百本；現在的情形更差，有時銷百幾本，有時一百本也不到。一本雜誌每期只能銷一百本左右，當然是十分可悲的。不過，香港就有這樣一種單靠傻勁而不怕虧本的雜誌。」劉以鬯1981：44。

⑮ 參閱也斯1996c。

⑯ 參閱〈馬吉説《大拇指》〉，2014年8月28日，刊於馬吉主持：香港文學資料庫：https://hongkongcultures.blogspot.com/search/label/*期刊：大拇指。馬吉即何文發，曾在《當文》發表過一篇題為〈逝〉的散文（149：57-58），還有十二週年及十三週年的賀文各一（145：150；157：147），以及來信一封（160：128-129）。

⑰ 許迪鏘1997；參閱：〈「素葉文學叢書」書目〉，2016年4月22日，刊於馬吉主持：香港文學資料庫：https://hongkongcultures.blogspot.com/2016/04/blog-post_22.html。

⑱「109：124-125」説明：「109」指《當文》期數，「124-125」為頁碼。本書引用《當文》文章，皆以此格式表示出處。

⑲ 高原出版社由徐速、余英時、劉威創立，參閱：〈高原出版社〉，《香港文學通訊》第53期（2017年12月）。

⑳ 關於黃南翔的介紹，見黃南翔、馮湘湘1988：327-331。關於其作品，見第三章的討論。

㉑「東南亞」（Southeast Asia）是西方命名，始於十九世紀，後來因二戰的軍事需要而廣為流傳。在英國的東南亞戰區最高總司令蒙巴頓（Louis Mountbatten, 1900-1979）眼中，香港屬於英國的「東南亞」的一部分，Emmerson 1984。「東南亞」今指「位於印度和中國之間的地區，包括緬甸、泰國、寮國、柬埔寨、越南、馬來西亞、新加坡、印度尼西亞、汶萊、東帝汶和菲律賓，亦即今東南亞各國的國境與海域範圍。」李金生2006：120。

㉒ 離散社群與文化原鄉的文化認同有兩個途徑：一、道德承擔；二、美學分享。道德承擔指共同面對故國與離散的苦難；美學分享指消費同源的通俗文藝產品、珍惜故鄉的食物滋味以及保存原有的宗教習俗儀式，見Jones 2014的討論。從這個角度來思考，「文化中國」的探討可以視為離散文化菁英的一種道德承擔，武俠小説、華語電影與中華料理則屬於普羅大眾的美學分享。

㉓ 關於戰後東南亞華人資本（例如上海書局與世界書局）到香港開設出版基

地的情況，參閱羅琅2018。

㉔ 黃思騁也有同樣的經歷：「後來，我到了香港，由於環境的變遷，不但走上了寫作的道路，並且以此糊口。〔……〕以一個生活在香港的職業作家來說，他一個月大概需要寫足十萬字，才能過得了普通的生活。這也就是說，他每天平均須寫三千多字。」黃思騁1961a：1-2。

㉕ 徐速的詩曾引起讀者的共鳴，譬如徐紫雲在第七期發表的新詩〈南國篇〉，首兩行就是徐詩的翻版：「我生長在北方的高原，/如今我來到南國的海邊」。徐詩後來收入《去國集》，徐速更以屈原的遭遇自況：「澤畔行吟，以歌當哭，哀矣！」。徐速1957：42-47。

㉖ 本社（海瀾雜誌社）1955c。

㉗ 王賡武（1930-）曾寫過一篇文章，從歷史研究的角度評論華夏文化的「陸地思維」（earthbound mentality）如何長期影響和限制了華人處理與海洋（以及東南亞）的關係，詳見王賡武2009。關於海洋與「解域」（déterritorialisation）的哲學思考，參閱洪世謙2012的討論。

㉘ 本社（海瀾雜誌社）1955a，1955c。

㉙ 根據賀麥曉的研究，二、三〇年代在上海辦文藝刊物的曾今可（1901-1971）就有這種反菁英主義的傾向，他非常重視未成名作者，亦關心寫作人之間的友誼。賀氏認為，曾今可的文化與商業策略可以為他爭取文壇新秀，擴大期刊銷量，在文化市場上立足，並保持文學創作的活力。此外，賀氏還將這種「以文會友」的樂趣稱為辦刊的「友情美學」（aesthetics of friendship）。由此可見，徐速關心文壇新人，在《當文》開闢「當文之友」專頁的做法其來有自。Hockx 2003：207-211；賀麥曉2016：220-223。

㉚ 關於二十世紀上半葉席捲中國大陸文化圈的「南洋熱」，見李金生2006：118-120。其中一個顯著的商業與文化例子是邵氏兄弟在二〇年代到七〇年代，從上海南下馬來亞、新加坡再北返香港，創造華人離散社群影視帝國的經歷，詳見Fu 2008。

㉛ 在此之前，新加坡世界出版社曾在六一年請譚秀牧（譚錦超，1933-）創辦《南洋文藝》，面向東南亞讀者與作者；不過，由於該刊稿源與銷售均

不理想，出版至第廿四期便告停刊，見譚秀牧1986。至於五十年代的香港「廉紙小說」（pulp fiction）或「三毫子小說」出口東南亞的情況，參閱容世誠2014。

㉜ 有趣的是，《蕉風》亦在這個時刻「應讀者要求」，從六四年九月號（第143期）起作出改革，「廣約星馬、港、臺以及其他地區的華文作家名作」，務求使《蕉風》「不再是星馬地區的文藝期刊，而成為『東南亞』地區文藝期刊」。見郭馨蔚2016：117；〈世界文壇〉，《蕉風》第151期（1965年5月）：69。

㉝ 關於馬來西亞讀者對於香港文學期刊與文學叢書的需求情況，參考潘碧華2000。

㉞ 香港大學馮平山圖書館庋藏全套《當文》。

㉟《當文》創刊後，曾銷售至臺灣。不過，由於六六年五月《當文》刊出的影評〈《菟絲花》與《養鴨人家》〉（6：123-127）對小說作者瓊瑤（陳喆，1938-）作出與事實不符之人身攻擊，又在沒有讀過原著的情況下肆意評論，招來瓊瑤的抗議（7：164-165）。根據徐速在六九年的記述，這篇影評使皇冠雜誌非常不滿，發表文章指責臺灣有關當局允許「『侮辱』自由中國作品的刊物入口」，結果導致臺灣代理商拒絕在臺發行《當文》，使徐速蒙受重大經濟損失。《當文》於六七年一月起，停止對臺發行業務（見六六年十二月之〈啟事〉；13：180），「專心一致的以香港為基地，加強爭取與香港一水之隔的星馬地區」（49：161-165）。《當文》雖失臺灣市場，但並沒有完全失去臺灣作者，吳癡（許承志，1921-）、汪洋（王克歧，1927-）、張漱菡（張欣禾，1929-2000）、郭兀（郭光仁，1932-）、金劍（崔焰焜，1930-）、朱星鶴（1936-）、周伯乃（1933-）等人都曾給《當文》投稿，其中以吳癡的投稿數量較多。張漱菡乃名門之後，她寫的長篇小說紅極一時：「桐城派名儒方苞、姚鼐都是她的尊親長輩，她的祖先張英、張廷玉是清朝的父子宰相，張父及張母都是早期日本的留學生，兩人能詩能文」，見應鳳凰2007b：125。張漱菡是余英時的表姊，據說余氏有意為她與徐速牽紅線，不過徐速當時心儀在《少年周刊》當編輯的張慧貞。張慧貞與張漱菡同族，見張慧貞〈記名作家張漱菡〉（192：47-52）。郭兀曾以〈默戀〉（55：59-64；筆名孜

人）以及〈亂世離情〉（66：59-64）兩篇作品獲得《當文》四週年紀念徵文比賽（1969）與第二次徵文比賽（1970）的第五名。

㊱ 讀者從《當文》創刊號的銷售情況，不難想像其受歡迎的程度：「初版一萬本迅即售完，很快又加印三千本」，見黃南翔1999：36。

㊲ 在《當文》的第一階段，可確定身分的各區作者人數為：香港九十人，馬來西亞五十八人，新加坡十七人，南越二十四人。當然，各地的實際投稿人數遠比這個數字還要高。

㊳ 盧瑋鑾（1939-）對《當文》在這方面的貢獻有以下評價：「《當代文藝》〔……〕當時很受年青讀者歡迎，他們很嚮往在《當代文藝》上發表作品，而它撥出部分篇幅來刊登初學者的投稿以作鼓勵，這對於培養年青一輩的文藝愛好者確實有其貢獻。」鄭樹森、黃繼持、盧瑋鑾2000：27。

㊴ 許多在《當文》上發表的文學作品與評介，後來都陸續結集，由高原出版社出版。盧瑋鑾對高原出版社有以下評語：「『高原出版社』當年確實占據了出版市場頗大的比例，它較為注意到讀者的需求和口味，當時的文藝青年，很少不看『高原出版社』出版的書籍。」鄭樹森、黃繼持、盧瑋鑾2000：27。

㊵《當文》也會舉辦小型的郊遊活動，例如到香港作者陳文受在粉嶺的「陳園」聚會，見佩佩〈本刊五週年紀念郊遊側記〉（63：14-20）。

第二章：血在奔流，心在跳躍，思維在翻騰[1]

——徐速與《當代文藝》

《當代文藝》創刊於一九六五年十二月。根據創辦人與主編徐速在七九年的憶述，「香港當時的風氣很差」，「社會上需要推動文學的風氣」，他有意「充當先鋒來推一推」，適逢新加坡東亞文化事業公司到港尋求出版文學刊物的夥伴，因緣際會，便創辦了《當文》。由於徐氏與友人創立的高原出版社曾出版「中國當代文藝」叢書，因利乘便，遂以「當代文藝」為期刊名稱，意指「當時的文學精神」（浩于豪 1993: 386）。《當文》在經營十三年後，於七九年四月停刊。從六五年到七九年的《當文》是這份刊物的主體，也是其黃金歲月，本書以「第一階段」稱之，以區別於八、九〇年代經歷兩次復刊的「第二階段」。本章和接下來的三章討論第一階段的《當文》，第二階段的情況會在第六章裏作扼要的交代。

第一節 創辦人與主編徐速

一、生平概略

徐速（1924-1981），原名斌，字直平，江蘇省宿遷縣徐莊人，五〇年初來港，五八年與張慧貞女士結婚，八一年病逝於香港。[2]他生於讀書人家，先祖徐用錫（1657-1736）是康熙四十八年（1709）進士，曾被授予編修一職，同時擔任侍讀，教授清廷子弟，著有《圭美堂集》二十六卷（徐速 1961a；黃南翔 2004）。徐速初中未畢業，第二次中日戰爭（1937-1945）爆發，乃決定從軍，投考中央陸軍軍官學校西安王曲分校，入讀第十九期砲科，畢業後出任青年遠征軍參謀。戰爭結束後，隨軍進駐北平，公餘到北京大學中文系旁聽文學課程。四八年與友人創辦綜合性月刊《新大陸》，並在此發表第一篇小說〈春曉〉。

四九年，中國大陸政權易手，風雲驟變，徐速移居香港，為自由陣線出版社的丁廷標（1906-1958）賞識，羅致於自由出版社之下，出任《自由陣線》週刊編輯，從此在香港展開其編輯、寫作及出版生涯。[3]五一年與余英時（1930-）、劉威創辦高原出版社，其出版的文藝書籍曾對香港與馬新文壇產生重要影響（鄭樹森、黃繼持、盧瑋鑾 2000：27；潘碧華 2000：757）。五二年，出任許冠三（1924-2011）和孫述憲（1930-2018）創辦的《人人文學》（1952.5 - 1954.8）月刊編委。五五年創辦《海瀾》文藝雜誌（1955.11 - 1957.2，共出版16期）。五六年，再創辦《少年旬刊》（1956-1958）。六五年，《當代文藝》月刊面世。

徐速任《自由陣線》編輯期間，開始創作長篇小說，於該刊連載《星星之火》與《星星．月亮．太陽》兩篇作品。[4]這兩部小說分別於五二年與五三年出版單行本。《星星．月亮．太陽》甫出版，即成暢銷書；時至今日，仍有讀者。[5]六〇年，易文（楊彥岐，1920-1978）將之拍成同名電影，由三位當紅女星尤敏（畢玉儀，1936-1995）、葛蘭（張玉芳，1933-）、葉楓（王玖玲，1937-）演出，影片賣座之餘，還贏得臺灣第一屆金馬獎（1962）最佳劇情片、最佳女主角（尤敏）、最佳編劇（秦亦孚）、最佳彩色攝影（黃明）等四項殊榮，為徐速錦上添花（藍天雲編 2009：138-139；左桂芳 2011）。[6]除了電影外，這部小說還被改編為話劇，在舞臺演出，也在港臺兩地的電臺廣播（徐速：〈《星星·月亮·太陽》寫作經過〉；52：127）。[7]六〇年代的徐速，可說是在文學與電影兩方面盡領風騷，人氣一時無兩。他創作的長篇小說還有：《清明時節》（1954）、《櫻子姑娘》（1959）、《疑團》（1963）[8]、遺著「浪淘沙三部曲」（《媛媛》，1989；《驚濤》，1991；《沉沙》，1993）。徐速也創作短篇小說，結集為《第一片落葉》（1958）。中篇小說集《傳令兵》（1982）在他去世後出版。此外，他還寫新詩與散文，曾出版詩集《去國集》（1957）、散文集《心窗集》（1961）、《百感集》（1974）、《故人》（1982）。他的四本文學評論集包括：《一得集》（1961）、《啣杯集》（1975）、《徐速小論》（1979）、《徐速散評》（1980）。他還出版過一本青少年讀物，《印度王子與神猴》（1960）。

徐速除了寫作、編輯、出版外，還積極參與各種文學推廣活動。五五年，徐速參與組織並加入國際筆會香港中國筆會（International P.E.N. Club）。《當文》曾在六七與六八年主辦三屆文藝函授班，由徐速與黃思騁掛帥，為香港與東南亞地區培養文藝人才。[9]六九至七一年間，徐速受聘於香港珠海書院，主講新文學史及創作研究，後因健康欠佳辭職。七五年，他協助本地青年作家組織香港青年作家協會，該協會成立後即功成身退。八一年八月十四日，因心臟病發，在香港逝世。

二、徐速的譽與毀

方劍雲（何家驊，1922-）對徐速的定論是：「第一批由大陸逃港青年中，成就最大的一位」。在他看來，徐速的成就不限於文學創作，還包括編輯與出版兩方面的貢獻。他認為，高原出版社「出版文藝書籍之多」，「《當代文藝》銷量之廣，對港九東南亞青年影響之大，無任何出版事業可及」（方劍雲 1993：277）。徐速的文學創作橫跨小說、散文、新詩三個領域，與他過從甚密的黃南翔（1943-）最欣賞他的散文，認為他是「出色的散文家」，並曾撰文論析其散文特色（黃南翔 2003）。慕容羽軍（李維克，1927-2013）與張君默（張景雲，1940-）同意黃氏的觀點，前者直言徐速是「散文高手」，後者讚嘆他的隨筆文字「精嫻」，「已臻爐火純青之境」（黃南翔 2003：34；張君默 1993）。

話雖如此，徐速的小說與詩論卻曾引來嚴厲的批評。他在五〇年代發表的新詩言論，招致一些香港年輕詩人不滿，撰文加以批駁。六〇年代，他以創作長篇小說成名，其暢銷之作《星星．月亮．太陽》又為他帶來不少煩惱。這部小說不僅兩次受到認真的讀者批評，而且還在一次充滿火藥味的筆墨官司裏，成為對手竭盡全力攻擊的對象。

2.1 徐速的「詩籍」

香港年輕詩人對徐速詩論的批評，發生在五五年八月。當時由崑南(岑崑南，1935-)、盧因（盧昭靈，1935-)、王無邪（王松基，1936-）、葉維廉（1937-）等人創辦的《詩朵》出版，刊載了一篇據說「不會是一篇火氣的文章」（編者語），反擊徐速在〈復辟乎？革命乎？〉（徐速 1955b）一文裏對新詩的嘲謔。徐氏認為新詩「幼稚，貧乏，沒有在文藝群眾中生根」，並批評「自由新詩」不僅無韻律，缺形式，還故弄玄虛，不知所云。他堅持「詩言志」的傳統，指出新詩寫作不該偏離賦比興「三大律」；「什麼印象派的感覺派的野獸派的新詩」，若「寫到人人都不懂，甚至連自己也不懂的時候」，「珍藏寶庫和放在垃圾筒裏是沒有兩樣的」。徐氏坦言，他羞於與此類詩人為伍，故云：「我〔……〕請求開除我的詩籍」（徐速 1955b）。

「班鹿」發表於《詩朵》上的反擊文章，僅從標題來看就有檄文的意味：〈免徐速的「詩籍」!!〉。[10]此文的措辭與語氣都很嚴厲，毫不留情的指責徐速不懂新詩，認為他既沒有資格當詩人，也沒有資格議論新詩。此文的主要觀點可以歸納為三點：一、從西方象徵主義與新浪漫主義重暗示與氣氛的寫作立場出發，抨擊徐氏所信奉的寫實主義模擬觀與教化觀；二、支持創新，反對守舊，主張新詩自有其內在旋律，不必拘泥於傳統音韻，並以辛笛的〈再見，藍馬店〉與波特萊爾（Charles Baudelaire, 1821-1867）的〈無名的城市〉為例，暗示自由體與「神祕的旋律」方為新詩正道；三、將新詩定位為文化菁英的藝術創作，拒絕俯就讀者。班鹿宣稱：「詩人絕不會向豬肉佬求救」；「一個人懂不懂一篇作品是教育和藝術水準的問題，藝術不能遷就大眾，文化是提高大眾的藝術水準的。」對於香港詩壇與徐速的詩論水平，他如此感慨：「這兒的文化是悲哀的！」「假如文化界有『詩籍』的存在，我們得免徐速的『詩籍』！」[11]

對於年輕一代的批評，徐速的回應便是「試著寫」新詩，而且一寫便「上癮」，「弄得廢寢忘食」。兩年後，他將這些作品結集為《去國集》出版。他在〈後記〉裏回顧了這次小風波，也進一步陳述自己的詩觀（徐速 1957a）。原來他為文談詩，主要是為了發發牢騷；「對那些看不懂的詩發生強烈的反感，免不了寫點小文出出氣」。他「看不懂」的主要是譯詩，尤其是希臘與印度的長篇史詩，以及美國詩人惠特曼（Walt Whitman, 1819-1892）的「近代詩」。發過牢騷之後，他發現將自己「指名道姓的罵了一頓」的「青年詩人」「也是寫那些教人看不懂的詩」，於是激起「勇氣和創作慾來」，親身體驗新詩創作的虛實。《去國集》共收錄二十二首作品，除了〈再見，祖國〉和〈寄〉寫於來港途中外，其餘都是五五、五六年間的創作。

徐速的詩觀，可以分兩點來闡述。一、形式與韻律。徐速責怪新詩不講形式，「沒有一個譜兒」，已至「百家亂鳴百花亂放」的地步。在體裁方面，他主張新詩需要「一個不成形式的形式」，每句（案：所談並非詩行）不能太長或太短，詩句長短和總行數務必精簡，而且要運用偶數。至於詩的音韻，他認為「在可能範圍內」「儘量採取韻腳，目的是在讀起來爽口。」舊詩韻可以參考，不過最好文藝界能夠整理尺度較寬的新詩韻，照顧國語拼音和口語，以利新詩創作。二、民族傳統。他所主張的新詩形式或新詩韻，必須脫胎自傳統的詩、詞、曲，因為「不論寫新詩、舊詩，總是中國詩，」「而中國詩應該有自己的民族形式」。「文學創作的形式是隨著世代變遷的，但這變遷還可以尋找到它的軌跡，絕不能變成連自己都不認識。」徐速強調民族傳統，主要是因為他厭惡香港「以洋氣為時髦」的風氣，而且打從心底不服「『月亮是外國的圓』的那些假洋鬼子的論調」。他在文中一再嘲諷「叫人看不懂的」「怪詩」，並掊擊西洋文學對現代中國文學的廣泛影響。從這篇〈後記〉可見，徐速與班鹿的立場與觀點可謂冰炭不洽，他們只是各說各話而已。

2.2 讀者對《星星．月亮．太陽》的批評

《星星．月亮．太陽》所面對的嚴厲批評，以六一年與六七年兩篇分別發表於《南洋文藝》與《盤古》上的書評最值得留意。一篇是蕭鳴的〈談《星星．月亮．太陽》和一般流行小說的特點〉（蕭鳴 1961a，1961b），另一篇是游之夏的〈看《星星．月亮．太陽》〉（21：119-125）。這兩篇文章條分縷析，將徐著的缺點談得相當透徹。[12]

蕭鳴即何達（何孝達，1915-1994）。他寫這篇文章的動機是為讀者分辨「流行小說」和「文藝作品」的不同，並為《星星．月亮．太陽》的性質與成敗作出論斷。根據蕭鳴的文藝準則，「真正的文藝作品，是具有反映現實生活，改造社會教育讀者的使命的。真正的文藝作品，固然也要具有吸引讀者看下去的魅力，但這並非『消閒性』，並非以『興味』為目的，只是偶然以『興味』為手段，吸引讀者從作品當中認識社會，了解人生，辨明是非善惡，吸取生活經驗，……因此，真正的文藝作品的作者，在寫作的時候，要同時兼顧主題思想，人物性格，環境氣氛，時代背景，和情節上的合理性。但，這些方面，一般流行小說的作者，往往是無須兼顧的。」（1961b: 5）以此審視徐作，他得出《星》並非「文藝作品」的結論：「正確地說，本書是一本以流行小說的手法，借用抗日戰爭作為故事背景，宣揚愛情至上主義的帶有悲觀的聚散無常的宿命論色彩的新式的鴛鴦蝴蝶派的作品。」（1961a: 7）[13]

在蕭鳴看來，《星》的「錯誤、疏漏、粗糙、與牽強之處」多不勝數，只能舉其要害而論（1961b: 7）。他的意見可以歸納為以下四點：一、情節：為了滿足一般流行小說讀者追求故事情節的興趣，《星》的敘事推進得非常迅速，而且牽強拼湊層出不窮的悲歡離合處境。基於這一點，他斷定這是一篇向壁虛構的鴛鴦蝴蝶派的傳奇小說。二、人物：人物描寫全無技巧可言，不僅第一主角（亞南）的性格「模糊錯亂」，其他重要人物也說不上「有血有肉」。蕭鳴對這個缺點的批評尤其嚴厲，他說：「無論在細節，或在要點上，都到處充滿不真實，不忠實之處。信口開河，把讀者當作大傻瓜。」他還把亞南坐在打字機旁翻譯莎劇的描寫大大的嘲笑一番（1961b: 6）。三、場景：《星》以許多大城市為主要背景，但對環境與氣氛的描寫，「簡直簡陋得驚人」，讀者根本感受不到「一點真實的面貌」。蕭鳴認為，這種寫法只能「騙騙那些未曾在中國大陸旅行過的人」（1961b: 7）。四、觀念：徐著本意是將書中三位女性分別代表真、善、美的精神，對此蕭鳴表示難以理解，並提出質疑：「所謂真善美，其實是指一個完整人格的三個方面。真是指外表與內心的關係，善是對行為的評價，美是給人的觀感。這三方面如何可以分割？又如何可以平行並列？真中如何可以沒有善？善中又如何可以沒有美？作者硬生生地把三個不可分割的屬性割裂開來，『分配』在三個女性身上，這就注定了這三個主角之必成為作者筆下的無生命的傀儡。」（1961b: 7）此外，徐速在小說裏不停的掉書袋，蕭鳴批評這些高論似是而非，根本站不住腳：「在外表看來，真是『博大高深，豐富無比』，使一般文化水平較低，缺乏生活經驗的年青讀者，看了這書，以為得到了許多『知識』，但是年事較長，稍有常識及人生經驗的讀者，就覺得本書所接觸的許多事物，思想，地點，歷史事件等等大都是浮光掠影地三言兩語，草草帶過，禁不起認真，禁不起查究。」(1961a: 7) 對於蕭鳴的批評，徐速拒絕應戰，置之不理；但《星》因此事又再「流行」了幾萬本，令徐速樂不可支 (21 : 128)。

游之夏（黃維樑，1947-）的〈看《星星．月亮．太陽》〉寫於六七年，原刊《盤古》雜誌第四期（六月號），當時作者是大學二年級學生。[14]游文對《星》的批評不外五點：一、這是一本「單線刻劃」的小說，使「其成就僅限於一本愛情小說」。在內容方面，除了苦心經營一男三女的戀愛外，沒有致力描寫時代氣息（中日之戰）與男主人公對時代的感受。游之夏對人物內心描繪不足的現象，作了極其坦率的批評：「堅白的矛盾，純然是內在的。如果作者善為處理，本可寫出極其出色的作品。可是作者對堅白內心的刻劃，範圍狹隘，且很浮面。堅白曾出走、逃難、上戰場、受傷，可是，除了『怔怔』地望著『天上的星星和月亮』、想著『明天太陽又會出來了』，而不勝感喟外，對時代的感受十分微弱。除了必然的對戰爭的殘酷的惡感外，我們實在看不出一個知識分子的心靈在亂世中的反映。他悲觀？虛無？

他怎樣順適？我們覺察不到。而堅白是學文學和哲學的。」(21：120) 二、作者為了製造四角戀愛的矛盾和糾結，湊巧的情節過多，安排的痕跡太露。這樣處理的優點是戲劇性得以增強，缺點則是稀釋了人物性格所帶來的悲劇成分，而作者卻是有意賦予男主人公悲劇性格的。三、由於《星》「過分強調崇高無邪」的愛情，導致人物之間出現有靈但禁慾，只見崇高而絕無庸俗的真空狀態。這種「單面式的誇張」，使小說「和現實世界隔了一層」。四、文字「清澈見底」，「不堪細嚼」；「象徵過於貧乏」，「太多的重複並不能加強效果。」五、對敘事方式存疑：「至於直敘法是否最佳的敘述方式，則有待商榷。」

這篇文章引起秦丘的注意，在《當文》撰寫〈《星星．月亮．太陽》是流行小說嗎？〉(21：113-118)，以作回應。徐速相當開明，除了轉載游文外 (21：119-125)，還一口氣寫了〈我們這一代〉(21：127-132) 和〈再談我們這一代〉(22：123-127) 兩篇文章，抒發讀後感。秦丘的回應，其實對游文的理解並不準確，這一點游之夏在〈幾點說明〉(22：128-131) 裏解釋得很清楚。此外，兩人在美學判斷上的嚴重差異，是無法對談的重要原因。秦文認為，《星》洛陽紙貴的原因有四：「一、有純真的感情流露；二、有濃郁的鄉土風味；三、有新奇的情節安排；四、文字流暢優美。」這四個因素之中，除了「鄉土風味」外，其餘三項與游之夏的觀點可說完全相反。徐速在文章裏表示，他尊重年輕讀者

（尤其是他「寄以厚望」的游君）的意見，但拒絕就小說技藝的問題作正面交鋒，而是以過來者身分，就他那「一代人」——而不是小說人物——的特點作出說明。他申述三個要點都是為了暗示游文的批評標準與作者的時代脫節：一、當年的他並非「知識分子」，只是「知識青年」；言下之意是：論者不宜以「知識分子」的（高）標準來衡量其小說人物對那個時代的（平凡）感受。二、他「那一代」的青年是「天真、幼稚」、「自由、幸福」的，「在思想上沒有現在青年的複雜，但也沒有現代青年的憤怒和苦悶」；弦外之音是：論者以「悲觀」、「虛無」等「現代」觀念來考量其人物心境，根本就是年代誤植。三、他「那一代」人年輕時，不曾為性慾所苦；「性的苦悶，並不是心靈的全部，甚至微弱得可憐」。他雖反對禁慾，但就文學而論，「覺得縱慾在文學意境中實在沒有地位，更沒有前途」，故此不屑寫肉慾小說。換句話說，《星》裏人物之單純無慾，不僅符合作者的寫實動機，而且在境界上要比游之夏所設想的靈慾交纏的世界高明多了。對於徐速的「答辯」，游之夏不再置評；僅在〈幾點說明〉裏感謝他的解釋以及對年輕作者的勸勉，這次討論就此結束。

2.3 關於《星星．月亮．太陽》的爭論

若上述兩次書評是微風細雨，涉及《星星．月亮．太陽》的第三次評論就是一場文壇風波了。這場筆戰的肇因是

深苔所寫的〈啼笑皆非的「社會調查」〉，刊於《新晚報》六九年十月二十日的副刊上。[15]這篇文章站在左翼菁英的立場，就新加坡南洋大學的一項學生閱讀調查報告發表了態度「輕蔑」（原文用語）的簡評。文章對於徐速、金庸（查良鏞，1924-2018）、瓊瑤（陳喆，1938-）三位港臺作者名列新加坡大學生「最喜歡的作家」（共二十名）榜上，而且分別位居高爾基（Maxim Gorky, 1868-1936）、曹雪芹、屠格涅夫（Ivan Turgenev, 1818-1883）、托爾斯泰（Leo Tolstoy, 1828-1910）、羅貫中等「大師」（原文用語）之前，非常不以為然，加以冷嘲熱諷。該文作者故意不提這三位作家的名字，僅以「一個抄襲別人作品的作者」（指徐速，排第六位）、「一名神怪武俠作者」（指金庸，第七）和「某流行小說女作家」（指瓊瑤，第十二）來稱呼他們。[16]這篇文章雖旨在嘲笑「資本主義社會」裏「受西方教育的大學生搞出來的」「所謂『社會調查』」，但不忘貶抑三位港臺作者，並對三人之中名列最前的徐速予以痛擊，指控《星星．月亮．太陽》「是抄襲抗戰時的一本小說《春暖花開的時候》的東西，但是抄得比原來的小說差多了。」

徐速隨即在十一月號的《當文》發表〈第六，愧不敢當〉（48：151-154）一文，作出回應。他的主要論點有四：一、學術機構舉辦的讀書調查，不管結果如何，毋需大驚小怪，何況是次調查的內容是讀者的主觀喜好（「最喜歡的作者」），與文學史公論（「最偉大的作家」）無關。二、深苔之所以不滿，恐怕與港臺非左翼作家竟與魯迅（排名第一）同榜，「冒瀆」了左派的「偶像」有關。至於深苔在文中並無提及其他現代中國作家，徐速認為對方「大概有什麼顧忌」，因為「巴金茅盾等『黑幫』分子」可能在大陸上已被鬥垮了。三、徐速承認曾在報上讀過幾回《春暖花開的時候》（1939），不過由於戰亂流離，未窺全豹。他否認抄襲的指控，原因在於此書很有名氣，而且又非孤本秘笈，「徐某就是膽大包天，也不敢將抄襲來的東西，和人家名著，擺在一起出售，而且騙了讀者一二十年，才被這位深苔先生發現。」[17]四、徐速認為文學作品是否抄襲，判斷標準「是題材的格局是否雷同，故事的組織是否重複，表現的手段是否一致」。至於人物個性、描寫詞彙則很難避免因襲前人，尤其是涉及中國文學裏最為常見的星星、月亮、太陽等意象。他認為，「《春》的目的是暴露當時統治階層的黑暗，暗示青年奔向延安」，這與他的小說在故事與主題兩方面均「毫無關連」。他的結論是：「明眼人一看就知，問題不是什麼抄襲，而是南大學生不該將我排名第六」（徐速 1969c）。[18]此後，徐速不再自辯，僅在十二月號《當文》刊出豫白、非夢（陳非夢）的兩篇文章，由旁人來說明《星》並非抄襲之作（49：104-108；113-117）。

一位署名「孔不明」的讀者不知就裏（孔不明 1969），深為「右派大名鼎鼎作家」徐速抱不平，乃投書「不怕左仔」的《萬人雜誌》，並附上深苔的文章，要求秉公評理，陰差陽錯的為《萬人雜誌》與《當代文藝》的第二次筆戰拉開了序幕（關於兩本雜誌之間的第一次筆戰，見下文）。[19]在《萬人雜誌》上攻訐徐速的作者主要有四位：林真（李國柱，1931-）、齊又簡、萬人傑（陳子雋，1917-1989）和張贛萍（張振之，1920-1971），其餘為讀者投稿或投書。[20]四位作者的分工顯然各有重點：萬人傑陳述雜誌的立場，林真抨擊徐速的態度（林真 1970a-i），齊又簡對比分析《星星．月亮．太陽》的「抄襲」成分（齊又簡 1970a-m），張贛萍批駁徐速小說中的常識錯誤（張贛萍 1970a-c）。

林真首先發難，寫了〈「是」與「非」之間——評徐速的《第六，愧不敢當》〉，對徐速回應深苔的文章作進一步的詰難（林真 1970a）。林文主要針對徐文的第三點和第四點而發，他的主要論點是：一、徐速沒有就是否抄襲的問題作一明確、直截了當的答覆（「我抄襲了」或「我沒有抄襲」）；二、文學貴在因時因地而演變創新，不能接受徐速關於人物與描寫的「因襲」說；三、徐文少談抄襲，卻圍繞因襲問題大做文章，有避重就輕，轉移視線之嫌。

四人之中，以齊、張二人的火力最為集中而猛烈。從七〇年二月五日至四月三十日（第119-131期），齊氏一共發表十三篇「比較談」，將徐速的《星星．月亮．太陽》與姚雪垠（姚冠三，1910-1999）的《春暖花開的時候》作出詳細的比較，旨在揭示兩篇小說在意象、人物、情節、事件各方面的近似之處，兼及徐著在常識與文字兩方面的錯誤。經過文本對照，他得出的結論與深苔的意見相同，即徐著不僅是抄襲之作，而且寫得比原作還要差。張贛萍撰寫的三篇文章，分別刊於七〇年三月二十日（第124期）、八月六日（第145期）、八月十三日（第146期），將徐速在《星》以及中篇小說〈傳令兵〉裏所犯的軍事、地理、歷史常識錯誤，一一列舉。

張氏為文抨擊徐速，與徐速在《當文》發表〈《星星·月亮·太陽》寫作經過〉（52：127-131）一文有直接關係。平心而論，徐速這篇文章寫得相當誠懇，對自己「浪得虛名」的作品裏「不夠成熟」之處作出檢討，並將寫作過程中，從體裁、情節、概念到主題各個層面所遭遇的困難與疑惑一一道來，大有自我批評，以求息事寧人之意。可是，他萬萬沒想到，他對小說裏唯一感到滿意的戰場描寫，卻撞槍口上了。張贛萍也是行伍出身，曾參與中日與國共兩場大戰，對徐速筆下的戰爭場面（特別是《星》第四十七節）嗤之以鼻，認為其中細節根本經不起內行人的推敲，只能視為「老百姓」或「半吊子軍人」「膽大臉皮厚」的「胡鬧」（張贛萍 1970a：10，13）。張氏評道，作家不懂裝懂，「硬充自己是能文能武的文武全才」，最終只會淪為「一個不文不武的小丑」（張贛萍 1970b）。

事態發展至此，徐速已無心戀戰。自張氏發表第一篇文章，徐速便表示要循法律途徑解決這次文字糾紛。四月號的〈編後〉聲明，「除了學術性討論，其他概不理會」；各種針對《當文》的「造謠誣衊」、「人身攻擊」與「政治陷構」，「為了保障名譽權益，本社已經聘請冼祖昭律師為本社常年法律顧問，一切循法律途徑處理」(53:164-165)。筆戰落到這步田地，雙方才逐漸偃旗息鼓，總算告一段落。據說，「徐速因這件事累得身體疲弱不堪，只好遷居大埔去休養」(慕容羽軍 2005:71)。

第二節《當代文藝》的內容

一、稿約

以下為創刊號「徵稿簡章」的要點摘錄：

(1) 本刊園地公開，舉凡小說、散文、新詩、文藝短論、文學史料、木刻、漫畫，均所歡迎，但不接受違觸港府出版法或外銷地政府禁令之作品；

(2) 短篇小說以五千字為宜，上限為一萬字，但特約長篇或中篇不在此限；

(3) 為照顧海外讀者，行文宜用普通語文，忌用方言土語，但小說人物對白例外；

(4) 投稿者須示真實姓名，筆名則隨意；

(5) 投稿者須附近照一張，以便刊印「作家群像」；

(6) 本社對來稿有刪改權，不願者請於稿端申明；

(7) 如需掛號退稿，請預繳掛號郵資；

(8) 本社最遲一週內決定稿件取捨，稿酬暫定為每千字七元至十五元；[21]

(9) 稿件一經刊載，版權即歸本社所有；

(10) 刊出稿件如發現抄襲或一稿兩投之現象，本社除追回稿費外，並刊出作者真實姓名向讀者致歉。

稿約的第一條規定符合東亞文化公司投資《當文》的第一個要求，就是「不惹政治，不觸犯當地禁律」。從政治或商業的角度來看，這條規定讓《當文》在風起雲湧的六〇年代裏得以自保；從文化的角度來考量，這個規定也讓徐速可以執行其文藝「中立」的編輯方針，關於這一點會在下一節裏討論。稿約的第一條與第二條突顯了小說的位置，自然與徐速作為暢銷小說家的號召力有關，也與小說這個文類廣受讀者歡迎脫不了關係。從稿約第三條可以推斷，《當文》預設的讀者群體不限於香港一地，而是更為廣大的「海外」地區，故此編者期待的語文媒介，既不是「國語」，也不是「普通話」，更不是各說各話的「方言土語」，而是能夠讓不同的華人社群互通聲氣的「普通語文」。

二、立場與觀點

《當文》的文藝立場與觀點，可以從〈發刊詞〉、社論以及〈編後〉所表達的意見窺見端倪。

2.1 發刊詞

創刊號目錄上的題詞，是《當文》的自我期許：「當代名作，文藝長城」。〈發刊詞〉（1：1-2）雖然寫得簡略，仍然清楚表達了《當文》在刊物性質、創刊目的以及讀者對象三方面的定位。

在刊物性質方面，《當文》自我定位為「純正的文藝刊物」。「純正」有兩層含義：一、針對主編眼中「聲色狗馬」、「文藝荒蕪」的香港社會而發，表達刊物同仁對於社會醇厚風氣以及個人精神境界的追求；[22]二、拒絕「媚俗的消遣的流行作品」以及「替政治服務的『羊頭』文章」。易言之，「純正的文藝刊物」既不是資本主義社會的低俗商品，亦非國共兩黨意識形態的宣傳工具，而是為了追求創造性與自我表達的文學藝術空間。[23]誠然，「純正」還有宗教與淨化的聯想——由於《當文》創刊時正值聖誕節慶，主編乃藉此時機，祈求「聖潔的燭光引導我們的路」。《當文》創刊的目的是為寫作者提供發表與交流的場域，致力提高華人的創作水平，並期待香港的「文藝復興」。至於預設的讀者對象，雖然〈發刊詞〉沒有明言，讀者仍然可以根據文理推斷，必是期待「文藝復興」的「純潔地愛好文藝的青年」。作為一份自負盈虧的刊物，《當文》非常重視讀者的需求；主編心裏明白，假如得不到足夠的讀者支持，刊物很難經營下去：「只要辦得好，讀者的眼睛是雪亮的，他們一定會支持這個刊物，誰都知道讀者才是刊物的真正主人，沒有讀者，等於是沒有活水的魚，沒有母枝的花。」

對「純正文藝」的追求，可說是《當文》的宗旨。在五週年的紀念特刊裏，張慧貞撰〈功？過？〉一文回顧《當文》的成績時，特意回應創刊的兩個理念：一、不媚俗，「我們宣傳『健康文藝』，叫青年不看黃色讀物」；二、不涉政治，「我們『我行我素』，不為政客利用」，「我們是『人』，不是政治工具」（61：166-167）。這種對「純正」的堅持，亦見於第一階段的停刊說明。主編在〈質本潔來還潔去〉裏表示，《當文》之所以停刊，並非因為失去讀者支持，而是因為難敵通貨膨脹所導致的經營虧損。他為這份刊物獲得讀者的長期支持而感到驕傲：「直到停刊這一期，我們還保持了一萬份的銷數，這跟那些只銷幾百份而依然闊氣神氣的有靠背景活下去的刊物來說，我們感到雖死猶榮。」不過，最重要的，還是刊物無改「純正」的初衷，而且能夠堅持到底：「我們感到自慰的，我們自始至終的對讀者負了責任，當初在創刊時，我們向讀者作者保證保持文藝的純潔性，這十四年來，有人一直為我們擔心，現在總算有個交代了。」主編在感傷之餘，不忘強調刊物多年以來的純潔性：「紅樓夢上的葬花詞說得好：『質本潔來還潔去』，真可作為《當文》的寫照，我們已經得到這樣足以自豪的結果，夫復何求？」（161：6-7）

2.2 社論與〈編後〉

社論是《當文》第一階段的一大特色，刊於雜誌的第一頁，位置非常醒目。這個專欄堅持了十三年多，未曾間斷。綜觀一百六十一期社論所牽涉的主要議題，按發表數量的多寡順序排列，計有以下六項：一、文學與政治；二、文學與文學商品化；三、文學與青年作者；四、地區文學與國際文學；五、文學理論、批評與論爭；六、五四運動與「五四精神」。

由於社論所占篇幅較少，每期平均只有兩頁，許多議題都無法深入探討，殊為可惜。此外，主筆對許多議題的看法非黑即白，行文亦斬釘截鐵，這些文章與其說是「論」，倒不如說是「評」，更為貼切。這些社論的主要功能，在於對當下社會與文學議題作出即時回應，陳述《當文》的態度、立場與觀點，有時因為來不及或無法核對事情真相，偶爾出現將郭嗣汾（1919-2014）當成柏楊（郭衣洞，1920-2008），或將王文興（1939-）視為挑戰現代主義文學的鄉土文學代表的錯誤（35: 4-5；143: 6-7；145: 6-7）。

以下綜述《當文》社論所反映的文藝立場、態度與觀點，旁涉〈編後〉內容，以作補充。

2.2.1 文學與政治

文學與政治以及文學商品化是《當文》社論最為關心的兩個議題。在主編看來，文藝一旦與政治沾邊，或變成商品，甚至淪為色情讀物，都會無可避免的破壞其自身的「清潔」（1: 167）。要理解《當文》對「純正」與「清潔」的執著，有必要對主編的文藝觀先作說明。

《當文》正式在社論裏表述其文藝觀，是六七年的六月與七月，正當香港的「六七暴動」展開之際。[24]《當文》當時亟需回應的問題是：香港板蕩，文藝應如何自處？文藝能否獨善其身，自外於政治風暴？主編認為，作家究竟如何自持，取決於其文藝觀；所謂文藝觀，「就是對文藝所追求的理想的認識」。文藝觀言人人殊，難有共識；不過，他表示，「可能為各種文藝宗派所接受」的文藝理想，是對「真」、「善」、「美」的追求。何謂對「真」的追求？他的答案是：「不受人惑，保持自己的獨立觀點，藐視政治教條，藐視政治口號，冷靜地分析政客們的美麗謊言，以及那些教條，口號，後面的真實目的。」換言之，不管時代如何風起雲湧，作家必須深思、謹言、慎行，以免寫出有違事實與良心的作品。作家的職責是「在虛偽的社會裏求真」。何謂對「善」的追求？主編答曰，「善」意味著「善良、光明、和平、愛」；這不僅是比文以載道更為寬宏的文藝理想，而且是「人類文明的象徵」。「在講打講殺的環境中」，作家更應以身作則，致力在文學作品裏表現「善」的至高境界。至於對「美」的追求，指在「創作形式與技巧，人物性格與感情的刻畫」兩方面的完善。「在醜惡、淫穢的風氣下」，文學更應「求美」，以濟世匡時。滄海橫流，對「真」、「善」、「美」的追求，目的不外是為了「保衛文藝自由」(19:5;20:5)。在主編看來，「文藝本質是真、善、美、愛，歌頌光明、正義，詛咒邪惡虛偽」(47:5)。

從以上的討論不難看出，《當文》最為關心作家的「獨立觀點」以及「文藝自由」。所謂作家的「獨立觀點」，主編在七一年十月號的社論裏解釋，「是既不左右逢迎，更不作任何偏袒，只是純客觀的表達；對於社會政治的現象，也只是忠實地表達時代給予他們的感受」。對於讀者所讚揚的《當文》的「中立立場」，主編加以澄清，聲明這種「中立」並非政治上的「中庸主義」，而是「超然局外」的立場（71：5）。在七三年十一月的社論裏，主編對此再作進一步的闡述：「在文藝運動中，中立的涵義，是以超然的立場，客觀的態度來認識問題、批評問題、解決問題，也以之捕捉題材，突出主題，決定內容。」所謂「超然」與「客觀」，指藝術的「真理」與「良心」；作家只要本著「文藝理想的真善美」「去處理和對待一切社會題材與問題」（96：3），就能表現其「獨立觀點」。

《當文》對「政治」一直深懷戒心。社論一再談及的「政治」或「為政治服務」的文藝，其指涉對象可謂呼之欲出。在〈為誰服務，其意甚明〉的社論裏，有以下說明：「事實上，時下『政治』一詞的概念，包含了政權與政黨；為政治服務，即是為政黨政權服務。政權雖不完全是從槍桿子裏出來的，但抓住槍桿來穩固權位則確是事實。這個說法也許為民主國家反對，但在東方，遊目四看，滔滔者皆是也！」（86:4）此說所指顯然就是中共以及中共政權，但《當文》亦關心在臺灣的國民黨及其政權對文藝的干預，曾就柏楊、李敖（1935-2018）二案，以及臺灣開放三十年代文藝作品、「戰鬥文藝」與「鄉土文學論戰」等事件發表意見（6：2；35：4-5；79：4-5；94：2-3；119：6-7）。社論主筆認為臺灣以「民主、自由、法治為號召」，然而卻一再發生作家「因文章賈禍」的事件，不僅「令人遺憾」，而且表示「不敢置信」（79：4-5）。

《當文》評說「政治」干預文學的現象，其主要動機與其說是對大陸與臺灣文藝政策的批評，不如說是對「海外」文藝界能否保持「純正」、「清潔」、「自由」與「獨立」的關心。「海外」是社論裏出現最為頻密的詞彙之一，意指大陸與臺灣以外的華人聚居地。一般情況下，社論將香港視為「海外」地區，偶爾才將香港與「海外」並舉，以示香港與其他地區的差別。換句話說，在《當文》的政治地理想像中，大陸與臺灣等同「中國」，香港與全球其他國家地區屬於「海外」。這種政治地理想像的背後隱含了「內」與「外」之間的重大文化差異，一如七三年一月的〈編後〉所云：「中國大陸和臺灣所制定的文藝框框，都與香港、海外不合適」（86：164）。文藝管制與文藝自由之別，使現代文學在「海外」成了「孤臣孽子」（131：152）。

在《當文》主筆看來，由於「港府對於言論自由的尺度相當放任」（81：164），「香港是個思想自由的好地方」（71：4），寫作人「擁有寫作自由，出版自由，沒有『作家協會』的干擾」（61：5）。然而，由於香港的特殊地理位置與政治環境使然，此地作者的創作與發表，時刻遭受各種政治勢力的威脅與侵蝕。六七年七月的社論指出：「今日在海外，我們總算還享受不少文藝自由的『福氣』，當然，我們也知道在這複雜的政治環境中，政客們是不甘心我們這樣自由自在地生活下去的。」(20:5) 社論一再強調香港環境的複雜性：「香港是個思想自由的好地方，而也是政治活動最複雜最尖鋭的場所，左、右、偏左、偏右，甚至忽左、忽右的現象，若『百花齊放，百家爭鳴』」(71:4)。除了政治環境複雜之外，社論還感嘆本地的人心亦同樣險惡：「今日香港的政治環境〔……〕複雜而尖鋭，除了政治傾軋，還夾雜著私人恩怨，文人豈止相輕，相卑，簡直發展到學術以外的造謠、誹謗、誣衊與扣政治帽子，在加上政治後臺在煽風點火，這種風氣愈演愈烈，真不知伊於胡底」(58:5)。

《當文》雖然宣稱文藝必須自外於（國共）黨爭政治，鼓勵作家培養「高潔獨立的風格」(24:4)，亦以追求「真」、「善」、「美」為終極的文藝自由理想，主編卻在不同的場合裏，鼓吹民族主義以及具有「戰鬥性」的文藝觀。儘管社論主筆意識到華人有「內」「外」之別，行文依然堅持民族主義立場，把「海外」華人一概視為「中華兒女」(66:4)，將「海外」華人作者稱作「中國海外文藝工作者」(85:5)，或將香港華人作者稱為「香港的中國作家」(61:5)。七一年五月的社論評説釣魚臺糾紛，其文藝主張頓時變調，失去「超然」立場：「本刊一向主張文藝工作者不介入現實黨爭，但這是對外的國家領土主權的鬥爭，則不可埋首書齋置身事外。何況中國新文學運動於民族救亡之運動是息息相關的」。社論同時鼓動讀者參軍，並口誅筆伐反對「愛國運動」的「漢奸」：「本刊呼籲文藝工作者以最大熱情支持此一保衛國土的愛國運動，必要時捨筆執戈，拋頭顱，灑熱血，實際參加保衛國土的軍事行動。」「凡是企圖阻止或破壞愛國運動的，都是賣國漢奸行為。〔……〕漢奸走狗，人人得而誅之伐之，而筆伐這個任務，自然落在操筆者的手上了。」(66:4-5) 七一年八月的社論，更以「文章報國，此其時也」為題，呼籲「文士」揮動「筆桿」，「一方面直插法西斯的心臟」，「一方面要撕破那些準漢奸，真賣國賊的偽裝」；最後還忍不住高呼：「不抵抗主義就是民族罪人！破壞或誣衊愛國運動的反動文人都是漢奸！」(69:5) ㉕

2.2.2 文學與文學商品化

從主筆對釣魚臺事件的表態，足見其文藝戰鬥觀。其實，早在六六年五月，《當文》社論已談及「文藝的戰鬥性」。主筆認為，「為藝術而藝術」的觀點過於「狹隘」，並不適合於「複雜得像個龐大機器的社會」。香港與「海外」尤其需要一種健康、樂觀、進取的「戰鬥文藝」：「文藝本身是有戰鬥性的，任何文藝路線大都標榜著自由、平等、民主，謳歌正義，謳歌愛情，反抗強權，反抗仇恨，發揚光明，暴露黑暗的崇高理想。」 (6:2) ㉖

《當文》的「戰鬥」精神，在面對「色情」文化時表現得最為高亢。第二期的社論報道了新加坡政府禁止銷售「色情書刊」一事，並為此「賢明勇毅的政治措施而歡呼」。主筆認為，「黃色書刊害人，盡人皆知」，而港臺兩地正是生產此類書刊的基地，故此建議香港當局效法新加坡「反黃」，「禁止黃色書刊」，「拘捕色情販子」(2:2)。在第四期的社論裏，主筆將焦點轉移至文藝領域，正式發出「拔除三面黃旗，清潔文藝市場」的戰鬥號召。主編認為，香港「色情文化」氾濫，往往藉藝文之名，為「色情」暗渡陳倉，具體表現有三：一、以「淫畫」充當藝術；二、在武俠與偵探兩類「消遣性的作品」中加入「色情毒素」；三、在歷史小說裏，「運用現代文藝技巧，細膩描寫歷史名女人的性心理，甚至做起翻案文章，弄到歷史上有婦皆蕩，無女不淫」(4:2)。此為《當文》自詡的「反黃」運動 (13:3)。

從文藝主張的角度來看，《當文》主筆無疑繼承了五四一代激進文人對「消閒讀物」的批判觀點。在他眼裏，「文藝小說」與商品化的「武俠小說、言情小說、流行小說」之間的差異「涇渭分明」，不可等量齊觀。前者有「雋永的意境」，屬於「正統文藝」，是真正的文學；而後者「以一種輕鬆的筆調，傳奇的情節，通俗的文字，來適應一般小市民的閱讀能力」，「談不上什麼文藝價值」，「絕對不是文學作品」。他雖能接受商品化文學的「消閒作用」與「娛樂價值」，但不能容忍「流行小說」「幾乎占領了整個文藝市場」的現象，對於「新鴛鴦蝴蝶派」「販賣色情」、

「企圖篡奪『正派文藝』之位」的行為更是極為反感。主筆之所以憤慨，原因在於他認為「誨淫」不僅破壞文藝事業，還會危害熱愛文藝的青年：「年青人鑑賞力低，求知慾強，很容易接受異端邪說，尤其關於文藝的基本概念，一唱百和，以訛傳訛，甚至奉為圭臬，貽害終生。個人的意氣之爭事小，玷辱文藝事大，導青年思想於歧途，則百死不能贖其身。」有鑑於此，「健康文藝」與「色情商品」誓不兩立；「在黃流氾濫中，從事健康文藝工作者，為了保持人性尊嚴，更要發揮文藝的戰鬥精神」，「希望海外的文藝園地，剷盡毒草，遍開香花」（23：4；34：4-5；38：5；40：4-5；41：4-5；51：5）。這種文藝信念是導致徐速在六八年鳴鼓攻擊《文壇》所刊兩篇主張文藝通俗化的文章的主因。[27]

2.2.3 文學與青年作者

第九期的〈編後〉表示：「培養新作家〔……〕是本刊的理想抱負之一」（9：167）。第十四期的〈編後〉對此作進一步的補充：「我們尊敬老作家、名作家，但我們更重視新作家、青年作家」（14：163）。第五十二期社論〈為新進作家請命〉更表明，「本刊創刊伊始，即以『培養文藝接班人』為職志」（52：4）。[28]

這種對年輕一代寫作人的寄望，從一開始就反映在《當文》的社論裏。六七年一月的社論讓位予一篇讀者來論，題目是〈香港需要一個文藝協會〉。作者孔筆指出，香港有各種各樣的社團組織，獨缺文藝或作家協會，故此建議成立以「作家、劇作家、詩人、文藝批評家以及文藝副刊或文藝刊物的編輯」為會員的組織，以利本地以及東南亞地區文化人的聯繫與交流。更重要的是，文藝協會可以「發起改革性或建設性的文藝運動」，從事文藝批評的會員亦可以「鼓勵和指導」青年會員。作者認為，「培養文藝接班人，應該列為文協的主要工作，也是最有意義的工作。〔……〕據某文社粗略的統計，香港從事文藝寫作的青年人，至少在三百至五百人之間，這些文藝幼苗，如果能得到適當土壤適當氣溫的培養，二三十年後，香港也許能產生諾貝爾文藝獎的得獎人。」(14:2-3) 孔筆對年輕作家的關心，顯然與《當文》的立場一致。

六八年二月，《當文》發表題為「迎春三願」的社論，除了期待文藝市場復甦、閱讀風氣轉盛以外，還表示要繼續為「培養年輕作家的職志」而努力 (27:4-5)。三月號的社論〈再論培養文藝接班人〉提出三項建議：一、「恢復導師制」，「也就是希望老作家用帶徒弟的方式，親自傳授其『入室弟子』」；「新文藝作家雖很少見，但魯迅培植蕭軍的故事，至今仍然膾炙人口」；二、「建議出版商，大力出版青年作品，用行動來培植、鼓勵文壇心血」；「困難是有，但這種神聖工作畢竟值得從事文化事業者一試的」；三、通過學校當局來發掘文藝新血。《當文》主筆顯然明白這些建議的理想主義色彩，所以說「這是一樁嚴肅艱苦的工作，一定要有精神準備」（28：4-5）。

只靠學校來培養年輕作者恐怕資源不足，故此《當文》在五月號發表的社論裏，向香港政府建議，在校際音樂節之外，另撥資源舉辦校際文藝節，「目標可以專重於文學與美術方面，例如：詩歌、散文、小說、論文的寫作比賽，書法比賽，美術（包括繪畫、雕刻）比賽，以及演講比賽等」。《當文》主筆相信，校際文藝節可以在三方面發揮正面影響，提高香港的「健康文藝氣氛」：「一、提倡青年讀寫的風氣」；「二、陶冶青年崇高的品德」；「三、促進香港文化的進步」（30：4-5）。

七〇年三月的社論，報道了《當文》為慶祝創刊四週年所舉辦的「初戀」徵文比賽，亦藉機向本地報刊發出為年輕作家提供發表園地的呼籲。「本刊創刊伊始，即以『培養文藝接班人』為職志，四年來的工作成績，燭光螢火，微不足道。加以客觀條件的限制，《當文》所能容納的稿件實在有限，文藝刊物也寥寥可數，而且也遭遇到同樣的困難。像這樣艱巨的工作，必須整個文化界的群策群力，尤其是容量最大的報紙的副刊才是擔當文藝運動的主角。」「因此，我們誠懇的期待負有推進文化的偉大使命的報刊負責人，重視這個問題，開放副刊園地，容納新人新作，如果積弊難返，在可能範圍內為新進作家開闢一塊新天地，安舊立新，不偏不廢。」（52：4-5）

這次徵文比賽冠軍李燕（1930-）[29]在獲獎後投書《當

文》，提出自己對傳承文藝薪火的看法，被《當文》視為「來論」，於第五十三期刊出，取代該期社論。李燕有感於香港的文藝不景氣以及新文藝教學的貧乏，而呼籲年輕一代寫作人莊敬自強，精誠團結，「拿出最大的信心和勇氣來，準備著接過長輩們的〔文藝〕棒子」(53：4-5)。七一年一月的社論，在報道《當文》舉辦的「我最難忘的一天」徵文比賽之餘，承接李燕的議題，鼓勵推動文壇的「新陳代謝」：

> 接棒子的真正概念，是雙方面的一種精神的默契。說得具體一些，老作家的創作力枯竭了，盡可能知趣下臺，或者將棒法傳授給龍精虎猛的下一代；年輕一代實在不必否定他們過去的成就，如能虛心領教老一輩的心得，由於老作家的提攜，年輕作家便省去不少氣力去摸索。更具體一點的，文藝工作者要盡量做到新陳代謝的工作，年輕人的作品可能不夠成熟，但比腐爛的桃子對讀者富有營養。〔……〕我們舉辦的徵文，實際上就是教年輕人接棒子與使棒子的一種方式，讓年輕人有上臺一顯身手的機會。事實上，有些作家就是在徵文中接到了棒子 (62：7)。

《當文》主筆重視文藝創作經驗的累積與分享，故此有「新兵掛帥，老僧傳經」 (82：4-5) 之說，對於一些年輕作者輕辱前輩亦非常不以為然，並為文批評 (153：6-7)。

七八年一月，《當文》發表社論，慶賀香港青年作家協會成立。港青作協有非政治性與非商業性的性質，與《當文》的文藝觀頗為契合，因此得到《當文》的支持。主筆在文中表達了三點期望，內容與《當文》一貫秉持的立場非常接近：一、希望港青作協堅持創辦初衷，「忠實於文藝工作，不為任何政治黨派所利用」；二、「以民主協商的方式處理業務」，盡力避免因權力之爭而導致人事傾軋；三、要有氣度，廣納人才，避免為文壇再「製造小圈子」（146：6-7）。七八年十一月的社論報道了港青作協與新雷詩社分別舉辦的詩歌聚會，並表示讚賞。主筆認為，年輕作家幹勁十足，「度量宏大」，不僅邀請不同詩社成員參加，還「打破了年層的限制與詩體的歧視」，是難得一見的好現象，並寄望這個「好的開始」「給香港詩運帶來美好的前景」（155：6-7）。

《當文》所關心的年輕一代作家不限於香港一地，東南亞華文作家也在主筆的視野之內。七七年三月的社論以「南島春風報喜來」為題，報道曾在《當文》發表作品的青壯作者如溫任平（1944-）、雅波（王昌波，1947-；曾獲《當文》六九年「初戀」徵文比賽入選獎）、丁雲（陳春安，1952-）、潘友來（1955-）等人在當地獲得文學獎的最新情況。主筆的興奮之情，溢於言表：「算算得獎人士，有半數都與《當文》有關，而且有些作品還是選自《當文》，真是『與有榮焉』。〔……〕這個喜訊固然是作家們的榮耀，也是大馬文壇的成就，我們雖然遠在香港，也都有說不出的

興奮與欣慰，讓我們獻出真誠的賀忱，分享他們的快樂。」（136：6-7）

2.2.4 地區文學與國際文壇

《當文》關心馬新作家，不僅因為他們是少壯一輩，還因為主筆篤信文藝具有「超越性」的特質。所謂「超越性」，有兩個意思：一、指文藝具有不受「政治」、「宗教」和「地域」限制的獨立性格，可以「客觀的反映現實，忠實的描寫人生，深切的發揚人性」；二、也指文學與作家跨越國界的流動性：「文學是不分領域的，而且互相吸收，相互影響」；「作家更不該有『出生紙』的限制，而且作家的流動更能加強文藝的活力」。具體的例子便是四九年前後離散的大陸文人，「對香港、臺灣、星馬的文藝發展，都發生一定的影響」。基於以上原因，《當文》將香港與馬新一帶的「海外華文地區」視為一個性質相近的連結體，「希望這些文藝據點迅速壯大起來，然後結點成線，聯線成面，不唯使華文文藝在海外發揚光大，也是對世界文化的一個大貢獻」（10：2）。

《當文》主筆也關心「海外」華文作品如何透過翻譯，跨越語文邊界，邁向國際文壇的議題。第三期的社論以「向國際文壇進軍」為題，肯定自五〇年代以來香港寫作人所付出的努力：

> 平心而論，這十幾年的文藝工作者的努力，不能説是毫無成就。以文藝刊物來説，十餘年來此仆彼起的拓荒精神是值得鼓勵的。〔……〕香港的作家是自己奮鬥出來的，沒有政權黨權在後面支持和捧場。〔……〕我們不要忘記香港只是個蕞爾小島，如果將它與文化歷史悠久的大國相比，是不大公平的；但與世界任何一個大城市相比並不算遜色，何況十幾年前，它只是一個轉口碼頭而已（3:2）。

主筆同時以香港華文文學作品得到外譯的情況為例，為香港的文學創作打氣，期望香港作家，特別是年輕作者，繼續努力，總有獲得諾貝爾文學獎的那一天。《當文》除了關心「海外」華文文學作品的外譯，也曾建議成立亞洲文學翻譯中心，以將亞洲的優秀作品介紹到西方去。《當文》主筆老早就知道，若是沒有良好的譯文，亞洲作家根本就沒有問鼎諾貝爾文學獎的機會（55:4-5）。

七〇年七月，《當文》社論刊出〈亞洲作家所面臨的問題及其可能的貢獻〉，這是徐速為香港筆會撰寫的文章，準備在臺北舉行的國際筆會第三次亞洲作家會議上宣讀，刊出的目的是為了讓「關心此項問題的海外文藝工作者參考指教」。根據編者按語，「亞洲一詞，並不包涵中共大陸、北韓、北越、及俄屬亞洲等紅色政權統治地區」。這篇社論指出，亞洲作家所面臨的共同問題與必須肩負的責任有四：一、克服左翼文學與存在主義文學思潮的偏激影響，從亞洲的儒釋二道之中尋求文化資源，恢復歐洲文藝復興時期與民主政治理論所強調的人性尊嚴；二、以仁慈精神抵抗階級鬥爭的宣傳，促進民族交流與文化欣賞，消滅種族歧視與民族仇恨；三、「針對政治野心家利用舊現實主義文學給予讀者的激憤以及西方存在主義文學給予讀者的空虛感」，提倡新理想主義，推動一種充滿「和諧、希望、樂觀的文藝思潮」，「為人類帶來新的憧憬」；四、存在主義文學令人「消沉、孤獨、失落」，心理分析學說導致「色情作品、荒謬怪誕的推理小說」、「畸形的亂倫的戀愛故事」「大行其道」，有重新檢討的必要，以維護「國民心理健康」。一言以蔽之，在共產主義意識形態與資本主義文藝思潮的雙重夾擊之下，「亞洲」作家如何獨善其身，善用傳統文化資源，「創造適合亞洲本身環境的『文學風格』」，進而兼濟天下，是徐速最為關心的問題。文章的反共色彩，以及對西方各家「現代」與「新潮」學說的疑慮，躍然紙上（56：4-7）。[30]

2.2.5 文學理論、批評與論爭

《當文》反對「唯我獨尊，大一統，定於一」的文藝政策，提倡在「還能享受一分自由的空氣」的國家和地區，推廣文藝活動的「民主精神」，意即在自由、公平的前提下，允許懷抱不同創作傾向的各家表述自己的文藝觀。一如社論

〈文藝的民主精神〉所說：「容忍異己，尊重他人，公平競爭，自由選擇。還包涵了中國儒家的『己所不欲，勿施於人』。」(21:4)《當文》亦秉持此一編輯原則，願意刊登不同的文學作品、批評與理論：「本刊創刊之初，就揭櫫了這種態度，對於各家文藝宗派的理論，希望包涵兼收，事實上，我們發表的作品，各種形式都有，從古典的文藝論文到意識流小說，都一視同仁，我們希望在這個小小的文藝園地裏，真正做到百花齊放，百家爭鳴。」(21:5)

社論主筆認為，香港、臺灣與馬新的文藝批評與理論建設尚未具備這種民主意識(68:4-5;75:4-5;76:4-5;107:6-7)。文藝批評與理論的交集，很容易轉化為筆戰的烽火；本來是論事辯理的文章，動輒便淪為意氣之爭，甚至人身攻擊，乃至於造謠誣謗，叫人不忍卒讀(46:4-5;111:7)。主筆提及《當文》曾介入的兩次筆戰，稱之為「沉痛的經驗」，似乎猶有餘悸(124:7)。他在社論裏呼籲，「筆罵」並非文學批評，既無學術價值，亦無助於「海外文壇」的建設，應予勸止(75:5;131:7)，並稱文藝辯論旨在明理，而不是為了輸贏；論者必須「以良好的風度，將道理擺在群眾面前，讓群眾去批評、選擇、接受。公道自在人心，參加討論者應該有這個信念和信心」(111:7)。[31]

《當文》一旦成為論戰場地，編輯便須採取特殊措施，並公告論戰各方以及讀者，以確保「文藝的民主精神」得以維持不墜。七五年二月號的〈編後〉，對刊登筆戰文章作出四項規定，表明了《當文》的立場與態度：一、必須著重理論建樹，切勿迴避主題，於文字上吹毛求疵，反覆挑剔；二、切勿徵引自家作品，以免招惹「掛單宣傳」之譏；三、謝絕任何對《當文》作出威嚇之稿件，「有些大作頗具威脅性，聲言如本刊不用，當即另投他刊向本刊責難。本刊歷經風霜，當然不在乎任何報復行為，但預先聲明絕對不理會這種毫無意義的挑戰」；四、保留是否出版筆戰特輯的權利，「本刊編輯部對這次詩戰自信絕不偏袒任何一方，如果感覺到論戰變質或形勢不能控制時，立即停頓此項計劃」（111：152）。

2.2.6 五四運動與「五四精神」

《當文》談及五四運動的社論不多，僅有五篇。然而，這五篇文章表達了主筆對於香港、香港文學以及現代華文文學的一些基本看法，亦可視為《當文》的自我定位與自我期許。

對於主筆而言，五四運動的始源是一九一七年的新文學運動，其本質是「全面性的新文化運動」，「也是中國現代化的開始」。要談「五四精神」，總離不開新文學的主張、實踐與精神面貌；然而，主筆對於五四運動卻「別有一番滋味在心頭」（42：4），他對「五四文學」或「五四精神」的評價亦是矛盾曖昧的。他一方面肯定「五四文學」的「狂飆精神」、「忠實而嚴肅的態度」以及「建設的理想」（54：

5)，另一方面又質疑當年的文學運動過於草率魯莽，並輕易受到西方文藝的影響以及政治思潮的干預，最終導致新文學的淪落：

> 無可否認的，由於從事發難新文學運動工作者的草率，缺乏全盤計劃，遠大的理想，只注重文體形式的改革，忽略了民族文學理論的建設，甚至生吞活剝接受西方各種型態文藝理論，以致在外來政治思潮的衝擊下，很快的從宗派主義的紛爭，捲入政治鬥爭的漩渦。
>
> 在三十年代文藝思潮的爭論中，我們可以清楚的看到新文學思想從文學本位蛻變到政治文學的軌跡，從文學改良，一變而為文學革命，再變而為革命文學，三變為普羅文學，以至無產階級文學。三十年代的大部分文藝工作者，在政客的魔杖下，不自覺的亦步亦趨的跟進，成為政爭的工具，甚至喪失了文學的基本立場，成為某一階級的服務的僕役，這也許是五四文學者始料不及的（42：4-5）。

在主筆看來，政治思潮對於文藝的干擾，以大陸與臺灣最為嚴重。在大陸，由於文藝必須「服從無產階級專政」，「為工農兵服務」，「傳統的文藝觀念不可能存在」，「五四文學所揭櫫的自由民主精神也無形中取消了。換言之，文藝的真善美的理想落了空」。在臺灣，由於官方對三〇年代文學與現實主義文學的查禁，作家不得已乃轉向現代主義，「下焉者便墮落於媚俗的色情文學」(113:7)。

主筆認為，要紀念「五四精神」，就必須回到新文學運動的初衷：

> 其實，五四文學精神並不是如此的，我們可以從新文學運動初期的文獻中看到一些粗枝大葉的文學路向，所謂活的文學，人的文學，個性文學，可惜都沒有更深入更普遍的發揮。在五十年後的今日，我們不禁再向從事文藝工作者發出沉痛的呼聲：恢復人性尊嚴！堅持文藝自由的獨立的立場！為五四文學招魂(42:5)！

主筆提出，在這個「文藝事業陷於低潮的現階段」，「香港文藝本身的地位、歷史任務，及其工作開展等問題」變得格外的重要(113:7)。儘管香港面對著「舊文藝」與「現代派」的雙重挑戰(18:4-5)，香港依然是「海外地區」落實「五四傳統」的重要基地，需要學者與作家共同努力，以開拓新局面。主筆對此有以下總結：

> 在海外地區中，香港的地位是非常重要的，它不僅擁有從中國大陸南來的文藝工作者，而且以香港為基地，向海外廣大地區輻射，尤其是文學書刊的供應，亦無形中

起了文藝運動的傳播與領導作用。

如何把握發展香港這個文藝基地，這個實際問題，是長遠的，也是急需的興衰統、繼絕學，並不僅是坐而談而是起而行的大事情（113：7）。

在主筆的觀念中，新文學運動其實尚未完成其歷史使命，目前尤其需要在「海外」社區予以延續，將之轉化成華文寫作的一個重要文化資源：「在這個時代中，我們必須要再認識五四精神，尤其在這沉淪於聲色犬馬的罪惡社會裏，文學工作也實在需要建立新的五四精神，再戰鬥，再出發。」（114：7）

三、刊物內容

3.1 主要文類

總體而言，《當文》這本綜合性文學期刊的內容以「文」（學）為主，「藝」（術）所占比例不高。「文」之中，又以小說（包括短篇、中篇以及連載長篇）、散文、新詩的創作最為重要，是《當文》的三大核心文類。《當文》只刊載文藝短論與文學史料，正式的文學批評並非重點。「藝」主要體現在雜誌封面選刊的畫作、封面說明、漫畫選刊、藝術與攝影作品選刊等。關於書畫與舞蹈的評介文章，僅有寥寥幾篇。此外，就只有佘玉書（佘祥麟，1937-）談音樂與音響器材的專欄文章。

早期《當文》以小說所占篇幅最大，在第八十五期（1972年12月）以後有所改變，每期小說的數量與篇幅同時下降，讓位予《當文》舉辦的徵文比賽獲獎作品，或參與文學論戰的評論文章。散文的作者與稿量亦非常豐富，基本上以議論體雜文為主流，抒情小品相對少見，重要性不及前者。《當文》亦重視新詩，雖然新詩所占篇幅不多，卻是常設欄目。由始至終，《當文》都設有「新詩」專頁（二至三頁），刊載來稿（二至十篇）；專頁名目雖曾一度改為「詩」（第18-24期）或「詩之頁」（第25-68期），《當文》支持新詩創作的初衷一直維持不變。除此之外，還設有「期首詩」專頁，刊登該期佳作，以資鼓勵；不過，「期首詩」不如「新詩」穩定，曾短暫取消（第25-82期）。

《當文》的文學評論以多種面貌出現，包括主編的社論、編輯部撰寫的〈編後〉、特約作者的文學評介、作者投稿的短評、專論、雜文，以及參與筆戰的文章。這些文章的格式與水平並不齊一，既有非常主觀的個人意見陳述，亦有比較客觀的文學批評，正式的學術文章並不多見。

3.2 專頁與專欄

《當文》的常設專頁，除了前述「新詩」與「期首詩」外，尚有「香港文訊」、「文藝短波」、「作者群像」、「漫畫選」、「世說今語」、「拾慧集」、「當文之友」、「嘗試篇」、「談趣錄」、「幽默小品」、「拾貝篇」。

「香港文訊」（第1-14期，偶有間斷）刊登香港文壇近況與文藝活動消息；[32]「文藝短波」以寫軼事的筆法報道中外文壇近事（第86-100期）；「作者群像」（第1-23期，偶有間斷）刊登作者照片；「漫畫選」（第1-161期，偶有間斷）選載西洋與香港的幽默或諷刺漫畫；「世説今語」（第1-84期，偶有間斷）是由空谷、傅真編撰的時人逸事；[33]「拾慧集」（第1-97期，偶有間斷）是文學掌故、普及知識與各種故事的合輯，由伯齡負責編寫。[34]「當文之友」（第82-161期，偶有間斷）為讀者投書而設，頁數在四至十頁之間，經常引發讀者與編者以及不同地區讀者之間的互動，是香港與東南亞離散華人寫作與閱讀社群之間聯繫感情的重要欄目。為了配合培育年輕作者的創刊宗旨，「嘗試篇」（第109-161期，偶有間斷）選登新人作品。「談趣錄」（第135-159期，偶有間斷）是讀者發表短篇趣文的專頁，每次刊出一至三篇。「幽默小品」（第101-106期）與「拾貝篇」（第102-103期）為期甚短，分別由淳于髯與沙原負責撰寫。

《當文》還長設個人專欄、多人專欄與專題專欄。以下八位作家負責個人專欄：一、李素（李素英，另一筆名琤琮，1910-1986）：「讀詩狂想錄」（第3-80期，不定期）與「詩門摸索記」（第51-82期，不定期）；[35]二、余玉書（余祥麟，1933-）：「天星樓隨想」（第34-87期，不定期）、「樂室閒話」（第109-118，120-147期）與「西窗隨想錄」

（第148-161期）；[36]三、黃南翔（1943-）：「遊子情懷錄」（第109-148期，不定期）與「心潮集」（第151-161期）；[37]四、柯振中（1945-2018）：「踏莎行」（第135-138，140-161期）；五、陳潞（陳守朱，1918-2005）：「亡羊毀牢居雜感」（第107-111期）、「檻外談詩」（第129-140期）、「亂翻風月鑑」（第145-160期）；[38]六、司馬長風（胡若谷，1920-1980）：「獨醒集」（第127-133期）、七、李澍：「文海觀瀾」（第150-160期，不定期）；八、郎格非（范立言）：「零思錄」（第90-100期，不定期）、「格非閒筆」（第138-142期）。多人專欄有三個：「筆匯」（第15-157期）、「文化廣場」（第158-161期）、「三人行」（第93-132期）。「筆匯」刊出文藝隨筆，通常由三至四位作者執筆，每人篇幅約兩頁，後來被「文化廣場」取代。「三人行」由柯振中、非夢（陳非夢）、梁從斌三人執筆，每期三篇，每篇約占兩頁。[39]此外，《當文》還開設兩個專題專欄，刊載文學史料：一、「三十年代作家剪影」；二、「當代大陸作家剪影」。「三十年代作家剪影」分三個階段刊出：第一階段（第24-26期）自由投稿，由趙聰（崔樂生，1907-1983）[40]、李輝英（1911-1991）、馬逢華、韓穗軒分別操觚，第二（第38-63期）與第三階段（第106-109期）的作者分別是丁淼（丁嘉樹，1907-1990）和李立明（李子行，1926-）。「當代大陸作家剪影」（第112-130期，不定期）則由楊翼（黃南翔）執筆。

3.3 專輯

《當文》的專輯依其性質可以分為四類：一、徵文與徵文比賽；二、週年紀念；三、專題報道；四、文學論爭。

3.3.1 徵文與徵文比賽

《當文》舉辦徵文比賽，源自林語堂（1895-1976）的提議。[41]《當文》的徵文與徵文比賽共有五次：一、「懷鄉記」徵文活動（1966）；二、四週年紀念徵文比賽（1969）；三、第二次徵文比賽（1970）；四、第三次徵文比賽（1972）；五、十週年紀念徵文比賽（1975）。[42]

《當文》舉辦「懷鄉記」徵文活動，是因為第四期所刊唐君毅（1909-1978）〈懷鄉記〉（4：8-14）一文廣獲讀者好評，故此沿用該題公開徵文，字數上限為六千字。入選作品共十二篇（刊第9-12期），入選者為邱山、李箕、張懷東、王世昭、關東雁、小山、傅南鵑（香港）、秦瑤（馬來西亞）、萬里雲、田夫、絢兮（香港；李素英，1910-1986）、江靈。四週年紀念徵文比賽的題目是「初戀」，必須是第一人稱自述體小說或散文，字數上限是一萬字。獲獎作品一共廿五篇（刊第51-55期），首五名獲獎者為：李燕（香港；1930-）、陳君鶩（香港）、馬崙（馬來西亞；邱名崐，1940-）、藍笛（香港）、孜人（臺灣；郭光仁，1932-）。第二次徵文比賽的題目是「我最難忘的一天」，要求與上一次徵文比賽相同，必須是第一人稱自述體小說或散文，字數上限亦是一萬字。獲獎作品一共四十四篇（刊第62-70期），首五名獲獎者為：淩霜（香港）、冰華（澳洲）、雲深（香港）、李燕（香港）、郭兀（臺灣；郭光仁）。第三次徵文比賽以「苦與樂」為題，也是要求參賽者以第一人稱自述體小說或散文撰寫，字數上限為一萬字。獲獎作品一共四十八篇（刊第89-96期），首五位獲獎者為：士希（臺灣）、曉涵（越南）、高雲嶺（香港）、倦鳥（香港）、因心（馬來西亞）。十週年紀念徵文比賽有兩個題目：一、代溝；二、關於動物或寵物的故事。這次徵文的要求亦是自述體文章，小說尤佳，一萬字以內。獲獎作品一共四十一篇（刊第126-135期），首五名獲獎者為：鄭鏡明（香港；1955-）、鄭如蘋（香港，後因發現為抄襲之作而被取消資格）、艾舒（馬來西亞）、李燕（香港）、曾焰（泰國）。在眾多入選者之中，有十四人日後成為《當文》的作者：傅南鵲、絢兮（李素）、鄭鏡明、劍瑩、梁園（黃堯高，1939-1973）、馬崙、郎格非、逸萍（張奕東，1926-2000？）、曹嵐、黃廣基（1952-）、鬱雷、李錦怡、陳樹強、向雲。李素、傅南鵲、鄭鏡明是香港作者；劍瑩住在澳門；梁園、馬崙、郎格非、逸萍、曹嵐來自馬來西亞；黃廣基、鬱雷、李錦怡、陳樹強、向雲為越南華人。

3.3.2 週年紀念

《當文》刊行十三年多，每逢週年（十二月號）都刊出週年紀念專輯，所占篇幅從十一頁到十六頁不等，一共出版十三次。紀念專輯主要刊出編輯、作家、學者以及讀者的祝賀詩文，或鼓勵文章，或文運評論，或讀者心聲，不一而足。投稿的作者與讀者主要來自香港與東南亞地區，七週年以及十一週年的紀念專輯有不少其他地區讀者的賀文，九週年紀念專輯的大部分文稿則來自馬來西亞和南越。從第一到第七週年（1965-1972），專輯所占篇幅基本保持在三十頁左右。從第八到第十二週年（1973-1977），由於物價上升，加上「紙荒」的影響，專輯篇幅減少至二十頁左右。十二週年紀念專輯只有十三頁，是篇幅最小的專輯。第十三週年的紀念專輯是最後一次，篇幅是自「紙荒」以來最大的一次，一共廿九頁。紀念專輯本來旨在歡慶，但後期的調子轉趨低沉，主編與督印人對於雜誌前景的憂慮已躍然紙上。[43]

3.3.3 專題報道

《當文》有時會因應華文文壇發生的事件，組織專題報道並作出評論。在十多年間，《當文》的專題報道僅有三次：一、關於「知識分子」的筆戰（香港）；二、蔣芸「盜作」事件（臺灣）；三、東南亞作者一稿兩投的問題。

（1）「知識分子」筆戰特輯

「『知識分子』筆戰特輯」刊於第三十三期（1968

年8月），轉載了發表於《星島晚報》以及《明報》上關於「知識分子」的論戰文章，一共十四篇；若加上《當文》該期社論以及一篇特別邀稿，總篇數達十六篇。編者如此交代此事的來龍去脈：

> 由於胡菊人先生在《星島晚報》的「星晚文化」週刊上（五月廿七日）發表一篇〈「知」而不「分」〉的雜文，詮釋知識分子一詞的涵意，引起馬森亮先生於該報「生活圈」副刊，寫了〈我也談談「知識分子」〉一文，提出不同的見解；遂而展開一場「知識分子」的論戰。接著，萬人傑、蘆中人、陶芳、趙拾、黃曰諾、子誠、龐觀諸先生相繼加入戰團；而主題亦由「知識分子」的爭論轉入胡適先生功過的研討（33:71）。

可惜，這次筆戰很快就「捨棄原題而進入私人恩怨的攻訐與辯解」，「文化論戰一發展成為意氣相爭，便不足觀矣」。既然如此，《當文》為何還要刊載這些文章？根據編者的解釋，《當文》無意介入筆戰，刊載論戰文章只是為了滿足年輕讀者以及馬新地區讀者的興趣，讓他們思考「知識分子」的當代意義以及胡適對新文化運動的貢獻（33:71）。此外，《當文》還在社論裏規勸各方，在「文化大革命」的狂飆席捲大陸時，在「海外」月旦文化人物更須審慎，務必堅守「偶像不可亂毀」的文明原則（33：4-5）。在接下來的第三十四期，《當文》在「數十篇」來稿之中（34：166），僅選刊野火（胡振海，1936-2004）〈我為胡適鳴不平〉一文，以回應胡菊人（胡秉文，1933-）〈再談胡適〉的觀點（33：76-78）。這次報道至此告一段落。

(2) 蔣芸「盜作」事件

《當文》第三十七期（1968年12月）推出一個關於臺灣作家蔣芸（1944-）涉嫌「盜作」的專輯，由編輯室撰文〈臺灣文壇盜作風波的報道〉交代事情始末，並刊出涉事文本（蔣芸〈小黑，再見！〉與褚威格〔Stefan Zweig, 1881-1942〕〈一位陌生女子的來信〉）、揭露此事的兩篇批評文章，以及為蔣芸辯護的一篇文章。根據編輯室的解釋，《當文》之所以辦此專輯，是因為此事不僅轟動臺灣文壇，亦引起「海外」讀者高度關注，故此有必要作一客觀報道，讓讀者了解真相。

陳曉林（1949-）的〈論蔣芸的新作《小黑，再見！》〉，通過比較兩篇作品，得出以下結論：「〈小黑，再見！〉分明只是將〈一位陌生女子的來信〉截頭去尾，將全書精華剔除，將第一人稱改為第三人稱，再將書信體改為敘述體而成。全文不但與〈一〉

書情節一致、結構雷同、順序無異，而且用字遣詞也未嘗稍改」；「簡直可以斷言它根本是抄自〈一〉書。這的確是一件駭人聽聞的事，而且是一件非常遺憾的事」（37：108-109）。尹雪曼（尹光榮，1918-2008）的〈談文風：從蔣芸「暫時告別文壇」説起〉則為蔣芸辯護，指出蔣文原來是根據〈一〉「改寫而成的」「電影故事大綱」，但由於香港國泰電影公司編劇主任秦羽（秦亦孚）看過大綱後非常喜歡，決定買下電影攝製權，並在蔣芸尚未「重寫」之前，大綱就先在《國際電影》上刊出，因此引起一場風波。尹氏在文末提出，文壇需要的是嚴格的批評與公正的鑑賞，而不是靠著「衝動」來寫的批評文章，如此批評文風應予以端正（37：114-118）。與陳曉林立場一致的許逖，對於尹文非常不滿，寫〈談尹著《談文風》〉一文回應。

《當文》第三十八及第三十九期繼續刊出連社論在內的五篇回應文章，其中以導演易文的〈談蔣芸被「抄牌」〉一文，對於「盜作」事件的成因交代得最為清楚。易文的解釋：

蔣芸小姐的〈再見小黑〉，並不是她的「短篇創作」，而只是她計劃要寫的一個電影劇本的「大綱摘要」。〔……〕蔣芸的〈再見小黑〉只是「構想」、「故事梗

> 概」和主要人物三者的「原始藍圖」。而「題意」（idea）本來就是取自史悌芬．褚威格的中篇小說〈一個陌生女子的來信〉。所以，本質上〈再見小黑〉不是一個「短篇小說」，更不是「創作小說」。〔……〕我想當初〈再見小黑〉在《國際電影》上發表時，標明「小說」，是一個誤會。因為這篇「題意的提供」，不像我們通常所見的電影劇本大綱初稿那樣「不成熟」，而寫來完整圓熟，頗具典雅優美的韻致，「像」了「小說」。其實，說它足以作為劇本大綱初稿的範例，是可以的；硬是「高攀」，咬定它是「小說」，大成問題。而更糟的是誤會之外，再加疏忽，沒有寫明：「題意根據褚威格小說〈一個陌生女子的來信〉」，這一句話（38：132-133）。

《當文》顯然接受了尹、易兩人的解釋，在第三十九期的社論〈整肅文壇風氣〉裏，對於這一次「盜作」事件有如下評語：「平心而論，如果以目前的文壇風氣來說，蔣芸的『盜作』行為，畢竟還花費了不少改寫功夫，而且是電影腳本，電影腳本談不上什麼文藝價值，比起那些既盜其名，復貪其利的文藝大盜，還不算構成嚴重的罪行。」最後總結道：「我們希望這件事能提高文藝作家的警覺，文章千古事，在今日看來未免迂闊，但投機取巧，博取微名蠅利而喪失文格與人格，實為智者不取，何況讀者的眼睛是雪亮的，千目所視，千夫所指，這種文壇上惡劣的風氣，絕不允許存在。」(39：4-5)

(3) 東南亞作者一稿兩投問題

《當文》關心文壇風氣，並不限於抄襲問題。由於《當文》不少稿源來自東南亞，編者無法核對稿件是否原創作品，只有在讀者舉報時，才能發現一稿兩投的個案。此事起於一位名為蕭史的新加坡作者，他因投稿《當文》未見回音，乃將文稿轉投《蕉風》，想不到兩家雜誌後來都先後將其作品刊出。作者懷著「驚慌與歉疚」的心情，投書第八十三期「當文之友」專頁，向編輯及讀者公開道歉。《當文》編者認為這是無心之失，並不計較，但同時呼籲東南亞讀者協助檢舉（83：162-163）。馬來西亞的子凡（林友泉，1953-）有感而發，投書第八十六期的「當文之友」，說明自己在北馬的文藝刊物上發表過的作品，亦會投予臺灣的《笠》，不過前提是兩邊都沒有稿酬。子凡希望《當文》理解東南亞華人寫作與發表之難，建議「在某種情形下接受兩投稿」。《當文》編者回覆道，「我們相信『一稿兩投』者多半不是為了稿費。不過，這畢竟不是光明磊落的事，是以君子不為也」(86：118-119)。

真正令《當文》憂心的，是來自南越讀者接二連三的檢舉。有些固然純屬誤會，例如陳樹強的一篇小說（94：158-159）；有些則確有其事，例如韓毅剛曾在當地刊登，但在修改之後，又發表於《當文》的〈稚夢〉（95：159）。後來，南越讀者藍文投書，再舉兩篇陳樹強一稿兩投的例子，更列出其他南越作者的八篇兩投稿件，包括韓毅剛與黃梅各兩篇，李錦怡、黃廣基、千瀑（黃廣基）、畢若蘭各一篇（95：160-161）。繼藍文之後，「越華文壇特警隊」亦來信「補充」藍文的「缺漏」，再列來自南越的十篇兩投稿，其中黃廣基占了四篇（96：155）。與此同時，「當文之友」刊出「越南一群作者共同申訴」的來函，以回應藍文的檢舉。這封信的要點有二：一、為南越華文作者因投稿園地不足、文學不受當地重視而爭取一稿作內外兩投的特殊待遇；二、呼籲《當文》扮演「跳板」的角色，將越華文學介紹給外地讀者，讓大家知道越華文壇的存在（96：152-153）。至於同情與反對一稿兩投的南越讀者意見，《當文》亦各刊一封來信，以示公允。不過，既然《當文》的稿約拒絕抄襲與一稿兩投，編者自然不會破壞規矩；徐速在「當文之友」上發表了一封信，回覆「越南一群作者」，提出解決這次事件的方法：

一、為了諒解越南地區的特殊性，不再追查過去的「錯誤」責任，發出去的稿費也不再索還。二、嚴格防止再有類似事件的發生，也就是說，我們絕不接受「一稿兩投」的稿件，如再發生，我們除依照稿例對付外，並將其欺騙行為公諸於世。三、為了照顧「一群讀者」提出的苦衷，我們將充分利用「佳作鉤沉」來解決「兩投」問題，「自薦」與「推薦」都可以，這樣也可以達到你們「推廣」的目的。四、已刊登的越南稿酬延遲一個半月發給稿費，以便讀者揭發。

徐速最後鼓勵南越的作者，要繼續努力創作，不要辜負《當文》的一片苦心，也宣布這次風波就此結束，希望讀者不再糾纏下去：

當然，我們還是誠懇的希望越華作家在寫作上多下功夫，與其一稿兩「用」，何不多創作一些新的；老實說，《當文》對越華文壇的確是另眼看待的，我們已盡到「培育」的責任，而且，越華作品在香港、星馬也的確掙到相當的地位，這些果實，越華作家不但要珍惜它，而且要「擴大戰果」。〔……〕希望「兩投」風波就此結束，「當文之友」不再看到這些不愉快的事件（96:154）。

後來還有讀者就這個議題來信，但編者已不想再談，僅刊出一封汶萊讀者的短函，表示認同該讀者的意見，希望可以讀到其他更有意義、更具建設性的投函與文章（97：161）。

3.3.4 文學論爭與對話

六〇年代的寫作人之間或文社之間，因文藝觀點不同而展開討論或發展為筆戰，層出疊見（吳萱人 1999b）。《當文》亦難置身事外，曾數次捲入文學論爭，最主要的三次都與現代詩有關。第四次則涉及馬華文壇內部爭議，《當文》為未能在當地發表文章的作者提供平臺，讓他們與主流文藝觀隔空交鋒，也讓有意與《當文》對話者，親身陳述己見。

(1) 林筑的「密碼詩」

第一次論爭發生於六八年，焦點是林筑（蔡炎培，1935-）在《當文》八月號發表的〈曉鏡——寄商隱〉（21：80）。六九年六月五日，宋逸民（孫家祺）在《萬人雜誌》第八十四期發表〈「密碼派」詩文的今昔觀〉，評林筑的詩。宋氏曾在《萬人雜誌》上撰寫多篇關於香港中學國文教材的評論文章，對語言文學教育甚為關心（宋逸民 1969h-k）。他對林詩的主要意見有二：一、林詩過於隱晦，有如密碼，難以破解。李商隱的詩雖以「隱晦難解著稱」，較之林作仍如「小巫見大巫」，由於「始終無法看出它究竟說的是什麼」，故此將之戲稱為「新式的密碼派」。二、建議文學雜誌慎刊是類詩作，以免誤人子弟：「現在『密碼派』新詩，已成了文壇上的『嬉癖士』，在青年人的眼裏成了一種時髦文體，並有不少人向它學步。本文除了提醒青年人不要踏上歧途外，同時更希望本港的出版人、編輯人，選稿的態度應該審慎些；如果認為像〈曉鏡〉之類的作品值得推薦，那麼，也應該仿照商人推出新產品時，附贈詳細說明書的辦法，逐句詳加註解，好讓我們這些落伍讀者，也能享有一嘗『異味』口福」（宋逸民 1969c）。

儘管宋文宣稱「為了免得涉及私人，作者姓名及出版物仍從略」，徐速很快就在同年七月的《當文》上公開回應。首先，他以編輯身分寫下〈為「密碼」辨誣並泛論現代詩的特性及前途〉（44：14-22）一文，為刊登〈曉鏡〉的立場作出辯解。其次，他邀請作者現身說法，發表〈《曉鏡》的創作動機〉（44：126-129）一文，以回應對方關於「附贈詳細說明書」的訴求。徐速的主要觀點有四：一、文藝雜誌理應百花齊放，編輯不能以一己的愛惡取捨稿件，況且新詩占據《當文》版面不多，「只算聊備一格而已」，故此經過考慮，仍然刊登〈曉鏡〉。徐速坦言自己「不是現代派詩人，也不是現代詩的擁護者」，只不過身為文藝雜誌編輯，多年來一直留心現代詩的動態與理論，亦不輕易退現代派的稿。二、文學創作，人各有志，「實在沒有辯論的必要」；事實上，關於現代詩的論戰在臺灣文藝界已發生多次，再論已難有新意。「如要批評，就要認真、嚴肅、深入，才能令人心服。」三、徐速認定宋氏不懂現代詩，也甚少涉獵現代文學理論，故此為他解說現代詩的一些特點，包括：（1）語法反傳統，節奏跳躍快；（2）重暗示（「實有所指的反為不美」、「用心靈的語言來表達剎那間的感受」、「做到老嫗盡解的地步〔……〕就不是現代詩了」）、輕韻律（「它不能用口來朗誦的」）；（3）反映另一個時代與世代的憂患（「青年人〔……〕也有所謂「失落」之感，這不是四十歲以上的中年人所能了解的」）；（4）遊戲性質。宋文以「打翻鉛字架，閉目亂安排；天書如何讀？瞎猜！」的說法來嘲諷〈曉鏡——寄商隱〉，徐文則借題發揮，指出現代詩確有近乎「閉目亂安排」的一面，儘管他本人並不贊同這種創作方式：「有人將現代詩常用的名詞〔……〕寫成字塊，隨便抓一把湊成一首詩的。」[44]四、最後，徐文談及現代詩面對的兩個難題：（1）傳統語彙不足以表達複雜的現代感受，故此詩人必須「洋為中用或自創新詞」；（2）對於戰後的港臺馬新華人社區，眼下的時代與世代所面對的憂患遠比西方的「失落」來得複雜，客觀環境未必有利於現代詩的生存：「戰後的中國人所接觸到的仍然是戰亂未已的心理狀態，韓戰，越戰，對峙的臺灣海峽，大陸傳來的千萬人頭落地的文化大革命，香港的五月逃亡潮和港英必敗的五月大風暴，到處充滿火藥味。大家的心情是危懼，不是怕失落，而是怕再逃亡；用不著反傳統，而是擔心傳統被中共搞完了」(44：14-22)。

宋逸民以〈《為密碼辨誣》的辨誣〉一文回應，在《萬人雜誌》分四期刊出(宋逸民 1969b-e)。這篇文章分為三大部分：一、撰文動機；二、對徐文的回應與批評；三、對〈曉鏡〉的批評。宋氏解釋，他撰寫前一篇文章，是為了針對香港本地國文教育的特殊情況。他認為香港語文教育以文言文為主，忽略了語體文，比起大陸落後了起碼三十年。要提倡語體文教育，就必須有良好的文學作品來作示範；「密碼」式的語體詩晦澀難懂，被「守舊的頑固派」視為「不通的語體作品」，正好作為反對語體文的口實，不應鼓勵，此為撰文抨擊〈曉鏡〉的根本原因。對於徐文，宋氏的評論焦點落在語文與表意之上，一再指出徐速在文字理解與表達兩方面的毛病。由於宋氏在評論徐文時，已說明他對〈曉鏡〉一詩在常識、邏輯與表達各方面的異議，故此在文章的最後一部分就不再解釋，只提出批評意見。他的根本立場是：語文是約定俗成的一種表意符號，越簡單明瞭越能表達意見，即便詩文也不應悖離這個最基本的溝通原則；〈曉鏡〉這首「怪詩」「完全違反中國語文的常規」，近乎「胡謅亂扯」，不值得鼓勵，不應刊登。至於徐文一再提及的現代詩，宋承認「連看的興趣也沒有」，「在我的幾篇文章中，根本未曾提到過它」。

徐速在八月份的《當文》以〈自誣．自嚇．自炫〉對宋文第一部分作出局部回應（45：123-134）。他提出一個關鍵問題：若宋氏連閱讀現代詩的興趣也沒有，怎麼能夠討論現代詩，甚至進而「改正別人的觀點」？「宋先生既說不懂，又不是密碼專家，如何能進行批評，這又犯了邏輯的錯誤。」宋文所提的語文問題，徐並不重視，認為只是「吹毛求疵，無非是將我們所談的現代詩的問題扯到他認為所長的『咬文嚼字』上面去，也可以說是掩飾他對『現代文學』知識的貧乏」。徐速甚至譏笑對方的學養：「宋先生只讀過十年的三家村的私塾〔……〕宋先生聲稱要替名家改文章，幾乎將我的肚子笑破了。憑心而論，他的文學修養給小學生找些錯別字倒還可以的，要說『改文章』我可就不敢同意了」。

這些評語很不客氣，宋氏於是在《萬人雜誌》上發表〈王婆罵雞與蒸饃蘸蒜〉與〈答徐速先生並替他找錯別字〉兩篇文章。前者將徐速比喻為罵街潑婦、井底之蛙，指責徐文離題，沒有回應〈《為密碼辨誣》的辨誣〉所質詢的「十六處錯誤」，並嘲笑主張「洋為中用或自創新詞」的詩人「語彙不夠」，「未摸著中國語文的大門」，認為他們不僅「可憐」，而且還「使別人作嘔」。後者則將徐速視同小學生，將《當文》近來發表的社論、編後和散文中的錯字一一列舉，並就徐的論辯方法與態度作出反擊（宋逸民 1969g）。

至此可見，宋、徐兩人在現代詩的討論上各有關懷，完全無法在同一個層面上討論問題，而且已經開始動氣，展開人身攻擊。《萬人雜誌》的主編萬人傑與執行編輯張贛萍雖為文聲援宋逸民，[45]亦發表編輯聲明，支持其為文自辯，可是他們也意識到文學討論已演化成意氣之爭，且有燎原之勢，遂有鳴鼓收兵之意。[46]在〈王婆罵雞與蒸饃蘸蒜〉邊上登有一段「編者的話」，指出筆戰是「親痛仇快的事」，「故從下期起，我們雙方同意『局部停火』，以後只有宋逸民尚未刊完對徐速兄的反駁文章，不用第三者幫腔助陣，其他人均退在第二線觀戰。就是宋逸民的文章，除以文論文之外，也不涉及其他。在這一協議之下，請我們其他作者與所有讀者不必再動筆助陣」（宋逸民 1969n；編者 1969b）。在〈答徐速先生並替他找錯別字〉的文末，宋逸民亦附上一段作者聲明，宣告暫時結束筆戰：「奉老編之命，有關我與徐速先生以文論文之事，至此暫告一段落。但我請求保留辯護權，如果九、十月份《當代文藝》再有可辯論的文字，我老宋當仁不讓，奉陪到底。」（宋逸民 1969o：29）由於《萬人雜誌》主編出面制止，宋逸民不再糾纏，只在九月十八日刊出的〈談本港常見的別字〉裏附上「一點聲明」，解釋停火的原因，「完全是尊重老編的決定」，並宣稱對方既不能解詩，亦無心承認自己所犯的語文錯誤，「實在不配作為一個論戰的對手」（宋逸民 1969p）。

對於這次筆戰，徐速表示非常失望。他在〈為結束詩戰告讀者〉(46：146-147）裏說，「檢討這次筆戰的得失，〔……〕唯一使我們感到遺憾的，就是愧對讀者；原來我們希望是一次現代詩的討論，通過討論，批判，才能對現代詩提供一點意見。可是剛一接觸就演變成詞語研究，再變而為人身攻擊〔……〕早知如此，何必浪費許多筆墨，浪費讀者的金錢和時間」。其實也不盡然，雖然宋徐二人未能就現代詩的特點作深入的探討，其他《當文》作者卻為讀者提供了寶貴的資訊。在宋徐筆戰期間，林筑現身說法，以〈《曉鏡》的創作動機〉一文解釋「神秘與迷離」於詩的重要性。余玉書發表〈難懂與費解〉（47：14-23）與

〈五十年來中國詩的現代化〉（48：99-109），解釋讀詩的方法，並為讀者提供簡明的新詩發展脈絡。周伯乃（1933-）發表〈論現代詩的廣度和深度〉（45：66-75），非夢撰寫〈談新詩的音韻〉（46：59-61），都是從技巧與內容兩方面幫助讀者進入新詩世界的好文章。

(2) 慕容羽軍的「孤憤」

《當文》第二次關於現代詩的論爭，源自慕容羽軍（李維克，1927-2013）七四年的一番文字牢騷。他在〈一腔孤憤又談詩〉（103：114-120）裏感慨，當今世界科技發達，使人淪為機器，失落了心靈，詩再也難以延續下去。談到新詩的命運，他一方面認為破壞太多，建設卻做得太少；但另一方面，他又感到傳統文學的影響力依然非常巨大，使許多寫新詩的孫悟空無法跳出舊詩的「如來神掌」，不少作品的「暮氣」勝過「稚氣」，讓他這個愛好新詩的寫作人有「孤憤」之感。他的一番感觸，引來徐速撰寫〈詩的回歸與認同〉（105：147-151）一文，作為回應。徐氏認同慕容氏的說法，提出新詩須變，演化為現代詩；然而他對於現代詩的情感又很複雜，不希望現代詩完全取代新詩，但又不想看到保守而頑固的文壇勢力壓制現代詩的發展。徐速關心的問題是：現代詩該往何處去？他提出一個原則性的觀點，就是現代詩須從文化層面上回歸，與中華文化認同，在這個基礎上尋求創新。徐速戲言，若沒有了「如來神掌」，新詩或現代詩的一個觔斗，可能就會翻到太空去，「成為無人收管的孤鬼遊魂了」。

對於慕容羽軍的牢騷，史旅洛（林益洲）非常認真對待。他從新加坡寄出〈一腔迷惑也談詩〉（109：104-110），談其讀後感。首先，他批評慕容氏的消極看法，認為「詩並沒有沒落，而是處在蛻變過程」之中。其次，他否定慕容氏「從舊文學的薰陶中鑽出來，這也是無可奈何的事」的說法，認為這種態度是「錯誤」的。他指出，新詩固然不應受拘於傳統，但傳統的影響也不見得是壞事，更不應以此作為判斷一首新詩優劣的標準。為了說明他的觀點，他舉出慕容羽軍文中所引一首自己的詩作為例，說明其缺點在於「命題」不佳，意境不美，體裁非驢非馬，與慕容羽軍所接受的「賦、比、興的傳統教育」全然無關。他甚至修改慕容羽軍的詩，並斷言修改後的作品比原作「無論技巧與感情上都跨越了一步」。[47]最後，他抄錄詩友郁谷平的作品，論證這首詩的意境高於慕容羽軍的詩作。對於史氏的批評，慕容羽軍作出了「無可奈何」的回應，在同期發表〈由「命題」到改詩〉（109：111-116）一文。他進一步解釋牢騷的來由，所引詩作的隨意性，對於「命題」的不同理解，同時對於史氏稱讚他另一首詩有「現代詩的傾向」表示困惑，因為在他而言，「新詩便是新詩，無所謂『現代詩』或『非現代詩』」之別。至於對方為他改詩，他表示感激，不過不能領情，因為從他的立場來看，詩是不能代改的，正如一個人的情感與心境不能靠別人代言一樣。

史旅洛意猶未盡，再寫〈由新詩談到現代詩〉(110：121-126)，重申「命題」與「詩境、詩意、詩涵」高度吻合的重要性，並舉一首自己創作的現代詩為例，展示現代詩與新詩的差異所在。此外，慕容羽軍認為文章千古事，留待後人評説比較客觀；對此史旅洛亦不表同意，認為這是一種「不負責任的態度」。郁谷平後來加入討論，在〈也談「命題」與「改詩」——與慕容羽軍、史旅洛先生商榷〉(111：102-107) 裏提出四個論點，主要針對慕容氏的意見而發：一、傳統文學的影響不一定是負面的，五四文人對舊文學有「精湛的研究」，並不妨礙他們建立新文學。二、他相信「真理越辯越明」，批評慕容氏不僅「談」而不「論」，而且凡有「論戰」必定「落荒而逃」。三、重申「命題」與詩的關係，特別強調兩者之間在情感與意境上的呼應。四、新詩與現代詩有別，不宜混為一談，並建議慕容羽軍多讀現代詩理論。郁谷平接著再寫〈詩的命題〉(113：18-22)，進一步論述「命題」之好壞，分辨「命題」的類型，也對寫作「無題詩」抒發己見。最後，史旅洛發表〈再從新詩談到現代詩〉（114：119-121），不過舊調重彈，已無新意。

慕容羽軍無意與兩位論者糾纏，在寫了〈新詩的創建〉（110：128-132）、〈理論與夾纏〉（111：118-121）與〈物質文明，精神貧乏〉（112：123-126）三篇文章，清楚表明自己的新詩立場和觀點後，就保持沉默。〈新詩的創建〉和〈物質文明，精神貧乏〉重申他原來的論點，一方面以數據來說明物質文明帶來精神匱乏的現象，另一方面解釋新詩在香港沉寂的具體原因。他強調，有人將舊詩的「套子」引入新詩，致使新詩充滿「暮氣」，是新詩不振的根本原因。此外，他表示新詩的局面令人憂心，與太多作者未具詩人的條件有關。他指責這些詩人對新詩沒有定見，常示人以不成熟的作品，甚至各豎門戶，黨同伐異，造成混亂。他贊成新詩須從古典文化裏脫胎換骨，追求「命意與題旨的脫出窠臼」，「創造意象與吻合人生」；他最後總結道：「大凡有濫調的，一定不是新詩，大凡沒有今日人類的情感與觸角的，也一定不是新詩。」（110：131）〈理論與夾纏〉建議史旅洛將現代詩的性質與特點論析清楚，這樣才對廣大讀者有益；至於他與史氏的辯論，也將到此為止。至於郁谷平對〈新詩的創建〉的回應——〈新詩的沉寂問題〉（112：118-122）——慕容羽軍則不予置評。

(3) 余光中的〈白玉苦瓜〉

第三次關於現代詩的論爭，本來與《當文》無關。《明報月刊》在七五年十一月號刊登了余光中（1928-2017）的詩作〈白玉苦瓜〉以及黃維樑的評論〈詩：不朽之盛事——析余光中《白玉苦瓜》並試論詩人之成就〉，引起兩位本地專欄作者的迴響，提出異議。《當文》徵得當事人同意，在七六年二月號上轉載余、黃兩人的詩文以及曾幼川、曹懋績兩人的回應（123：143-146；147-148）。黃南翔也寫了一篇〈從「不通的詩」說起〉，批評曾文的觀點（123：149-151）。根據主編解釋，由於《當文》向來重視新詩的討論，故此特意蒐編這些文章，讓廣大讀者——特別是東南亞的讀者——參考（123：129）。

黃維樑的文章分為兩部分，前面分析〈白〉，後面申論余氏的新詩成就（123：131-142）。黃氏指出，「白玉苦瓜」是個單純的象徵，它象喻的是詩，也是余光中的詩；但是，由於白玉與苦瓜在詩裏又與土地、歷史、母親、中國性與藝術品環環相扣，於是構成一首意蘊非常豐富，具有強烈個人色彩的詩作。文章的後半部主要就余光中的詩藝，特別是在節奏、意象與機智三方面的表現，一一舉例說明，與〈白〉沒有直接關係。曾幼川對於身為詩人與中文系教授的余光中有很高的期望，故此對余詩的最大不滿，就是詩人不「遵守行文的規則」。他指出，余光中曾改寫戴望舒的詩，證明他有寫「純淨中文詩句的能力」；為什麼〈白〉的詩句讀來既不通順，也不像中文？對於「一任攤開那無窮無盡」，他表示難以明白「無窮無盡」如何「攤開」；至於「苦心的慈悲苦苦哺出/不幸呢還是大幸這嬰孩」，他質疑道：「在『哺出』和『嬰孩』之間插入『不幸呢還是大幸』這種修飾語，是中文所具有的表達方式嗎？」曹懋績的文章比較低調，只是表示他對新詩的失望與迷惘，希望可以得到詩人指點迷津，為他解說新詩的奧妙。黃南翔快人快語，指出曾氏「以一般的語言邏輯來要求於詩，忽略了詩歌的特殊的語言結構和修辭手法」，完全陷入「理性」的泥沼裏，以這種心態讀詩，無異於緣木求魚。黃氏沒有從句式著手，卻從修辭角度思考通與不通的問題。他問道：為什麼詩家認為「紅杏枝頭春意鬧」的「鬧」字用得好，而不是「不通」？所謂「不通」，對於黃氏而言，在詩詞裏其實是「另有天地的」。施友朋（1954-）無意評論余詩，不過在〈一番盛意再談詩〉（124：122-127）裏向讀者建議，要理解余詩，不可不讀近代史和臺灣學者顏元叔（1933-2012）的詩評，兩者都大有助益。

關於余詩的議論，也引來馬來西亞讀者的回應。從他們的文章看來，馬華讀者對於現代詩的走向以及余氏作品的特色都知之甚稔。江湖寫〈苦瓜的青澀與不朽〉(125：126-129)，為余光中辯護。他針對余詩「不通」之說，指出：「文字之作為媒介，乃在於表達耳；而文字乃有機體，能隨著時間之進展而漸漸成為無機無彈性的死文字。而為了表達的精確，作家或者詩人有必要使文字生動活潑，使讀者能確切真實地感受或進入詩文。這是作家或詩人要創新的原因所在。」他舉例說明如下：「像『一任攤開那無窮無盡』這樣的句子，是比『攤開那輿圖』(比如這麼說)來得強烈確切的，它給我們的感覺是綿綿不絕的，好像江水無窮無盡的流著，緩緩悠悠。而『攤開輿圖』，一如攤開『橫披』水墨畫，總有個盡頭，或許『無窮無盡』是其中的畫意。」由於余光中有意在創作中試驗文字的速度、密度和彈性，經常會把它壓縮或拉長、拆開又併攏，江湖認為，「苦心的慈悲苦苦哺出/不幸呢還是大幸這嬰孩」正是這種具有創意的例子。對於看不懂余詩的讀者，夜半客(鄭玉禮，1954-)特意撰寫〈試解余光中的《白玉苦瓜》〉(125：130-133)一文，並在給編輯部的信裏誠懇的表示：「對於余光中的這首詩，我看不出不通的理由，相反的，卻認為是一首好詩，也許我的解析能幫讀者一點忙吧？」(125：138-139)可謂用心良苦。

余光中收到這幾期《當文》後，給徐速覆信，稱讚《當文》重視現代文學批評，且有「博採無私之胸襟」；不過，「正反雙方之文章，水準不齊，其中固亦有警策之見者。」「至於論戰專輯中涉及我個人成敗之議論，其尤為溢美者，令我既感且愧，其指摘非難者，亦有益於我之反省自策也。現代詩人本身亦多病態，無諱言，進步之道，乃在不斷之修正與創新耳。」(125：134-135) 徐速禮尚往來，在覆函中同樣恭維余氏的胸襟：「蓋胸懷如海者，始得承江河之萬古長流也。」(125：134)

(4) 馬華文壇的隔空對話

從江湖與夜半客談余光中〈白玉苦瓜〉的兩篇文章，可見七〇年代的馬華作者對於現代詩的理論與作品已非常熟悉。可是，當時的馬華文學生態並不理想，當地作者的憂慮常在投給《當文》的文章裏有所反映。溫任平（溫瑞庭，1944-）在〈從馬來西亞的中文文藝刊物談起〉(127：22-25) 一文中，曾為當地貧瘠的文化環境而哀嘆。根據他的觀察，馬來西亞的華文「書局」幾乎都是文具店，「除了基本考試參考書、字典、男女問題解答、瓊瑤式的哭哭啼啼的文學，擺在攤位上的是當天的報紙以及花花綠綠的，香港運來的雜誌，最搶眼的是《南國》與《嘉禾》，最神秘的是《老爺車》與《迷你》（因為它們都是用塑料袋套好的，內容不輕易外洩）」。「文藝刊物方面，比較常見的是《當代文藝》，銷路不弱」。至於《明報月刊》，在怡保「每期也只能售出十本左右」。當地出版的《蕉風》，除了代理書局外，一般文具店不易見到。已出版四期的《天狼星詩刊》還在，與《蕉風》一起「苟延殘喘地撐著半壁馬華文壇」。[48]這種情況，溫任平的形容是「怵目驚心」。他最後在文章裏呼籲支持華文教育的仁人志士，「如果仍有餘力的話，照顧照顧我們的文藝界吧！不要置馬華文學於無地吧！」

溫任平的〈致屈原書〉（126：39-46）則是對馬華文壇左翼「現實主義」觀念的批判。這篇遊戲文章其實是憤怒之書，一方面嘲笑當地報刊編輯的文藝水準低下，另一方面抨擊當時支配文壇的左翼文藝觀。溫氏在文中想像，屈原若在馬來西亞投稿必遭退稿，編輯的理據大概有三點：一、地域性太強，缺乏「普遍性」，是「小圈子主義」；二、太過「個人主義」，而且還太「英雄主義」；三、詞采絢爛，字字珠璣，但象徵系統艱深晦澀，太過「現代」，不夠「大眾化」。當然，屈原的出身亦是問題所在，編輯或許會因此而表態：「而且佢重係一個貴族出身，唔怪得佢無……無無產階級意識啦。」溫任平在文中一再揶揄這種「朦朦查階級意識」及其文藝套式，並為「泛政治主義籠罩的時代」、「『文藝政策』雷厲風行」的馬來西亞文藝圈感到悲哀。藍啟元的〈你戴哪一頂帽子？〉（129：14）描述的正是馬華文壇上亂給寫作人扣帽子的現象，最令人畏懼的一頂就是「反人民大眾」，充滿了「血腥味」。楊升橋為了聲援溫任平，發表〈為屈原覆溫任平書〉（128：119-124）。後來溫任平寫〈與冰菱先生談文學的評價問題——兼及徐速、張愛玲等作家〉（129：16-21）一文，質疑當地一位編輯關於「灰色」（文學）的定義、涵義以及對具體作品的評價。但此文在當地無法發表，只能轉投《當文》。楊升橋對冰菱的其他言論亦有意見，寫了〈勿讓好勝埋真理——駁斥冰菱君的謊言〉（131：40-48）一文，投予當地報章，同樣因為得不到回音而改投《當文》。

楊文其實是為鄭良樹（1940-2016）的〈馬來西亞全國中學生課外閱讀習慣調查報告〉作出辯解，將調查報告的方法論以及調查對象的實際情況加以說明。楊氏還在文中批評了冰菱的「攻擊人身辯論式」(argumentum ad hominen），指出他在評論中「訴諸情緒」，多次對鄭良樹作「人身攻擊」的謬誤。[49]鄭良樹探討的問題，其實與溫任平所關心的文化議題頗為相近，只不過鄭氏聚焦於學生的閱讀習慣而已。由於《當文》與徐速榮登馬來西亞華校學生所喜愛的雜誌與作家排名榜，《當文》便刊出鄭氏調查報告的結果，與讀者分享（127：124-126）。不過，《當文》主編認為鄭良樹在報告裏對馬華作家的評論較為苛刻，發表了一篇題為〈為馬華作家叫屈〉（127：6-8）的社論，對於馬華作家勗勉有加，並呼籲馬華文教界支持當地的文學事業：

今日馬華作家的成就是相當可觀的，例如星馬兩地都有文學大系的編印，人才濟濟，琳瑯滿目；固然，在質與量上還要求更大的進步，而對於一個新興國家的文學成長，已經是難能可貴了。就以對「國際」影響來說，馬華作品散見港臺，近年來聲譽鵲起，現以本刊為例，星馬作品幾乎超過三分之一篇幅，〔……〕如果說《當文》對大馬學生具有魅力而獲致第三，那麼這個成績就由馬華作家貢獻了三分之一的力量（127：8），〔……〕我們了解到馬華作家的潛力，並不在於已成名的中老作家，而是近十年來崛起的青年作者。〔……〕今天的馬華作家需要的是熱情鼓勵，而不是冷嘲熱諷，需要的是社會重視，而不是妄自菲薄，需要文教當局引導學生由認識而擁戴它們，而不是要他們降低水準去媚世媚俗，甚至鼓勵他們降格與流行作品競爭。大馬文化教育人士應該撫心自問，誠然，馬華作家沒有給他們掙到更大的榮譽，但他們又給了馬華作家什麼？（127：8）

鄭良樹有感於《當文》愛護馬華文藝之心，很坦誠的寫下〈共工怒觸不周山，使地東南傾〉（129：24-26）一文，以作回應。他解釋對馬華作者嚴格要求的原因：

筆者在「總結和評議」裏，曾經把「馬華作家/作者無法影響中學生」的責任擺在馬華作家/作者之上。有些讀者舉出許多理由，説本地出版條件不佳、發表作品的媒介不足等，是馬華文藝「東南傾」的真正原因。筆者同意這些讀者的意見，但是，目前，馬華文藝界良莠不齊，確是一件無法否認的事實！筆者當時曾經如此回答這些讀者：「只要筆者所指出的『素質不足』是事實的話，筆者就與願意把這個責任加在作家/作者身上！我們有意要發揮我們的影響力的話，為什麼不能嚴責自己，奮發自己？〔……〕如果我們聰明的話，我們應該先嚴厲地責求自己，然後，才回過頭去責求環境。〔……〕筆者是華人社會的一分子，筆者也無時無刻不在責備自己。」這些話語的背後，是含有一些説不出的愛心（26）。

在文末，他以在地讀者的身分，向馬華文壇發出情詞懇切的呼籲：

> 筆者是馬華文藝的忠實讀者，作為無數文化人之一分子，筆者深愛這棵茁壯中的幼苗。文藝是文化重要的一環，建設文藝，乃至於建設文化，是需要長期的努力和耕耘；馬華文藝如果要扶起這個「東南傾」的局勢的話，文藝界朋友們的合作是非常迫切的。筆者忝為一名讀者，誠懇地盼望，馬華文藝寫作者「求同存異」的容忍之心不可無，如共工式的意氣用事、進而謾罵筆戰似乎不必有。馬華文壇已經是「東南傾」了，怎承受得了意氣用事的另一位共工呢？以此質諸文藝界朋友，未知以為然否？〔……〕自許而後方始見許於人，自重而後方始見重於人；珍惜自己啊，文藝界的朋友們 (26)。

馬華作者與學者在《當文》發表的評論文章，條理分明，詞鋒犀利，給讀者留下了非常深刻的印象。

第三節：本章小結

從以上討論可見，在冷戰年代誕生的《當文》，在政治與文學兩方面都選擇了中間路徑。在政治層面上，《當文》拒絕為政治服務，堅持「超然於局外」的「中立」立場，而且致力擺脱國共兩黨的意識形態與文化論述的宰制。在香港這個「前哨城市」，南渡文人再次向南觀望，思考在國家疆域與黨國意志之外的廣大地區，創新華文文學的可能。《當文》在政治上的「中立」，對「獨立觀點」與「文藝自由」的尊崇，其實是以遠離兩黨政爭來宣示自己的離散政治主體——甚至「非國非共的中華屬性」——的第三種立場。

在文學層面上，《當文》所走的中間路線被學者稱為「中額」品味。「中額」是一個相對與浮動的概念，所指文學品次介乎「高額」（知識分子菁英）與「低額」（一般普羅大眾）的不同趣味之間。[50]《當文》並不擁抱當時席捲港臺學院的西方現代主義，同時宣稱與五四以降知識分子所鄙視的武俠小說、言情小說、色情文化等保持距離。在這兩種文學定位之間，《當文》追求的是「真」、「善」、「美」的文學理想，但實際上並不輕忽文學的娛樂性。《當文》雖然重視營銷，但也不會因此變得唯利是圖，僅為讀者提供茶餘飯後的消閒讀物。《當文》的服務對象並非成名作家，也不是市井之徒，而是戰後努力向上的香港與東南亞年輕一代「愛好文藝的青年」（讀者）以及「年輕作家」/「文藝接班人」（作者）。易言之，《當文》一心走中庸之道，但不忘高志；主張以「新兵掛帥」，但依然會請「老僧傳經」。

這就是徐速創辦《當文》，為香港以及東南亞的離散華人社群提供一份「純正的文藝刊物」的涵義。在中庸的理想主義支持之下，徐速孜孜不倦的埋首於文學推廣與普及的工作，十多年如一日，鞠躬盡瘁，直至《當文》休刊為止。

註釋：

① 徐速：〈因為……〉（27：103）。

② 關於徐速生平，主要參考以下文章：陳紀瀅1981；黃南翔1998a；黃南翔1998b；黃南翔2004；黃南翔2007。

③ 關於《自由陣線》與自由出版社的研究，參閱陳正茂2011：203-213；陳正茂編著2011：17-44，45-70；郭士2011。

④《星星之火》分十六期刊出，始於《自由陣線》第9卷第1期（1952年2月27日），終於第10卷第4期（1952年6月11日）。《星星・月亮・太陽》的第一版分二十期刊出，始於《自由陣線》第10卷第12期（1952年8月6日），終於第12卷第8期（1952年12月26日）。《星星・月亮・太陽》最後一篇附有作者按語：「本文因限於時間關係，倉促結束，俟將來有機印單行本時，再照原定計劃補充，謹向讀者致歉。」

⑤ 二〇一八年七月，香港天地圖書公司再版。

⑥ 關於這部小說改編為電影的討論，參閱梁秉鈞2009：165-168。

⑦ 這本小說在五〇年代被改編為廣播劇，由前鋒、白雪兩個劇社聯合演出。據說「劇中演員演技精湛、感情投入，令無數聽眾著迷〔……〕引起極大迴響」，周文德1993：338。七四年，香港麗的電視臺又將小說改編為電視劇，參閱宇曦：〈亞蘭、秋明和亞南的新形象——記電視劇《星星・月亮・太陽》座談會〉（107：141-143）。

⑧ 七〇年七月，香港麗的呼聲電臺取得這個小說的播音權，每週一三五晚上九時在銀色電臺「名家小說」節目中播出。該廣告見《當文》57：57。

⑨ 這個課程為期一年，宗旨是「提高現代語文水平，研究寫作技巧，培養青年作家」，內容包括小說、散文與詩歌三大文類的閱讀與寫作，具體課題包括：（1）小說：中國小說史、小說作法研究、中國古典長篇小說欣賞、中國短篇名著介紹、西洋短篇名著選讀、小說題材講話、小說研究、名家小說研究；（2）散文：散文作法研究、中國散文佳作研究、西洋散

文選讀、中國古代散文選讀；（3）詩歌：中國詩歌發展史、古詩欣賞、古詩作法講話、新詩作法研究、新詩選讀及欣賞。授課辦法如下：「每星期郵寄教材一至二次。每月限題習作一次，每三月測驗一次。習作精改寄還，香港區定期舉行座談，並對個人作品提供意見。」這個文藝函授課程大受歡迎，《當文》在六七年四月號刊出以下啟事：「查本班自招生簡章刊出，報名函件即如雪片飛來；遠地讀者因交通所限，紛紛請求延期。本班為顧慮實際困難，特將開課時間展限一月，並酌增名額，以應需求。現因開課時間已屆，各種教材已陸續寄發，為劃一課程進度起見，除為亞洲以外地區保留十名空額外，本港及星馬地區即日起停止報名。所有偏遠地方因郵遞困難而向隅者統希參加第二期研習為幸（招生時間另行刊布），特此聲明，敬希亮察。」（17：112）至於徐、黃二人創辦函授班的甘苦，見黃思騁〈為函授班說句話〉（25：162-166）。

⑩ 班鹿1955；編者語見該期〈編後話〉。

⑪《詩朵》對徐速的批評影響了西西（張彥，1938-）對新詩的看法，見康夫1976：4。

⑫ 徐速一再聲明，《星星．月亮．太陽》後來經過多次修訂（21：127）。

⑬ 根據關夢南（關木衡，1946-）的回憶，這篇文章改變了他的文學閱讀趣味：「一九六二年我是一個剛從廣州偷渡來港的少年，甫登陸便面對如此一個全然不同的多元文化世界，閱讀不免有點不知所措。好像是先讀高原出版社的小說、《文壇》、《南洋文藝》、《中國學生周報》、《盤古》……猶記得，改變我閱讀趣味，是《南洋文藝》一篇批判徐速《星星．月亮．太陽》的評論文章。」關夢南2012：7。

⑭ 游之夏1967，這篇文章後來收入黃維樑1985。

⑮ 深苔原文影印本見孔不明1969：33。

⑯ 這種表示蔑視批評對象的方式，民國時期亦有先例，見Hockx 193-194；賀麥曉2016：207-208。

⑰《姚雪垠文集》對這本小說的出版經過有以下說明：「《春暖花開的時候》開始寫作於一九三九年秋，邊寫邊連載於重慶生活書店出版的《讀書月報》。全書原擬寫成三部曲，一九四三年續完第一部後，因故中斷。

一九四四年即將第一部分為上、中、下三冊先後出版（重慶現代出版社）；至一九四六年止，共印行四次。」見姚雪垠2010。

⑱ 徐速在文中提及，《春》並非「孤本秘笈，在香港就有好幾種翻印的版本，稍具規模的書店都有賣，舊書檔也能租得到」，事實恐非如此。根據齊又簡、宋逸民等人的説法，深苔的文章刊出後，「立刻引起香港文化圈的注意，不過由於姚雪垠留在大陸，他的作品在香港找不到，一時也無法查對。只有曾經和《當代文藝》開過筆戰的《萬人雜誌》，有意弄個水落石出，在該刊登出廣告，重價徵求姚雪垠的原著。不久，徐速為了證明自己不是抄襲，自動把《春暖花開的時候》由高原出版社排印發行。」見齊又簡、宋逸民主編1970：2。徐速在《春暖花開的時候》篇首的〈出版小記〉裏也承認，當時香港市面上並無此書，為了澄清抄襲的指控，只好委託在圖書館工作的友人，覓得此書的香港翻印本，重新排版校對出版。當年除了高原出版社的版本外，同時出版的還有高峰出版社的版本。後者的廣告刊載在多期《萬人雜誌》的封底與封面內頁，上書「『名著』的藍本，『教授』的老師」、「四十年代名作家姚雪垠的傑作」，見《萬人雜誌》第149期（1970年9月3日）。此事亦可參考慕容羽軍（李維克，1927-2013）的憶述，見慕容羽軍2005：69-71。

⑲ 孔不明1969。

⑳ 後來宋逸民、齊又簡、萬人傑、張贛萍將這次論戰的主要文章編輯成《〈星星・月亮・太陽〉是抄襲的嗎？》出版，見宋逸民、齊又簡等1970。

㉑ 六九年十二月，張慧貞在〈算算四年的賬〉一文裏對《當文》的稿費有以下説明：「我們的稿例雖訂明七元至十五元，但這二年來一般都在十元以上，除非為編輯部刪改到三分之一以上的『青年作品』，其他一些短文，例如筆匯每篇二十元，合到千字十八元，新詩每首拾元，長詩另計；連在別處發表過的作品，拿過稿費，經過修改的，我們也付到千字七八元，這個數字雖不合理想，但比起香港一般的大報，也算問心無愧了。」「每次算稿費時，徐速先生總是一再叮囑：『字數要算寬些，零數要湊齊，對作家要客氣，不要小家子氣……』」（49：166-167）。

㉒《當文》社論認為，香港「整個社會」對文化是相當「冷漠」的：「大多數人對生活的態度，只是拚命『撈』錢，有了錢恣情享受，所謂享受，也

不過是滿足感官」；「香港社會對於文藝事業的鼓勵幾乎等於零，偶然有些什麼藝術節之類的活動，也只是點綴門面而已。政府在這方面根本沒有計劃，彷彿香港人都是經濟動物，吃喝玩樂滿足了，根本沒有什麼『心靈』問題，甚至有些人認為娛樂就是文藝」（131：6）。

㉓《當文》第二期〈編後〉有以下的政治立場聲明：「我們不屬於任何黨派，也不為任何黨派服務。思想自由是個人的事，但《當代文藝》絕不捲入現實政治的漩渦」（2：166）。第三十九期〈編後〉則明確表示反對文藝的商品化：「我們徹頭徹尾反對文藝商品化，反對妨礙文運進步的文藝混混，反對企圖將文藝拉下水的文藝市儈，反對禮拜六的幽靈復活」（39: 164）。

㉔關於香港的「六七暴動」，參閱張家偉2012；葉健民2014；以及《明報月刊》二〇一七年五月號與六月號的兩個專題報道：「『六七事件』五十年透視」（第52卷第5期：40-57）；「『六七事件』與香港社會」（第52卷第6期：21-49）。

㉕徐速曾作〈滿江紅〉，紀念香港青年於七七年七月七日的保釣活動：「怒擲儒冠，維園內戰歌初歇。張大纛，憑風危坐，痛懷先烈。義憤激騰臺峽水，忠魂夜哭盧溝月。看降奴今又窺神州，心何切。明鏡髮，未成雪；青史卷，不灰滅！問蒼天忍教金甌再缺？十萬青襟待黑獄，一輪警棍迸紅血。捨頭顱矢志保山河，光陵闕。」他的按語是：「七七紀念日，香港大專生假維多利亞公園，舉行保衛釣魚臺和平示威，不意釀成流血事件，病中遽聞，肝膽欲裂，和淚於墨，濡筆成調，願得銅琵鐵板，引吭直呼，奚暇計工拙哉！」（69：155）

㉖「戰鬥文藝」的觀念源自臺灣，可是《當文》主筆並不了解此事的來龍去脈，只是借題發揮，陳述其文藝觀而已：「報載臺灣文藝界正在計劃推行『戰鬥文藝』運動，因內容不詳，未便臆測；但就字面上看，可能鑑於文藝風氣之消沉，萎頓，需要大力振作一番。這當然是一件值得讚揚的好事，希望我們海外文藝界切勿以『政治口號』等閒視之。」（6: 2）五年後，主筆在社論裏再次提及「戰鬥文學」：「記得好幾年前，有人提倡過『戰鬥文學』，戰鬥的內容是什麼？我們既未作深刻研究所以也無法進行批判。不過，這個名詞看起來頗有語病，戰鬥與和平是相對的，既有『戰

鬥文學』，就應該有『和平文學』，或者又不願戰鬥的『投降文學』；而和平人人愛好，沒有理由反對，『投降文學』更不會有人提倡；何況，戰鬥只是一個非常時期的行為，人類總不能老是生活在戰鬥狀態中。」（67: 4-5）一年之後，又說：「臺灣的文藝政策，雖然也曾號召過『戰鬥文學』為政治服務，幸而只是裝模作樣，心有餘而力不足。」（84: 5）關於「戰鬥文藝」，參閱陳芳明2011，上冊：263-285。

㉗ 見《當文》社論〈文藝工作者面臨的考驗〉（34：4-5）、〈文藝工作者的自尊與自重〉（38：4-5）、〈整肅文壇風氣〉（39：4-5），以及徐速〈文藝王國、文藝商品、文藝尊嚴〉（37：92-103）。《文壇》的兩篇文章，見蕙村1968，高山駒1968。

㉘ 黃南翔在一篇回憶徐速的文章裏提到，「在《當代文藝》上寫稿的，除了知名作家外，還有很多是喜歡寫作的青年人。記得曾經有人向徐先生提出這樣的建議，謂《當代文藝》應以大部分篇幅刊登知名作家的作品，以增加刊物的質素和號召力。但徐先生認為不宜這樣做，因為他辦這個刊物的其中一個目的就是播種，培植新作者，否則，老是由幾個名作家在寫，不僅題材內容欠缺靈銳的新鮮感，而且長此下去也沒有接班人來稿了。」黃南翔1993：355。

㉙ 李燕後來成為七八年成立的香港青年作家協會的會長，副會長是黃南翔，該協會大部分成員是在《當文》發表作品的青年作者如施友朋（1954-）、李洛霞（黃珠華，1952-）、鄧一曼（鄧曼媚）等人。徐速、張慧貞、徐訏（徐傳琮，1908-1980）、丁淼（丁嘉樹，1907-1990）、何葆蘭（1910-）、陳璐（陳守朱，1918-2005）、慕容羽軍、余玉書（余祥麟，1933-）為該協會顧問。

㉚「現代」與「新潮」出自七二年四月的社論，隱含著徐速對於「假洋鬼子奉行的殖民地文學」的敵意（77：4-5）。不過，根據同期刊登的另一篇徐氏文章，〈我為什麼不參加亞洲作家會議？〉（56：159-164），徐速這名「化外之民」為免捲入人事與政治糾紛，最後決定不去臺灣開會。

㉛ 關於民國時期文學批評裏的罵人現象，可以參考Hockx 2003:187-221；賀麥曉2016：199-233。

㉜ 創刊號的「香港文訊」有四則報道，其中一則是：「詩人力匡，自離港赴

星執教，倏忽六易春秋，此間青年學子，頗多懸念，據悉力匡已與一圓臉短髮之女郎結婚，唱隨樂，不復思港矣！」（1：62）

㉝「世説今語」有一則與徐速相關，題目是「二徐之謎」，內容如後：「燈謎、詩鐘為文字遊戲之妙品，在某次盛會中，詩人易君左〔易家鉞，1898-1972〕製謎語二則，其一、『不知東方之既白』，其二、『龜兔賽跑』，均射本港作家二人。旋為一女士猜中，前者為徐亮之〔徐梗生，1907-1966〕，後者即敝刊主編徐速，寓意貼切，舉座浮一大白。」（3：36）另有一則寫蔡炎培（1935-），不過把詩人的姓名和就讀的大學（臺灣中興大學農學院）都弄錯了：「青年詩人蔡元培，自臺大畢業，返港後矢志以寫詩為其終身職志，數年來未嘗稍懈。近與本社主編徐速通信，懇其代為謀一副業，徐氏已遍柬各友好幫忙。以港臺星三地而言，職業詩人，恐只蔡君一人而已。」（5：6）

㉞其中一例：「魏晉時代，竹林七賢之一的嵇康，久居山林，不與外界往來。一日，狂士呂安慕名來訪，適康外出，見康兄嵇喜，略談數語，即辭出，臨行題一『鳳』字於門上。嵇喜大喜，以為呂安將其比為鳳凰，夜康歸，喜盡告之，康大笑曰：『呆兄，呂安稱你為「凡鳥」，喻無足輕重之意也。』」（5：94）。這些專欄文章後來結集成書，見伯齡1974。

㉟「讀詩狂想錄」的文章後來結集出版，見李素1969。

㊱「天星樓隨筆」、「樂室閒話」、「西窗隨想錄」的文章後來分別結集出版，見余玉書1974；余玉書1978a；余玉書1978b。

㊲「遊子情懷錄」的文章後來也結集出版，見黃南翔1978。

㊳「亂翻風月鑑」的文章後來收入陳潞1986。

㊴三人文章後來結集出版，見梁從斌、非夢、柯振中1976。

㊵關於趙聰出生年分的爭議，見劉以鬯1997。

㊶徐速：〈記林語堂與武者小路實篤（上）〉（130：144-151）。

㊷這四次徵文比賽的作品後來結集為《初戀》（李燕等1971）、《我最難忘的一天》（淩霜等1972）、《苦與樂》（士希等1974）、《代溝》（鄭鏡明等1978）、《動物與我》（曾焰等1978），全部由高原出版社出版。

㊸ 張慧貞：〈擔心和慚愧〉（145：151）；徐速：〈十二個重擔壓心頭〉（145：157-160）；徐速：〈奮戰十三年，得失兩茫茫〉（157：162-166）。

㊹ 這顯然是達達主義的主張，見Tzara 1992。

㊺ 萬人傑也在《星島晚報》為宋逸民助陣，發表〈新詩詩人密碼派〉一文，在刊出第一至第三部之後，「便由幕後調解而終止發表」。見宋逸民、齊又簡等1970：343-349；張贛萍1969。

㊻ 編者（萬人雜誌）1969a。是次論戰的主要文章，已收錄於宋逸民、齊又簡等1970：323-478。

㊼ 史旅洛似乎頗熱心修改別人詩作，他在評論越華詩人千瀑的〈端午吟〉（103：16-17）時，改寫了這首詩的前三節，見〈從一首唐詩談起——停車坐愛楓林晚〉（112：97-101）。後來，他又在署名谷虹的文章裏，修改前文所引一首自己的詩作：「〈山行〉是史旅洛的作品〔……〕篇幅很短，整首只有兩節，因此在結構上很緊密，密度很大，不過詩人在句法分行方面，還嫌生疏，不夠老練，茲將〈山行〉再重行分行，相信將會補救原詩的不及之處」，見〈屬於詩的一九七五——寫於《當文》十週年紀念前夕〉（120：58-68）。

㊽ 亦可參閱黃原（梁園）〈馬華文藝雜誌的滄桑（1960-1967）〉（30：24-27）。

㊾ 這種批評方式由來已久，參閱Hockx 2003: 191；賀麥曉2016：203。

㊿ 關於「中額文學」（middlebrow literature）的討論，見Driscoll 2014。

第三章：故鄉寥落，斗室蒼茫[1]
——香港作者及其作品

第一節：投稿概況

《當文》在香港創刊，此地的投稿人數與作品數量無疑是各地之冠，可確定身分的第一階段投稿者凡九十人。由於戰後的香港是資本、人才與物資的集散中心，寫作人的流動亦在所難免，本書的「香港作者」取其廣義，涵蓋港生、遷入與遷離三類居民。[2]

《當文》第一階段的香港作者之中，徐速的稿次與總量均在眾人之上，他與黃南翔（1943-）以及余玉書（余祥麟，1933-）三人為《當文》的核心作者。基本作者包括李素（李素英，1910-1986）、陳潞（陳守朱，1918-2005）、黃思騁（1919-1984）、慕容羽軍（李維克，1927-2013）、陳文受、野火（胡振海，1936-2004）、柯振中（1945-2018）、非夢（陳非夢）、梁從斌、施友朋（1954-）等人。從這批作者的年齡分布來看，《當文》的作者共有三個世代：一〇及二〇年代出生者為第一代，包括李素、陳潞、黃思騁、徐速、慕容羽軍五人，陳文受也應屬這個世代；三〇及四〇年代出生者為第二代，如余玉書、野火、黃南翔、柯振中四人，非夢與梁從斌應該也是這個世代中人；

五〇及六〇年代出生者為第三代，施友朋是此中投稿最多的一位。換句話說，第一與第二世代是本地文學創作的領軍人物，正是《當文》「新兵掛帥，老僧傳經」(82:4-5) 的經營策略的最佳寫照。

若依此世代觀念來考量，其他在港的第一代寫作人以及年紀比他們稍長的作者給《當文》的稿件其實不多。在《當文》創刊初期，易君左（易家鉞，1898-1972）、徐訏（徐傳琮，1908-1980）、李輝英（李冬禮，1911-1991）、思果（蔡濯堂，1918-2004）、沙千夢（謝師孟，1919-1992）、馮明之（1919-1982）、力匡（鄭力匡/鄭健柏，1927-1991）等人曾經助陣，但此後幾無供稿。姚克（姚成龍，1905-1991）、羅香林（1906-1978）、唐君毅（1909-1978）、林仁超（1914-1993）、宋淇（1919-1996）、易文（楊彥崎，1920-1978）、余也魯（1921-2012）、羅臻（李孟飛，1923-2003）、蕭輝楷（1926-1992）、李立明（李子行，1926-）等學者、文人也僅有零星作品刊出；司馬長風（胡若谷/胡永祥，1920-1980）和項莊（董千里，1926-2006）的稿件比他們稍多。丁淼（丁嘉樹，1907-1990）、何葆蘭（1910-）、趙聰（崔樂生，1907-1983）、蕭瑤（王潔心，1927-2010）、傅南鵑（生平未詳）五人較為熱心，曾為《當文》忙過一陣子。

第二代作者之中，齊桓/夏侯無忌（孫述憲，1930-2018）、余英時（1930-）、雨萍（張寶萍，1933-）、孫述宇（1934-）、愚露（陳韻文，1936-）、林蔭（林志英，1936-2011）、梁培熾（1936-）、寒山碧（韓文甫，1938-）、方蘆荻（1940-2010？）、江詩呂（1940年代出生）、梅子（張志和，1942-）、黃國彬（1946-）、朱珺（朱璽輝，1947-）、許定銘（1947-）等人都曾經投稿，不過數量不多。較為活躍的第二代作者為：曾逸雲（曾國華，1933？-）、蔡炎培（1935-）、黃炤桃（1938-）、張君默（張景雲，1940-）、溫乃堅（1942-2017）、牧袁（林穆忠，1948-）等人，鄧一曼（鄧曼媚）、黎潔如與李澍應該屬於這個世代。至於第三代作者，以李洛霞（黃珠華，1952-）與林力安（1953-）筆耕較勤。鄭鏡明（1955-）與鍾殘醉（鍾曉陽，1962-）的發表數量有限，不過編輯對他們青睞有加。嵇律（董志昌，1950-）、秀實（梁新榮，1954-）、黑教徒（溫明，1955-）也曾給《當文》投稿。

六〇年代是香港青少年以文會友，組織文社的高潮，其中以六四至六七年間最為蓬勃，文社總數估計在二百個左右，盛況空前（胡國賢 1997；吳萱人1999a），《當文》的年輕作者自然少不了這些文社中人。余玉書於五六年赴臺灣大學升學，就讀中國文學系，組織海洋詩社，創辦《海洋詩刊》，與詩人覃子豪（1912-1963）、紀弦（路逾，1913-2013）、上官予（王志健，1924-2006）往來，畢業返港後又成海棠文社骨幹人物。在臺期間，他曾與文友出版《五月花號》與《海韻》兩本作品集，當時在省立師範大學就讀的胡振海也參與其事。[3]柯振中來自風雨文社，施友朋、溫乃堅、林力安、嵇律、秀實是焚風詩社成員。[④]秀實和嵇律的發表數量不多，其他零星發表作品的文社成員還有擷星新詩社與阡陌文社的紅葉（陳煜坤，1934-2005）、香港青年筆會的沈西城（葉關琦，1948-）、文秀文社的羈魂（胡國賢，1946-）以及晨風文社的陳威權、水禾田（潘炯榮，1946-）以及秦丘等人。[⑤]

第二節：文學創作

一、新詩

在香港來稿之中，刊出新詩數量較多的作者依序為施友朋、李素、鄧一曼、溫乃堅、林力安、牧衷、蔡炎培，其中以李素與施友朋兩人的作品最為成熟。李素是《當文》第一代作者，溫乃堅、鄧一曼、牧衷、蔡炎培屬於第二代，施友朋、林力安屬於第三代。第一代作者的詩作在風格上較為貼近白話自由詩，其餘兩代詩人則向現代詩靠攏。

1.1 施友朋

施友朋以真實姓名與筆名（洪放）給《當文》投稿，時段集中於七〇年代下半期，作品包括新詩與雜文。他在《當文》第一階段發表的新詩共二十四篇，其中六首獲選為期首詩，為香港作者之冠。六首期首詩之中，三首詠屈原，一首望神州，兩首哀難民，都是感傷悲心之作。三首詠屈原的詩作為〈端午〉（127:9）、〈寫給屈原〉（139:16-17）與〈詩弔屈原〉（151:16-17）。〈端午〉分為兩節，呈古今對照格局。第一節以「雨」、「浪」、「向南的心」等自然意象表現詩人忠君愛國的憂鬱情懷，第二節以「電視」、「鼓聲」、「漲了價的裹粽」等現代意象來呈現華人在資本主義社會過傳統節慶的喧嘩與消閒特性，不無反諷之意。〈寫給屈原〉雖分四節，其格局、意象、用語與〈端午〉並無不同；只是增加了屈原投江的四行（第一節）以及與全詩脱節、涵義不詳的「色盲」與「絕症」（第三節）。〈詩弔屈原〉則回歸古典與簡潔風格，古今時差依然隱約可感，但刪去現代意象（例如電視直播與漲價的粽子）之後，龍舟競渡的鼓聲以及鼎沸的人聲彷彿傳自「山長水遠」的「古神州」，有渾然一體之感。施友朋對三閭大夫情有獨鍾，後來在第二階段的《當文》上發表〈三大詩人行吟浮想圖〉，其中第一首是〈屈原〉（162:78-80），思路與兩年前的〈端午〉相去不遠。[6]

〈無題〉（141:16-17）寫憂國之思，一方面感慨史上外患不絕（「古神州」的「飛將軍」與「岳家軍」、二十世紀「盧溝橋的砲聲」），另一方面又為了當下的內患而神傷（大陸的「階級」與「鬥爭」）。從意象與用語來看，此詩所寫的「中國」深受余光中（1912-2017）作品影響，例如「長江黃河」、「飛將軍」、「盧溝橋」、「母親的中國」、「最敏感的神經導線」等都可以在余詩如〈武陵少年〉、〈當我死時〉、〈敲打樂〉等篇章裏找到靈感的源頭。[7]較具創意的部分為結尾兩行：「『鬥爭』是一陣很奇怪的風/很容易吹皺沒有笑容的臉……」。〈無題〉(153:16-17)與〈歲晚感詠〉(159:16-17)則是憂民之作，表達了作者對七〇年代的國際難民深切的同情；前者措辭現代，後者風格古典。〈無題〉裏的詩人與難民稱兄道弟，共同呼吸，慨嘆國際正義之闕如；〈歲晚感詠〉則悲曩昔風流不再，俠客既已輕生，難民唯有流放天涯，面對無盡的哀愁。作者筆下的難民，所指應為逃離南越的難民；因為除了這兩篇期首詩外，施友朋還發表了〈遙祝——寫於《越華作品選集》之前〉(129:27)與〈失題——詩寄千瀑〉(143:139)兩首作品，表達他對流亡的南越文友的關心。[8]

從期首詩的例子來看，施友朋偏好「新古典」風格，詩中有關中華文化的意象的出現頻率較香港與現代意象為高。其餘詩作亦有「飛不出美麗的典故」(138:98)的傾向，例如〈中秋——兼懷亡母〉(131:105)、〈失調的十九行——寫於唐山二次發生強烈地震〉(134:148)、〈飛不出美麗的典故——嫦娥應悔偷靈藥　碧海青天夜夜心〉(138:98)、〈無韻的十二行〉(142:74)、〈碧瑤印象〉(144:59)、〈大江，滔滔東去〉(146:52)、〈當桃花落盡，一瓣瓣〉(150:61)、〈不題〉(155:68)等。涉及香港當下生活的作品不多，最明顯者計有〈都市走筆（七題）〉(153:79-81)、〈七夕〉(154:128)、〈即興二首〉(157:85)、〈聖誕〉(158:32)、〈無題〉(161:34)等。在這些作品裏，作者往往從古典美感經驗出發，對現代生活以及「香港的『特產文化』」(152:80)發出感嘆。以下是三個最顯著的例子：「夜，似服了過量的迷幻藥，腳步虛浮的/掛在/——灣仔，無數似笑非笑的/霓虹燈廣告上」(152:80)；「沒有幽思，也不太有羞澀/現代的戀愛，不習慣臥躺在青青草地/夜總會、時租別墅與冷氣公寓/驅逐了所有美麗愛情故事」(154:128)；「已經沒有綠島/更遑論仙山了/黃昏不美，禪院不靜/發展旅遊/大嶼山，泥沙揚起/山中七日，世上千年的/詩鏡，能不蒙塵？」(157:85)。

較具香港質感的作品為〈都市走筆・苦力〉(150:80)與〈無題〉(164:34)兩首。發表於七八年的〈苦力〉以簡潔樸素的在地意象，呈現香港曾經歷的艱辛歲月：「走過西環的『三角碼頭』/我依然，不忍，也讀不出/歲月在他臉上/刻寫了些什麼/只是，每當看見雜貨海味舖/吊著的一條條風乾了的鹹魚/不期然的便浮想起他的皺紋，乾瘩的肌肉」。〈無題〉寫於七九年，先從香港三月盛開的木棉花下筆，從花的紅色聯想到套紅的頭條新聞，再從火紅的新聞躍入神州赤縣的近代烽火，展現出一名本地歷史教師在課前，悠然於奶茶與報紙之間，思考如何在和平的年代，向缺乏大陸經驗的殖民地學生講授中國歷史的難題。對於《當文》的第三代作者而言，傳統中華文化雖然在感覺上還是那麼的近，現實中的大陸卻已日漸變得陌生而遙遠了。

1.2 李素

李素在《當文》以獨立篇章發表的新詩僅有八首，不過，她在「詩門摸索記」的十六篇系列文章裏，除了展示自己的舊詩外，還列舉了一些新詩習作讓讀者參考，這些新詩亦可視為她的創作的一部分。[9]

李素獨立發表的作品格調近乎白話新詩，但箇中佳作往往能從宏觀角度審視個人的生命體驗，氣勢逼人，意境高遠。〈憶春雨〉（1:23）分六節，首兩節藉著「如夢」的春雨，追憶詩人的青蔥歲月；由於春雨不僅下在中國的荷塘與玄武湖裏，還落在普拉格（布拉格）的街巷以及巴黎的凱旋門之上，二戰與死亡的陰影乃隨「凱旋」的聯想浮現，空間意象旋即在第四、五節裏轉化為時間想像，帶出生之有涯與天地之無窮所構成的極大反差。「一顆雨點是一霎人生」，然而，無數「神秘」的點滴春雨在水上造成層疊的圓圈，卻推開了人間的「千萬世紀」。在詩的最後一節，李素將「春雨」比喻為「無盡的天趣」，將個體生命視為宇宙的化身與縮影。可惜人生有歡必有悲，有合必有離，有希望必有毀滅，故此詩人最後不得不為青春與希望感嘆：「嫩綠與清香同是奇妙的蠕動/當希望萌茁於人類的心田/是誰撒下一把歷史的碎夢？」

〈遙念〉（76:130）與〈語絲〉（79:23）都是憶舊之作，前者緬懷在北平度過的年輕歲月，後者懷人——大抵是作者的亡夫。〈語絲〉較〈遙念〉動人，對於生命的體驗也更為深刻。在李素眼中，生命本來就短如「一霎」，人世間的相遇不過是「於存在與寂滅之間」的「相對小立」，情感的「永恆」也只能是茫茫天地間的「一瞬」。然而，金風玉露相逢卻有代價，兩人之中的倖存者將從此承擔因愛而生的悲哀與寂寞：「冥默裏　你是雪白的醒者/而我猶銀鐺地曳看生死的沉哀」；「此後仍將笑擁千山落日/倚南窗獨嘗寂寞/焚心香長吐飄渺孤煙/悄然咀嚼四廂炫目的花影/傾聽天上人間夜夜風」。詩人如何克服生命裏「多采的虛空」？唯有悟道；如何掙脫「時代的枷鎖」？唯有學詩。一如〈若非〉所吟：「人生如同燦爛的貝殼/將是多采的虛空/若非心腔充滿哀愁和寂寞/天地無言而月明風好/唯寂寞中嗡嗡交響著/宇宙的智慧、玄奥/美善與雍容//生命曳著時代的枷鎖/身懷百孔與千瘡/若非繆斯敷以消炎的聖藥/寂寞將成漆黑的魔洞/何從發射靈性的閃光/去清除狼虎、魑魅/膿血與蛆蟲」(5:3)。

〈慈航〉(94:12-13)與〈給風之靈〉(102:12-15)都是《當文》的期首詩。〈慈航〉以觀音大士的慈悲為喻，歌頌母愛的「剛勁之溫柔」。在李素筆下，母親的養育之恩可謂昊天罔極，須以宇宙山海的宏大意象來烘托：「曉色滿帆/煙霞籠鬢/為安撫搖籃裏的呱呱啼哭/宇宙護你　歲月孵你/以博大洪深的山青海綠/鑄暖暖一瞥/雄視上下古今的眼神/綻瑩瑩一朵/母性的不凡的平凡/如岱宗之堅定巍峨悠久」。然而，母親的心思又是如此的細密，時刻為兒女的顰笑所牽動，唯有花影和葉濤才能形容這種內在的波瀾：「他們一聲聲稚嫩的歡呼/彷彿臨溪花影繽紛/漾動你唇邊心裏/千萬疊微笑的漣漪/搖曳遠岸丹楓/喧喧如鼓萬葉之掌」。就算到了晚年，母親依然為兒孫操心，鞠躬盡瘁：「你正想安枕休憩/但星沉月暗　驀然/天外黑風又橫吹海立/為接應兒女的女兒脱險/你仍須中宵滿載辛勤/再揚一幟慈柔/匆匆出發」。〈給風之靈〉為流動天地間的氣韻而作，題材獨特。風動，可輕撫少女初戀的微酡，溫慰她內心的寂寥，籠罩之以生之淒迷，並賦之予燦爛詩心。於李素而言，天地之間「似有還無」的浩然之氣是「非靜之靜」、「非動之動」、「無心之心」；從人的角度體驗之，就是「詩人瀰漫八極的靈思」。這首詩頗為抽象，有演繹莊子的天籟之意。

李素對於木棉花開的感觸與施友朋截然不同。在李素心裏，紅棉乃嶺南「英雄樹」，看著此花盛放，怎能不想起大陸山河、赤膽英雄與眾生血淚，而為之黯然神傷？〈給紅棉〉(18:7)沉鬱悲壯，是李素那一代南渡知識分子憂國憂民心境的最佳寫照：

似朝霞的喧天紅浪
似落日的雄渾輝煌
你——矯健地燃亮一春壯麗
讓百花仰望你的英爽

你像千萬顆赤膽高懸空中

問誰能裹紮中華兒女的創傷
你像荒原上營帳外的風燈蓋盞
熠燿著流亡者悽惶的歸夢

你嚮往居庸關上萬里雄風
想學千臂如來獨攬八方危難
想揮手鏗然撒下彌天花蕊
使江河山嶽擁温馨於無窮

然而霧掩星芒、妖氣蓋月
你默對大地花果的飄零
你這巍峨丈八的英雄喲
只含淚為炎黃子孫祝禱
靜候澄空迴響和平的鴿鈴

世紀末的風暴捲起漠漠黃沙
雷和電即將焚化眾生的血淚
焚化你那憔悴沉鬱的猩紅
誰知道猩紅和血淚能否昇華
只見冉冉斜陽輕照無盡江山

同樣的意境與情懷亦也見於「詩門摸索記」裏所錄的新詩，如〈行客〉（53：14-15）：

你是孤零襤褸的行客
挑著一擔破碎山河
外加半筐災禍
洪水奔流天柱折
橋崩雪滑　前路迢迢
而民主扣上了手銬
自由拖曳著腳鐐
耳邊遂悽悽響起
八面冤魂合唱的輓歌

風未靜　雨難晴
更不知哪一夜
星纔閃亮　月始吐明
為找尋女媧的五彩石
你不怕那漆黑的崎嶇
想看清大禹的蹤跡
卻加緊燃燒　縱使
只有一行如豆的火種
你更急切地高高舉起
縱然是最微弱的心燈

與前引兩首詩比較，李素描寫香港山野的作品則充滿了如畫的風景、飽滿的信心和無盡的喜悅。試看〈往粉嶺途中〉

(60：20)：

汪汪碧海奔赴遙遠
古國的初秋籠著淡煙
莫問點點漁舟載去幾許鄉愁
只看驟雨後陽光鮮豔
撒盡末世剩餘的溫煦
輕撫翠玉的田疇

群山迎面歡呼
號召千林競走
我愛風雲動盪的宇宙
以曾是波濤起伏的人生
詮釋芳草萋萋無盡
濃綠漲滿了心湖

香港是「人生的安全島」，李素本來大可放心在此「高臥」；可是，神州故國僅一步之遙，她又是一個有志「肩挑山河，手提星月」的詩人（〈白日夢〉；57：18)，怎能睡得安穩？〈夜〉(62：119)的第一節描寫這種孤寂難眠的心境：「我把新月嫵媚的惆悵/與含愁低語的寒星/都關在門外/只拜託秋蟲和海潮合唱/輕輕敲響故鄉寥落的窗櫺/然後回身投入斗室的蒼茫/垂一簾寂寞」；詩的最後一節則為自己，也為世人，在暗夜裏呼喚光明：「夜夜擁一衾綿綿黑暗/摸索來今往古的曙光/世紀已龍鍾　還有幾處戰火/鐵幕重重　哪一天才揭破？」（62：119）。「詩門摸索記」裏尚有其他佳作，囿於篇幅，此處不贅。

1.3 鄧一曼

鄧一曼給《當文》投稿多年，清一色為新詩，第一階段共刊十八首，第二階段十三首。[10]詩人關懷的題材為文明與異化、時間與回憶、中國與命運，甚具現代感。在她的詩裏，都市文明猶如一股毀滅的力量；它是溺斃神經的漩渦，吞噬鬥士的餓獅，由機械人宰殺人類的屠場（〈文明〉；133：143）。束手待斃的城市人像迷途的羊群，「皆空白著/臉」，「皆空著腦」（〈羊群〉；102：111）。最悲觀時，她會感嘆，在地球乾枯的表面上「踏著醉步」的人「盡是，/那些眼睛直視的，那些，/腦袋塞滿稻草的。」（〈靈光〉；76：96）；她還會追問這些行屍走肉般的行人：「是誰拔掉你生命的里程碑/是誰摧毀你心中的綠洲/使清脆嘹亮的歌聲/從此消失」（〈誰〉；50：57）？最樂觀時，詩人會在「寂寞的廢墟」上做重重疊疊的夢（〈夢〉；150：57），或像「孤獨的雄獅」那樣「躑躅於荒蕪的文化沙漠」，或化成沙漠裏「缺水的仙人掌」，頑強地「高舉那毛茸茸的赤手空拳/向虎視眈眈的烈日」（〈沙漠〉；133：143）。時間可以摧毀文明（〈絲綢之路〉；175：21），催熟少女如葡萄般散發香氣（〈年華〉；

158:99)，迫使男人展示「兩排向風的假牙」（〈歲月〉;108:78)，然而卻難以變成阻隔愛情的牆（〈歲月〉;78:120)，更無法抵禦猛烈如十號風球的回憶（〈回憶〉;114:40)。愛情與記憶似乎是現代生命的唯一救贖。

鄧一曼寫過鄉土（〈坭土〉;72:87)，亦曾為驅趕軍國主義的幽靈而振臂高呼（〈高音〉;163:71)；但這兩篇作品的故國情懷遠不及她在〈掌紋〉裏所表現的逃亡意志來得強烈：「千百條老樹的根鬚牢牢抓著，/你的生命，/因而神秘莫測的預兆，/都埋在龜裂的大地裏。//是誰叫這天生的老臉，/掌百年的悲歡。/倘若你是善變的靈猴，且翻起高飛的筋斗　逃出，/自那命運的五指山。」從詩人的悲觀角度來看，要擺脫命運的掌控，只有死亡一途；用詩的語言來表達，便是「被時間永遠解僱」，唯有如此，人生才可以享受「永久的假期」（〈墳場〉;184:105)。

1.4 溫乃堅

與施友朋同屬焚風詩社的溫乃堅也曾投稿予《當文》。第一階段《當文》刊出其新詩十一首，散文七篇，第二階段僅發表新詩兩首。《當文》所刊溫氏作品，以〈我不要戰爭〉(108:16-17)、〈洗夢〉(119:67)、〈奇怪的早上〉(141:127)、〈只因你說起現代社會〉(143:109)四首詩最具特色。[11]

〈我不要戰爭〉是反戰作品，由詩裏的士兵質疑「為自由/為平等/為國家而戰」的宏大說辭。他聽到「敵人」的長官也在「說著同樣動聽/同樣神聖的話」，於是問道：「真理究竟有多少個？」他不想殺人，更不想被人屠宰，故此懇求長官開恩，讓他解甲歸田，回到「幸福而富有意義的生活」，並衷心希望「敵人」也有同樣的機會。這首風格明朗的作品得到編輯部的賞識，成為該期的期首詩。〈洗夢〉以洗換夢境的奇喻，寫傷心人自強的決心，頗堪玩味。〈奇怪的早上〉的想像奇詭，前半部渲染個體分崩離析的感覺尤具超現實主義色彩：「臉洗淨之後/竟失去眼睛和嘴巴的位置/鏡裏　是一片/枯黃　海棠的脈絡/揮手碰著頭顱/頭顱竟崩坍　如城牆/這是一個多麼奇怪的早上」。〈只因你說起現代社會〉描寫傳統消亡之後（「就讓歷史死去吧」），個體面對現代社會的急劇變化時，內心所感到的不安：「話題已越過戰爭/現在我們談或然率/馬不再用來拉車/證明社會進步/但最少民族的一環/仍未有確定的位置/指標林立/哪個方向去呢/教堂和醫院/都不是好的地方」。「民族的一環/仍未有確定的位置」可以詮釋為溫乃堅這一代香港青年對於民族認同所感到的困惑。

他去世後，秀實在《圓桌詩刊》第五十七期為他辦了一個紀念專輯，稱他為「典型的本土詩人，受基督教教育，詩歌受西洋現代主義影響」，「雖無大學學歷，但才華似乎較一般詩人為高。好些詩句，都令人為之瞠目結舌」（秀實 2017）。

1.5 林力安

林力安也來自焚風詩社。[12]七六至七九年間，他在《當文》刊出九首詩作，八篇散文。《當文》復刊後，曾發表兩首新詩，四篇文學史料。根據施友朋的觀察，林氏這個時期的作品大致可分為三類：一、受傳統文學影響，深含古意之作；二、取材自此時此地，涉及作者本身體驗的作品；三、抒發個人感懷之作（施友朋1978：43）。〈話舊〉（136：40）、〈題詩〉（140：26）屬於第一類；〈醉酒的燈蛾〉（131：54）、〈死神開的玩笑〉（132：97）、〈怪談——給港大文社大嶼山夜談諸友〉（142：137）、〈港大人速寫二帖〉（160：116）是第二類；〈不逝的一瞬〉（131：54）、〈踏霧行〉（150：81）與〈雲〉（161：47）是第三類。[13]

林力安就讀於香港大學中文系，曾修讀溫健騮（1944-1976）講授的翻譯課，七八年畢業（林力安 1996）。〈港大人速寫二帖〉是對他那一代的大學生的觀察與反省，「之一」諷刺盲目跟風的友人，「之二」批評不問世事、不懂現代文學與忽略西方文學的同系同學。〈踏霧行〉為紀念七八年三月廿六日與徐速夫婦及香港青年作家協會的朋友遊太平山而作。施友朋被這首充滿七〇年代香港情懷的詩作感動，評曰：「〈踏霧行〉起初寫景，繼而寫情，最後由景生情，以致情景交融——忽地襲人而來的『黯然』，首尾銜接的功夫，使人叫絕」；「由『美得叫人擁抱一生，永不後悔』到『一團黯然的雲霧，忽地掩至』，詩人的愁緒與一般懷鄉憂國的詩作頗有分別，這種心理上的鬱結，在一個出生於香港，受高等學府教育的詩人來說，他所行諸於詩上的宣洩，我們是可以領悟得到的！想起此時此地，頗多自命高等華人的『香港人』，則詩人的自覺，又真的叫人安慰！」（施友朋 1978：46-47）

此詩的「黯然」之情，想必有令作者同代人銷魂之處，為方便讀者參閱，將全詩抄錄於此：

三月，是花季也是霧季
拖著，傭倦的步履
張著，傭倦的眼神
在山頂道上　俯瞰
整個海港也是，傭倦的
躺在霧裏

一陣冷濕的春風馳過
自霧幕，牽出了
獅子山沉重的獅頭
一副點了穴道的木相，依然

風大的時候
維多利亞褪盡輕紗
從高處看從遠方望

美得叫人
擁抱一生，永不後悔

當視線由飛鵝嶺下移
觸到了，港督府上飛揚的米字旗
一團黯然的雲霧
忽地掩至

林力安曾說他「拙於辭令」，因此說話、寫文章與作新詩，「都是短短的」（〈《獨唱》自序〉；157：86）。他在《當文》發表過幾篇簡短的詩論，評說新詩的語言以及詩人的條件。對於新詩的語言，他提出三個明確的意見：一、「詩的語言與口語有別，詩可以包括口語，但口語不等於詩的語言。」「詩是藝術，藝術是需要加工的，如果以為口語就是詩的語言，那麼就不需要什麼苦吟了，人人都是出口成詩的詩人了。」二、「西化語法也可入詩」，「適度的西化句法可以豐富詩的面貌」。三、必須區分散文與詩的語言。「散文是直陳，是『賦』。而詩是暗示，是『比』是『興』」（〈詩的語言〉；152：14）。至於詩人的條件，他認同葉燮的「才、膽、識、力」說，並加以闡釋。「才就是才華」，「詩人最要緊的是情感和想像豐富」。「其次是膽」，「寫詩是需要膽量的」；「詩人大多狂狷，不修細行。穩重得如臨深淵，如履薄冰的，不是詩人的料子」。「而識在四字真言中最為重要」，「『識』是靈魂，詩人有警句佳理，全憑這一『識』字，不言人云亦云，毫無新見，絕不符合創作的精神」。「力是自立門戶，一空依傍的魄力。沒有『力』，便不能跳出前人窠臼，更談不到領導風騷，自振一代。」（〈由「不是詩人」說起〉；154：8-9）

1.6 牧衷

牧衷七三年從大陸來港，在七六至七九年間發表新詩九首，雜文六篇，小說一篇，其中兩首詩作入選為期首詩；在《當文》的第二階段，刊出新詩五首，散文與小說各一篇。[14]中國是牧衷剪不斷理還亂的情意結，具體表現為詩裏的三個主要母題：一、思鄉：〈桃花開了〉（124：41）、〈還鄉〉、〈園中〉（期首詩；149：16-17）、〈夢〉（179：5）；二、憂國：〈遙寄唐山〉（期首詩；131：17）、〈清明〉（137：16）、〈致長城〉（151：49）、〈統一〉（159：22）、〈恥痕〉（163：70）；三、離散：〈夜讀〉（128：97）、〈寫在馬尼拉〉（144：142-143）、〈給流浪者〉（期首詩；146：14-15）。牧衷寫故國，其簡潔的詩句最具衝擊力，例如「這時節便不蒼白/槍管瞄過的杜鵑盛開」（〈清明〉），以及「歸來我披離時暮色/帶見時倉皇」（〈還鄉〉），都是佳句。個人的離鄉經驗及祖輩移民菲律賓的家史，讓他深刻體會五〇年代南遷者的心情，亦明白七〇年代中南半島難民流落他鄉的悲哀。他在〈夜讀〉和〈給流浪者〉兩首詩裏所抒發的，正是中國大陸與南越的流亡者欲訴無言、欲哭無淚的悲愴與無奈。此外，他還寫過一篇〈流浪者的流浪謠〉（155：12-13），討論越華作家千瀑（黃廣基，1952-）逃亡前後在《當文》所刊詩作，可見其對離散華人的關切之情。

1.7 蔡炎培

蔡炎培曾提及徐速辦雜誌的特色，就是盡量給新血保留篇幅，誘掖後進。由於得到徐氏很多鼓勵，他「憨居居寫了許多分行的東西出來」（〈小小的盼望〉；73：112）。不過，他在《當文》發表詩作不多，在六六至六九年間，僅有六首。他的作品風格多變，實驗性比溫乃堅還要激進。[15]〈伊曲〉（14：87）的格調猶如白話小詩；〈手〉（7：161）與〈亡妻〉（16：73）的口吻接近當代日常口語；〈月姐氏族〉（26：76-77）與〈對鏡〉（4：51）的敘事語言介乎新詩與民間傳說之間；〈曉鏡——寄商隱〉（21：80）的傳統意象則令讀者產生遐想，陷入迷離恍惚的情境裏。他的作品時有奇句，例如「當夜雲無聲，新月/　像一輛馬車來自遠方」（〈亡妻〉）和「那邊的書/構成一屋淩亂的秩序/我構成另一自己的/琴」（〈手〉），都叫人眼前一亮。他的作品不缺畫意，譬如「滿月如梨膽尚懸自我心上/想那名不虛傳濟顛的酒肉裏/有利鏃追獵一個盜馬的少年/利鏃，刻有他祖先的大廟/刻有神去之地裂/而夢何遲」（〈對鏡〉），亦令人印象深刻。他擅於歌頌女性，像「她在我心中是衣服以外的/大自然常不乏那種尺寸」（〈月妲氏族〉），簡直是神來之筆。

蔡炎培以本名在《當文》所作的新詩實驗，並沒有引起迴響；但他以筆名林筑發表的〈曉鏡——給商隱〉卻吹皺一池春水，引發一場《當文》與《萬人雜誌》之間的筆戰（詳見第二章）。為了「解釋」這首「晦澀」的詩作，他分別在六九年和八二年，為《當文》撰寫〈曉鏡的創作動機〉（44：126-129）和〈雪後的驛道〉（162：46-48）兩篇文章。根據他的自白，他迷戀李商隱的詩，是因為他的詩難懂；然而，他認為「不懂並非不可感」（44：126），而且詩的「可感」有時比「可知」來得重要。他創作〈曉鏡〉的其中一個動機就是為了表達一種無以名狀的感受，以詩呈現一種「心間說不出來的語言」（44：127）。[16]蔡氏詩觀，與洛夫（莫運端，1928-2018）在六〇年代發表的詩論隔海遙相呼應。洛夫在〈詩人之鏡〉裏說：

> 創作過程確為一個謎，現代藝術家或詩人，尤其具有超現實精神傾向者，在從事創作之前心中並無一個具體的主體，而只作無邊無際的醞釀，當時他自己並不完全了解他要表現什麼，及至表現過程完成。但有時作者對自己的作品亦不能解釋清楚，自來例子甚多，不足為奇。梵谷曾對友人梵·納柏特（Van Rappard）說：每當別人不解他畫中某些東西究竟係何物時，他就樂開了，因為他要這些東西有一種如夢幻般的氣質，同時當他創作

> 時，他只是他作品的工具而不由自主，他完全隸屬於作品（洛夫 1994：31）。

詩人心中這種無以名狀的體會，由於難以依賴既有的文學語言與程式來表現，只好訴諸「暗示、象徵、隱語」，甚至各種瀕臨極限的文字實驗，方才得以表達。洛夫將這種寫讀經驗稱為「欣賞邊際」，即詩人傳達與讀者欣賞的極限。他評道：

> 我們發現所有具有創造力的現代作者無不以能達到此一邊際線而後快，但問題是：不是所有的欣賞者均能攀至此一極限，能的欣賞而接受，不能的搖頭而嘆息，故「晦澀不在於作品，而在於讀者本身」（李英豪語），是不無道理的（洛夫 1994：33）。

他最後總結：「這也是為什麼我們常說：詩乃在於感，而不在於懂，在於悟，而不在於思。」（洛夫 1994：33）洛夫所強調的極限體驗以及讀詩的「感」或「悟」，頗能說明蔡炎培的創作心態。即使到了八〇與九〇年代，蔡氏在《當文》兩次復刊後所刊兩首詩作裏（〈明愛餐廳〉，165：63；〈己卯即事〉，185：109），仍然沒有放棄這種毫不妥協的實驗精神，他努力創新的精神確是一以貫之。

二、散文

散文是香港作者最鍾愛的文類，不僅寫作者眾、稿次多，而且水準可觀。就發表數量而言，名列前茅的作者依次為：徐速、余玉書、黃南翔、慕容羽軍、柯振中、非夢、梁從斌；稿量不及前列幾位的作者有：陳文受、施友朋、曾逸雲、李素、何葆蘭、趙聰、傅南鵑、黃炤桃、李默、蔡炎培。這批散文作者之中，徐速、慕容羽軍、何葆蘭、李素、趙聰屬於《當文》的第一世代，陳文受與傅南鵑應是他們的同代人；余玉書、黃南翔、柯振中、曾逸雲、黃炤桃、蔡炎培屬於第二世代，非夢、梁從斌、李默應與他們同代；施友朋是第三世代。除此之外，晨風文社曾在《當文》辦過一個名為「模糊的足跡」的專輯，刊出陳威權、潘焖榮（1946-）等年輕社員的短文與小詩（7：124-130）。換句話說，散文基本上是《當文》第一與第二世代作者的天下。

2.1 徐速

徐速是個多面手，他為《當文》寫的散文類型繁多，有社論與短論，也有雜文和遊記。這一節主要討論他的悼念與憶舊文章以及生活小品，這是他寫來最為得心應手的兩個題材。徐速有軍人本色，他的文章個性鮮明，率直坦白，夾敘夾議，時莊時諧，雜文的色彩遠比小品文來得濃郁。

徐速發表於《當文》的悼念文章有七篇，紀念五位華人，兩位日本作家。這些紀念華人的文章反映了五〇年代南渡文人的家國情懷與流亡心緒。徐速為亡父寫過兩篇文章：〈在父親的靈位前〉（32：142-152）、〈記父親生平幾件事〉（35：128-146）；前者紀錄他接到訃音的悲傷與惶惑心情，後者則是他在情緒平復後為父親撰寫的「行狀」。徐父為地方鄉紳，為人剛正，不僅恪守儒家教誨，還熱心為人排憂解難，深得鄉親父老敬重。於徐速而言，父親之死象徵著傳統文化的式微，也意味著自己與故土完全斷絕聯繫的事實，其內心之悲痛不足為外人道。〈記父親生平幾件事〉的感情真摯，文辭平實，是徐速散文之代表作。〈悼于肇怡先生〉（24：148-152）與〈悼念左舜老〉（48：143-150）追憶兩位友人的書生本色，為落難香港的一代民國文人留下最後的身影。在徐速筆下，于肇怡（1917-1967）的虛懷與憂鬱，左舜生（1893-1969）的率直與風流，都令人印象深刻。[17]這些文章雖寫別人，澆的卻是徐速自己的磈磊，一如〈悼于肇怡先生〉所云：「實在說，那是我們這些流亡者的寫照，如果時局沒有巨變，若干年後，大家都會鬱鬱而終，埋骨異鄉，在這個沒有溫暖沒有理想的孤島上。」（24：148）

最令讀者感到意外的，莫過於徐速為十三妹（方式文/方丹，1923-1970）所寫的悼文（〈化作春泥更護花：悼十三妹〉；61：158-162）。[18]十三妹來自越南，徐速與她並不相識，兩人的文字因緣亦僅止於她為徐著《櫻子姑娘》（1959）所寫的一篇書評；但十三妹「不著邊際的應酬話」與「一點敷敷衍衍的鼓勵」，不僅給了徐速「好大的溫暖」，還觸發他日後關心、提攜文壇新秀的熱情：「人家施於我的，我也要同樣還給別人。這個觀念對我有很大的支配力量，進一步發展成我對作者的偏袒，就是別的刊物攻擊我們的作者，我一定會挺身而為之辯護」（61：159）。徐速認為，十三妹有俠氣；她鋤強扶弱，為人「正直不阿」、「獨來獨往」，絕不與此地的「政治現實」和「黃色撈家」妥協，為香港罕見的有風骨的文人。徐速甚至將她與魯迅相提並論：「算來魯迅死後三十多年，中國文化界才出現這樣了不起的人物，十三妹是值得驕傲的」。與她比較，「消極的逃避政治，有時還盡量敷衍」的徐速不免深感慚愧，甚至看到她的靈堂遺照「發出冷笑，彷彿她在嘲笑人生，諷刺這個社會，揶揄這個時代」（61：161-162）。

嚴格來說，〈記林語堂與武者小路實篤〉（129：144-151；130：20-26）及〈從《金閣寺》看三島由紀夫〉（62：135-142）並非悼亡之作。這兩篇文章雖寫成於三位作家亡故之後，憶舊與評論的成分遠多於悼亡的情感。徐速為林語堂（1895-1976）與武者小路實篤（1885-1976）寫文章，旨在銘記兩人「對於後輩的那分難得的關切情誼」。他記林語堂老來失憶之事，既悲哀又幽默，是向文壇前輩最深情的致敬：「在那次宴會中，我發現林老的確老了，而且老得驚人，他跟我談了好久『紅學』，到快要散席時，忽然向我說：『我向你打聽一個人——徐速，他今天來了沒有，我有好久沒有看到他了！』這一下我真的目瞪口呆了，當別人告訴他我就是他要找的人，林先生也頗為尷尬，我怕他不好意思，連忙為他解釋，『我現在長胖了一些，你老人家自然眼生了！』」（129：151）文人遲暮，難免有一時糊塗，認錯晚輩的時候；然而，壯年時的徐速也不是沒有錯看前輩的懊惱。六〇年他訪日，曾專程拜訪武者小路實篤，卻渾然不知這位和平主義者曾經支持日本軍國主義的侵華政策，還在他面前滔滔不絕的講起自己毀家、流亡、念軍校的經過，讓對方「瞪目直視，神情有些驚奇而尷尬」。徐速後來悻然寫道：「老實説，如果我在事先知道這些，我會拒絕去訪問他，更談不上這段友誼了。我承認在這一點絕對是胸襟窄狹，民族仇恨的結很難完全解開，就算事情過了這麼多年，跟日本人結交仍然只限於反戰分子。」（130：26）

話雖如此，徐速卻非常敬佩三島由紀夫（平岡公威，1925-1970）。三島切腹自盡後，徐速拒絕跟隨香港輿論，站在「政治立場」來臧否三島，而是選擇了「個人立場」來表達他的「驚悼與惋惜」。徐速褒讚三島為「優秀卓絕的作家」，稱其不僅才氣「驚人」，筆法也「令人驚眩」。他將三島的《金閣寺》比喻為「大雷雨中的一道閃光，美麗而壯烈的閃光；而卻賦予人物永恆的生命。」徐速再三感嘆，三島對於美，尤其是壯美，有深刻的領悟；套句徐速的話來説，便是「死得越壯烈越迅速越美」。徐速深為三島筆下莊嚴華美的切腹場面所迷，在文中全段引述並藉以想像與傷悼三島之死。對於徐速來説，三島的自殺意味著其生命美學的完成：「三島對於美與美學的認識，當然也會用來安排自己的生命，就像那年輕和尚焚燒金閣寺那樣，他也適當的『焚燒』自己。這個目的說來很簡單，他愛他的祖國，愛他的美學觀，愛他的文化傳統，日本等於金閣寺，他用自己的血，給日本人一個永不能忘懷的印象。」徐速對三島的評騭超越了其一貫的民族主義立場，完全從文學與美學的角度考量，可說是他極為出格的一篇文章。

〈故人〉（139：18-25）與〈記年紅，憶南遊〉（82：161-163）是憶舊文章。前者寫徐速敬佩的一位「大俠士」——來自遼寧省，與他有同窗與袍澤之誼的耀庭君。從文中所記二三事看來，此君果人中豪傑也。可惜徐速出於對朋友的敬重，下筆點到即止，讀者唯有憑空想像這位民國軍人的風采了。〈記年紅，憶南遊〉為祝賀馬來西亞作家年紅（張發，1939-）獲得當地「首相文學獎」而作，追憶兩人結識的經過，文章見證了《當文》與馬華作家的難得情誼。

徐速寫生活瑣事，以記敘病中苦難的篇章最為突出。〈我與病魔搏鬥〉（2：98-108）、〈病中寄簡〉（26：152-153）、〈割膽記〉（155：131-141）分別紀錄了他在六四年、六八年及七八年三次患病的經歷。徐速心直筆快，將病人心底各種焦慮、惶恐、暴躁的情緒完全暴露紙上，讀來驚心動魄。〈我與病魔搏鬥〉最難忘的一段，莫過於徐速因急性中風而入院治療，在半身幾近癱瘓的艱難時刻，卻傳來徐妻在另一家醫院分娩，為他誕下兒子的消息；人生之悲欣交集竟至於此，其戲劇性較諸徐速的小說情節實在不遑多讓。〈割膽記〉寫於多年之後，此時的徐速雖仍諱疾忌醫，已懂得在困頓中自嘲解窘。以下一段滑稽突梯、斯文掃地的描寫，見證的正是叫人哭笑不得的病中之痛：

> 第二天比第一天的痛好一些，但另一種比痛還要難頂的「脹」開始向我攻擊。「脹」的速度很快，雖不像吹氣球那樣，但卻感覺出來一點點的增加，整個肚皮很快就像孕婦那樣，敲起來如擊敗鼓，每個護士都過來摸一摸，敲一敲，聽一聽，好啦！我在表演「打鼓罵曹」啦！我真擔心傷口會因此崩開，但醫生保證不會，他所著急的希望能快些放屁，屁一通，氣就洩，那也表示消化器官恢復了機能。可是，沒有一點放屁的意思。大家都在等著屁聲，醫生叫護士打針催屁，折騰了半天，仍然屁影皆無。沒有屁，肚子脹得更厲害，脹得簡直令人發瘋。我覺得脹比痛更難忍受，在痛的時候我還沒有喊叫，現在脹得我連哼也哼不動了。〔……〕幸好正在頂不住之際，屁響了，而且是一連串的響個不停。「這就好了！」妻像得到捷報似的打電話向醫生報告，醫生說，還要有第二次脹，果然，稍為輕鬆了幾分鐘，又開始發脹〔……〕(155：140)

徐速在病中最大的安慰是讀者的來信，尤其是東南亞讀者的來信。他在〈病中寄簡〉寫道：「我只好悲哀地收斂起情感的波動，乖乖地吃藥打針，唯一調劑精神的讀物，就是將親友們寄來的信反覆讀誦，這些信給我很大的安慰、溫暖和鼓勵，尤其是那些從未謀面的讀友們，往往將我帶到遙遠的地方去。我在想，星加坡又下雨了？檳城的動亂過去了嗎？曼谷仍是那麼安謐？西貢還有沒有砲聲？東京的聖誕是真正白色的啊……。」（26:153）〈我與病魔搏鬥〉也有相似的段落：「我接過信來，在信封上看出，有老家來的，有朋友的，有親戚的，最多是讀者的；尤其是星馬的讀者，我像是遇到故人似的，心理感覺一陣陣喜悅。」（2:105）

徐速健康欠佳，乃嗜菸所致。〈漫談戒菸〉（4:97-104）一文披露，他日抽百根，有「長鯨吸百川」的駭人氣勢；於他而言，「斷絕菸糧比孔子在陳絕糧還要緊張」，可見菸癮之深。不過，儘管抽菸並不「體面」，在生活上也會引起各種與家人的矛盾，他不肯戒菸的理由，雖然聽來很像藉口，實情卻頗為悲哀。徐速的菸癮始於物資嚴重匱乏的戰爭年代，當時像他這種小兵在戰場上唯一的精神慰藉就是數量少得可憐的香菸。日久生情，香菸竟成難離難捨的戰友：「人畢竟是感情的動物，就是吸菸，吸久了也不免產生感情。在戰亂中，衣物書籍，隨時丟失，只有香菸永遠相伴，有時，它真會像故人似的，給人莫大的溫暖。所以，一提到戒菸，我便會嗒然若有所失，內心便感到一陣陣悲哀，連這麼一個老朋友都不能保全，人生究竟還有什麼樂趣。」（4:101）

徐速回憶昔日戎馬生涯，筆端總是瀰漫著濃得化不開的感情，〈鞋〉（124：143-151）也不例外。標題為「鞋」，實際上寫的是「鞋難」；徐速不僅刻畫了鞋子於窮人子弟的重要，更道盡了窮國士兵缺鞋的狼狽與辛酸。誰能想像，士官訓練學校的國軍，大部分竟是光著腳上操與打野外的「赤腳大仙」？鞋子於窮國軍隊的重要性，徐速有刻骨銘心的體會：「在軍隊裏，鞋子要算是武器以外最重要的裝備了，鞋子有問題，攻擊和退卻都受直接影響，我相信不少人因為鞋子而打了敗仗，甚至犧牲了性命。我們是窮國，窮兵，打的也是窮仗，抗戰時，每當一場戰事結束，清掃戰場時，兵士們除了搜求戰利品，許多人都注意屍體上的鞋子（包括敵人與自己戰友），這種事心裏有數，但誰也不願明說出來。」這種匱乏的經驗讓徐速特別珍惜鞋子，即便後來到了物質豐盛的香港生活，這種惜物之情依然保持不變：

> 香港的物質生活，比國內是不可同日而語，但在我的潛意識裏，仍然感覺供應緊張，總在擔心「行無鞋」的苦難，每當鞋子發生破損時，我總是未雨綢繆，立刻找鞋匠換底打掌，遇到鞋店真正大減價，我當然不會放棄機會，只要有餘錢在身，便毫不考慮的買下以備不時之需。這樣舊的不去，新的又來，於是我的鞋子數量也就無形中增加了。老實說，鞋子越多，給我的安全感越大，只有沒有鞋穿的人才會有這樣的感覺（124：150-151）。

徐速對於鞋子的執念，亦飽含念舊懷人的情感成分：

> 有時，我將鞋子排列起來，按著鞋齡，一雙雙排列起來，就彷彿看到操場上的列兵，由列兵而懷念起那些通過生死患難的弟兄，我便會神遊在酸甜苦辣的往事裏。在我的感覺中，每一雙鞋都似乎有它的生命，甚至它本身就代表了一段時光，你可以在它們身上找到時間的影子，也可以溫醒自己的過去，這些比照片還要真實（124：151）。

戰爭歲月雖苦，總有終結時。〈漫談苦與樂〉（94：176-182）在追憶軍旅生涯的艱辛「苦趣」之餘，不忘為戰爭勝利的快樂補上美好的一筆，儘管那只是一段短暫的時光：

> 在我生平感到最快樂的事，大概要算抗戰勝利後初到北平那一小段時間，那種快樂真是難用筆墨來形容的。部隊一到北平〔……〕同胞們將我們當作親人來看待，所謂「簞食壺漿，以迎王師」，我們算是飽嘗了這種滋味〔……〕父老們在街旁靜靜的看著我們，像看著他多年不見的兒子，孩子們沒有撲到我們的懷裏，只是輕輕的摸著我們的槍柄，大姑娘們當然更是保守了，她們有的微笑的遠遠的站著，有的紅著臉給我們送茶拂灰塵，溫柔得像個小母親。當時，我們卻面無表情，手足僵

直，連一聲謝謝也不會說，只是靜靜的享受這份「同胞愛」。遊行完畢，個人自由行動開始，當我們在飯館大快朵頤後，或者洗完熱水浴，結帳時總是有人代為付帳，與一些不相識的人拉拉扯扯，爭著付錢。而餐館老闆又那麼誠懇的拒絕收錢，那情形簡直就像《鏡花緣》的君子國〔……〕當然，這樣的君子風度不能維持太久的，但給我的印象確是終身難忘。我了解到真正的榮譽是什麼，我嚐到愛國者的報酬，我享受到生命中真正的快樂（94：181）。

徐速的思鄉與愛國情懷，在〈遲來的禮物〉（159：23-29）與〈守候在收音機旁〉（161：18-27）裏表達得淋漓盡致。前者記一位年輕友人返鄉旅遊，為他帶來大陸照片的事；後者寫七九年中越戰爭期間，作者憂國的激情。這兩篇文章發表於七〇年代末，此時徐速居港快三十年了，雖仍念念不忘大陸，但顯然已適應了此地「渾渾噩噩」的生活（94：181）。在〈墟居記趣〉（55：154-158；56：159-164）裏，定居大埔舊墟的徐速不僅大大方方的穿汗衫短褲招搖過鬧市，還臉不紅心不跳的自嘲為「目光狹小的香港人」（55：155）；他甚至同天后宮裏的神明攀附親戚，儼然已修煉成為本地人了。徐速的雜文向來煙火氣甚重，〈中年的感喟〉（6：141-146）、〈聖誕節，聖誕夜，聖誕卡〉（146：16-23）、〈談交友〉（156：18-26）等篇也不脫這種特色；與之相較，重刊的舊文〈雨〉(60:127-131) 就顯得太過文藝腔了。徐速為《當文》寫過一篇遊記，題為「東遊散記」，分四期刊出。這篇旅日遊記平鋪直敘，瑣碎零散，只是應酬文章而已。

2.2 余玉書

余玉書是《當文》第一階段的重要散文寫手。六八至七九年間，他除了為「筆匯」專欄撰文外，還負責「天星樓隨筆」(第34-103期)、「樂室閒話」(第109-146期)、「西窗隨想錄」(第148-160期) 三個專欄。余氏本為詩人，但他為《當文》貢獻的作品清一色為雜文。他自己的解釋：「我不寫小說，因為自知對大千世界中情與物的體驗還不夠深刻，更欠缺的是刻劃雕琢的功力與耐性；我也放下了詩的彩筆，因為庸俗化的社會，已令赤子之心蒙塵。可是我越來越喜歡寫隨筆式的散文，因為它最適合我的『心水』；永遠不寫自己不感興趣的事物；有什麼話，便說什麼話！話該怎樣說，便怎樣說！在筆下流露出來的，都是自己最親切的感受，能夠引起別人的共鳴，固然是絕妙好事，就算別人並不欣賞，也是無可奈何的事。也許這就是寓個人興趣於其中的所謂『身邊文學』」(〈落花水面皆文章〉；111:24)。他在《當文》發表的「隨筆式散文」計有「筆匯」二十一篇、「天星樓隨筆」四十篇、「樂室閒話」三十九篇、「西窗隨想錄」十三篇；再加上一篇〈閒話天星樓〉(103:145)，合共一一四篇。到了《當文》的第二階段，他的稿件銳減，僅刊出雜文與新詩各一。

余玉書在「筆匯」亮相，主要為了針砭時弊；他的題材涉及香港的股市、法治、數據、商業宣傳、白領階級、能源危機、立體聲廣播等，僅有四篇與文藝沾邊。這批文章的時事性質很濃，至今事過境遷，讀來猶如史料。「天星樓隨筆」則饒富文學色彩，不論抒發生活感受，還是表達文藝觀點，作者均悉心經營，從詞句、布局到論點各方面都精雕細琢，力求妥切，可謂功架十足。在人生體驗方面，他關心回憶、嗜好、少年、初戀、鬼神、賽馬、嬉皮文化、獨立思考、特立獨行、形而上的心、形而上的等待等題材；而論文藝就兼顧文化生產的各個環節，如感應能力、創作條件、剽竊盜版、朗誦藝術、閱讀心理、少年讀物、音樂與詩歌、文學與電影、作家與社會的關係等。身為詩人，余玉書在文中經常徵引古典詩詞，為文章生色不少；此外，他還撰寫專文，介紹新詩以及讀詩方法。〈五十年代來中國詩的現代化〉(48:99-109)篇幅頗長，講述四九年以前新詩在大陸的發展，兼及四九年後在港臺兩地呈現的繽紛面貌。他充分肯定新詩的成就，對於新詩的未來也充滿了信心：

> 經過了五十年的演進，現代詩發展到今天，毋疑地走向純粹詩的自由形式，終於結束了多年來詩體形式的爭端，而成為今後詩的「定形」。廢止了舊的格律和聲韻，注重自由的，自然的形式和節奏，雖約略受到西洋

> 詩的影響，但這只是更進步，更合理和合於藝術性的表現。〔……〕今日的中國現代詩是調和了白話、文言，甚至歐化語法，經過消化後所產生的一種盡善盡美的形式。在「反叛傳統不如利用傳統」的大前提下，現代詩人正向這方面全力邁進，儘管一些「不求甚解」的人仍然對現代詩抱著極大的成見，可是現代詩人們對新的「盛唐」期已充滿了信心（48：109）。

〈難懂與費解〉（47：14-23）是作者的另一長文，該文圍繞著讀詩的五大因素作深入說明。他認為，只要方法正確，無論是古典詩，還是現代詩，同樣不難讀懂；而讀詩的五大關鍵是：「一、對於詩底熱愛與虔誠；二、對於詩底文字的了解；三、合適的欣賞尺度；四、豐富的常識；五、悟力」。換句話說，閱讀文學作品必須付出努力，要「懂」一首詩的前提是提高人文素質與文學修養。

從「天星樓隨筆」到「樂室閒話」，余玉書的風格變得靈動，行文比前一階段自在多了。「樂室閒話」所談話題主要為新詩、西洋古典音樂、西洋與東洋音響器材，另有幾篇文章記敘作者重遊臺灣的感受。〈新詩與我〉（110：27-31）憶述作者的高中與大學年代，於港臺兩地學詩、寫詩、投稿，以及與徐速、紀弦、覃子豪、上官予等詩人交往的快樂時光。可惜好景不常，寫詩總要受到客觀環境的限制；〈落花水面皆文章〉（111：24-25）、〈詩已蒙塵〉（112：76-77）、

〈世界真細小〉(113：24-25)、〈無可奈何花落去〉(114：24-25)交代作者不再寫詩的原因。〈無可奈何花落去〉從社會演變的角度切入，評估香港七〇年代的文化生態，得出以下結論：

> 隨著此時此地的社會風氣與居民生活的演變，以致逐漸形成一種在「物欲」與「功利」雙重壓力下的意識形態。這種意識形態的主要特徵有四：其一曰麻木不仁；再二曰不耐思考；其三曰不求甚解；其四曰不辨是非。當這「四不主義」像流行性感冒一樣，蔓延所及，文字方面固然首當其衝，自然有不少體裁的作品，無法在這種逆境下欣欣而向榮。〔……〕
>
> 可是在香港呢！多的是麻木不仁的人：「惜花春早起，愛月夜眠遲」；「落紅豈是無情物，化作春泥更護花」；缺乏愛心與同情心的人，根本就沒有資格讀詩、談詩、寫詩！多的是不耐思考之人，自然永遠無法藉想像或聯想與詩人們的心意相通而飛馳在詩國的原野！多的是不求甚解之人，自然無法接觸到詩的內涵，只知道一天到晚嚷著「難懂與費解」！多的是不辨是非之人，根本不知正義之筆與時代良心為何物！
>
> 如此的氣候，這般的土壤，我們對香港的現代詩尚有何

> 苛求？就算一廂情願地走普羅文學路線，寫得真個「老嫗能解」，也不見得會投大眾之所好，反而拋掉了群眾的包袱，在質素方面要求進步，雖然暫時「蒙塵」，亦復何傷？

〈詩已蒙塵〉亦表達了相近的觀點，作者感慨「在極端功利與高度物質文明的夾縫中」，「詩已成為蒙塵的古玩，與絕大多數人的生活完全脱節，失去了聯繫的脈絡而成為一小撮『知心』人士『自珍』的藝術產品。」在這種文化環境裏，還在讀詩、寫詩之人猶如天外來客，使人側目：「當你熟悉的親友或者同事，發現你偷閒地閱讀一本現代詩集；或者在大庭廣眾之中，有人公開介紹你是一位現代詩人；那保證你一定會得到『另眼』相看，就像看動物園裏的『怪物』似的。」

余玉書認為，詩壇內訌不斷，也令寫詩之人心灰意冷。〈世界真細小〉從「鬼才」黃霑（1941-2004）填詞的童歌〈世界真細小〉（1975）談起，哀嘆文藝圈太多紛爭：「我們的文藝圈本來就是一個細世界，而其中搞新詩的，尤屬細世界中的細世界。可是多少年來，這個世界雖小，紛爭卻特別多。不知是詩人們的感情過於敏鋭，自尊心過於剛強；還是詩人們的心眼兒特別細，連細小的砂粒也容不了，一旦話不投機，看不過眼，就來一次蔚為奇觀的『講筆』（手無搏雞之力，談不上『講手』；口要留作朗誦，自然不能委屈君子之口）。而某些人，對於詩人似乎過於敏感，一些詩壇『點將錄』，『封神榜』之類評述文章，往往成為是非之源。說也奇怪，詩人這頂『桂冠』雖然在世俗的眼光中不值一文，甚至有會嗤之以鼻，可是只要你寫詩、說詩、評詩，總有機會讓別人跟你過不去。除非你是『落荒而逃』派的信徒，否則的話，躍馬橫戈，揮兵迎敵，於是又是一場慘烈筆戰的開始。」這個意見，他在「天星樓隨筆」裏亦有表達過。〈論作家之隱與顯〉（69：21-23）指出，「詩人」是個容易招惹是非的標籤，寫作人「都不願意隨便在別人面前自露身分，以真面目示人」；「尤其是寫詩的朋友，十居其九是用筆名的，因為詩人的桂冠雖然在現代的商業社會上不值一文，可是詩人的身分卻是到處令人看不順眼的，尤以文藝界中人為然；一旦有人因為常寫詩而被人冠以『詩人』一詞時，就非拉出來鬥垮鬥臭不可！」

對於余玉書而言，遠離詩會使人心情苦悶，唯一解憂之法就是閉門聆聽古典音樂：「這幾年來能為我消愁解悶既非杜康，更非紅袖；而是在孤獨中深深地感覺到樂聲能解心中結，樂聲能解萬斛愁。」（〈一顆心，能年輕幾回？〉；128：94-96）音樂可以與詩人作伴，因為詩與音樂密不可分，兩者都是「肉耳」與「心耳」並用的精緻藝術；「因此之故，世上沒有不愛音樂的詩人，也沒有不愛詩的音樂家。因為他們的悟力與鑑賞力是同等的敏銳與高超；因為他們具有同樣豐富的感情與悲天憫人之心。」（〈詩人與音樂〉；119：19-25）在家中欣賞音樂，「樂」與「器」（音響器材）同樣重要；故此，余氏在「樂室閒話」裏，細心為讀者介紹這兩方面的知識。「樂室閒話」是《當文》獨一無二、別開生面的專欄，橫跨文學、音樂與音響器材三個不同的領域，妙趣橫生。余玉書在此向讀者推薦他喜歡的音樂家、指揮家、他們的作品與不同的錄音版本；同時為器材知音比試不同的唱盤、唱臂、唱頭、調諧器、前綠控音器、後綠放大器以及導線，辨析西洋與東洋器材的差異，並一一作出評價。〈鬥機記趣〉（118：100-102）與〈音響的素描〉（135：89-91）所記就是他與友人的音樂/音響雅集活動。在討論音響器材的時候，余氏出入科學與文學語彙之間，毫不費力：

> 音響器材的產品相當奇妙，似乎不能把它們當作一堆無生命的死物來看，就算彼此用同樣高質素的零件，製成後用儀器測量出來的技術規範完全相同，可是當重播音樂的時候，在略具鑑賞音樂修養的人聽起來，其音色是截然不同的。這並不是説品質失去了控制，而是每一間音響器材製造商的設計工程師，根據本身的修養去「故意」造成的。在技術方面自然不免涉及很多專門性的電聲學名詞：例如從「示波器」所看出「方波」的形狀，後級放大器「阻尼」的大小，與及在「負回輸」方面所作的工夫等等，都足以影響到音色的柔和而偏軟，或者剛強而偏硬，有的屬婉約派，有的屬豪放派；有的如水

中觀月，霧裏看花，另有一種朦朧的嫵媚；有的如雨後新晴，游魚可數，晶瑩得光可鑑人，一塵不染（〈松竹樓頭説Hi-fi〉；123：89-92）。

音樂評論也難不倒他，寫來若流水行雲，傳神而自在：「貝多芬式的奮鬥是仰天長嘯，壯懷激烈！人定勝天，絕不妥協！悲壯情懷，如排山倒海，發聾振聵，傷病皆起，令人增加了無限的信心。而柴可夫斯基式對命運的感觸是帶有深沉而無可奈何的感傷與惆悵在內；思悠悠，怨悠悠，幾時方始休？」（〈彌賽亞與悲愴〉；125：113-116）余氏的專欄引起讀者的興趣，有人來信向他查詢器材的好壞，也有人來信與他筆談（〈遠方的來信〉；136：23-25；〈筆談的樂趣〉；132：135-137）。

「樂室閒筆」有三篇遊記，記敘作者「回到」臺灣的感受。從〈江山無恙我歸來〉（129：41-43）的題目，讀者不難感受到作者對於「母親的土地」的深情。臺灣讓他感到溫暖，而這正是香港所缺乏的：「在香港見慣了刻板而毫無表情的撲克臉，或者油滑虛偽的職業微笑，連一聲『早晨』或者『謝謝』都成了可遇不可求的奢侈品，毋怪乎此地愈來愈多火盛血涼之輩。如今一早出門去，逢人點頭，到處都是一片『你早』、『你好』之聲，心中自然興起了一陣子暖洋洋的感覺。久違了，禮貌與溫情！」臺灣的蔬果本來遠近馳名，在當地名勝吃來就更具風味，〈擁翠在湖山〉（141：124-126）如此描寫在日月潭吃枇杷菓的滋味：「仍然是借宿在涵碧樓，不過這回住的房間位置卻居於較低而靠潭面的那一邊。坐在小露臺的藤椅上，正堪飽覽湖光山色。由於位置的關係，少具人工雕琢，心情反而開朗得多。晚飯歸來，步出露臺，一邊剝吃剛才在半途上購來的枇杷菓，豐滿，成熟香甜而多汁。平時在香港吃的多是淡而無味，從來就沒有吃過這樣美味的枇杷菓。」作者遊溪頭，遇「如注的大雨」，遂與嚮導在室內煮茶閒聊；然而，他覺得這樣會辜負了「窗外煙雨迷濛的山色」，還是「決定作雨中之遊」。一旦遠離香港，遁入臺灣的山野，「俗塵被拋到九霄雲外」，詩就悄悄的回來了。余玉書在文中高興的寫道：「『雨密密地下著像森林』——詩人楊煥如是說。」

這與余玉書在「西窗隨想錄」裏描述的香港出遊經驗大異其趣。余氏雖生於香港，亦視粉嶺為其「第二故鄉」（63：142-145），他不見得喜歡此地的城市生活。〈遊園記趣〉（149：118-120）寫他全家大小從九龍出發，前往港島南區遊海洋公園的壯舉，所記者實為排除萬難之苦。〈農場紀遊〉（160：141-143）對香港出遊之難，有非常精準的描繪：「在香港，由於地狹人擠，每逢假日，當見到車站碼頭外面那些蜿蜒的人龍，以及擠得人喘不過氣來的車廂，就不禁為之膽戰心驚，自然也就提不起『投入』的勇氣了。有些『名勝』遠離總站，當興盡而歸之際，也就是甜盡苦來之時，扶老攜幼的景況，更是不敢想像。」在香港，不要說出遊，即使是上酒樓飲茶，還不是一樣的敗興？他在〈空山靈雨記〉

(151：133-135) 裏訴苦，幾乎上氣不接下氣：「星期天的清早，尖沙嘴雖然還是冷冷清清的，可是酒樓門口已經有三五成群的男女在等候進內『霸位』飲早茶了。平日我最討厭上茶樓，這倒不是對茗茶美點有什麼『成見』，而是不論假日或閒日，一上到茶樓酒家，茶市中那種為飲食而匆匆忙忙、吵吵鬧鬧，正當與家人或者朋友，摸著茶杯底，吃飽了羊城美點，高談闊論之際；而旁邊不知什麼時候卻站了一群等候你埋單找數讓位的人，實在是煞風景之至。至於易地而處，結果又是不耐煩地乘興而來，敗興而去的多。」幸好作者到新馬兩地旅遊的經驗愉快，讀者可以讀到四篇語調輕鬆自在的〈蕉風椰雨記〉（第154-157期）。至於「西窗隨想錄」所刊文章，基本上都是關於精神生活與文學現象的隨筆。

2.3 黃南翔

同獲徐速器重，文章發表數量與余玉書非常接近的作者是黃南翔。他的散文分為雜文與評論兩類，以雜文數量居多。徐速賞識黃氏為人與文章（徐速 1978），除了刊登他的散稿，讓他在「筆匯」專欄露面外，還在七四到七九年間，陸續為他開設了三個專欄（或黃氏自嘲的「雜欄」；151：38-41）：「遊子情懷錄」（第109-148期）、「當代大陸作家剪影」（筆名楊翼；第112-130期）、「心潮集」（第151-161期）（黃南翔 2002a）。

黃南翔愛寫散文，因為他認為散文是文學的基礎；此外，散文還可以讓他真誠的表達自己，「直抒胸臆，直言識見，把自己的情感，自己的思想，直接的、毫無保留的表現出來」。對於散文寫作，他所服膺的原則是「抒情忌虛假，說理忌強詞」，因為「抒發的情感一旦虛假了，就一定會忸怩作態，大不自然；闡釋的義理一旦武斷了，就一定會主觀偏頗，強詞奪理」，兩者皆不可取（〈我愛寫散文〉；150：58-60）。他將散文分為小品與雜文兩類，前者重抒情，後者偏向於說理。他對雜文情有獨鍾，認為這是時代的「必然產物」。「在大眾媒介蓬勃發展的今日，在價值觀念混淆不清的時際，讀者實在很需要這種短小精悍，而且又能密切表現與他們的生活實際息息相關的文體。」在他看來，雜文的「雜」意味著「無所不談，包羅萬有」的特色，是當代社會可以兼容「抒情說理、言志、道事」的「萬能」文體。故此，他將雜文的風格與特點總結為：「具有密切反映現實的敏感性，一針見血的坦率性，愛憎分明的戰鬥性，以及真誠豁達的建設性」（〈雜文的時代〉；106：10-11）。

黃南翔在「筆匯」、「遊子情懷錄」或「心潮集」裏發表的文章，其實在性質上並無不同，都是關於生活（大陸或香港）、文學（創作或批評）、電影（劇本或改編）、文化現象（色情與暴力，廣告與商品）的感想。值得一提的是作者對自己的身分定位，「遊子」所指為「去國懷鄉者」；而黃南翔的「去國」經驗，顯然與前代作家如徐速等人大為不同。根據〈寫給母親〉（145：99-101）的前言所記，黃氏是在六七年的「文化大革命」期間冒死南渡的：「今年十月三十日，為余自大陸來港十週年」；其八天行程之難，大概只有同樣經歷的人才能了解：「是夕就寢時，始記起此日，不勝心潮起伏。回首當日冒險患難，攀山涉水，曉宿夜行，艱險情景，心有餘悸」。而投奔香港的最後一程，必須泗水渡海。他在〈海的浮想〉（113:65-67）裏追憶，他是從後海灣游向流浮山的，一直游了三個多小時，但始終無法抵達對岸，最後因筋疲力盡而昏厥過去。若不是得到香港漁民相救，他大概早已葬身海底。黃氏南渡的動力，來自香港有追求理想的自由（113:66），更重要的是可以維持做人的基本尊嚴：「這裏當然不是理想的天國，/有罪惡也有血腥，/更有誘人墮落的陷阱。/但我仍然喜歡這個地方，/因為只要自己潔身自好，/就可以維持做人的尊嚴。」（145:101）

回首故鄉，黃氏難免感慨萬千；他在〈泥土香〉（119:42-44）裏說：「我不敢說自己曾有『精忠報國』的雄心壯志，因為這並非平凡人所能發揮的境界。但愛國、愛土地的赤子之心，則實在是自求學的年代起，便深入了我的細胞和血液。我知道，這是我的權利，也是我的義務。然而，沒想到後來我卻要懷著無可奈何的心境，離開我愛的土地，奔向一個缺乏國家意識觀念的地方。這是逃避？還是不幸？我不能回答這些問題，只是覺得愛而不能愛，那分失落和委屈實在是難於言宣的。」在七〇年代香港的「回歸」論述風潮裏，黃南翔忍不住撫心自問，自己「愛國」，究竟所愛的對象是什麼？「今日我們『回歸』、『認同』的出發點，是國家呢？還是某種政制？」他的答案，大概可以從「文化中國」的角度來理解：「我毫不猶疑地選擇了前者，原因是政權政體我們大可不管不睬，但先賢先聖所建立的國家卻是我們的，我有愛她的權利。」（42：44）[19]故此，在他筆下，無論大陸或香港的生活，都旨在勾勒平凡的樂趣，文學與文化的滋養，絲毫不沾任何政治氣息。「遊子情懷錄」一共刊出三十九篇（包括為結集出版而寫的序文）。「心潮集」刊出十一篇後，第一階段的《當文》便結束了。黃南翔在《當文》發表的其他作品包括一篇小說（〈潮汛〉；90：64-76）和一首新詩（〈寫給母親〉；145：99-101）。

2.4 慕容羽軍

慕容羽軍從六八年開始為《當文》寫稿，至七八年一共發表了兩篇賀文、二十篇「筆匯」專欄短文（筆名林田子）、三十四篇長文、蘇曼殊評傳十四篇，小說一篇。

慕容羽軍為了增添文章趣味，經常別出心裁，更改詞性或自鑄新詞，譬如「在可惡中」（〈名士的可惡〉，101：6-7）、「黨檜」（相對於「市儈」，〈隔離斑點〉；110：8-9）、「起碼人」（〈起碼人〉；113：14-15）、「鄉族主義」（〈民族主義與鄉族主義〉；116：10-11），以「眼枷」取代眼鏡等（〈鬚刨·眼鏡·人生〉；118：139-143）。這是他的文章的一大特點。

他的散文，就題材而言可分為三類：憶舊、評説香港、新詩意見。憶舊文章主要寫大陸人事與風物，例如〈滿山鐵鏽石油鄉〉(100:120-124) 記兒時在廣東茂名讀書，跟隨張老師四處探索油源的趣事，又如〈海南・往事只能回味〉(104:108-117) 寫戰後入瓊的見聞——當然少不免要將文昌雞、嘉積鴨、海口乳豬和臨高魷魚的美好滋味渲染一番。不過，〈海南〉一文所記最精彩的往事是一個幾乎誤己的惡作劇：

> 我在海南曾惹了一次禍，記得是五〇年的四月一日，我在這天的前夕，製造了一段假新聞，在我編的當地新聞版登出，目的是藉愚人節和讀者開一次玩笑，我的新聞是説一條大鯨魚在海南大學旁邊的岸上擱了淺。這消息令純樸的海口市民信以為真，天剛亮，便齏集在海南大學前面看鯨魚，豈知鯨魚看不到，卻看到兩船共軍進攻隊伍，大概因海潮關係把他們帶進海南大學對面五哩的漁村白沙門，估計有百多人登了陸，還布好臨時陣地，弄得保安隊與警察全部出動把漁村團團圍住，忙了一整天，才迫使對方投了降。這一次的假新聞，使軍方懷疑我是間諜，以為我利用這段新聞作為一種「通告」，差點因這洋玩意丟了性命，事後經許多人解釋，軍方還半信半疑 (104:116)。

〈佗城・漢苑・殘痕〉(114:140-144) 和〈江干片夢〉(115:138-144) 憶述四九年之前，作者在廣州度過的美好時光，並附上廿年前發表的七首詞，可謂聲情並茂。文章所寫景物集中於石榴崗、荔枝灣、文德路、光孝寺、沙面五個地方，並藉此引出在歷史洪流的激盪裏，屬於個人的點滴記憶。石榴崗留下的是國事蜩螗的陰影——在聽完法商學院經濟學教授論析內戰對於國力的破壞之後，作者與友人步入林蔭深處，心潮起伏，沉默呆坐良久。至於名為「戇居」的古董店與德奧瑞同學會夜總會的對照，則是文德路上最為幽默的風景，無言的映照著古老帝國的黃昏。

荔枝灣和光孝寺為作者保存了青春時代的美麗與哀愁。他如此描述荔枝灣最動人的時節：

> 珠江潮漲的時刻，是荔灣最美麗的時刻，記得我流連昌華故苑的日子，正是我最燦爛的年華，我讀書的學校就在這風景如畫的濃蔭深處。那一年的夏天，我僱了小艇划向海角紅樓，正當蟬鳴荔熟的時節，潮水高漲，恰好划過昌華故苑，苑內的荔枝越牆而出，垂到水面，伸手摘了五六顆，和同舟的女朋友分享，鮮紅的荔枝，翠綠的波光，那種記憶，恐怕再沒有比這情景更美的了（114：142）。

作者去國南行前夕，朋友設宴於泮塘酒家為他送行，當中的一段小插曲亦是同樣的蕩漾惚恍，叫人悲歡交集：「對著滿湖的荷花，酒家主人為我們備了一艘舢舨，讓大家自己到綠荷深處摘蓮蓬回來採集鮮蓮子做酒後的蓮子羹，這個節目，不是別處所能享受到。舢舨划進綠荷叢中，驚起葉底水鳥，噗噗亂飛，彷彿替我們的離別增加了幾分淒婉」（114：143）。光孝寺的菩提樹乃南方禪宗法物，自非凡品；當年的年輕人將樹葉製成書籤，題上小詩，再繫之以絲帶，即成比鑽戒還珍貴的情感信物。

沙面值得一記，因為作者的母親是二五年沙基慘案中對英示威的少數女學生之一。當英軍隔河開槍時，作者的母親因被人潮所擠，掉下基堤下的民居而得以保存性命。作者經常到沙面蹓躂，是因為那裏的風景明媚，還是因為那裏的女學生讓他想起母親昔日的風華？「我還是學生那段時間，每天下午，總少不得跑到這地方來蹓躂，時近黃昏，遙望白鶴潭上櫓聲咿啞，從芳村、花地那邊放學撈船渡江的女校學生，都載滿一船歡笑，在這兒登岸，小船一靠碼頭，便聞燕叱鶯嗔，好不熱鬧，於是，濃蔭夾道的柏油路，便可看到那些婷婷倩影，有些和守候著的男朋友邊走邊笑，隱沒在花叢深處，有些卻留下來，倚著欄杆，凝對著珠江的粼粼波光。而曲欄杆外的綠色長椅，偎依著的情侶，常常給那陡然掠過的汽艇濺起的水波嚇得嘩然驚叫，那幅圖畫，可就令人不勝繫念呢！」（115：144）

其餘憶舊文章則敘記他的家庭背景、成長經驗、感情歷程，以及戰後從事新聞工作，成為記者、作家與編輯的始末，例如〈湖山雨憶〉（71：88-93）、〈記下一節哀傷〉

(96：138-142)、〈發生在我身上的奇蹟〉(101：96-101)、〈我與文藝的自白書〉(108：125-128)、〈紅豆〉(116：138-143)、〈旅程〉(117：116-121)、〈鬚刨．眼鏡．人生〉(118：139-143)、〈說一個人的滄桑〉(119：137-139)、〈凡心一動惹下孽債〉(153：39-47)、〈從記者到副刊主編〉(154：129-136) 等篇。

對於香港，慕容羽軍顯然有很多話要說。他在〈香港的第一眼〉(105：48-52) 裏表示，若要執筆寫香港，起碼要從社會、經濟、政治好幾個角度來切入，才有「痛快淋漓之感」；不過，他也坦言，「光是寫來賺點稿費或抒發一下情感，有誰願意付出如許精力？」唯一「討巧的方法」就是寫他「看到香港的第一眼」。戰後第二年，戰地服務剛結束，他便以記者與學生的雙重身分，穿上軍服，全副披掛的踏足香港。當時他信心飽滿，根本不把香港看在眼裏：「當時的青年，個個『意氣風發』，以為中國前途大好，有了這個觀念作底子，使我第一眼看到的香港，情況便如此不堪。」他在文中紀錄了戰後中國軍民在這個殖民地城市耀武揚威的氣焰：

> 當時的香港，仍在軍治時期，新一軍沿著廣九鐵路沿線駐紮，香港也是該軍的駐地。在天星小輪上我看到三名新一軍的低級軍官，手執著太陽牌啤酒（當年日本軍用啤酒），一面喝，一面縱聲談笑。船上有一名英兵坐在對面，不期然看了他們一眼，一名掛著上士銜頭的軍人

> 舉起酒瓶朝著那名英兵頭頂打下去，厲聲叱喝道：「不認得你老子？」啤酒瓶在英兵的頭上開了花，那英兵一聲怪叫，看了他們一眼，委屈地躲向後艙去了。我坐在不遠，掉頭過來一看，那些軍人見我穿著軍官制服，忙向我敬禮，說：「應該教訓一下那些帝國主義，你說是麼？」我含笑點了點頭，不下評論，內心感到「與有榮焉」，因為多少年來，我所受到的教育，英法都是一些帝國主義，當時就覺得很痛快。而船上的乘客，大多數人都同時鼓掌…… (105:51)

他當時沒在香港留下，因為他深信「這樣一個港口，根本不會容許文化事業的發展」，何況他還預測作為「四強之一」的中國「難保不會明天就取銷這塊殖民地，重歸祖國懷抱，到那時，中國擴建孫中山先生實業計劃的南方大港黃埔，取代了香港地位，這樣改變之後，香港頂多只能成為一個南方避暑勝地，甚至會變成一個現代化的漁村而已。」(105:52)

不過命運弄人，幾經周折之後，慕容羽軍還是無可奈何的回到香港定居。他在〈香港地，香港人〉 (113:127-130)裏，再次表達了要論述香港的強烈慾望；不過，他想編輯一套香港叢書的宏願，又因為各種原因而無法成事。大事辦不了，只好在文章裏發牢騷。對於香港，他最看不過眼的是「傲慢、輕蔑的洋場氣息」，尤其是「街名、大廈名、公司行號名」所隱藏的「霸氣」。他針對的其實是英文的漢譯，比方說「遮打道」、「告羅士打茶廳」和「柯打」（order）裏的「打」字，其中的「霸氣」就足以令他抓狂。戰後民族主義的亢奮亦使他對於香港的街巷名稱格外的敏感，一方面忍不住要嘲笑「域多利皇后街」「既短又髒」，猶如大英帝國日薄西山的命運；另一方面又為了一條「年深月久並不修補」、「可憐兮兮的」「中國街」（後來易名萬宜里）而「大大的生了一場氣」。除了地名叫他生氣以外，「桂枝仔」的氣質也不是他能忍受的：「香港是商埠，產生的人物自然也帶上幾分商業特質，進入名位的人，便會滋生了商業價值的考慮來。」「中國人所受的傳統教育，基本上原來是淡泊名利的，筆者生活在香港，許多時就覺得思想上有一道鴻溝」；「中國人的本質，一到了香港，似乎都在蛻變了，大多數早已顯達的人，也在全心全力去爬『香港陞官圖』的階梯，大家爭取港式名位」。根據他的觀察，不僅華人如此，連居港的印度人亦如此，「可見『香港精神』的力量是如何的強大」（113：130）。

戰時慕容羽軍曾在大陸四處流浪，故此自認眼界開闊，歷練老成，特別鄙視居港華人之大驚小怪，器小易盈。七六年發表的〈旅程〉（117：116-121）對此有一番揶揄：

> 我們青少年期，叨了時代的光，使能有機會真正用腳來「行萬里路」，從來就不以為有什麼險，行長途山路，別號閻皇坳的山路也碰過兩處，一群天真的朋友嘻

嘻哈哈，不知生死為何物，結果履險如夷，無人給閻皇召去。偏是在香港，像旅行大嶼山那樣的山也稱作「探險」，這就不知如何說起了。可是，在香港這樣的「崇山峻嶺」，竟然每年都有出事的新聞，以此例彼，我們的那段日子，豈不是天天在閻皇老子的掌心裏跳舞？

居住在香港，看到聽到的只是行人熙攘和一片市聲，這塊地方的人把「旅行」兩字解作到新界或離島逛一逛，早出晚歸，就這麼簡單。然而，前人創詞卻那麼嚴謹，搞訓詁之學的老師宿儒以為未過一宿，不能稱作「旅」，則香港人濫用詞語，與浪費食水，浪用人才，都有異曲同工之妙。亦可推知香港人的「宇宙觀」是如何了。近來流行幾句粵語兒歌，算得上「兒童文學」的健康之作，詞云：「世界真係小，小小，小得真奇妙，妙妙！」亦已把香港的目光和心境表達無遺了！

後來，他意猶未盡，在同年的〈郊道〉(125:66-69) 裏再進一步，諷刺此地文化資源之貧瘠：「說來，香港的『文娛』生活真也貧乏得很。『訪古』而訪得了什麼『古』？這山隈水涯，背景是如此的貧澀，人們發現了青山寺幾個韓愈字跡就如獲至寶，其實這東西早在許多年前給人一再談論了不知多少次。」談到粵劇時，他更不客氣，評曰：「偏是我們這一代，戲上的『文章』只有『落花滿天蔽月光』的『名句』，只不知這花是從什麼高樹掉下來，又不知什麼高樹有這許多花瓣能蔽月光呢？」

慕容羽軍的偏執，其瑣碎程度有時會令讀者忍俊不禁。〈消夏圖〉(128：104-108) 寫香港出售的西瓜，就是最佳例子：

> 入夏，瓜菓都出現於市場，知名的菓品來自四面八方，在這個曾被一些人詛咒的城市，口福之佳，恐怕〔難〕再找得到條件相等的第二個城市了。

> 在內地，本來有許多佳菓，偏是我的故鄉就沒有好的西瓜，偶然吃上一兩塊，那種淡味和滿口小瓜仁，便造成了排拒西瓜的習慣。作客香港，最先的十年見別人吃西瓜吃得津津有味，心裏就大不以為然——這完全是先入為主的情緒在作祟。曾經無可奈何的吃了一片，發覺這兒吃到的西瓜雖然還是滿口瓜仁，卻比往年在內地所吃到的大大不同了，最低限度，甜得十分可口。

〈瞬息天涯片夢〉(130：143-146) 道盡他羈留香港的委屈與不安。戰時他在大陸流浪，由於身在中國腹地，心理上總會感到安定；和平之後，轉居香港，置身於「中國最南端的土地」，卻產生人在「天涯海角」的迷茫心緒，毫無歸屬感。不過，由於居港日久，不免也會漸感麻木；「晃眼便是二十多年，每天對著人潮，營營役役，不知不覺，忘掉了這是一個可怕的『天涯海角』」。他只擔心，潛藏在心底深處的故鄉，總有一天會突然浮現，叫他措手不及：「然而，每一個人的心底都隱藏著一層焦灼，一些鮭魚的迴游意識正在浮動，年復一年」；一旦有人大聲吶喊「這裏真是天涯啊！」，那就是南遷者「天涯夢破」的悲哀時刻。

慕容羽軍有四篇文章談新詩：〈稿費與詩〉（96：119-124）、〈詩有新路可走嗎？〉（97：93-98）、〈一腔孤憤又談詩〉（103：114-120）、〈新詩的創建〉（110：128-132）。他對新詩的意見可以歸納為五點：一、當今是一個重視物欲，忽略心靈的時代，新詩作為表達現代心靈的重要媒介，自然會因備受冷落而日趨沒落；二、只有在祥和的環境裏，新詩才能發展；三、新詩是文學中的奢侈品，屬於菁英小眾，難以普及；四、不宜培養太多新詩人，以免良莠不齊，了無定見，甚至黨同伐異，造成混亂；五、新詩須具創意，展現當今人類情感與認知，篇幅長短不拘，語言節奏自由，但表達務須完整。在這四篇文章之外，尚有與馬來西亞的史旅洛（林益洲）論詩的文章兩篇（〈由「命題」到改詩〉；109：111-116；〈理論與夾纏〉；111：118-121；詳見第二章）。到了《當文》的第二階段，慕容羽軍的產量銳減，九九至兩千年間，僅刊出散文四篇，新詩兩首，小說一篇。

2.5 柯振中、非夢、梁從斌

柯振中、非夢、梁從斌是「三人行」專欄的作者，每期各自發表一篇雜文或文藝隨筆。這個專欄以「行」為特色，內容與三位作者的異國生活或旅行經驗有關。[20]

柯振中最初給《當文》投稿，是三篇短篇小說，後來專攻雜文。他在《當文》第一階段共發表文章六十九篇，其中三十八篇刊於「三人行」專欄，二十九篇屬於其後的「踏莎行」專欄。第二階段刊出的雜文與通訊文章共十一篇，短篇小說兩篇。根據他七四年的說法，「自從七〇年十二月替《當代文藝》寫了〈過了冬天的蛇〉後，一直再提不起勁來！創作欲和發表欲都不知溜到哪裏去了！」他認為這與成長有關，因為自己已失去「那種天不怕地不怕寫了刊登了再說的豪氣」(99:19)。[21]到了七七年，他再次感嘆：「每次提起筆，總是無從下手，我不願在遵循以前的創作手法，可是新的創作手法又未摸索出來」，「至今已六個年頭了，仍然一篇也沒有寫過！」(〈由《宇宙光》想起〉;135:93)

在寫雜文的日子裏，一度信奉「風的哲學」(「隨興之所至，往所欲往，為所欲為」;101:16-17)的他，由於經常來往於美、日、港等地，下筆自然以旅遊、異地生活、文化比較、文藝活動、香港今昔對比為重心；不過，最為突出的母題卻是作者的國家認同以及敵視日本的情意結。七二年，他到紐約遊覽聯合國大廈時，突然意識到自己失去了國家認同而悲從中來。他在〈殿頂上的麻雀〉(92:58-59)裏寫道：「各國的國旗飄揚在聯合國大廈前，各國的遊客找到了自己國家的國旗，讓自己和國旗一同留在照片上。我也有拍照片的衝動，可是在那麼多枝旗幟中，我竟找不到一枝是我該站在它下面拍照的！望著一個一個的遊客，站在一枝一枝的國旗下攝影，我為失落的一代中國人而激動得兩眼通紅。」此後，各種與中國相關的問題相繼在雜文裏浮現，包括唐人街的髒亂為他帶來的厭惡感與羞恥感；可是，由於他同情華人的離散處境，故此主動在文章裏替他們——也為自己——說話：「我始終覺得中國人是了不起的，赤手空拳去到別人的國家，在受盡欺壓之餘，一座座中國城還是在血汗淚中建立起來！在異國，在中國還在分裂的時候，除了唐人街，還有些什麼能稍為代表我們這些流浪的中國人？」（〈是你，中國人！〉；105：84-85）即便如此，一旦面對洛杉磯日人聚居的小東京，那裏乾淨、雅致、摩登的文化氛圍就足以叫他在此為唐人街的髒亂感到無地自容（〈小東京和中國城〉；130：112-113）。到日本旅遊與小住後，那裏健全的民主法治與交通網絡、欣欣向榮的文化工業與敬重文人的風氣，使他逐漸調整因日本侵華以及與日人做生意所留下的惡劣印象，才開始比較客觀的體察與描述日本文化（〈島國之民〉，112：68-69；〈小小裏的大大〉，114：70-71；〈過年與聽歌〉，124：42-43；〈日本的電視節目〉，136：92-94）。

非夢在「三人行」專欄裏發表了三十八篇隨筆，其他作品包括十三首新詩、三篇評論、兩篇報道、兩篇小品文、一個短篇小說，以及「筆匯」專欄的十二篇雜文。根據非夢在《當文》刊出的詩文推算，他是六八年五月從大陸逃亡來港的。〈寄〉(32:123)寫於「捨舟登岸後」，其中第二、三節記敘他離鄉的經過：「拋開了鷹爪嚴密的監視，/我們的小船卻在海上遇到狂風。/恐怖壓得我們不能喘息，/但尋找自由的心仍在胸中跳動。//驚濤駭浪時時會將我們吞沒，但共同的信仰是最可靠的舵手。/小船經過三日三夜的漂泊，/終於在晨曦的指引下駛進這陌生的港口。」小品文〈離家〉(43:91-94)所記，也是這次逃亡的經歷。非夢抵港不久，給《當文》投稿受到賞識，很快就加入《當文》工作，成為編者之一。

非夢的新詩所寫盡是「吉卜賽人到處流浪」的心情(〈朝起〉;47:138)，他念念不忘的是「故鄉的藍天」(〈夜箋〉;57:124)與「故園的雲山煙樹」(〈那年〉;51:94)。居港一段時間後，他對此地完全失望，在詩裏慨嘆：「憑窗眺望著海島上燦爛的燈光，/心頭卻沉甸甸地壓下一塊陰影。/這海島並沒有同我想像的一樣，/充滿希望、青春、與蓬勃的生命。」(〈憑窗〉;34:130)。[22]兩年後，他負笈東洋，進入研究院攻讀日本古典文學，課餘從事翻譯(〈東瀛客蹤〉;95:16-17)。從其文章可見，他是非常認真的讀書人。到日本之後，他努力進修，如魚得水。他逛書店，聽音樂會，於橫濱買醉，參觀美術館，漫遊伊豆半島，潛心於古今中外的文學典籍(〈新的出發點〉;96:14-15)。他為《當文》讀者介紹日本漢詩與日本文學，同時不忘點評西方現代主義文學、明清小說、現代小說、新詩、老莊、禪學。他所鍾愛的日本作家，譬如永井荷風(1879-1959）和佐藤春夫（1892-1964)，都是學通日外，涉獵甚廣的文人，可見其不凡襟懷。他談新詩的兩篇文章，〈談新詩的音韻〉(46:59-67) 與〈繼承，創作〉(48:31-40)，深諳門道，乃珠玉之作。非夢用功之勤，興趣之廣，本可在《當文》大展拳腳；可惜限於篇幅，他的文哲隨筆僅能點到即止，讓讀者感到悵然若有所失。

梁從斌一共發表了四十篇雜文，其中三十八篇刊於「三人行」。梁、柯兩人的文章內容非常相近，多為居美見聞與感受，但甚少談文論藝。他擅於素描人物，〈無名英雄〉(111:59-61；112:71-73) 裏那個窮途潦倒的美國人，以及〈寄書記〉(114:74-75；115:71-73) 裏那幾位恃勢凌人的香港公務員，都是令人難忘的角色。他也寫遊記，最用心的一篇是〈到奧歧綽比湖去〉(120:132-138；121:90-95)。梁從斌兒時在中國大陸生活，熱愛戶外活動，亦曾隨父親狩獵，故此這篇遊記寫來全不費力，自然細節豐富，而且充滿野趣。此文記敘一夥男人結伴南下遊湖，不料抵達目的地之前，發現一條河道裏棲滿了野鴨子，於是改道入城買槍，在草草遊湖之後，直奔大河邊上獵殺鴨子，也不管當地有無狩獵管制。讀者為野鴨子的命運而提心吊膽之際，忘了作者其實亦自顧不暇，因為藏身草叢裏的響尾蛇和躲在水邊的美洲短鼻鱷也是獵人，莽撞的入侵者「一不小心被牠咬著，就得送上一命。」(121:90) 梁從斌是愛冒險之人，他在〈也是「苦與樂」〉裏表示，平生最大的心願就是帶上照相機與獵槍，與三兩同好連袂前往亞馬遜叢林冒險。可惜「三人行」結束後，他只寫了兩篇雜文，就再也聽不到他的旅行消息了。

2.6 陳文受

六八至七七年間，陳文受一共發表了四十六篇散文，三篇賀文，主要刊於「筆匯」專欄。從他的文章推斷，他在五〇年代初從大陸來港，居港二十多年，於七四年赴美，任職於三藩市一家華文報館。在港期間，曾為多家報刊寫稿，其中包括《文壇》及《當文》。[23]據他在七二年發表的〈人難再得始為佳——悼亡妻杜卓英〉（78：10-11）所記，他「少年時是個墮落的浪子，社會上的渣滓」；幸而婚後得到妻子「寬宏體諒」，「再加以善意的勸導」，終於「憬然悔悟，立志從新做人。近四十年來，雖然沒有什麼建樹，卻也沒有什麼隕越」。他抵港後致力寫作，亦得到妻子的鼓勵與支持：「流落海隅，廿餘年來，相依為命，她一意希望我在文藝上有些微成就，因此勤苦工作，以女紅博取生活之資，每日工作多達十六小時」。人地生疏，要煮字療飢並不容易；他在〈投稿經驗談〉（37：10-11）裏寫道：「在投稿這方面，我就受到了不少難堪的對待。好在我的臉皮長得厚，每於碰了一鼻子灰之後，只是若無其事地將它揩了，便又繼續地碰；終於碰到幾位以禮相待的老編，而我的小作，也每能在刊物上亮相。」徐速待他以禮，讓這位「浪子」銘感五內，在《當文》五週年刊慶時，報之以〈謹致我的謝忱〉（61：139-

140) 與〈園丁的話〉(61:6-7) 兩篇文章。他在文裏表示，自己「資質愚魯」、「學力淺薄」，能在《當文》「追隨一眾名師、巧匠之後」寫作，實在是莫大的榮幸，故此總「抱著戰戰兢兢的心情」認真經營，唯恐未能達至期刊的要求。

陳文受其實對於寫作、投稿、文體等問題有深切體會和認識，他所寫的文章從遣詞造句到結構謀篇都經過深思熟慮，文中所引傳統詩文亦非常適切，與余玉書的風格頗為相近。他在〈談小品文的衰落〉(46:6-7) 裏表達了他的散文觀：首先，他指出文藝是真摯情感與優美生動的文字的結合體，散文也不例外。「勉強堆砌的不是文藝，因為它沒有真情感；鄙俚的也不配稱為文藝，因為它缺乏了藝術的氣質。」其次，文字功夫非常重要，散文對文辭的要求僅次於詩，但在小說之上。「詩是文字的昇華，主要的還是在於文字上的洗練。散文在文字上雖然不必像做詩那樣的認真推敲，然也必須盡可能地使之達到優美的境界——尤其是小品文，更要有那輕靈、清新、流暢的筆調。」「小品文是用簡短的文字，來表達一些零碎的事物或感想的。沒有深婉的筆力就不能動人，不含蓄就了無餘味，不輕靈、不清新就不能引人入勝。」在他看來，由於小品文要求文字「簡潔凝練」，寫起來往往比寫小說還要吃力。〈創作與經驗〉(57:12-13) 則說明文章通切之必要：「寫文章是為了抒情、說理、敘事、寫物，而不是在於堆砌詞句，更不在於無病呻吟。」「文藝創作固然不可忽略那典雅的詞藻，文情並茂，斯為上乘佳作。但最緊要的還是在於言之有物，味之成理；深切處使人感同身受，通達處令人神怡意暢。」在〈寫作的態度〉（59：8-9）裏，他進一步指出，為了寫好文章，作者「必須要有虛心和嚴肅的態度。既要言之有物，又能言而有文，就必須虛心探索，著意推敲。」「雖也有信手拈來，即成妙諦的；但這乃是神來之筆，是一時的巧遇，而不是必能的常情。」

陳氏長於議論，拙於抒情；他發表的散文以文藝與生活隨筆為主，抒發情感的小品文僅有零星幾篇。文藝隨筆除了前引幾篇外，〈做文章與寫文章〉(40:6-7)、〈盡信書不如無書〉(45:6-7)、〈醉後何須人荷鋤〉(49:12-13)、〈文章與妙手〉(55:12-13)、〈詩人的氣質〉(58:10-11)、〈談文窮而後工〉(62:10-11)、〈談賈寶玉的至情〉(68:12-13)都有見地；生活隨筆如〈關於花草〉(33:6-7)、〈由波譎雲詭想起〉(42:8-9)、〈哦詩爭作萬龍吟〉(52:8-9)、〈明月何時照我還〉(56:8-9)、〈叛徒與弔客〉(65:6-7)也是值得一讀的短文。他寫的小品文，如〈三趣篇〉(44:40-44)與〈海上明月共潮生〉(48:10-11)兩篇，行文拘謹，言文不諧，意境亦落俗套，遠不如其隨筆來得輕鬆自在。

七四年赴美之後，陳氏不再談文論藝，較多抨擊美國社會現象，以及表達流落異國，苟且偷生的悲情。〈桃源亂世猶飛幕〉(111:12-13)為這種「有國難奔，淪落天涯」的處境提與心情供了最為形象的譬喻：「身處其間的我，卻自覺是類於巢處飛幕之上的燕雀，未燃柴薪的釜中游魚。無奈造物弄人，連那出生的國土亦不許我托足，漢骨為寒，鴃舌聲喧，華胄失色。」作客異鄉的唯一安慰，大概就是閒時參觀來自中國大陸的出土文物展（〈腦筋有病謬論多〉；119：12-13），或獨自想像「酒酣獨臥林間石」的豁達意趣，自我文化陶醉一番了（〈從酒道看文化〉；135：12-13）。

2.7 施友朋

施友朋除了作詩，還主攻短篇雜文，其中二十六篇刊於「筆匯」專欄，其餘零散發表的作品為論詩文章與雜文各兩篇，小品文一篇。綜觀其文，詩人最關心的議題還是新詩。他認為，寫新詩和論新詩必須關注以下要素：一、結構嚴謹；二、用字準確、含蓄、稠密；三、著重節奏感與音樂性；四、意象明瞭切題；五、克服盲目西化的弊端，致力於民族語言與風格的建設；六、能與大眾溝通（〈寫給詩人〉；115：16-17；〈讀詩偶拾〉；123：14-15；〈論詩的語言、感性及其他〉；140：107-109；〈一番盛意再談詩〉；124：124-127）。他曾舉紀弦兩首詩作為例，暗示何者較優，讓讀者體會其美學取向。在〈七與六〉（1943）和〈傍晚的家〉（1936）之間，他偏愛後者，因為「用字明朗、簡潔自然」，給他留下深刻印象，至今仍能背誦。他在文中抄錄此詩，進而評曰：「這首詩句法的最大特點，便是：如風行水上，自然成詩！筆者由此悟到蘇東坡與姪書的幾句話：『大凡為文，當使氣象崢嶸，五色絢爛。漸老漸熟，乃造平淡。』寫詩，能在平淡的句法裏，給人意無窮的境界，可為『深得技巧』之要竅矣！」（〈談詩之繁簡〉；141：12-12）他對紀弦詩作的評價與張愛玲如出一轍。㉔

2.8 曾逸雲

曾逸雲主要為《當文》寫散文，其次是新詩，在第一及第二階段都有投稿。第一階段共發表二十四篇散文，兩首新詩；第二階段六篇散文，三首新詩。第一階段的散文可分為獨白體抒情散文與希臘神話故事新編兩種，焦點都是男女情事，偶談生命哲學。〈山居散語〉（156：94-95）刊於七八年，以第一人稱書寫一名城市青年入宿離島寺廟三天的宗教體驗，是較為樸實成熟的作品。五篇希臘神話故事新編刊於七六與七七年間，充滿異域風情與唯美情調，為《當文》之中別具一格的作品。獨白體抒情散文的數量較多，寫於七一至七四年間，表達熱戀中男子對於女友的一往深情，可惜繁辭俗套，有為文造情之嫌。唯一的例外是〈愛的肢解〉（75：58-60），這篇作品詩文並用，從男性角度凝視女性身體的不同部位，在構思方面較具創意。㉕

2.9 李素

李素寫詩，也寫散文與評論。她的文章具學院本色，富正義感，既長於議論，亦關心細節，一絲不苟。李素在

《當文》發表的散文共十九篇，大體可分為議論、感懷與遊記三類。議論文包括〈逝者如斯夫〉(18：69-75，47) ㉖、〈安貧〉(22：8-14)、〈勸君莫作獨醒人〉(41：22-27)、〈慈愛？虐待？〉(74：19-23)；感懷文章數量最多，包括〈低能的弱者〉(1：51-56)、〈故國故鄉俱無著！〉(12：125-130)、〈安心〉(26：24-29)、〈奉獻〉(33：25-29)、〈水流花謝〉(27：20-23，135)、〈落日餘暉〉(39：14-22)、〈後來居上〉(47：91-97)、〈秋懷渺渺〉(49：131-134)、〈驚鴻照影〉(59：15-19)、〈飛躍的光采〉(69：14-20)、〈縮小了〉(75：14-20)、〈鄉居〉(151：58-62)；遊記不多，僅有〈花影迷離〉(30：14-20)、〈寥落的桃源〉(77：14-20)、〈雲海滌塵心〉(92：118-122) 三篇。

〈安貧〉與〈勸君莫作獨醒人〉從宏觀角度，分別審視民族與個人的處世之道，前者細論中華文化的安貧樂道精神在二十世紀的利弊，後者藉晏殊的詞句發揮，宣揚「與眾人同醒、同憂、同樂」(22：27) 的生活哲學。〈逝者如斯夫〉與〈慈愛？虐待？〉則微觀香港，就此地時事發表意見。〈逝者如斯夫〉有感於報上所刊香港華人申請英籍的啟事不斷，從理性與感性兩個角度，抒發個人感想，表達了他們那一代流亡知識分子內心的困擾。對於居港華人歸化英籍的選擇，李素深表理解：

> 誰若是不喜歡，不滿意自己的國家，認為別的國家能保障和裨益自己的生活、事業和人生幸福，因而歸化自己

> 認為最合理想的那個國家，也是合情合理合法之舉。人本來就是為追求幸福，為貢獻生命力，為實現理想而活著的呀！所以，歸化他國，在道德上絲毫沒有可議之處。〔……〕英國是老大帝國之一，當然有她的優良傳統與輝煌的歷史。凡日光照臨之處都有英國旗幟在飄揚。殖民地之多，領土之廣，更是她的驕傲與榮光。只看著小小的香港就已經庇護著中國的四百萬同胞，我們得以在這自由的土地上生活和發展事業，實在該由衷地感謝大英帝國的（18：70，72）。

然而，這種選擇又使她為故國感到心驚和難過：

> 我之所以覺得驚心怵目，只是個人的莫名其妙，及無以明之的感觸。因為我既是理智和思想的動物，也是感情的動物。我每天看見上述的那種啟事，心裏就萬分難過〔……〕就更覺心膽俱寒，也更同情自己的國家。眼看著天天友人歸化他邦，眼看著國家的命脈和支柱，國家的精粹，各種有用的人才，風起雲湧地去如流水，一往不返，誰能不覺得傷心慘目！人心渙散，亦即國魂渙散。這是中華民族極大的危機呀（18：71-72）！

文末，李素唯有寄情幻想，希望有朝一日故國河清海晏，流亡者可以返鄉，為國效力。〈慈愛？虐待？〉則為香港的下一代憂心，作者抨擊此地的教育體系欠缺愛心，只懂得以沉重的課業來虐待孩子，剝奪他們的童年。李素認為，對待兒童的第一要務是令他們快樂：沒有壓力的學習環境才能培養兒童讀書的樂趣，而快樂的童年則是養成樂觀隨和的人生觀的首要條件。

李素關心兒童，與她來港以後從事教育工作有關。香港雖為流亡知識分子提供了喘息的空間，但此地並非桃源，也有令她感到非常氣憤的事。〈低能的弱者〉就政府津貼學校裏男女教師同工不同酬的不平等待遇，提出嚴正的控訴。李素抨擊殖民地政府規定女性薪酬只能按男性七五折支付的做法，不僅毫無道理，而且是對女性的公然侮辱。李素問道，難道女性只是四分之三的人？使她更為憤怒的是，在繳稅時，「女人的地位卻又突然被抬高，成為完整的人，與〔……〕男子平等，繳同樣數目的稅款。」她忍不住嘲曰：「這種高深新奇的法律與邏輯，真是太玄妙了，實非一般蠢材所能了解的。幸而我缺乏數學頭腦與知識，算不清女人究竟受了若干重欺侮，吃了多少倍大虧，倒乾脆不必多動腦筋。」(1：52-53)

「低能的弱者」無疑是反語，在前文所指為被剝削被欺凌的女性，在其他文章中則指被政府與財團公然掠奪、無力抗拒的香港市民（75：16）。〈縮小了〉寫於七二年，文章既感慨在香港安居樂業之難，亦指出造成這種困境的真正原因：

> 不能不説的是，目前香港的樓價與租值已高漲到催魂奪魄的程度。許多小工廠，小商店，及經濟拮据的私立學校，因付不出暴漲的房租，走投無路，只有關門大吉。表面上看來，都是給業主吃掉了，實際上卻另有幫凶，亦即同謀者。政府頻頻拍賣官地，底價已經逐漸提昇，再加上商人的瘋狂競投，遂使地價及樓價像火箭升空似的高出雲表，也牽動物價飛漲，令富商愈富，窮人愈窮。〔……〕造成地價、樓價、租值及物價高漲，影響民生與治安，是不是政府與富商都應負大部分責任呢（75：18）？

李素認為，江上清風與山間明月本為上天所賜，人人得以享受之，但在錢能通神的香港，「有錢人已經取代了造物者的地位」，壟斷了「清風、明月、陽光、空氣、水」，將之變為他們的專利品以及「無錢莫問，價高者得」的拍賣品。對於競投土地，李素深惡痛絕。她認為「只有政府賣地的底價是合乎正道的應得之財」，拍賣所得收入「無論數目多少，都是暴利，是不義之財」。在她眼中，「拍賣與提高價錢，兩者同是缺德。」買賣土地，其社會效應無異於「變相的偷竊及搶劫」；官商見利忘義，整個社會付出的代價不僅是越縮越小的居住空間，還有日趨麻木的靈性、良知與良心（75：16-17，20）。感時之際，李素未忘憂國。對於他們這一代流亡知識分子而言，在生命裏急遽縮小、消失的，豈止於居住空間而已？在文末，李素取出一幀保存多年的中華民國代表團出席聯合國大會第三屆常會（1948）的全體合照，睹物思人，黯然神傷。李素寫這篇文章時，中華民國代表中國的日子已於七一年十月二十六日，隨著代表團退出聯合國會議廳而告終。

〈故國故鄉俱無著！〉乃應徐速邀約所作，雖旨在抒發離鄉去國的幽恨，不過既從懷鄉談起，不免變成作者對故鄉梅縣人情風物的描繪，以及對於客家人刻苦耐勞、冒險進取精神的一番陳述。六〇年代末，李素步入老年，〈安心〉、〈水流花謝〉、〈落日餘暉〉、〈後來居上〉、〈秋懷渺渺〉等寫退休、晚景以及與摯友在香港敘舊的種種情境，行文有「神思清曠、心情寧靜」（39:15）的特色。〈驚鴻照影〉與〈奉獻〉以曇花和杜鵑花為喻，歌頌生命的壯美與尊嚴。〈飛躍的光采〉回憶四四年，作者從重慶遠赴孟買，追隨丈夫轉乘一艘由希臘商船改裝的運兵船橫渡印度洋前往英國的一段往事。這篇獨白體散文，是李素最具抒情色彩、意境最為雄渾的一篇作品。「飛躍的光采」是譬喻，形容這位受過高等教育的民國女子如海闊天高般的胸襟：

> 我從小就離鄉別井，流浪四方。在國內的時候，我曾由南到北，從東到西，稍稍跋涉過一些名山大川。但不管是煙波浩渺的洞庭湖，或濁浪滔天的黃河，或錦濤萬疊，鯨吞落日的長江，或山青水碧的嘉陵江，或我少年時第一次由香港乘船赴滬所經過的中國海，都絕對無法

比擬這次由孟買至格拉斯哥的航程。

> 這艘船在戰雲密布下的海洋上英勇地乘風破浪時，境界之宏闊、雄奇、瑰麗，加上氣氛的嚴肅和緊張，情勢的特殊與險惡，蔚為我生平所僅見的空前絕後的壯觀。尤其是在旭日初升，或夕陽西下，或月照中天之時，在風聲濤聲裏，或紅光浮泛，或金波亂湧，或銀浪輕躍，或水花飛濺，情境之豪雄、絢爛、壯美、清妙，委實難以形容，直到現在那殘餘的印象，仍足使我感到目眩情醉。每一次回想當年，猶依稀看見自己臨風挺立，短髮飄拂，昂首長天，霞光映面；在左顧右盼中，但見汪洋上那一圈又一圈的商船和護航隊，正忠誠地擁護著，就彷彿自己也是奮勇赴敵的戰士，甚而是御駕親征的女皇，具有「君臨天下」的威嚴，有雄視世界的英風，心靈裏遂迸發飛躍的光采（69：16-17）。

〈鄉居〉是李素在《當文》發表的最後一篇作品。七〇年代中期，「香港已證實是全世界最嘈雜的城市，噪音高於世界上其他七大城市。」李素在七五年離開香港，移居美國加州。她對於美國城市郊區「甯謐清幽的居住環境」「最感滿意」，並告訴讀者：「在美國鄉居一年多，身心康泰，確是我生平最大樂事之一。」即便如此，桑梓之邦還是難忘，有詩為證：「結廬人境樹橫斜，深院閒看異域花。萬里江山

縈夢寐，他鄉雖好是天涯。」（151：58，61-62）

〈花影迷離〉、〈寥落的桃源〉、〈雲海滌塵心〉寫遊興，各具特色。〈花〉記在香港參觀花展，面對「人潮滾滾如百川匯海」的狼狽與無奈。〈寥〉對平洲這個小島的自然與人文景觀做了細緻的觀察，對於此地居民為了謀生而捨棄故居的行為，深表同情。李素的感喟，聽來彷彿就是作者對自己家園的憑弔：「多麼美好的世外桃源，多麼清純、甯謐、幽逸的平洲，村舍疏落，樹木蔥蘢，四面波光映照，浪花如雪，潮聲低訴，既婉麗，又壯美。然而人去樓空，荒草沒徑，田園寥落，空有斜陽相照。」（77：19）〈雲〉寫在阿里山觀雲海的超凡脱俗體驗以及心宇清明的喜悦，是李素最為空靈飄渺的一篇作品，與其他感時憂國的文章大異其趣。

2.10 何葆蘭

何葆蘭在《當文》刊出散文十三篇，其中九篇是遊記，三篇小品，一篇雜文。九篇遊記裏，八篇寫馬來亞，一篇寫臺灣。馬來亞之所以成為焦點，與作者隨同丈夫離港南下工作，得以飽覽異國風物有關。五六至六二年間，丁嘉樹（1907-1990）受聘前往馬來半島出任中華中學校長，何葆蘭亦赴該校執教，並兼任華聯中學教員。[27]她將課餘到各地遊覽的經歷撰寫成文，與讀者同樂。何氏出遊，主要依靠當地華人與南下文人充當嚮導，故此文章裏敘事與對話並重，為其遊記一大特色。

她為讀者介紹的地方包括哥打峇汝、龍運、太平湖、太平山、檳城、怡保、金龜島、馬六甲等地。[28]對於這位來自上海的遊人，馬來人「真風趣」、「真有意思」之處在於「民風的純樸」；他們做買賣「都不用秤來稱斤論兩計價」，替別人打工則「知足常樂」，賺夠生活費就不上工了。對於馬來人的作風，何氏的反應是：「初到懷疑，繼則氣憤，等到了解了他們的生活哲學，終於『肅然起敬』」，並進而認為這完全是「老莊思想的註腳」（〈哥打峇汝 (Kota Bharu) 記趣〉；38：94-98）。何氏瀏覽馬來風光，有時遇上與中國有關的歷史遺跡，便會情不自禁的流露出民族自豪感，例如：「怡保的三寶洞，是否因紀念三寶太監而取名？問過友人，他們也不清楚，但我聽了這個名稱，就會聯想到三寶太監，這是一位歷史上的光榮人物，所以我聽了三寶洞的名稱，先已產生了好感」（〈怡保·三寶洞〉；47：75-81）；或：「在馬六甲，有關三寶太監的傳說很多，有的早成神話，例如馬來人禁食節的來源，有菓王之稱的榴槤的來源，以及三寶太監的若干項行動，相當趣味化，也有相當的諷刺性，但是，我聽著人家敘述時興趣盎然，卻不便用筆墨寫出來。無形中，我心中昇起了幾分傲意」（〈古城馬六甲〉；98：112-117）。

對於在地華人的歷史與現狀，作者其實是有所察覺的，只是「不便」在遊記中加以發揮。她描述太平的景觀時，不忘為早期的華人械鬥記上一筆：「星馬的情形如何？風景如何？事前一無所知；到了那裏才知道，星馬的風景、人情氣度等等，值得稱頌，值得留戀，尤其太平的氣候和景色使我難忘。馬來亞以錫礦與樹膠為國家人民的資源與財富，太平便是錫藏豐富的一個地區。太平這個地名的由來，據說就是由於錫礦的爭執。那時錫礦的工人，多數是閩粵兩省籍的人，為了爭奪工作的利害關係，形成了兩幫的對峙，時有糾紛，終至演成大規模的打鬥；有勞英軍開到鎮壓，始告平息。從此這地方就叫做太平。」至於她與學生攜手同遊的太平山，則是以華人為主體的馬共游擊隊出沒的「黑區」：「原來那時馬來亞剿匪已經成功，但是殘餘分子沒法肅清，他們躲到原始森林裏，有時可能會出沒；那可能出沒的地方，就劃為黑區。食鹽、藥品、米糧等，要得到政府批准才能帶進黑區，否則難免資敵的嫌疑」（〈山色湖光兩不閑〉；42:106-113）。這種現實的陰影偶爾會激發作者的想像力，在一次遠行途中，她突發奇想：「要到怡保，要經過兩個市鎮，一個是『和豐』，一個叫做『朱毛』。和豐的名字不會使人注意，朱毛的名稱卻使人驚奇；尤其是那一帶，以前有馬共出沒，曾劃為黑區，那個名字，不知何時所取？怎麼如此巧合？我們的車子沒停，直駛怡保」（47:75-81）。

〈喜悅的眼淚〉（49：88-94）與〈等待等待〉（64:88-91）兩篇小品值得一提。前者記敘三個兒子出國留學的瑣事，舐犢情深，非常動人；後者描寫城市生活中叫人萬般無奈的各種耽擱，筆法簡潔有力，誠屬佳作。雜文〈懷先師豐子愷〉（126:56-73）是不可多得的現代文學史料，也是何葆蘭投予《當文》的最後一篇文章。

2.11 趙聰

除了賀文外，趙聰為《當文》寫過十篇雜文、四篇作家評介、三個短篇小說、一篇書評。他對於民國文人的事蹟與作品非常熟悉，寫來得心應手。〈關於冰心〉(24：28-30)、〈許地山及其小品〉(26：58-61)最佳，〈談胡適之先生〉(33：14-20)次之，〈談幾個山東作家〉(21：17-19)則是零碎浮泛的拉雜之談。他的雜文題材多元，從省籍論人、藝術留白、南美水果、基督教義、生肖與命學、醫生及畫家，到電視和遷居，無所不談；語調亦會隨著題材與心境產生變化，時而嚴肅認真，時而油腔滑調，不過以前者居多，典型之作為〈醫生與畫家〉(30：60-62)及〈藝術的空白〉(38：24-26)。〈羊年談馬〉(16：12-15)則是跑野馬之作，在嬉皮笑臉之餘，不忘感時憂國，讀來令人心中百味雜陳。趙聰的雜文，水準不如其作家評介平穩，可見寫好散文並不容易。關於這一點，他其實心知肚明，曾在〈兩朵美麗的花〉(2：35-38)一文裏如此評說散文寫作的易和難：「散文最易寫，比寫小說、詩歌、劇本都容易；但要寫得好，卻最難，難過寫小說、詩歌和劇本。一般人大都認為有什麼說什麼，信筆所之，寫出來就是散文，其實這是謬誤的。散文有它的特點，也有它的體制，在表達技巧上更要見出藝術的匠心；這樣，它的內容才能蘊涵無窮，顯而不露，它的形式才能錯落有致，散而不亂。我所謂難，就難在這裏。」

2.12 傅南鵑

另一位與馬來亞關係密切的香港作者是傅南鵑。他給《當文》寫稿的時間，在六六至六八年間。他一共發表了十篇散文、三篇議論雜文、一個短篇小說，還有賀文一篇。他本為福州人，年輕時往馬來亞雪蘭莪州教書；日軍占領香港時期，曾在香港居住，後來當上海員，漂流四海。

〈夢裏江山〉（11：121-128）入選《當文》第一次徵文，記的是榕城風貌與傳說，深入細緻，文字老練。其餘九篇文章，有七篇為鴛鴦蝴蝶體，只有兩篇以局部訴說個人的哀情。〈恆河水〉（9：35-41）、〈星洲小唱〉（10：20-25）、〈東京鴻爪〉（16：55-63）、〈映柳堂憶語〉（22：36-44）都是鴛鴦蝴蝶式的遊記，不管男主人公遇上的是恆河邊上的柳青青、丹戎巴葛的小燕、東京的幸枝，還是加爾各答的柳，這些同為「天涯淪落人」的「江湖兒女」（10：25）合演了一齣又一齣叫騷客意亂情迷，美人肝腸寸斷的哀豔故事。〈花草戀〉（20：18-25）與〈水面花〉（27：39-46）既寫香花，也寫美人。在作者看來，這種「以花擬人，以人比花，加上了月影掩映，良夜逍遙」的筆法，最適合表現「鏤心刻骨的歡情」，箇中「境界淒麗極了」（20：21，23）。而「淒麗」之極致，大概非以下這一段「寫在水上」（27：39）的文字莫屬：「於是，她哭了，傾長江而注五湖，淚如泉湧，鳥雀驚飛，花草生愁」（20：25）。根據作者解釋，他為情所迷是有原因的：「我以為文章百代，都成一夢！才藝無雙，豈足千秋？在草草人生中只有一點真性情是值得紀念的，也只有一點真性情可以不朽。」（10：24）

〈馬來亞憶〉（14：78-87）與〈浮海記〉（23：21-30）較為理性，直敘作者在「第二故鄉」（馬來亞）與海上遇見的人和事；其中一些馬來亞經歷，還被轉化為感傷小說〈二藍〉的題材（13：31-40）。香港也是作者的「第二故鄉」，不過他對香港的感受就比馬來亞複雜多了。有趣的是，儘管香港有千般不是，居無定所的傅南鵑還是很留戀這個叫他又愛又恨的「庇蔭所」：

> 我想念著香港。香港何嘗是東方之珠，它乃珠江口被拋掉的一隻貝殼。香港不是文化的沙漠，它乃智慧的垃圾桶。香港不是冒險家的樂園，它乃亂離人棲止的庇蔭所。香港不是有國籍的人的別墅，它乃我們流亡者的第二故鄉。我想念著香港。這裏有流線型的汽車，也有人力車。這裏有高樓大廈，也有木屋茅舍。這裏有一人睡八張床，因為他有八個妻妾。也有八口之家一張床，因為他們只有這麼小小的一個世界。我想念著香港。「馬可孛羅」一餐二百元，豪客不以為浪費；街邊大排檔兩毫子果腹，窮人亦有困難。夜總會乃失眠者的好去處，樓梯口是叫化子的安樂窩。四十餘齡的婦人尚在灣仔海

> 旁搔首弄姿，十多歲的大孩子已開始持刀劫財劫色。雖然如此，香港仍不失其嫵媚，我想念著它。它是我生命的中途站，而且我有孩子在這裏。我在香港陷落時毀了家，他們是覆巢之下的完卵（23:24）。

〈雪梨風情畫〉（25:80-91）是一篇平實的遊記，《當文》的評語是「實情，實景，動人心弦」（25:196）。總體而言，《當文》編輯對於傅氏的文章是有所偏愛的，經常給予正面評價，例如稱〈夢裏江山〉「情文並茂」（10:165）；〈恆河水〉「無論主題表達和文字技巧，都是上乘之作」（9:166）；〈星洲小唱〉「是一種噴泉式的亦新亦舊的筆調，但沒有一點酸腐的氣味」（10:164）；〈浮海記〉「多情善感的筆觸，令人低迴不已」（23:164）。傅南鵑自忖其文風與時世格格不入（13:115-116），但想不到一再批判鴛鴦蝴蝶派作品的《當文》反而無此顧忌，不僅刊出他的文章，還聲稱這是個見仁見智的問題，交由讀者自行判斷（10：164）。《當文》其實知道，傅南鵑很受馬來西亞讀者歡迎：「在海外，有許多讀者欣賞傅南鵑先生別具一格的筆調」，「為他淒豔的情感而感動」（22:164）。事實上，傅氏曾在《南洋商報》副刊寫了幾年的「小品文章」，風靡一時；「南鵑迷」甚至還將其文章剪貼留存，據説數量達兩百篇之多（余曆雄 2014）。

除了遊記和抒情文章外，傅南鵑還為《當文》讀者解詩說戲。從〈杜牧詩本事及典故〉(28:24-36)和〈淒絕南朝第一僧〉(18:8-17)兩篇文章，讀者可見其對「哀感頑豔」的文學氣質之偏好。〈閩曲紫玉釵瑣談〉(30:152-165)篇幅頗長，為讀者細說《紫玉釵》的由來、榕腔的特色、閩劇的悲惻、詞藻的淒豔，是一篇動了真情的「拉雜談」。讀到文末，讀者方才發覺，此文實為悼人而作。至於所念的「香雪姊」究竟是何人，與作者有何關係，文章故意不作交代，只留下「鳳去樓空」的「蕭條與寂寞」，讓讀者感受其中的「淒麗」氛圍：「當我們年輕的時候，她教我學會了閩曲《紫玉釵》。在榕城一次文藝晚會中，我曾唱了〈自掏嶺〉一段。朋友不知我有這一套，皆以為異。而今雪姊紫玉成煙，雲璈絕響，她的聲調已成『廣陵散』，不可復得矣。」(164-165)

2.13 黃炤桃

黃炤桃生於澳門，六七年至六九年間，為《當文》撰寫了九篇雜文，一個短篇小說。不過，從〈陋室絮語〉(14:73-75)及〈鏡子與我〉(21:68-69)兩篇文章的內容判斷，他已定居香港。[29]黃氏的雜文意態從容，思考脫俗，甚有藝術家風範，〈從掃墓看人生〉(29:24-26)與〈男人臭丈夫〉(41:35-38)都是很有個性的文章。

2.14 李默

李默在《當文》發表散文時，正是大學畢業前後，「衣白漸侵塵」之前的錦繡年華。[30]從刊出的六篇小品、一篇雜文來看，感受敏鋭、神思飛揚、文詞婉曲是其文章特色。小思（盧瑋鑾，1939-）對李默早期的風格有非常貼切的描述：「李默的作品〔……〕糅合著古典與現代的詩意，作者敏感而細膩的觸覺，都很像臺灣散文風格。説敏感，是指她那無端的感觸，簡直有點破空而來；説細緻，並不表示文字的雕琢，而是指情感的含而半露」（小思1981）。〈七棵槭樹〉（44：28-31）與〈桐蔭淡淡〉（70：76-77）藉樹抒情，前者濃墨重彩，後者輕描淡寫，分別映襯兩位女性生命裏的盛夏與寒秋，恰到好處。[31]〈紅樓隔雨相望冷〉（47：41-44）和〈星期日下午〉（53：137-139）鋪陳女大學生的情懷，既記「花花月月的夢」（47：43），也説午寐醒來，突然領略青春之瑰麗與愜意，而不勝欣喜雀躍的甜蜜滋味。同樣寫午睡醒來，〈風滿樓〉（85：36-38）所描繪的心境卻大不相同。小思曾説，「看李默的散文，就會想起陽光、流水，偶爾也會想起陰雨」（小思1981），〈風滿樓〉要寫的正是山雨欲來之前的鬱悶。作者內心突如其來的悲哀空洞，加上穿越歷史與時間的無邊想像，構成了這篇充滿壓迫感與絕筆情調的散文，無疑是李默發表於《當文》的力作。〈春鼓〉（95：48-50）是遊記，寫來如詩，但更像美學的散步，思考著生命之華美。「此地沒有花，只有樹。一排一排，在鼓聲中看著。大多數的樹都在春天長芽，秋天落葉。然而也有些在春天長出一樹濃麗的花，浪漫得如花嫁。能夠令樹開春天花的天氣不多。

能夠欣賞春天花樹的人更少。」李默也寫新詩，發表於《當文》，不過總體成績不如散文。

2.15 蔡炎培

蔡炎培為《當文》寫的散文不多，僅有四篇。值得一提的是〈河西有風〉（31：20-23）與〈遙遠而去〉（43：38-39），這兩篇文章都將新詩與小品文並置，前者重意象鋪排，後者夾敘夾議；作者以兩個文類與抒情對象展開對話，相當別致。[32]在這幾篇散文裏，可以看到已屆中年的作者，對愛依然執著，不時在文中感慨：「愛和被愛都是一種抑鬱」（〈畫船〉；23：17）；「愛的代價一向很高很高，它有太深的涵義，並不是我們這個年紀所能認知的」（〈河西有風〉；31：23）；「我所背負的一直是我所不能了解的哀傷」（〈蝴蝶〉；20：54）。對於詩與美，他亦非常迷戀，並因此與所愛之人發生衝突：「你說，不要寫詩了，好好用你的才能替社會做一番事。」「已經這麼多年了，勸我幹什麼呢？即使你還像從前那樣落花人立，吳鹽勝雪，我還是一樹未熟的新橙而已。」（〈遙遠而去〉；43：39）以上最後一段引文筆意新穎，妙趣不可傳，足見作者的創意。

三、小說

徐速是《當文》的小說主將，殆無疑問；同樣叫座的作者是黃思騁，其作品數量僅次於徐速。其餘稿次較多的作者是黎潔如、蕭瑤、野火與李洛霞四人。張君默、鄭鏡明與蔡炎培三人的作品不算多，不過前兩位展現了鮮明的本地意識，後者醉心於現代主義的實驗，不能忽略。鍾曉陽成名以前，曾以「鍾殘醉」的筆名在此初試啼聲，亦值得一記。徐速、黃思騁、蕭瑤屬於《當文》的第一代作者，蔡炎培、野火、張君默、黎潔如是第二代，李洛霞、鄭鏡明、鍾曉陽是第三代。易言之，《當文》的香港小說作者以第一代為主力。

3.1 徐速

徐速在《當文》刊出四篇小說：〈殺妻記〉（1：133-163；3：126-165）、《媛媛》（第3-67期）、〈傳令兵：國共戰爭中一個動人的小故事〉（77：140-163；78：141-164）、〈園田美智子〉（158：18-29）。《媛媛》是長篇小說，〈殺妻記〉與〈傳令兵〉是中篇，〈園田美智子〉是短篇。這四篇作品均以第一人稱角度作順時敘述，題材為徐氏所偏愛的軍旅生涯以及第二次中日戰爭（1937-1945）。

〈殺妻記〉的題材相當特殊，講述中日戰爭期間，一位國軍女眷在後方紅杏出牆，引發軍法懲處的故事。[33]小說從一名初出茅廬的大學生的角度，審視前線軍官馬團長為了顧全戰局、穩定軍心而不惜嚴懲該女眷及其情人的決定。本來張副官的妻子馬月娥與楊寶英私通並非大事，但由於後者為勤務兵，「侮辱長官」、「動搖軍心」與「破壞戰時紀律」的嚴重指控使他罪無可逭（1：161）。馬團長本乃「暴君式的英雄人物」（I：136），為了壓抑此風，決定殺一儆百，不僅拒將二人送交軍法處，更下令本性善良的張副官槍斃二人，讓他親手報仇雪恥。大學生身為政治指導員與人道主義者，認為馬氏此舉濫權枉法，乃據理力爭，兩人幾乎發生衝突。在徐速筆下，這個「風化案」深具戲劇性，不僅影響軍心，還觸動了馬團長的內心痛處。原來三十年前，馬妻在後方也不安於室；他知悉真相後本想殺妻，不過於心不忍，最終只把她休了。想不到多年之後，同樣的事情竟發生在其部下身上，而張副官還是他的救命恩人。令馬團長更為痛苦的是，涉案兩人都與他情同親人：馬月娥是他與前妻的養女，她下嫁張副官也是他的主意；楊寶英則是他在戰場上救來的孤兒，兩人親如父子。

小說前半部聚焦於大學生與馬團長的角力，也藉此逐步揭示馬團長內心痛苦以及通情達理的一面，有心理寫實的動機。小說後半部則經營楊馬二人逃出生天的奇詭情節，充滿傳奇色彩。兩人私通之事，本由因妒成恨的吳班長所舉報；但他萬沒想到，馬團長居然會下令槍決兩人，懊悔之餘，乃代替魂不守舍的張副官執法，在刑場上作假，先放兩人一條生路，再與他們以及張副官一同逃亡。大學生後來辭去軍中職務，在前往新崗位報到的途中巧遇四人，方知自己「監斬」不力，讓四人獲得新生；而早已知悉真相的馬團長，後來亦不復追究此事，任由四人逍遙法外。

這篇小說以曲折離奇的情節引人入勝，不過也有一些叫讀者摸不著頭腦的地方。比方說，三十年前，馬妻親口向團長承認她主動「勾引」男人，這是導致團長動殺機的關鍵（1:150）。三十年後，楊寶英在服刑前，主動向馬團長轉述馬月娥從奶媽口中聽來的話，指出馬妻當年並沒有背棄丈夫，只是一時酒後糊塗失身於人，一錯再錯而已（3:131-132）。從團長溫和的反應看來，他大概信了楊言，原諒了前妻。對此突如其來的插曲，讀者難免要問：為何旁人轉述的話，竟比前妻當面之言更為可信？小說沒有進一步交代，讀者只好不了了之。另一個叫讀者感到難以理解之處，是張、楊、吳三個男子在劫後「結義」（他們與月娥共同經營的餐館名為「三義興」，暗示三位男性的情誼；3:156），與月娥一同生活的情節（「外面人笑我們三個人合穿一條褲子」；3:162）。讀者的疑問，主要源自月娥歷劫之後所作的奇怪選擇。本來她與楊相好，決意離婚，是因為張副官不能人道（1:159）；為什麼現在她改變初衷，願意與張共度餘生，而視曾經同生共死的楊為朋友呢？至於楊、吳二人，又為何突然變得如此清心寡欲，「再也不打混帳主意了」（3:162）？

在《殺妻記》之後刊出的是長篇小說《媛媛》，從第三期開始連載至第六十七期，六年內共分五十四次刊出一百二十二章，後因徐速第二次心臟病發，無法寫作而中斷。根據張慧貞憶述，這篇小說是因應讀者的要求而寫的，刊出後令《當文》銷量大增：

> 當年出版《當文》時，香港寫長篇小說的人不多[34]，何況正當他的《星星．月亮．太陽》和《櫻子姑娘》等最暢銷的時刻，《當文》的讀者、作者，不斷的來信鼓勵他，希望能寫一個好的長篇在《當文》上連載，於是《媛媛》便應運而生。不用說，《媛媛》的出現，使得原本銷數一萬五千份的《當代文藝》，一下子跳昇到二萬七千份，居然有讀者來信說：「每期買《當文》只為了看一段《媛媛》而已。」（張慧貞 1994）

讀者的激勵，使這篇長達百萬言的作品成為徐速「最具野心」，也是「他平生最長篇的創作」。徐速去世後，張慧貞根據他生前的構思補上最後六章，並依其意願以「浪淘沙三部曲」為書名，將這篇小說整理為《媛媛》、《驚濤》、《沉沙》三冊出版（張慧貞 1994）。

這是以第一人稱敘述的傳奇小說。一個名為歐陽世明的上海文科大學生，因為叔父的親日立場以及特殊社會地位，得以與三位不同身世背景的女性（媛媛、佐藤貞子、夏目芙子/夏芙）交往，發展出幾段迂迴曲折的感情關係，並捲入中日戰爭中各種國內外軍政勢力（南京政權、重慶政權、日本軍方、上海幫會、共產黨勢力）的明爭暗鬥裏。在這三名女子之外，徐速還花了不少篇幅刻畫另外兩名在歐陽身邊出現的女性人物：與日軍交往密切的交際花雍華女士以及被捕的共產黨員冷芳。儘管群芳爭妍鬥麗，媛媛才是小說第一女角。歐陽世明迷戀這位教養與姿色俱佳的中國女子，可是又因為她的交際花身分以及她與日本軍方的親密關係而飽受折磨，兩人的關係時熱時冷，若即若離，乃至最後不得不黯然分開。

儘管徐速寫得「非常認真」（張慧貞 1994），這部野心之作還是瑜難掩瑕。小說連載時雖以「媛媛」為名，可是這個主要人物在情節上的重要性不能貫穿始終，在後半部發揮的作用越來越小，有頭重腳輕之弊。此外，由於小說長期隨寫隨刊，故事只能以「綴段」方式處理，一段接著一段的述說，整體結構難免顯得鬆散，不夠嚴謹。當然，這部小說還保留了徐速小說的特點——為了追求情節上的跌宕起伏，往往會犧牲事件與人物的逼真性，許多情節都令讀者覺得難以置信。徐速對於這個「最長篇的創作」顯然信心不足，他在八〇年接受杜漸（李文健，1935-）訪問時，曾如此表示：「我有一個長篇，提起來我自己也害怕，叫《媛媛》，寫了九十萬字，寫不下去，情節太多，自己看一次也怕，計劃寫一百萬字，還有十萬字，寫不下去了。我打算把雜誌的事結束後，把它寫完。」（杜漸 1980:7）事實上，徐速對於自己創作的長篇小說的侷限還是有自知之明的，並不敢誇大自己的成就。他對成名作《星星．月亮．太陽》的自評可說是肺腑之言，套在《媛媛》之上也頗為適切：「在這小說裏表達了我對感情的一些看法，藉這個機會通過小說裏的人物表達出來。這包括對感情的看法、對愛情的看法、還有其他的如對社會、對宗教、對人生的看法，當時我對它的要求很高，但寫出來還是力不從心，更有些詞不達意的地方，因為我的學歷和才力都不夠，只有愧對讀者了。」「最初寫這小說時沒有估計到後來反應會那麼熱鬧的，一般來說社會上認為這小說是很成功的，我不能說是文學上的成功，銷路上倒是成功的」（杜漸 1980：3）。

〈傳令兵〉原來發表於《太陽神》雜誌，在徐速無法繼續撰寫《媛媛》之後，應讀者要求，在《當文》分兩期重刊。這是四篇小說之中技藝較佳的一篇，無論在人物關係、性格刻畫、敘事節奏，還是人道主義精神的表達，都處理得相當穩當。儘管如此，這篇小說還是免不了誇張煽情之處。其中一例是身為中尉連附的敘事者，為了搶救有恩於己的小傳令兵的性命而罔顧軍紀，拔槍威脅陸軍醫院主治醫生而得逞的情節；另一例子為小傳令兵在國共兩軍在自己家鄉交戰之際，在前線赫然發現哥哥出現在向己方進攻的共軍隊伍之中，因而不顧一切衝向對方，導致兄弟兩人分別被己方擊斃的慘劇。在一篇以寫實為基調的小說裏，這兩個場面未免顯得太過戲劇性，動搖了故事的可信性。㉟

徐速病後元氣大傷，只能撰寫篇幅短小的散文，再寫小說似乎已有心無力，最後發表的〈園田美智子〉讀來只像故事大綱而已。

3.2 黃思騁

黃思騁在《當文》的第一階段貢獻了三十二篇短篇小

說，是該刊最忠心的作者之一。徐速對於這位老朋友的小說技藝推崇備至，可說是他一再刊載其作品的主因。徐速曾言，「思騁的短篇功力，不但我是望塵莫及，在此時此地來說，譽之為首屈一指，也不算過分」（徐速 1961b：4），對其評價甚高。㊱

黃思騁在《當文》發表的小說，就題材而言，主要有夫妻感情、男歡女愛、兩代關係三大類，其餘為關於賭博、戰爭、械鬥、綁架、異域風情與歷史新編等故事。他愛寫感情題材，尤長於經營年輕夫婦因愛生妒，引發冷戰甚至報復的故事。不過，這種充滿醋意與火藥味的故事，大部分都以喜劇手法處理，而且有大團圓的美滿結局，〈後窗〉（3：37-48）、〈二度蜜月〉（6：10-26）、〈連襟〉（8：95-112）堪稱此中代表。構思與此相反的作品有〈枕邊的審問〉（50：76-91）與〈奇異的契約〉（46：68-85）兩篇。前篇小說的妻子因經不起充滿妒意的丈夫一再催逼，坦白交代其少年失身的經歷，結果導致家變；後者寫男人典妻，終因無法忍受羞辱而拋家棄子的悲劇。黃氏筆下這種任人魚肉的女子其實不多，與工於心計的女人數量相若，像〈雪夜〉（13：57-69）的少妻設局謀殺老夫，〈未亡人〉的婦人毒死親夫，都是惡毒尤物的例子。

在男歡女愛方面，黃氏精於述說孤男寡婦的故事。〈密約〉（14：107-123；15：100-117）裏的青年男子情迷亡友嬌妻，乃至於相約私奔，可惜女子爽約，為故事留下了遺憾。〈沒有季節的地方〉(18：122-132) 以四季不分的馬來亞為背景，講述一名來自江蘇常熟的年輕男教師，到東岸一座小鎮謀事時，偶遇遠嫁異鄉，不幸新寡的同鄉女子的故事。這篇小說異常低調，不敘兩人的款曲，卻在末尾輕描淡寫除夕夜，兩人與女人的小孩一起，共對一爐火鍋，在浮光暗影裏，一邊靜聽風聲與遠方誦經聲，一邊小酌椰花酒的情景；兩人的情意，盡在不言中。〈郊區故事〉(16：106-116) 寫一個單身男租客與包租寡婦日久生情的故事，然而情節與意境均不如前兩篇。在黃氏的小說裏，已婚年輕女性對於男性的吸引力實在不下於寡婦，〈旅店〉(25：110-120) 和〈圈套〉(26：94-103；27：117-128) 即最佳例子。〈旅店〉描述一名男子在第二次中日戰爭結束二十年後，於異地一家旅店重逢當年一同逃難的陌生女子的故事；這個曾與他短暫歡好，使他忘乎生死的女子，原來當年已為人妻。〈圈套〉將故事背景移至戰後香港，小說中引起黑幫大佬垂涎的女子也是賦閒在家的已婚女子。這篇小說雖旨在說教，這個女子禁不起賭博的誘惑以及事後的千般懊悔，才是小說引人入勝之處。相比之下，黃氏筆下年輕未婚男女的青澀情事，如〈潮〉(17：119-134)、〈二十年〉(19：126-136)、〈闊別〉(32：62-79)、〈荒唐的故事〉(45：35-48)、〈戲劇人生〉(62：75-92) 等篇，儘管也有情節上的波瀾起伏，就顯得平淡多了。

至於父母子女之間的倫理故事，黃思騁寫來得心應手，流暢可讀，不過只是為了弘揚孝道或闡述親情之可貴，並無新意。〈尋人〉(9:61-71)、〈報答〉(24:51-61)、〈孝道〉(37:36-44)、〈木屋〉(43:43-54)、〈傍晚的風波〉(54:33-53)都是此一題材的不同變奏。〈賭〉(21:55-65)與〈祈福〉(65:131-140)則是勸人戒賭的警世之言。〈活屍〉(5:41-54)、〈指腹為媒〉(7:27-37)、〈牧野恩仇〉(40:45-58)、〈大澤鄉〉(42:86-92)處理中國題材。〈活屍〉寫民國時期的軍閥混戰,焦點落在個別軍人的不幸遭遇,具洪深(1894-1955)《趙閻王》(1922)的悲憫色彩。〈指腹為媒〉冷眼旁觀,藉著兩家人的交叉命運,道盡農村械鬥的荒謬與悲哀。〈大澤鄉〉則從農民的心理狀態探討陳勝吳廣起義成功的緣由,是歷史小說的牛刀小試。[37]〈牧野恩仇〉乃奇情故事,講述一邊疆火車站管理員為了一名心愛的蒙古女子而拋妻棄子,可是這個女子為了替遇害的父兄報仇卻要孤身遠走天涯,留下這個漢人在荒涼的北國癡等她回來。這篇小說的故事天馬行空,以異域風情取勝。

黃思騁偶爾也寫散文,不過數量不多,特色不彰。〈祖母與老公雞〉(4:19-24)卻是例外,此文所記的人禽之情與生命的尊嚴,令人動容。《當文》復刊後,黃思騁只發表過一篇題為「青雲」的勵志小說(163:58-69),這應是他為《當文》所寫的最後一篇作品。

3.3 黎潔如

六六至七四年間,黎潔如一共發表了二十四篇短篇小說，兩篇散文，一篇書評。從作品內容推斷，作者應為生於四〇年代的年輕一代寫作人。黎氏最鍾愛的小說題材是生命的困局。她在散文〈生命之歌〉(25：37-40) 裏感嘆，女人的一生猶如無可逃脫的圈套，她不得不戀愛、結婚，然後用掃帚在地上寫詩，寫「現實的詩，活生生的詩」。然而，更可怕的壞事還在後頭——生兒育女，這個為別人傳宗接代的任務終將成為她生命的「障礙」與「負累」，使她窒息。這個母題以不同的面貌在她的小說裏一再浮現，〈約會〉(22：85-91) 的年輕母親、〈七年之癢〉(59：137-142) 的年輕父親、〈幸福的選擇〉(81：86-94) 的獨身主義男子，無一不表現出對孩子的厭煩。另一個揮之不去的母題是生命裏的孤寂感，〈春愁〉(35：84-89) 與〈男人女人〉(76：73-80) 的怨婦、〈七年之癢〉裏備受忽略的丈夫、〈夜〉(70：68-75) 的小少爺、〈愛在愛中滿足〉(74：96-104) 與〈幸福的選擇〉的孤兒、〈公平〉(90：121-128) 的失戀男子，幾乎都是因寂寞而感傷的角色。

大概為了排遣生命的寂寞與無聊，黎潔如也會寫一些出人意表的都市傳奇故事。這些作品裏的小說人物會如此奉勸世人：「人生本來就是無數傳奇的連結。事實如此，你不信也得信。」(〈愛在愛中滿足〉；74：104) 以下是小說裏的三個奇遇：未婚先孕的女子為了墮胎，在診所裏竟遇上因洗劫診所而佯裝醫生的大盜（〈求醫記〉；33：60-64）；到澳門出差的香港小職員碰上越獄犯，不僅被對方擊暈，還被對方易服

（〈夢〉；52：117-122）；一個珠胎暗結、被人遺棄的女子，在若干年後駭然發現，她那被人領養的女兒居然愛上了當年的負心郎（〈母與女〉；61：59-63）。這種講求奇趣的故事本來充滿各種敘事可能性，不過由於小說的觀點單一，篇幅也太短，有敷衍無從之憾。〈男人女人〉是作者比較成熟的一篇作品。這篇小說透過兩位「梳起」不嫁、「自由自在」的女傭的冷眼，審視繁華都市裏男欺女愛的故事，在傳奇之中有寫實的意味。篇末四姐的一番心底話，道出了造成黎氏小說裏女性困境的一個重要原因：「哼，男人，可惡，可怕的男人，只可以共憂患而不可以共富貴的傢伙——四姐想，聽人家說：唯女子與小人為難養也，應該改為唯男人與小人為難養也才對呢。」（76：80）

3.4 蕭瑤

蕭瑤在六五至六八年間，為《當文》寫了八個短篇，一個中篇（分兩次刊出），一個長篇（分九次刊出）。蕭瑤擅於處理夫妻感情生變的題材，情節往往峰迴路轉，結局出人意表。〈紅絨帽〉（1：10-22）、〈憂鬱的維多利亞海峽〉（2：111-125；3：135-146）、〈晚餐的風波〉（16：44-54）、〈如夢記〉（22：45-56）裏的夫妻都經歷婚後情感漸趨平淡，夫妻關係面臨嚴峻考驗的時刻，其中〈紅〉、〈如〉兩篇寫妻子紅杏出牆，〈憂〉的丈夫有外遇，〈晚〉則是妻子疑心丈夫不忠。這四篇小說的人物都比較忠厚，故此故事都有大團圓的結局：〈紅〉的妻子在私奔前一刻臨崖勒馬，〈如〉的妻子在被男人騙盡財色後被癡心丈夫尋回，〈憂〉的丈夫最後浪子回頭，〈晚〉則只是一場虛驚而已。女性出軌的激動與迷亂心情，〈紅〉有非常傳神的演繹。

其餘四篇小說的傳奇色彩較濃。〈老處女〉(5:57-67)裏獨身的老校長其實歷盡感情的滄桑，先被妹妹橫刀奪愛，後來愛上的男人又是個有婦之夫，只好忍痛離開。〈女囚〉(8:27-39)裏的妻子在戰後等待從軍的丈夫歸來，但他的戰友帶來他戰死沙場的消息，兩人後來日久生情，共同生活，想不到此時丈夫卻突然出現，揭發一場曲折離奇的家國倫理災難。[38]〈天倫淚〉是一個因生父勒索養父，女兒在知情後介入，反導致生父為了保護女兒而喪命的倫理故事。〈初戀〉寫年輕的男大學生愛上比他大十三歲、新寡的表嬸，小說在年輕人的熱烈與中年女性的冷靜之間搖擺，充滿張力。

蕭瑤愛用倒敘法講故事，〈紅〉、〈老〉、〈女〉、〈如〉、〈初〉五篇小說莫不如此。《神槍手》(第25-33期)這篇鄉野傳奇小說也用倒敘，不過分兩層展開：故事先由一位女子憶述第二次中日戰爭期間，她與鄉親一同逃難途中遇上土匪，被一位來歷不明的神槍手所救的驚險經歷；在眾人請求下，神槍手講述自己的身世，引出豫西兩大家族之間的愛恨情仇，小說於是進入第二層倒敘。在敘事技巧上，這篇小說最為有趣的一點是：女子的憶述是第一人稱限知敘述，神槍手的故事卻是第三人稱全知敘述。前者自然言之成理，後者卻相當突兀——無論是神槍手親述，還是女子轉述，敘事者理應都不可能無所不知。不過，在連載的情況下，讀者並不容易覺察敘事手法上的轉折；何況神槍手的故事高潮迭起，讀者恐怕早已應接不暇了。蕭瑤只為第一階段的《當文》寫稿，復刊後其作品不復見。

3.5 野火

野火在《當文》主要發表小說及雜文，新詩只刊過一篇。[39]從六六年至六八年，他刊出三篇小說，其中〈壞女人〉（4：63-68）及〈媽媽與孩子〉（31：37-43）是短篇，《風雨故園》為長篇，分十二次連載（第13-24期）。從六八年至七二年，他主要撰寫雜文，在「筆匯」專欄發表。這三篇小說之中，以《風雨故園》最具規模與野心，被《當文》編輯部譽為「第一部」「以香港為時代背景的大部頭作品」，「也是最好的一部」（13：180）。[40]

這部小說講述一個胡姓家庭在四一年香港淪陷後，逃難至東莞老家，在經歷了宗族械鬥、游擊戰爭、日軍投降、中共武裝力量接管地方政權等事件，最後返回香港的故事。小說透過主人公胡逸雲少年老成的視角，以第一人稱敘述日軍在粵港兩地的暴行，同時抨擊中國人「怯公戰勇於私鬥」（16：146）的德性；在國難當頭之際，不僅廣東村落之間仍有械鬥，國共的武裝力量亦拒絕互援，使他感到悲哀絕望。這篇小說的獨特之處，除了突顯中國百姓有如一盤散沙的特點外，還重點描寫主人公因其天主教信仰而對戰爭與中共的矛盾心情，在《當文》並不多見。他信奉寬恕敵人的教義，但對日本侵略者又充滿了仇恨，必須投身戰事才能求得內心平靜。他為中共領導的東江縱隊從事偵查與聯絡工作，參與他們的戰鬥，與憤世嫉俗的地下黨員劉國強結為知交，並愛上了同樣是地下黨員的林梅芳，可是他又質疑中共「不相信愛，而只相信恨和屠殺」的作風（21：137），堅拒加入中共。對於香港與祖家，他的態度亦非常曖昧。他在香港長大，可是極其厭惡這個住滿了「殖民地順民」的「罪惡之城」（13：168；14：145）；在日軍據港時，他渴望「回鄉」，但又覺得「家鄉」面目「可憎」（13：145），四處瀰漫著一片「糞溺」的「惡臭」（15：147）。所謂「故園」，既指香港，亦指廣東，但兩者都不是主人公心目中的桃花源。

這篇小說涉及第二次中日戰爭、宗族械鬥、國共內鬥、婚姻與愛情、宗教與無神論等各種複雜議題，甚具雄心；可惜作者一路寫來，千頭萬緒，難以兼顧之餘，在人物、情節與哲學思辨三方面的描寫亦未能深入展開，有面目不全之憾。作者有自知之明，並沒有被《當文》的溢美之言所惑，在後記裏作了誠懇的檢討，惋惜小說寫得過於匆忙，「浪費和糟蹋」了難得的題材（24：144-145）。平心而論，儘管這篇小說瑕瑜互見，仍不失為《當文》難得一見的歷史小說，在社會觀察與文學視野兩方面，均優於同刊裏其他以情節取勝的戰爭小說。

3.6 李洛霞

李洛霞筆耕甚勤，七四到七七年間，於《當文》發表了十三個短篇小說。她的作品得到編輯部的青睞，首發的〈青苔路〉(106:27-32) 被描述為「一鳴驚人」、「不可多得的佳作」(106:152；108:152)。[41]李氏小說有鮮明的女性視角與關懷，其中八篇是以第一人稱敘事的女性視角小說，其餘五篇為第三人稱全知視角小說；九篇作品裏的主人公是女性，只有四篇以男性為主角。她關心女性的情感與婚姻生活，尤其是女性因遇人的時機不對或因遇人不淑而必須面對的困境。〈青苔路〉裏考不上大學的香港女子到澳門的外婆家散心，與從美國留學歸來的表哥發展出一段曖昧關係，最後因表哥的女友從臺灣返回澳門而告結束。小說以第一身角度描寫年輕女性對未來的惶惑，內心的哀愁，但態度坦蕩大方，語調不卑不亢，節奏簡明輕快，是一篇清新作品。〈月碎〉(112:59-67) 寫讀書不成的一個女學生因同學的哥哥始亂終棄而遭到打擊的故事，風格與〈青苔路〉相近。〈小鳳〉(119:26-36) 則是一個癡心女工被男友欺騙，人財兩失的故事。〈清平樂〉(137:106-120) 裏初墮情網的白領女子不顧家人的勸喻，決心與可能是騙子的男友繼續交往，為這個開放式的故事留下了永遠的懸念。

在李洛霞的小說裏，女子遇上騙子的機率沒有遇人不淑的機率高。〈寂寞梧桐〉(121:121-131)、〈琦姨〉(127:110-121)、〈灰網〉(110:32-41) 裏女主人公的處境難堪，她們的伴侶實在難辭其咎。這三篇小說都是從少年或年輕女子的角度，審視上一代女性「誤託終身」的故事。〈寂寞梧桐〉裏的母親，不僅啞忍丈夫的外遇，還準備讓對方帶著與丈夫所生的子女入住，這叫身為二女兒的敘事者非常憤怒與無奈。〈琦姨〉裏的琦姨本來身在大陸，有自己的家庭，後來愛上一名澳門酒徒，竟貿然帶著兩個女兒隨之南下，結局是兩人不歡而散。後來她到香港謀生，一再遇人不淑，終至淪落風塵。敘事者認為琦姨本身有毛病，總是看不清交往對象的為人，一錯再錯。敘事者母親的說法較為刻薄，但切中要害：「阿琦這個人就是有這種賤毛病，辛辛苦苦賺來的錢儘是倒貼男人，所以她注定一輩子倒霉。」（127：118）三篇小說裏最為有趣的是〈灰網〉（110：32-41），這篇小說的重點不在鋃鐺入獄的男人身上，而是從少年女兒的角度，敘述母親因丈夫不在而日漸在情感上依賴家裏的單身男租客，終至發生肉體關係，並引發母女衝突的故事。這篇小說的曖昧之處，在於鄙視母親的女兒也同樣依賴這個身材「魁梧」、在中學裏教授英文的知識分子；他為了替她補習功課，教她唐詩與英國文學，經常與她獨處，怎能不惹惱母親？這篇小說所想像的家人關係，特別是從父親缺席到歸來之後所引發的各種衝突，其實頗為微妙；可惜限於篇幅，這篇「別具一格」（110：152）的小說未能在心理、人情與倫理各方面作更深入的挖掘，有未竟全功之憾。

如果男性如此不可靠，女性究竟應該如何擇偶？對此，作者的態度顯然有點猶豫曖昧，在〈前夜〉（126：126-133）與〈仙人掌〉（125：26-35）兩篇作品中各有說法：前者保守，後者開明。〈前夜〉是一篇獨白體小說，由新娘子向閨蜜訴說自己工作上的煩惱以及擇偶的標準，而後者顯然才是這篇小說的重點。從一開始，新娘子就斬釘截鐵的否定了同性戀（與閨蜜並非焦孟），批評這種「不正常關係」非常「彆扭」，同時聲明自己不願當「老姑婆」，還說「女孩子到了一定年紀，必定要找個歸宿，否則遲早會心理變態」。至於異性伴侶，作者讓這位女子在詩人與商人之間作一抉擇，結果她選了後者。她雖然被詩人的「浪漫」氣質所迷，但她討厭「猜謎似的」現代詩，還有詩人不懂人情世故的「糊塗」。她對好友說道：「我豈能一輩子當他的母親、姊姊、和女傭人還要做賺錢養家的丈夫呢」？她決心做個「平凡人」，只要嫁個有家庭「責任心」的「好人」就好了：

> 商人重利是天經地義的，只要還肯為人留點餘地，那也算好人一個了。他不只愛我，並且也敬愛我的母親，這是非常重要的，任何一個男人，只會向女朋友或太太獻殷勤是不夠的，一定也要愛屋及烏，能夠顧及雙方至親才對；詩人就辦不到，他可以置父母於不顧，也可以當兄弟姊妹如陌路人，令我覺得他一點責任心也沒有。人若是連舊巢也一無依戀的話，將來，只要有機會，照樣可以隨心所欲的扔棄身邊的一切。倘若我嫁給詩人，當

> 初或者還可以愉快共存，日後呢，十年、廿年之後，我給衣食住行磨老自己，變成黃面婆後，我還是他的紅顏知己嗎？〔……〕我其實平凡得可以，我到底也想通了，平凡的人才是真正幸福的人哩（126：132）。

〈仙人掌〉的女主角是個商界女強人，她的選擇與〈前夜〉的女主人公大異其趣。在父親退休後，這個女強人為了用心打理家族生意，抱著「殉道者一樣的決心」，放棄了婚姻。在她眼中，「男人也不見得特別有用，像三個弟弟，就全是窩囊廢」；她唯一欣賞的男人，卻又早有家室，兩人只好維持一段似有還無的關係。這個男人曾送她一個仙人掌盆栽，箇中譬喻叫她既高興，又難過；高興的是對方欣賞她的獨立、堅毅、強悍，難過的是這也正是對方不想親近她的原因。後來這個男人忍不住開腔，勸她拔掉「身上的刺」，「走女人應走的路」，做個平凡女子，她才清醒過來，體會到自己為人的真正價值，正在於這種傲然不群的本色。「沒出息」的女人太多了，自己何苦像她們那樣？她最後決定結束這一段關係，做一個自由自在的女強人。《當文》稱讚這篇小說「老練成熟」（125：152），可以視為對這篇小說的女權意識的肯定。

李洛霞以男性為主要角色的作品共有四篇，其中以〈花紅〉（123：26-27）、〈家庭教師〉（120：72-83）、〈末路英雄〉（108：30-39）三篇比較引人入勝。〈花紅〉講述一名在股票公司裏工作的「後生」，在小股災之後仍期盼得到年終分紅，最後在領到花紅的同時卻遭辭退的故事。小說對這位低級職員的忐忑心情有非常生動的描寫，風格屬於寫實一派。〈家庭教師〉的情節別出心裁，寫一個事業有成的單身男性，以聘請私人教師為名，暗自物色伴侶的妙事。這篇小說的顛覆性在於應聘女子反客為主，占據小說的觀察與敘述位置，將她對這個男人的觀察、態度與評語一一道來，毫不猶豫的張揚現代女性意識。〈末路英雄〉的題材更為特殊，由一個香港少女細表一位國軍老兵客死香港的遭遇以及她內心的不平。少女雖不諳國情，骨子裏卻是個古道熱腸的豪邁女子，對於民國時代亦充滿了好奇心；她不僅喜歡探問老兵的傳奇經歷，還一再懇求冷漠的家人關心、接濟這個孤苦老人。老兵的妻子病危，少女甚至拿出自己的積蓄來幫助他；老人不肯接受，但說了一句令她感動的話：「娃兒心地好，吳伯老朽時還認得個道義之交可真高興。」對於香港世態炎涼，人間情薄，少女感到憤怒；對於老人返鄉無望，永葬異鄉，少女感到悲傷。李洛霞的故事顯然觸動了《當文》主編，他在同期的〈編後〉評曰：「上期的〈青苔路〉已贏得一片喝采，本期的〈末路英雄〉，意境更為深刻，在香港，像〈末路英雄〉這樣的人物，何止上千上萬，他們當年執戈衛國，九死一生，而今只落得滿頭白髮，流亡異地，有國難投，有家難歸，時代對他們也太殘酷了。」（108：152）

李洛霞在《當文》第一階段的投稿不少，亦得到編輯賞識，不過在《當文》復刊後，她發表的小說僅有〈花夢蝶〉（163：89-98）一篇，關心的仍是女性擇偶的難題，其餘兩篇文章是余也魯和梁羽生（陳文統，1924-2009）的訪談錄（162：16-23；165：17-25）。

3.7 張君默

張君默在《當文》只發表小說。六篇作品之中，〈賭鬼的兒子〉是中篇，分兩期刊出（7：77-98；8：113-132）；其餘為短篇，包括〈困獸〉（10：51-65）、〈嫁〉（13：73-87）、〈最後一封信〉（14：49-54）、〈工展小姐〉（15：13-41）、〈小紅〉（18：43-45）。這批作品刊出的時間在六六與六七年，之後就再也不見張氏作品，直到《當文》復刊，才有散文一篇（〈創奇者〉；162：43-45）。

張君默無疑是說書能手。他長於描繪男人的內心掙扎，如賭徒沉淪（〈賭鬼的兒子〉），或壯年男子縱慾（〈困獸〉），莫不活靈活現。對於男性的執念，張氏有獨到的觀察，〈最後一封信〉便是一例。雷洛從法國留學歸來，決定放棄其理科專業，轉攻西洋藝術創作。他的紅顏知己認定他沒有藝術氣質，勸他放棄，導致兩人翻臉。雷洛為了證明自己是對的，倍加努力，終於闖出名堂，成為市場上炙手可熱的畫家。可是到了晚年，他對藝術有深入領悟之後，方才明白觀眾和自己其實是多麼的平庸，不過為時已晚。「最後一封信」是他為這位知己而寫的，旨在表達他內心的懊悔。

「許多作詩和作畫的人，自知其劣這還好，不知其劣而仍舊努力這就使人討厭」(14：53)。雷洛的心聲猶如逆耳忠言，恐怕不易引起文藝愛好者的共鳴。張君默筆下的女性，清麗活潑，既堅且韌，往往叫小說裏的頹男自慚形穢。〈嫁〉和〈小紅〉都是寫實小說，但飽受壓迫欺凌的「油瓶女」傻英、為了養家活口而淪落風塵的金娣，最後都能化險為夷，好好的過日子。〈工展小姐〉裏的藍如冰，在歷盡滄桑後，仍能保存赤子之心，而且得到初戀男友的體諒，這大概是作者憐香惜玉，不忍寫實到底之故。

張君默的小說饒富香港色彩，除了具體的地方指涉外，還兼容本地粵語。他不避「番攤」、「泵波拿」、「沙蟹」、「蔴雀」、「收規」、「罟仔」、「茶舞」等詞彙，亦在小說裏引錄坊間兒歌，為小說生色不少：「新郎哥，吹波囉，吹大個，娶老婆，老婆飛上天，追到老婆錫啖先」(13：75)。弔詭的是，這位最具香港色彩的《當文》作者，對這個城市卻充滿敵意。他筆下的男性憤世嫉俗，而且對此毫不掩飾。〈賭鬼的兒子〉劈頭第一句就是「對這世界，我沒有好感」。小說主人公在報館工作，卻將報館喻為「垃圾缸」，將同事視如廢物，「我們這群人，好像垃圾似的被扔在一起，沒有出路、沒有明天」；有時更將大家貶為畜生：「大家都聞到別人腳上的臭味和身上的汗味，我們只能過一種狗一樣的生活，只能鑽進這個黑洞洞裏，沒有前途、沒有歡樂」；「我在那裏面住過一些時候，以為自己真個是一條狗，或者已經死掉」(7:77-80)。這種對社會以及自我的厭惡，在〈困獸〉裏表達得更為觸目驚心。小說裏那個飽受性慾折磨的男人，幾乎要不顧後果，向一位夜歸女子施襲；在懸崖勒馬，轉而嫖妓之後，他又垂頭喪氣，為自己的慾念與行為感到非常羞恥：「一種人格的破損使他感到無地自容，他是一條狗，一隻獸，卑污穢褻」(7:55)。為了排遣這種「癲狗」一般的心情，他唯有不停的灌酒，就像〈工展小姐〉裏那個鍾情於藍如冰，但自慚形穢的男子一樣。後者認為自己的生活「漫無目的」，而且「無法使自己活得更有意義」(15:27)。這大概是張氏小說人物說過最為悲涼的一句話。

3.8 鄭鏡明

從七五年到七八年，鄭鏡明在《當文》一共發表四篇小說：〈車廂的思想〉(118:87-99)、〈我的同學：趙查定〉(122:62-74)、〈飛鳥〉(126:18-26，139-145)、〈沒有雨的雲彩〉(150:26-44)。〈飛鳥〉探討父子之間的代溝問題，曾獲《當文》第四次徵文比賽第一名，其餘三篇都是以青少年的學生生活為題材的作品。〈車廂的思想〉寫十六歲少年的初戀，《當文》編輯部認為這篇作品的筆法細膩，表現出「香港青年特有的氣質」，足以「代表香港文學」(118:152)。其實相較之下，鄭鏡明更具香港特色的作品為〈我的同學：趙查定〉和〈沒有雨的雲彩〉，這兩篇小說分別處理香港的中學生與大學生在成長過程中所面對的問題。[42]

〈我的同學：趙查定〉描寫兩名華人中學生與一位名為「趙查定」的巴基斯坦裔同學的友誼，並藉著大家在宗教信仰與民族認同立場方面的差異，既展現了香港新世代對於此地的種族偏見的反省，亦表達了生於斯長於斯的華人新一代有別於上一代人的家國觀點。趙查定在香港飽受歧視，決心回國；對此敘事者不以為然，忍不住大發議論。於他而言，故鄉即此地，而不是上一代人念念不忘的大陸或巴基斯坦：「故鄉？〔……〕爸爸說是在〔廣東〕惠陽；惠陽！天曉得那是個什麼樣的地方。〔……〕容或惠陽是我的故鄉，而我卻早已以〔香港〕粉嶺代替它了。」他質疑從未回國的趙查定擁抱國家民族與宗教信仰的立場：

> 「故鄉只是海市蜃樓。我們這一代，已無所謂鄉土之情。故鄉的樣子我從未見過，而自己亦不敢、不屑去踏足斯土；我的故鄉是那麼的遙遠、陌生、神秘。〔……〕查定，我不明白你為什麼那麼嚮往你的國家、民族；對我來說，國家、民族只不過是兩個完全與我無關的名詞。當然，長白山、黑龍江、黃河、長江、青藏高原等等曾聽過，卻從未見過。什麼國家、民族？什麼榮譽、責任？我習慣了漠視、蔑視；我長在這裏就只想這裏的事，我活在這一刻就只想這一刻的事〔……〕」
>
> 「我現在才明白我為什麼有輕視你的意識。因為你有堅

> 強的宗教信仰，你真心真意為信仰而餓上一個月。但我沒有，我否定一切宗教信仰，一切權威觀念，我只信仰我自己；我就是世界、宇宙、中心、真主；我不相信別的事情！」

然而這個充滿個人主義色彩的無神論者的內心不無矛盾之處，在激烈的否定了別人的宗教信仰與民族認同之後，他突然陷入一片迷惘之中，「眼眶溢滿了淚水」，坦然承認這種雙重否定為他以及同代人所帶來的無力感：

> 「你説我們很幸福；是的，我們很幸福，因為我們拋棄了種種無形的束縛，諸如國家民族責任之類，我們只為自己打算和著想！但你又知不知道，當我們放歌高笑的時候，我們內心的一面卻是空虛和無助？〔……〕我們這一代，無根的一代就是那麼的自高自大，以為好了不起，其實，我們是最無能的人……」

《當文》編輯部顯然誤讀了香港華人新世代否定民族認同的立場以及隨之而來的心理困擾。他們站在上一代的立場，深為這位異鄉人的家國情懷所感動，嘆道：「巴基斯坦青年的民族情感，在此時此地的中國人讀來，焉能不心酸落淚？」(122:152)

〈沒有雨的雲彩〉透過男主角張英瑾的視角，對失去人生方向的本地大學生作出含蓄的批評。朱健唸大學，一心只想當官；高秀枝考上大學後，覺得自己整天瞎忙，「一無所有，空空洞洞」，「根本抓不住什麼」，老想著要轉系。秀枝因為心虛，常唱新亞校歌為自己壯膽。張朱兩人未曾聽過這首歌，聽後便忍不住嘲笑錢穆（1895-1990）所寫的歌詞。朱健認為，「十萬里上下四方，俯仰錦繡，五千載今來古往，一片光明。五萬萬神明子孫，東海西海南海北海有聖人」的意識形態完全與當下現實脫節，譏道：「什麼子孫，什麼聖人！落後！封建！一點意思也沒有！」女主角唐敏則犬儒厭世，在男同學的眼中，她是一個「抽菸、喝酒、無所不精」、男女關係隨便的人。根據她自己的說法，便是對人與事「很容易厭倦，一失去新鮮感就沒有勁」；每逢情緒低落時，就會不停的狂喊。「日間，是一個歡笑，無憂的人；一到夜晚，」「又胡思亂想……漸漸，發覺一切只是更空虛，比以前更墮落」。她引用《聖經》警語，比喻自己失去人生信念的心理狀態：「沒有雨的雲彩，隨風飄蕩」（150：39；〈猶大書〉1.12）。張英瑾本來很關心唐敏，但為免自己受到她的影響，後來疏遠了她。《當文》編輯部認為這是一篇很寫實的作品，而且比鄭氏前作有了「長足的進境」（150：152）。

從鄭鏡明這兩篇作品可見，香港年輕一代讀書人已開始掙脫民族主義的思想桎梏，重新思考如何在香港這個「閾限空間」裏創造自我身分與探求出路的問題。至此，「手空空，無一物，路遙遙，無止境」意味著自由與選擇；既不感到「困乏」，也不感傷「多情」的張英瑾決定「趁青春」邁開腳步，孤身前行。在民族主義氣息相當濃厚的《當文》裏，這個年輕人的堅定步伐相當引人注目。

3.9 蔡炎培

蔡炎培只為《當文》寫過兩篇小說：〈舞與舞者〉（18：36-46）以及〈鎖鑰〉（21：41-48，73）。這兩篇小說均從男性角度審視男性自我以及與異性的感情關係，表現手法別具一格，為《當文》難得一見的現代主義小說。[43]〈鎖〉還涉及香港的「六七暴動」，題旨比〈舞〉幽微複雜，結構也比〈舞〉均衡完整，是用心之作。[44]蔡炎培寫小說不失詩人本色，不時以詩句行文，使對話和敘事搖曳生姿；例如〈舞〉裏的徐蘋會說「請感覺我是風」（18：39），敘事者欒復也會如此描繪自己醉酒的感覺：

> 我喃喃的喚著墳墓中的老祖母，把骨灰撒在祖國原野上的老祖母；突然，老祖母的白髮，皺紋不見了。我走過去；我撫摸著她那軟雪糕那樣滑的手背。她笑，一樹梅花的笑。「我是徐蘋。」她說：「好一點了，是嗎？」老祖母不見了，這個聲音盪開去。我在醉中。我沒有說話的必要。我知道，這是一個跑碼頭的女子，一聲謝謝不是多餘，但似乎是冒瀆。我讓自己醉下去；我讓一夜的輕風在窗帷低語不已（18：38）。

在〈鎖〉裏，錯過了徐蘋又丟失了門匙的欒復，幾乎將門戶看成了情感的墓碑：「門有力的站著，醉眼中覺得它從來沒有這樣孤獨過。」此時鄰居紫若現身，問道：「怎麼了？」對於這個態度曖昧的芳鄰，他如此描述：「紫若還是剛才的紫若，黑髮，旗袍，蝴蝶在衣襟上。『我想你是丟了門鑰了。』也許她一直在門眼裏望我，幸災樂禍。現在，她又從髮縫中望我了，她的黑髮有一小撮令人擔心會飄下來，飄過北角。」

蔡炎培的小説還有強烈的現代主義畫意。〈鎖〉所描述的七幅畫作（21：46-47），儘管是對香港政治的諷喻，作品本身還是令人想起培根（Francis Bacon, 1909-1992）獨一無二的畫風。在打量女性風姿時，小説又轉向東西方的古典資源，以藝術品為喻：

> 我想看的是徐蘋。我的眼中是一個浸在玄黑裏的雕塑；沒有愁怨，也沒有斷臂，只在她藕色長臂的弧線裏，閃著一顆顆天星串的耳飾。她的眉睫下垂。我望著，像一個鑑賞家在端詳一具中國瓷皿的望著（18：37）。

這兩篇小説有如驚鴻一瞥，後來《當文》就再也沒有見到蔡炎培的小説了。

3.10 鍾殘醉

鍾曉陽以「鍾殘醉」的筆名給《當文》投稿時，年方十六。在七八、七九兩年，她一共發表了四首新詩，三篇散文和一篇小說，以小說最具文字魅力。小說〈望陽紅〉描述香港英文中學裏，學生創辦華文校刊之難，除了同學的語文文學水平不濟之外，校方暗中排擠華文，希望把校刊辦成一份純粹的英文刊物的各種小動作，也給主辦同學帶來不少困難。[45]女主人公對中國文學與創作的熱情，儼然就是年青作者的心聲。「望陽」是校刊名稱，英譯為「旭日」(The Rising Sun)，當中寄託了多少作者的熱切期望？另一篇小說〈望斷雲山多少路〉尚未刊出，《當文》已經停刊。這篇在文字方面比〈望陽紅〉老練得多的小說，須待到八四年復刊編輯在舊資料裏發現，才得以在《當文》面世（180：4-8）。此時的鍾曉陽，已在港臺兩地屢獲獎項，成為新世代的「傳奇作家」了（羅孚 1993）。《當文》以作者本名發表這篇小說，除了為雜誌促銷外，還有紀念的意義。據復刊編輯表示，徐速曾在此稿眉批「很好」二字；對此他深有同感，並評道：「這篇小說出自一位十五、六歲少女的手筆，確是值得驚異和讚賞的」(180：64)。鍾曉陽投給《當文》的最後一篇小說是〈殷紅的房間〉(182：58-72)，於八二年九月刊出。

第三節：文學評介

《當文》是現代文學創作的園地，但也歡迎「文藝短論、文學史料」的稿件。後者以現代中國文學的評介為主，傳統中國文學的評介與隨筆為輔。在香港作者之中，徐速、丁淼、黃南翔、李澍負責現代文學，趙聰、李輝英、李立明、司馬長風等人偶爾客串；李素、陳潞與慕容羽軍三人則聚焦於傳統文學。總體而言，在短論與史料部分，《當文》倚重第一代作者。

一、現代文學

《當文》最主要的評論者是徐速。他撰寫的議論文章包括社論、編輯感言以及筆戰文章，詳見第二章的討論，此處不贅。[46]現代文學是他最關心的範疇，傳統文學偶有論及，但非其重點。

丁淼是文壇老將，也是大陸文藝史家。他在六六至七一年間負責「三十年代作家剪影」專欄（第37-63期，偶有間斷），一共撰寫了十九篇隨筆，憶述與三十年代文人交往的舊事。按文章發表順序，這批文人包括：鄭振鐸（1898-1958）、張資平（1893-1959）、曹雪松、于伶（任錫圭，1907-1997）、孔另境（1904-1972）、龔冰廬（1908-1955）、章克標（1900-2007）、林達祖、傅彥長（1891-1961）、劉大白（1880-1932）、趙景深（1902-1985）、謝六逸（1898-1945）、胡山源（1897-1988）、汪馥泉（1900-1959）、陳大悲（1887-1944）、左明（廖宗岱，1902-1941）、顧詩靈、魯迅（1881-1936）、匡亞明（1906-1996）。丁淼觀人明察入微，文筆平易洗練，幽默但不失敦厚，讓人讀來興味盎然。〈登龍無術的章克標〉(43:86-89)乃妙文一篇，一讀難忘。丁淼為文審慎，不輕易臧否人物；不過，在提及周氏昆仲時，還是忍不住輕聲評道：「以我所見，他們兩兄弟的性格確有不同之處，魯迅先生冷峻，作人先生和易。所以我見過周作人，願意再見，但沒有再見的機會。我見過魯迅，有再見的機會，但不想再見，直到他逝世，才去送葬。」（〈魯迅逝世三十四週年祭〉；58:140-144）

丁淼在《當文》僅發表過一篇〈談竹〉小品（12:8-10），這是他對「文化大革命」中紅衛兵要「廢除」「所有畫竹及畫其他非政治題材的圖畫」的回應。他對於厭竹的立場表示「不解」，然後細表竹在中華民族日常生活與文學藝術裏的重要性，藉此批判紅衛兵自毀文化根基的鹵莽行徑。他寫「四君子」和「歲寒三友」，顯然是為了排遣其內心之鬱悶：「嚴冬苦寒，雪地冰封，百木凋零，飛鳥絕跡，四顧蒼茫中，這『三友』屹然獨立於天地之間，不怕風欺雪壓，要是缺乏磅礴的氣魄，普通生命是熬不住的。所以當中國政治史上遇著黑暗時期，不為強權所折服的仁人志士，每對『歲寒三友』與身世的同感，而發諸歌頌，其實用以自況，藉舒懷抱的。」這篇文章嚴肅深沉，與他勾勒文人身影的文章大異其趣。

在丁淼之前，「三十年代作家剪影」未有固定撰稿人。[47]公任和趙聰寫冰心（謝婉瑩，1900-1999），李輝英和馬逢華記沈從文（沈岳煥，1902-1988），韓穗軒和趙聰介紹許地山（1894-1941）（第24-26期）。繼丁淼之後，這個責任便落到李立明身上，不過他只寫了四篇（第106-109期），談章衣萍（章鴻熙，1901-1946）、丁西林（丁燮林，1893-1974）、楊騷（楊維銓，1900-1956）、白薇（黃彰，1894-1987）四人。

黃南翔在《當文》發表的評介文章，旨在介紹四九年後大陸的文藝現狀。他以筆名楊翼為「當代大陸作家剪影」專欄撰文，讓讀者了解與港臺文學截然不同的「大陸文學」。根據黃氏觀點，「大陸文學」基本上就是「工農兵文學」，因為當時大陸作家所遵循的創作原則是毛澤東（1893-1976）在四二年所提出的文藝主張：「文藝必須為無產階級的政治服務，必須為工農兵群眾服務」（112：141）。黃氏寫了十九篇文章，一共介紹二十二名作家，依發表順序為：趙樹理（1906-1970）、李季（李振鵬，1922-1980）、楊沫（楊成業，1914-1996）、劉紹棠（1936-1997）、馮德英（1935-）、李希凡（1927-）、孔厥（1914-1966）、袁靜（袁行規，1914-1999）、周立波（周紹儀，1908-1979）、陳其通（1916-2001）、曲波（1923-2002）、吳強（1910-1990）、胡萬春（胡阿根，1929-1988）、康濯（毛季常，1920-1991）、劉白羽（1916-2005）、浩然（梁金廣，1932-2008）、郭小川（郭恩大，1919-1976）、賀敬之（1924-）、梁斌（梁維周，1914-1996）、秦兆陽（1916-1994）、柳青（劉蘊華，1916-1978）、阮章競（1914-2002）。[48]黃南翔長於議論，除了寫作家評介外，還在《當文》發表三篇文藝評論，說明他對於文學改編與新詩創作的看法：〈名著改編電影的難題：從麗的電視劇《星星．月亮．太陽》談起〉（112：16-24）、〈關於新詩格律的主張〉（128：18-25）、〈新詩格律的精神實質〉（158：36-43）。

《當文》復刊後，黃南翔仍然負起介紹當代作家的任務，他訪談的對象包括陳之藩（1925-2012）、林海音（1918-2001）、黃維樑（1947-）等人。他寫的幾篇雜文之中，最具史料價值的兩篇是〈深沉的哀思——敬悼徐速先生〉（162：39-42）與〈徐速．當代文藝．我〉（183：35-40）。《當文》第二次復刊後，他的興趣轉向電影工業，曾撰寫〈邵氏電影王國六十年〉，分七期刊出（第183-189期）。

司馬長風的文藝專欄名為「獨醒集」，僅發表過一篇未完成的長文，分四期刊出。〈文藝風雨六十年〉（第129-130期，第132-133期）從宏觀角度探討新文學的九個議題，並作出個人的論斷。這九大議題是：一、割棄傳統；二、新詩的道路坎坷；三、散文的早熟與蹉跌；四、「為人生而藝術」之禍；五、文學團體的衍變；六、文學論戰的煙幕；七、京派作家的耕耘；八、作家的名與實；九、「文學大系」的功過（129：128-131）。可惜他只完成了前三項的綱要，就沒了下文。李澍為「文海觀瀾」專欄（第150-161期）寫了十二篇文藝隨筆，每期約占兩頁篇幅，分別就文學作品的細節、對話、方言、俗語、對比、內涵、典型、創新、藝術真實、愛情題材、生活經驗、社會環境等議題展開討論。《當文》編輯對李澍的評價是：「文筆流暢雋永，題材也現實清新」(149:153)。

二、傳統文學

李素肩負起傳統文學評介的重任，為讀者撰寫傳統詩詞的賞析文章。從六六年到七二年，她以「讀詩狂想錄」為專題，陸續刊出廿五篇文章（第3-82期，偶有間斷）。李素為燕京大學碩士，除了研究詞與近代歌謠外，創作也廣獲師長賞識，由她來撰寫此類文章，可謂駕輕就熟，揮灑自如。她曾品鑑的作家包括（按發表順序排列）：李白、杜甫、辛棄疾、李商隱、納蘭性德、白居易、陸游、周邦彥、陶淵明、蘇軾（三篇）、王維、王國維、孟浩然、晏殊、晏幾道、黃庭堅、歐陽修、秋瑾、龔自珍、杜牧、黃遵憲（兩篇）、韋莊。此外，還有一篇談秦觀詞的散文〈飛紅萬點愁似海〉(55:14-137)，不知何故沒有列入「讀詩狂想錄」裏。

由於這些文章廣受文教界讀者歡迎，於六九年結集出版（李素 1969）。這本專書所收廿一篇文章，並不包論龔自珍、杜牧、黃遵憲、韋莊、秦觀的幾篇，另增兩篇刊於《當文》的散文，〈勸君莫作獨醒人〉(41:22-27；讀晏殊有感）與〈問何人重整漢家邦——讀〈李宗鄴編：《滿江紅愛國詞百首》有感〉(50:16-21)。李素將〈問何人重整漢家邦〉收入專書，顯然是強烈愛國心的表現。她在體諒去國者的同時，又忍不住批評眾人對家鄉的關心不足：

> 託庇於香港的中國人，處境既複雜，心情也難免是矛盾的。無可否認，我們在這兒都享有相當的自由，也感到安全與愉快，所以都認為這是流亡者的天堂。然而，北望神州，想起飢寒交迫，在無盡的折磨中度日的七億同胞，總會覺得惶愧不安的吧（50：17）？

對於李素而言，居港華人有兩種，一種是安於現狀，追求財富者，這種人占大多數，另一種是憂國憂民的愛國者，有志之士，然而這種人為數不多：

> 我們是自甘還是被迫終老他鄉的呢？這大概只有各人自己知道。若是富於歸屬感的，便認為自己是香港人，只要能先求平穩度日，再求得富貴榮華，權勢地位，便覺心滿意足，樂不思蜀。至於鄉愁濃重，故國情深的，那就難免欷歔北望，常有斷梗飄萍之感，朝朝暮暮切盼義旗北指，光復山河（50：17）。

這篇文章的標題出自秋瑾女兒手筆。李素引王燦芝（1901-1967）的〈滿江紅〉，旨在提醒讀者勿忘「國恥」。所謂「國恥」，指「文化大革命」對中國所帶來的空前破壞：

「由自己的民族造成的愚昧、幼稚、野蠻、瘋狂、腰斬文化、滅絕人性的史無前例的暴行，才是自作的孽，貽笑萬邦，才是更慘痛的奇恥大辱。」故此，她懇切的向讀者提問：「『問何人，重整漢家邦，仁無敵！』不就是我們最熱切的心聲麼？還有，另一首柳棄疾（亞子）的詞，結句也相似：『問何事恢復舊中原，收京闕？』凡是流浪或寄居海外的千千萬萬華僑，只要還記得自己是華夏子孫，不是天天在期待，在急切地問這兩個問題麼？然而有誰能，誰肯答覆呢？能仁，始能無敵。誰是無敵的仁者？」（50：21）

李素的文章情辭兼美，曾打動不少讀者，有來自馬來西亞的李憶莙（1952-）的文字為證：「年少時，在那個初涉文藝的七十年代中，所接觸到的中文書籍，大多數都是香港出版的。其中每期必買的《當代文藝》，是當時香港頗具威望的一份純文藝刊物，號稱『當代文藝佳作主流』，由香港著名作家徐速主編。而專門出版純文藝作品的『高原出版社』，據說是由徐速夫婦掌管。印象最深刻的是《當代文藝》封底的那行極為醒目的廣告：『高原出版必屬佳作』。那不就是最早深入我心的廣告標語之一嗎？高原出版社旗下的作家如：司馬中原、李輝英、黃思騁、黃崖、徐速、熊式一、李素的著作我買了一本又一本，啃得忘餐廢寢。至今仍清楚記得李素的《讀詩狂想錄》，那真是一本讓人意興飛揚的書。如今想來，李素的讀詩『狂想』，其實所戀的就是一種精神趣味」（李憶莙 2015）。

七三年後，李素的文章漸少，改由陳潞接手。從七四至七九年，陳潞一共開設過「亡羊毀牢居雜感」（第107-111期）、「檻外談詩」（第129-140期）與「亂翻風月鑑」（第144-160期，偶有間斷）三個專欄。「亡羊」與「檻外」都是文藝隨筆，與讀者閒聊民歌、謎語、寓言、新詩、舊詩、士人、詩人與理論等話題；前者有四篇，後者共十二篇。「亂翻」亦是文藝隨筆，焦點為《紅樓夢》的女性角色與風月之事，總共八篇，分十五次刊出。[49]在這三個專欄以外，陳潞還寫過兩篇散文。《當文》兩次復刊，他都有投稿，主要是雜文。與此同時，慕容羽軍在七六至七八年間發表「蘇曼殊評傳」，以夾敘夾議的方式，為讀者介紹蘇曼殊其人與作品，分十四次刊出（第132-151期）。

第四節：餘話

在六、七〇年代，與香港一水之隔的澳門，雖然文化出版事業並不發達，投稿《當文》的作者卻不多見，僅有劍瑩、國風、汪浩瀚（汪雲峰，1937-）、梓樓、張豔秋五人而已。七二至七六年間，劍瑩總共發表了十一篇言情小說，一首新詩。〈愛的飛橋〉（127：54-68）是他的最後一篇作品，入選《當文》十週年紀念徵文比賽。從其小說內容來看，劍瑩應為在澳工作的年輕人，經常往來港澳兩地，不一定是澳門人。國風與汪浩瀚寫詩，風格接近白話詩，每人的數量在五、六篇之間。梓樓的心境最為奇特，她在第一篇抒情散文〈心霧〉裏已宣告要「埋葬將要萌芽的寫作生命」（105：81-83）。七年之後，再刊一篇〈雲〉（105：42-43），此後便雲消霧散，在《當文》裏再也不見其蹤跡。張豔秋也是曇花一現，以小説〈在無限遠處相交的軌跡〉（130：77-87）入選《當文》十週年紀念徵文比賽之後，就消息全無。與香港比較，澳門的投稿者可謂寥若晨星。

第五節：本章小結

香港作者群是《當文》的骨幹，而這個群體之中，又以第一與第二世代作者為領軍人物。第一代指生於一〇及二〇年代的作者，主要包括徐速、黃思騁、李素、陳潞、慕容羽軍、丁淼、何葆蘭、蕭瑤、陳文受、趙聰、傅南鵑等人；第二代指生於三〇及四〇年代的作者，如余玉書、野火、黃南翔、柯振中、非夢、梁從斌、曾逸雲、溫乃堅、鄧一曼、牧衷、蔡炎培、張君默、李默、黃炤桃等人。第一代作者的稿件涵蓋了小説、散文、新詩與文學評介四個範疇，第二代作者的稿件則集中於散文與文學史料。第三代是生於五〇年代以後的年輕作者，如施友朋、林力安、李洛霞、鄭鏡明、鍾殘醉等人，他們的新詩與小説創作平分秋色。《當文》的中堅分子是香港的第一與第二世代寫作人，符合「新兵掛帥，老僧傳經」的辦刊設想。

在香港作者群之中，以徐速與李素包辦的文體最多。徐速主力寫小說、散文與當代文學評論；李素專攻散文、新詩與傳統文學評介。這兩位作者偶爾亦會發表舊詩，不過數量不多。參與散文寫作的作者人數可觀，除了徐速與李素外，主要有余玉書、黃南翔、慕容羽軍、柯振中、非夢、梁從斌、曾逸雲、陳文受、施友朋、何葆蘭、傅南鵑、趙聰、李默、黃炤桃等人。為徐速助陣的小說作者主要有黃思騁、黎潔如、野火、蕭瑤、李洛霞、張君默、鄭鏡明、蔡炎培等人。致力於新詩創作的作者，以施友朋、李素、鄧一曼、溫乃堅、林力安、牧衷、蔡炎培等人為主。文學史料與文藝隨筆則由丁淼、黃南翔、李澍、李素、陳潞、慕容羽軍等人執筆。

綜觀香港作者的文學創作，以散文最具活力，小說次之，新詩表現平實。徐速、李素、慕容羽軍、余玉書、陳文受、李默等人的散文不乏佳作。第一代作者如徐速、李素、慕容羽軍等南遷文人因「鄉愁濃重，故國情深」（李素語），他們的散文自然少不了故鄉風貌與懷人思舊的題材，但也不會與香港無涉。[50]柯振中、非夢、梁從斌、陳文受、何葆蘭、傅南鵑等人的散文則走出香港，為讀者述說北美、日本、馬來亞等地的風土人情。徐速與蕭瑤的中篇小說詭奇豔異兼而有之，黃思騁的短篇小說扼要不繁，而且饒富情趣，應為當年的《當文》讀者帶來不少快樂時光。根據黃繼持（1938-2002）與也斯（梁秉鈞，1949-2013）的觀察，六〇年代以後，香港「青年人的文學視野、社會關懷、生命體驗，都隨著時代有所擴闊與提高」，並「認同現代生活帶來的新觀念」（黃繼持 1998：23；也斯 1998：7），張君默、李洛霞與鄭鏡明的小說都證實了這一點。他們的作品有銳氣，勇於探討年輕人所面對的問題，格調亦相當嚴肅，對香港的新世代讀者甚具衝擊力。在新詩創作方面，李素、施友朋與牧衷三人的作品成熟而穩重，與蔡炎培、鄧一曼、溫乃堅等人的實驗性大異其趣。《當文》雖然標榜政治中立，李素的部分懷鄉作品仍帶有反共色彩。[51]相比之下，施、蔡、鄧、溫與林的筆下乾坤較貼近此地的文化與生活經驗，應為香港的年輕讀者所樂見。

註釋：

① 李素〈夜〉，見〈詩門摸索記（九）〉（63：119）。

② 關於香港作家的流動情況，可以參閱柯振中1993。

③ 余玉書是粵軍總司令許崇智（1887-1965）的外孫，其父余世鵬為大學教授，後改任外交官。見余玉書〈新詩與我〉（110：27-31）；楊宗翰2012：204-5；楊宗翰2017：180。關於海棠文社的資料，見吳萱人編2001：238-242。

④ 關於風雨文社與焚風詩社的資料，見吳萱人編2001：226-234；255-267。秀實與嵇律畢業於臺灣大學中國文學系及香港中文大學教育學院，兩人於七八年一月創辦香港廬山詩文社。秀實的父親梁學輝（1918-1984）也是詩人，「好詩能文，尤擅五、七言律體、集句及回文詩。著有

《粲花館詩鈔》、《粲花館詩鈔續鈔》、《粲花館詩鈔第三集》，並編有《古文精萃》。」梁學輝與吳灞陵（吳延陵，1904-1976）時有往來。見梁欣榮、梁新榮、梁尊榮編2011：5。

⑤ 關於阡陌文社、擷星新詩社、文秀文社、晨風文社的資料，見吳萱人編2001：68-72；121-124；149-171；248-249。

⑥ 關於華文現代詩中的屈原主題研究，見黃維樑1993；陳大為2001；黃維樑2003；林餘佐2011。陳大為文中所引香港例子，主要來自《詩風》第73期（1978年6月）的「屈原專號」。施友朋的三篇作品的發表時間較早，為七六、七七、七八年的六月。施友朋畢業於樹仁學院文史系，曾在香港中文大學新亞研究所以及香港柏立基教育學院進修，他在《當文》所刊大部分詩作已收入楊賈郎、牧衷、施友朋1985。

⑦ 余光中這三首作品見楊牧、鄭樹森編1989：353-354；357-358；359-368。余光中與瘂弦是影響香港六〇年代詩壇的兩位臺灣詩人，鄭樹森1998：48。關於余光中在港臺兩地的藝文活動及其影響，見陳智德1996；王良和2009a；王良和2009b；須文蔚2011；須文蔚2015b。

⑧ 詳見第五章的討論。

⑨ 李素畢業於燕京大學研究院，師從顧頡剛（1893-1980），從事近代歌謠研究。她的詩詞創作才能得到師長如顧隨（顧寶隨，1897-1960）、錢穆（1895-1990）、吳宓（1894-1978）、冰心（謝婉瑩，1900-1999）等人賞識。其夫曾特畢業於燕京大學政治學系，曾任中華民國駐捷克斯洛伐克大使館一等秘書。李素於五〇年與丈夫遷居香港，五六年到錢穆主持的新亞書院，在圖書館工作。七五年移居美國。關於李素的研究，參閱岳永逸2018。曾特與余玉書父親余世鵬相識。

⑩ 部分作品已經收入鄧一曼1994。

⑪ 這四首詩現已收錄在《溫乃堅詩選》裏，見溫乃堅2001：36；100-106；125；132-133。

⑫ 林力安生於香港，其父為林仁超（1914-1993），五五年在港創辦新雷詩壇，任新雷詩壇出版社社長兼《新雷詩壇》主編。新雷詩壇主要成員還有慕容羽軍、吳灞陵等人。

⑬〈話舊〉、〈題詩〉、〈醉酒的燈蛾〉（131：54）、〈怪談——給港大文社大嶼山夜談諸友〉、〈港大人速寫二帖〉、〈不逝的一瞬〉與〈雲〉經修訂已收入《獨唱：林力安詩集》，見林力安1978。

⑭ 牧衷在《當文》刊出的大部分詩作已收入楊賈郎、牧衷、施友朋1985。

⑮ 黃維樑稱蔡炎培為「性情中人」，說他的詩作充滿了「不可解的妙趣」。黃維樑1996a：74-76。關於蔡炎培詩作的論析，見鄭蕾2016：209-227。

⑯ 二〇〇七年，蔡炎培第三次為文談這首詩。他以「林筑」為筆名，在《文學研究》上發表〈《曉鏡——寄李商隱》小識〉，承認這首詩寫的是魚玄機，不過聲稱自己是個「不求甚解的人」，故此「把魚玄機看成是開元而不是宣宗大中的人」，「可是筆戰的人，卻沒有一個說出這個筆誤」，林筑2007。其實宋逸民在六九年已指出這個錯誤：「魚玄機出家的時候，已在『開元』一百五十年之後，這裏還說『開元之後的黃昏』，其實從公元七一三年到一九六九年，都是『開元之後』，這算什麼時間觀念？」宋逸民1969c。

⑰ 關於左舜生的生平，參閱陳正茂2011：27-41。

⑱ 關於十三妹的生平與作品，見樊善標2008；樊善標編2011。

⑲ 關於六、七〇年代香港的「回歸」論述，見羅永生2012。

⑳ 關於三人的友誼以及創辦、編輯《文學報》（1970-1971）的事，見柯振中1987。

㉑ 根據柯振中二〇〇四年的說法，他與徐速「對小說創作的文學觀有出入」。他在六六與六七年兩次以小說投稿《當文》，都被退稿。後來他在《當文》刊出三篇小說，是因為得到執行編輯非夢賞識而推薦發表的。見柯振中2004a；柯振中2004b。

㉒ 非夢在《當文》發表的新詩後來選錄在《我的歌呵，你飛吧》，見非夢1971。

㉓ 陳文受為《當文》寫稿之前，已出版散文集《塗鴉集》（1967），此書後來由高原出版社再版，改名為《晨星集》（1971）。陳文受1967；陳文受1971。

㉔ 張愛玲也很喜歡〈傍晚的家〉，曾在文章裏抄錄全詩，見張愛玲2010。

㉕〈山居散語〉、〈愛的肢解〉與一部分在《當文》發表的散文已收入《一船黃昏》，見曾逸雲1998。

㉖此文現已收錄在《香港散文選（1948-1969）》，見黃繼持、盧瑋鑾、鄭樹森編1998b：165-174。

㉗關於何葆蘭與丁嘉樹的生平，見李立明2000：63-67，69-74。

㉘這批南遊文章後來收錄在何葆蘭1973。

㉙〈鏡子與我〉現已收錄在《香港散文選（1948-1969）》，見黃繼持、盧瑋鑾、鄭樹森編1998b：182-184。

㉚「衣白漸侵塵」是李默第一本作品集的書名，見李默1981。

㉛〈七棵槭樹〉收錄在《大學生散文選．第一輯》，見吳連音編1982：73-78。當時在臺灣留學的馬華作者方娥真（1954-）也有作品入選這本選集。

㉜〈河西有風〉後來入選《香港散文選（1948-1969）》，見黃繼持、盧瑋鑾、鄭樹森編1998b：211-214。

㉝七〇年八月，香港麗的呼聲電臺取得這個小說的改編播音權，在金色電臺以國語播出。該廣告見《當文》57：57。

㉞張慧貞此說不確。《當文》面世前，至少以下長篇小說已在香港出版：李輝英《人間》（1952）、侶倫（李林風，1911-1988）《窮巷》（1952）、趙滋蕃（1924-1986）《半下流社會》（1953）、曹聚仁（1900-1972）《酒店》（1954）、張愛玲（1920-1995）《秧歌》與《赤地之戀》（1954）、高雄（高德熊，1918-1981）《經紀日記》（1953）、夏易（陳絢文，1922-1999）《香港小姐日記》（1955）、金庸（查良鏞，1924-2018）《書劍恩仇錄》（1957）、梁羽生（陳文統，1926-2009）《萍蹤俠影錄》（1958）、徐訏《江湖行》（1961）、崑南（岑崑南，1935-）《地的門》（1961）、舒巷城（王深泉，1921-1999）《太陽下山了》（1962）、劉以鬯（劉同繹，1918-2018）《酒徒》（1963）。

㉟徐速的論戰對手張贛萍（張振之，1920-1971）乃行伍出身，曾參加第二次中日戰爭與國共內戰，對於軍隊編制與作戰程序相當熟悉，故此對於徐

氏在《星星．月亮．太陽》與〈傳令兵〉裏所寫的軍旅生涯與戰鬥場面有非常嚴厲的批評。在他看來，徐速既缺乏軍事常識，亦不懂戰爭史實，見張贛萍1970a-1970c。

㊱ 關於黃思騁的研究，參閱李婉薇2016。

㊲ 由於茅盾（沈德鴻，1896-1981）曾寫過「大澤鄉」的題材，故此有讀者向《當文》查詢黃思騁是否讀過茅盾的作品。黃氏的回覆是：「大澤鄉的故事，歷史只給我們很少的資料，別人所知如此，我所知也如此，難道我能竄改歷史不成？至於茅盾的作品，向來不讀，更不知其有大澤鄉一篇」（〈代郵〉；43：110）。茅盾的〈大澤鄉〉（1930）見傅光明選編2006：66-72。南宮搏（馬彬，1924-1983）也寫過一篇〈大澤鄉〉，見祖國周刊社編1955：15-27。茅盾與南宮搏的〈大澤鄉〉都有鮮明的政治色彩，前者寫階級鬥爭，後者鼓勵民眾反抗暴政。黃思騁的焦點則是官逼民反。

㊳〈女囚〉的靈感可能源自曾經轟動法國的「馬丹．蓋赫」案件（Martin Guerre, 1524-1560）。關於馬丹．蓋赫的故事，參閱Davis 1983。

㊴ 野火的大哥與徐速為中央陸軍軍官學校第十九期砲科班同班同學，野火1993。

㊵ 這部長篇後來結集出書，見野火1968。

㊶ 李洛霞，香港大學文學碩士。生於香港，少隨家人移居澳門，後來返回香港。

㊷ 鄭鏡明生於香港，畢業於香港中文大學，獲傳播學碩士學位。

㊸ 當然，朱珺（朱璽輝）的〈周末〉（11：87-92）與〈荷花燈〉（73：37-45）也是非常現代主義的。〈周末〉收錄在《結髮集》裏，見蔡元培、朱珺1987：227-238。

㊹〈鎖鑰〉後來收錄在《結髮集》裏，見蔡元培、朱珺1987：46-61；亦入選《香港短篇小説選：五十年代至六十年代》、《香港短篇小說選：六十年代》、《香港當代作家作品合集選．小說卷》，見鄭慧明、鄧志成、馮偉才編1985：129-138；也斯編1998：279-290；也斯、葉輝、鄭政恆編2011：第一卷：318-330。

㊺ 鍾曉陽生於廣州，在香港長大，中學就讀於聖瑪利諾書院，大學畢業於美國密西根大學電影系。

㊻ 徐速撰寫的百餘篇社論，後來結集為《徐速小論》以及《徐速散評》，見徐速1979，徐速1980。

㊼《當文》曾為「三十年代作家剪影」專欄徵稿，啟事刊於24：30。

㊽ 這些文章已收入作者的《當代中國大陸作家評介》，見黃南翔1979。

㊾「亂翻風月鑑」的文章後來收入陳潞1986。

㊿ 關於五、六〇年代香港散文的風貌，參閱盧瑋鑾1998a。

51 關於五、六〇年代香港新詩概貌，參閱鄭樹森1998。

第四章：午後的陽光正年輕[1]

——馬新作者的創作與評論

第一節：馬新文學、港臺出版、《當代文藝》

一、馬新文學與香港出版

二戰結束後，香港曾扮演馬新兩地華文文學境外出版基地的角色。根據楊松年（1941-）的統計，從戰後到新加坡獨立的六五年，在香港刊布的馬來（西）亞與新加坡的華文文學作品與評論有一百一十八本，約占兩地文學書籍出版量的百分之十六。在香港出版的馬新文學書籍中，以小說數量最多，共五十八本，散文次之，共三十八本，新詩排第三，共二十本，叢刊位居第四，共十一本，評介與劇本分別只有五本與三本，數量最少。新加坡每年的出版量，在各個文類都一直處於領先地位。從五九年到六四年，馬來（西）亞每年刊行的小說數量亦開始超越香港，五年之間一共累積六十本，超越香港的二十八本；不過，仍然不及新加坡的八十一本（楊松年 1982：50-165）。

二、《當文》與馬新讀者

香港與馬新兩地在文學出版的協作關係也反映在文學期刊的經營上。徐速創辦《當文》時，其目標市場不限於香港一地，而是將東南亞也包括在內。根據黃南翔憶述，「徐速創辦《當代文藝》是懷有野心的；也即是説，他計劃讓這份刊物走出香港，行銷整個東南亞（包括星、馬、泰、印尼、南越等地），甚至臺灣。為此，籌備期間他特到南洋地區轉了一圈，會晤當地的華文作家，不但向他們約稿，還為刊物的誕生造勢。這個計劃後來實現了，《當代文藝》出版後暢銷上述各地區，據説單是南越堤岸地區的銷量就以上千本計，惟臺灣地區發行了最初一二期後，因有諸多禁忌而放棄」（黃南翔 2007：145-146）。[2]南越讀者的數量雖眾，實際上難與馬新兩地的讀者數量相比，後者才是《當文》在香港以外地區的主要支持者。在籌辦《當文》期間，徐速曾於六三年八月南下馬新兩地。在馬來亞，黃崖（1931-1992）陪他往南中北馬走了一趟，會晤各地文友，並作市場調查。

徐速的馬新之行成效顯著。從《當文》六六年十一月號的〈編後〉可見，馬新兩地讀者與作者的重要性已開始顯現：「星馬是本刊最大的發行地區，因此，我們特別重視星馬作品。本期梁園的〈熱帶情調〉的情調，別有風味，清新可喜，真像是一杯椰汁雪糕」（12：165）。到了七二年，《當文》不僅成為東南亞華人社區的重要讀物，也是東南亞作家發表作品的重要場域。編者在十二月的社論〈面對香港，放眼世界：談《當代文藝》今後努力的方向〉裏表示，「《當文》雖説是在香港出版的刊物，經過這七年努力，已非當初侷限於一城一地了。實際上它已成為東南亞使用華文地區的刊物，讀者也可以明確的看出來，《當文》的『外稿』越來越多，香港地方性的色彩卻越來越淡」。除了馬新兩地外，南越的作者來稿也逐漸增加（85：4-5）。

據馬新兩地作者的回憶，《當文》當年廣受歡迎，出版未及一年，已是華校的指定課外讀物，後來更成為馬新學生的普及讀物（馬漢 1977：141）。③六九年，宋明順對新加坡南洋大學學生所作的〈南大學生讀書習慣調查〉（50：24-38）顯示，《當文》在大學生經常閱讀的雜誌排名榜上位列第三，排在《讀者文摘》與《電視與廣播》之後，香港的《明報月刊》則居第九位。至於《當文》主編徐速，因為《星星．月亮．太陽》以及《櫻子姑娘》兩部長篇小説廣受歡迎，躋身大學生最喜歡的二十名作家之列，位居第六，排在魯迅（周樹人，1881-1936）、巴金（李堯棠，1904-2005）、冰心（謝婉瑩，1900-1999）、老舍（舒慶春，1899-1966）、朱自清（1898-1948）之後，在金庸（查良鏞，1924-2018）、郁達夫（1896-1945）、胡適（1891-1962）之前。後來，宋明順的學生再對新加坡中學生作了〈中學生閱讀風氣調查〉（51：24-35），也得出相近的結果：他們最常閱讀的雜誌依序是《讀者文摘》、《電視與廣播》與《當文》，香港的《文藝世紀》則居第五位。他們所喜歡的非本地作家之中，徐速同樣榜上有名，位列第六，排在冰心、巴金、魯迅、胡適、徐志摩（徐章垿，1897-1931）之後，在瓊瑤（陳喆，1938-）、老舍、依達（葉敏爾，1946-）之前。

邁入七〇年代，《當文》與徐速的作品在馬來西亞的接受情況基本維持不變。根據鄭良樹（1940-2016）七六年發表的〈馬來西亞全國中學生課外閱讀習慣調查報告〉（127：124-126），在高中生經常閱讀的二十本雜誌之中，《當文》在東馬、中馬和南馬均位列第三（在《讀者文摘》、《新潮》或《姊妹》之後，在《人民日報》、《今日世界》或《婦女》之前），在北馬則屈居第十四位。與《當文》比較，馬來西亞的《蕉風》只在中馬與北馬兩地榜上有名，分別排在第十二及第十六位；香港的《海洋文藝》只在中馬與南馬上榜，分別排於第七與第十八位。馬來西亞的《學報》（前身是《學生周報》）在四區均榜上有名，位列第六（中馬、北馬）及第八（東馬、南馬）。至於高中生所喜愛的作家排行榜上，徐速在北馬位居第八（在瓊瑤、嚴沁、冰心、依達、巴金、魯迅、朱自清之後，在梁啓超〔1873-1929〕、徐志摩之前），在南馬排第七（在冰心、巴金、魯迅、瓊瑤、朱自清、徐志摩之後，在嚴沁〔1944-〕、依達、金依〔張夑雛，1927-〕之前），在東馬和中馬則落榜。從以上三個調查報告可以窺見，《當文》及其主編徐速在六、七〇年代的馬新兩地受年輕讀者歡迎的程度。

三、天狼星詩社與港臺文學期刊

《當文》於六五年十二月創刊，六六年已有馬新作者投稿，最早幾位是曹嵐（陳新正，1942-）、年紅（張發，

1939-）、英培安（1947-）、鄭易（鄭樹欽，1942-）與梁園（黃堯高，1939-1973）。七〇年代，馬來西亞的稿件以天狼星詩社的數量較引人矚目。天狼星詩社成立於七三年二月，社長是溫任平（溫瑞庭，1944-），社員來自六七年結義的綠洲社，包括溫瑞安（1954-）、黃昏星（李鐘順/李宗舜，1954-）、休止符/周清嘯（周聰升，1954-2005）、廖雁平（廖建飛，後易名廖建輝，1954-）、方娥真（1954-）、藍啟元（畢元，1955-）等人。七〇年代的天狼星社員不僅四下奔走，聯繫馬來西亞文友，還積極揮筆北上，進軍港臺文壇（溫任平 2015a：155-156）。

七二年，溫任平為香港《純文學》雜誌邀稿彙編「大馬詩人作品特輯」，分別在十月及十二月兩期刊出。〈寫在「大馬詩人作品特輯」前面〉一文表達了年輕一代馬華作家要走出馬來西亞的強烈意願：「出這個特輯的目的，並非為了爭取什麼國際聲譽，我們只是為了一項應得的權利做我們分內的事：我們要把馬來西亞的中文詩的讀者擴展開去；換句話説，我們已不再滿足於只讓國內的讀者看到我們的詩了，我們更希冀國外關心詩的人士也注意到我們的一些成績與表現。老天，我們活在這口井裏面太久了太久了，我們要呼吸一口外面的新鮮空氣，這個要求也真夠謙卑的了」（溫任平 1972f：104-105）。④這個特輯涵蓋詩與評論兩個方面，入選者為王潤華（1941-）、林綠（丁善雄，1941-）、陳慧樺（陳鵬翔，1942-；詩與評論各一）、淡瑩（劉寶珍，

1943-）、溫任平（序、詩與評論各一）、方秉達（1944-）、李有成（1948-）、沙禽（陳文煌，1951-）、賴敬文（1952-2016）、子凡（林游川，1953-2007）、溫瑞安（詩與評論各一）、藍啟元、歸雁（林本法，1950-），皆一時之選。這個特輯在七四年結集為《馬華文學》，由香港文藝書屋出版。[5]除了《純文學》之外，《詩風》亦曾刊出天狼星社員溫任平、周清嘯、黃昏星、廖雁平、藍啟元、謝川成（謝成，1958-）、陳月葉（1958-）、殷乘風（殷建波，1959-）、林秋月（林皓月，1960-）等人的作品，時間集中在七〇年代。七八年初，《詩風》在第六十八與第六十九期舉辦「星馬詩人作品專輯」，亦刊出不少天狼星社員作品。[6]

溫任平是天狼星詩社登陸臺灣文壇的第一人。七〇至七二年，他為《中國時報》「海外專欄」撰稿，之後在《中華日報》、《幼獅文藝》、《中華文藝》、《中外文學》、《藍星》、《創世紀》、《主流》、《笠》等報刊發表作品。七三年二月，《笠》詩雙月刊第五十三期的「大馬詩人輯」介紹十七名馬華詩人，其中包括溫任平與溫瑞安兩兄弟。同年十一月，溫任平應瘂弦（王慶麟，1932-）之邀，前往臺灣出席第二屆國際詩人大會；在臺期間，會見了余光中（1928-2017）、黃春明（1939-）、羅門（韓仁存，1928-2017）、林煥彰（1939-）、高信疆（1944-2009）、施繼善（1945-）、陳芳明（1947-）等人。洛夫（莫洛夫，1928-2018）還邀請溫任平、溫瑞安、周清嘯三人到家裏與張默

（張德中，1931-）、周鼎（周去往，1931-）共進晚餐。繼溫任平之後，溫瑞安與黃昏星亦開始在臺灣報刊上發表作品。在七三至七四年間，溫瑞安、方娥真、廖雁平、周清嘯、殷乘風赴臺升學，並在七五與七六兩年在臺北出版四期《天狼星詩刊》。七六年，洪而亮（洪錦坤，1956-）赴臺升學，在七六與七七兩年主編《天狼星雙月刊》，亦在臺北出版。在七一至七六年間，溫任平、溫瑞安、方娥真三人在臺灣文壇嶄露頭角，所發表文學創作與評論文章陸續被收錄在各種文學選集裏。溫任平與北上臺灣留學的王潤華（1962）以及陳慧樺（1964）（王、陳二人為星座詩社成員），更被《幼獅文藝》視為七〇年代文學批評界的新銳（溫雪藝1976）。[7]七六年十一月，溫瑞安、黃昏星、周清嘯、方娥真、廖雁平五人退出天狼星詩社，在臺北成立神州詩社，另闢新天地。[8]在七〇年代結束前，溫任平、溫瑞安與方娥真三人已在臺北出版多種著作，部分詩作亦入選瘂弦所編《當代中國新文學大系．詩集》，天狼星詩社的「北進想像」（溫任平語）終於成功實現（溫任平 2015a：153-171）。[9]

根據溫任平的追憶，六〇年代末，住在美羅小鎮（Bidor）的天狼星詩社社員能夠讀到的文學期刊是《蕉風》、《學生周報》和《當代文藝》，文學書籍則是徐速、力匡（鄭力匡/鄭健柏，1927-1991）、黃思騁（1919-1984）、金庸、古龍（熊耀華，1937-1985）、倪匡（倪亦明，1935-）、郭良蕙（1926-2013）與瓊瑤等人的作品。七二年，溫任平從中學教師升任副校長，經濟能力大為改善，開始向香港文藝書屋郵購臺灣出版的文星叢刊、純文學叢書、向日葵文叢以及皇冠叢書，得以接觸多名臺港作家與學者的著作，從此人文視野大開。在他向社員推薦的臺灣詩人之中，以余光中（1912-2017）、鄭愁予（鄭文韜，1933-）、葉珊（王靖獻，1940-）、方旗（黃哲彥，1937-）的作品最受歡迎，他們反覆背誦這些作品，「如癡如醉」。[10]對於天狼星詩社成員而言，臺灣文學意味著「文學中國」；但更重大的「文化震撼」（cultural shock）是七三年溫氏昆仲與周清嘯的臺灣之行，在見過「從品質到修養都完全不同的華夏後裔」後，他們不僅「打從骨子裏變成了另一個人」，還說：「我們承諾要為中華文化做點事，這承諾與『烏托邦衝動』（utopia impulse）在我們的內裏發酵。人要有承擔，要有使命感，才能言安身立命。」這就是日後天狼星詩社以及神州詩社「再漢化」（resinolization），進一步與傳統中華文化認同的重要契機（溫任平 2015a：156，162）。

六、七〇年代的臺灣，其中華文化氛圍對於外來華人似乎都有莫大的凝聚力。譬如曾留學臺灣的翺翔（張錯，1943-）就說過：「那四年的經驗，無論苦的甜的，都是一種感情的培植，至少，對我來說，四年時間便把我一個身分上所謂『香港僑生』變成一個真真正正的中國人」（翺翔 1972）。不過，一介書生的文化身分認同與烏托邦衝動，如何面對當年嚴苛的政治審查與無情的歷史反諷？在臺灣仍處於「動員戡亂」的非常時期，神州詩社因聚眾結社，鼓勵社員文武雙修，又公開弘揚愛國（「中國」）思想，難免引起統治當局與情治機關的疑心。八〇年九月，溫瑞安、方娥真、黃昏星與廖雁平四人被捕，幸而後來陸續獲釋，離開臺灣返回原居地或移居香港，這個哄動一時的冤案方才告一段落（李宗舜2012：207-208；葉洪生1984）。

第二節：馬華作者投稿概況

無論從投稿人數或稿件總量來看，馬華文學均遠在新華文學之上。在《當文》第一階段發表作品、可確定身分的馬來西亞作者人數共五十八名，以本土作家居多，僅有少數幾位是南遷文人，例如黃崖[11]與姚拓（姚天平，1922-2009）[12]，曾經暫居馬來西亞的港臺作家如黃思騁、傅南鵑（身世未詳）與謝冰瑩（謝鳴崗，1906-2000）則不在此列。姚拓只發表過一篇散文，黃崖在第一期已經現身，以短篇小說〈心願〉（1：33-38）為《當文》打響頭炮，此後發表三篇散文，兩篇賀文，以及分八期連載的長篇小說《鄰居們》（第5-12期）。

本土作家之中，以天狼星詩社成員的投稿最為踴躍，包括休止符/周清嘯、溫瑞安、黃昏星、溫任平、藍啟元、方娥真、何棨良/李雄芳（何啟良，1954-）、陳月葉、似痴（雷金進，1958-），謝川成、林秋月、陳強華/極凡（1960-

2014）、廖雁平、殷乘風十四人。周清嘯的發表數量最多，一共三十篇；溫瑞安、黃昏星、溫任平三人的作品均在十五篇以上。天狼星詩社在《當文》發表作品始自溫瑞安（1970），終於陳強華（1979），橫跨整個七〇年代。他們的作品以新詩數量最多，散文次之，評論第三，小說極少。到了《當文》復刊，天狼星詩社已經淡出，只餘方娥真、溫瑞安兩人；前者發表新詩一篇，散文兩篇，後者只刊出雜文兩篇。

天狼星社員在《當文》粉墨登場時，他們的年紀與香港的鍾曉陽（1962-）差不了多少：林秋月十五歲，溫瑞安、殷乘風十六歲，雷似痴、陳強華十八歲，周清嘯、黃昏星、藍啟元十九歲，方娥真、何棨良二十歲，廖雁平二十一歲。雖然後來周清嘯、溫瑞安、黃昏星、方娥真、殷乘風退出天狼星詩社（殷氏於七五年十一月赴臺時已退社）；他們在《當文》的作品大部分都發表於退社之前，本書仍將他們視為天狼星社員。[13]

其他發表數量較多的本土作家依次為：雅波（王昌波，1947-2013）、梁園、馬崙/丘岷（邱名崐，1940-）、夜半客/鄭玉禮（鄭玉禮，1954-）、丁雲（陳春安，1952-）、游牧（游祿輝，1936-）、郎格非（范立言）、鄭易、逸萍/毅之/張逸萍（張奕東，1926-2000？）。發表數量在十篇以下的作家依次為：江振軒（1947-）、林振（林亞振，1954-）[14]、芳草（蕭永廣，1944-）[15]、谷中鳴（陳貞榜，1937-2003）、麥浪（符積善，1954-）、方野（翁詩傑，1956-）、冰谷（林成興，1940-）、凝思（黃美玲，1948-）、年紅（張發，1939-）、潘天生（1957-）、艾芸（邱聲明，1940-）⑯、江上舟（林振耀，1950-）、叔權（徐持慶，1940-）、海淙（吳海淙，1951-）、馬漢（孫速蕃，1939-）、葉嘯（葉有才，1956-）、藍沙（李清火，1948-）、楊升橋、鄭良樹、潘友來（1955-）、林綠、懷冰（鄧雅麗，1944-）、丘梅（丘肇飛，1943-）、黎渭鑾（？-1977）⑰、康田（陳平業）⑱、煜煜（李潔容，1951-）⑲、海凡（秦錫海，1948-）⑳、髣髴（鍾金盛，1946-）㉑、艾舒㉒、沈吟㉓、湘雲（彭湘雲，1946-）㉔、李蒼（李有成，1948-）等人。在這批作者之中，夜半客無疑是早熟的一位，他在六八年六月首次發表作品時，才十四歲。方野刊出第一篇小說時，也僅十九歲。

在《當文》第一階段，馬華作者之中刊出次數最多者依次為雅波、梁園、周清嘯三人，其餘積極投稿者包括馬崙、夜半客、丁雲、游牧、郎格非四人，他們都是《當文》的基本作者。第一位在《當文》亮相的馬華作者是曹嵐（66年4月），接著是年紅（1966年5月）、梁園（1966年11月），夜半客（1968年6月）與雅波（1968年9月）。根據主要投稿者的年齡來看，《當文》的馬華作者由第二與第三世代（四、五〇年代出生為主）的作者平分秋色，第一世代作者（一〇與二〇年代出生）的稿件不多，完全是「新兵掛帥」的氣象。

馬華作家之中，以「完全被人遺忘」的（溫任平語，溫任平2015b: 237)「西馬最傑出的青年作家」（馬崙語；98：100-101）梁園與《當文》的交情最深。他不僅早投稿，數量也多，並曾以〈老虎姆〉（55：65-76）入選《當文》第一次徵文比賽。從六六年十一月到七四年一月，他持續在這本期刊上發表短篇小說、散文以及短論。七三年十二月四日深夜，梁園遭人伏擊重傷入院，延至十日不治身亡。黃崖、馬崙、江振軒、毅之、梁妻鍾詩梅等人都寫了悼念文章，徐速則賦詩悼念，刊於七四年一月號的《當文》。㉕馬崙、郎格非、逸萍三人因參加《當文》舉辦的徵文比賽獲獎而成為長期作者。三人之中，以馬崙所得名次最高，他憑〈第一支戀曲〉（53：59-69）獲得第一次徵文比賽（1969）第三名。郎格非先以〈驚鴻照影〉（55：85-94）入選第一次徵文比賽，後來又以〈生活的洗禮〉（65：79-83）再獲第二次徵文比賽（1970）第八名。逸萍的〈胡老伯〉（70：111-114）為第二次徵文複選佳作，其後的〈舌耕生活的苦與樂〉（93：103-108）則入選第三次徵文（1972）。谷中鳴憑著〈梅妹〉（56：77-86）和〈女老千〉（68：107-117）兩篇小說入選第一次及第二次徵文複選佳作。曹嵐以〈公主溪〉（56：65-74）入選第一次徵文複選佳作。年紅雖是「《當文》創刊時參加耕耘的老作者」（136：6），他發表的作品不多。七二年，他獲得馬來西亞的首相文學獎，因是得獎者之中唯一的華人，徐速格外高興，除了撰〈記年紅，憶南遊〉（82：161-163）憶述兩人在六三年結識的經過外，還在十月的《當文》安排了一個專輯刊登他的獲獎詩作與一篇小説（83：121-125）。徐速素來關心《當文》馬華作者的動態，亦為他們取得的成就而欣喜，例如七七年三月號的社論〈南島春風報喜來〉（136：6-7），就報道了潘友來、溫任平、丁雲等人獲南馬文藝研究會青年文學獎的消息，徐速的興奮之情溢於言表。

徐速的熱心，馬華作家是感受得到的。七八年十一月，《當文》刊登了溫任平為《大馬新鋭詩選》所作序文〈燈火總會被繼承下去的〉（156：43-53）。據該期〈編後〉所記，溫氏將此文投予《當文》是為了發揮香港這個境外平臺的作用，以利馬華文學的流傳。他在給編輯部的信裏表示：「此文寫好之後，猶豫了好一段時候，決定棄本地報刊而投寄《當文》，是希望海內外人士也能知道這兒的訊息」（155：152）。《當文》的回應是熱烈的：「溫君謀詩之苦，溢於言表，當然這也是《當文》的光榮，希望能為大馬詩人盡點綿薄，説來，那些『新鋭』也都是《當文》的老友，彼此一家，何分港馬？」（155：152）

第三節：馬華文學創作

一、新詩

1.1 天狼星詩社

在《當文》的第一階段，天狼星詩社共有十四人發表詩作：周清嘯、黃昏星、溫瑞安、溫任平、方娥真、似痴、何桀良、陳月葉、林秋月、謝川成、陳強華、藍啟元、似痴、廖雁平。其中以周清嘯、溫瑞安、溫任平三人的詩作最受編輯青睞，前兩位各入選期首詩兩次，溫任平入選一次。方娥真與似痴的作品不多，但各具特色。

1.1.1 周清嘯

周清嘯在《當文》一共發表二十九首新詩，為馬新作者之冠。[26]他的兩篇期首詩作是〈春望〉(101：14-15) 與〈離〉(113：16-17)。〈春望〉寫於七四年，表達詩人心底國破山河亦不再的悲情；〈離〉發表於七五年，為作者第二次赴臺升學，再別天狼星文友而寫的感傷之作。前者語調沉鬱悲楚，意象荒涼駭人，充分展現了作者對當代中國的絕望感，是兩首之中的較佳作品。在顧城（1956-1993）為河山展開「暗黃的屍布」(〈結束〉〔1980年〕，顧工編 1995：166-167) 之前，周清嘯已在詩中想像一個奄奄一息的無人之國：

竟有如此蕭條的
如此悲悽的春天
開的盡是枯瘦的黃花
樹全裸且裂著血管
半死的靈魂

山在，已不綠

河在，已乾涸

厚厚的城影
終於倒塌在
一片廢墟中
尚且左面右面任何一面
張滿大或小的破洞
任由一隊隊野狗
威風凜凜地進出

黑夜中有鴉
一群群喊著沙啞
的哀曲
看他們停在樹上
停在城牆上
更多更多的
停在暴曬在烈陽下
的一具具睜眼
的死屍

怎麼這條紅泥道
紅得令人驚恐
月光下　乍看成

血路

國在，江山已非
山在，擠滿一座座墳墓
河在，飄流一面面破旗

竟在如此令人思痛的
春天。殘敗的柳絮
揚不起一絲風
也撩不起一縷煙

偌大的廣場
只有幾隻野狗
幾張緩緩飄落的
黃死的葉

這種憂國之作，在他的《當文》作品之中並不多見，另外兩個例子是〈灰燼〉(134：108) 與〈殘卷〉(140：110)。〈灰燼〉的副題是「記中國大陸的大地震」，發表於七七年一月，所記為七六年的唐山大地震。在周氏筆下，老百姓承受的不僅是天災，還有人禍，如此沉重的苦難只有磚石的意象才可以充分表達：「在天災與暴力下/代代相傳的大屋，簌簌/掉磚石的淚」。〈殘卷〉寫中國歷史，詩人感慨的是改朝換代的血腥與中華文化日漸毀絕的悲情：「我奮筆疾書/故事在灰燼中逐漸冷卻/窗外天色陰暗若老人眼角的悲戚/斷了弦就不擺在几上的/琴，猶自叮咚地響著什麼呀/千古流傳，期待有緣的秘笈，竟已隨朝逐代，一頁缺了一頁/唉，縱使我是傳說中不絕的桃花/又怎忍訴說/哭泣未了泣血未了的那番怨恨？」「號哭不是一兩日的悲憤呵/而城毀——/城毀是絕版的書冊/翻過千頁，翻過千年，只留下了點點風沙/一點點斷斷續續的漁歌樵話」。

周清嘯亦長於經營清新的抒情小品，試看以下兩個選段：「夜色荒涼無助地/看我拿起聽筒/以自己有點啞澀和微顫的聲音/把一個百里外的大都市/輕輕舉在手中/尋覓熟悉的聲音呵暖四周夜色的寒涼」（〈打電話〉，132：141）；「清明以後就被淡忘了/我們也是容易被淡忘的/沒有來得及留下什麼/像雨巷中相遇的兩柄傘/傘緣相碰一下就擦肩而過了/留下日後回憶的悵然/正是秋天來不及把樹葉都染紅/冬，已把霜雪降在髮上了」（〈故事〉，140：111）。

1.1.2 黃昏星

在天狼星詩人之中，黃昏星的發表數量僅次於周清嘯。他的《當文》作品，最後收入個人詩集裏的僅有五首：〈斷橋〉（129：15）、〈都是歌語——贈瑞安〉（130：111）、〈歸去〉（141：84）、〈最後一條街〉（147：43）、〈日曆〉（149：56）。這些作品低詠深陷於時間漩渦中的友情與故園，充滿抒情色彩：「千百年後，我再來此/用最最陌生的口音喊你最熟悉底名/最後一條街曾經走過的/許多腳步聲響起/許多腳步聲消失」（〈最後一條街〉）；「不難發現到的是：時間和流水/都是叫人不敢回首的淒迷」，「提起舊事，也許你底髮色都成霜了/至於在江湖上咱們如何流浪/更不是一個劍客的故事所能說完的」（〈都是歌語——贈瑞安〉）；「編織一雙草鞋來趕路，這人生/要我在西風中窺視你寒霜底臉/不要別離，一別不敢再見你」（〈歸去〉）；「也不知家人住在哪一個家鄉，這麼久了/世界永遠是屬於一座城/所謂天涯，就是要人走遠路/尋尋覓覓，白天過去了我們恨夜長/一座城會在三更後敲淒涼的鐘，打壯烈的鼓/當月隱去，我們都不再擁有/城裏的風，在流光裏/我們不敢相望彼此眼中的江湖」（〈斷橋〉）；「不知不覺日子一天一夜的轉換/無論最後注定要流浪何處/死亡，都是最誘人的」（〈日曆〉）。這幾首詩收入詩集時都有修訂，以〈斷橋〉的改動較大。[27]

1.1.3 溫瑞安

溫瑞安入選期首詩的兩篇作品是〈對弈者〉（90：14-15）與〈長信〉（96：12-13）。〈對弈者〉曾刊《笠》第五十三期的「大馬詩人輯」（66-67），《當文》的版本有文字上的修訂，意思表達得更為準確。此詩作於七一年，是詩人十七歲時的習作。這首詩顯然是對「世事如棋」的形而上演繹，以兩位世外高人在山巔下棋的一幕，來解釋人間的風雲巨變；然而有趣的是，此詩卻在關鍵時刻，也就是棋局勝負將判之際，戛然而止，讓山下百姓在暮鐘裏驚覺大山已經消失在雲霧裏。據作者在詩末所記，這是一首「盡可能融會古典手法」的現代詩，「它的取材、題旨、甚至意境上都是很古意的，這是一種試驗，一種現代詩與傳統詩融洽無間的嘗試」。〈長信〉是情詩，由詩中寫信人一邊描述自己與收信女子的處境與心情，一邊向對方傾訴心事，花開兩朵，搖曳生姿。不過，總體而言，這兩首詩的意象相當傳統，如〈對弈者〉裏的蟠樹、白鶴、童子、檀香、瓷杯，又如〈長信〉裏的青燈、紅葉、爐火、江湖、馬蹄、紅豆；題旨的表達也過於直露空泛，比方說「這是周密的一著子，這是禪機/混在紅塵裏頗久才獲得的/珍貴而不易解的禪機」(〈對弈者〉)，以及「呵那片紅葉的墜落已證實了冬的來臨」(〈長信〉)，都是明顯的例子。

〈髣髴記〉(124：122-123)與〈拜師記〉(137：79-80)則是武俠體敘事詩。〈髣髴記〉以第一人稱，講述一少年路見老漢被欺，拔刀相助的俠義故事；全詩虛實相間，如幻似真，藉以表達「凡逃避者終必/挨揍」的道理，令人耳目一新。〈拜師記〉寫一年輕狂妄的劍客敗在高僧手下之後，上山學禪悟道的故事。他在廿七年後下山，想不到竟遇上一個與當年的他同樣狂妄的年輕劍客，一怒之下，便將這人趕入山中修道去。這首詩的循環結構頗為別致，不過要講的還是修行比武藝重要的老生常談。〈掛粽記〉（141：70-71）回歸人文傳統，藉著端午節緬懷屈原的愛國之情，並撫心自問這一代人是否還有民族情懷：「而我們，能執著些什麼？」作者在詩末感嘆，在不再有人關心社稷的年代裏，詩人節大概只剩下了空洞的文字而已：「大夫呵，許許多多的追隨人/已不哀國事，不哀民事/只愛寫詩」；甚至連粽子也失去了民俗意義，成為這個世代的哀愁的象徵：「帶著悲憤/把受傷的心裹成一隻小小的粽子/不再往下沉而掛在樑上」。[28]

1.1.4 溫任平

溫任平在《當文》發表詩作不多，因此他只有〈流放是一種傷〉（128：16-17）入選期首詩並不令人意外。這首詩以流浪歌手的形象以及〈胡笳十八拍〉來比喻馬華詩人的文化流離感與內心的幽恨，是膾炙人口的馬華文學作品：[29]

我只是一個無名的歌者
唱著重複過千萬遍的歌
那些歌詞，我都熟悉得不能再熟悉
那些歌，血液似的川行在我的脈管裏
總要經過我底心臟，循環往復
跳動，跳動，微弱而親切
熟悉得再也不能熟悉
我自己沙啞的喉嚨裏出來的

一聲聲悸動

在廉價的客棧裏也唱

在熱鬧的街角也唱

你聽了，也許會覺得不耐煩

然而我是一個流放於江湖的歌者

我真抱歉不能唱一些些，令你展顏的歌

我真抱歉，我沒有去懂得，去學習

那些快樂的，熱烈的，流行的歌

我的歌詞是那麼古老

像一闋失傳了的

唐代的樂府

我的愁傷，一聲聲陽關

我的愛，執著而肯定

從來就不曾改變過

縱使你不願去聽，去關懷

那一下下胡笳，十八拍

可曾偶而拍醒你躺在柔墊上的夢？

它們拍起揹在我胳膊上的

那個陳舊的包袱的灰塵

胡笳十八拍，又一拍沒一拍地

荒腔走調地，響在

我瘖啞的聲音裏，我周圍鬨笑的人群裏

然而我還得走我的路，還在唱我底歌

我只是一個獨來獨往的歌者

歌著，流放著，衰老著……

……疲倦，而且受傷著

詩人對傳統中華文化資源的運用，始自以同情筆調敘寫屈原自沉的〈水鄉之外〉(87：65)；不過，此詩第一節的「水鄉之外仍有水鄉之外的/水鄉」，卻明顯是林亨泰〈風景No. 1〉或〈風景No. 2〉的現代主義風格變奏（呂興昌編訂1998：126-127)。這首詩原刊於七二年十一月的《中外文學》，七三年二月再刊於《當文》，但刪去詩前一段說明。[30]八〇年，這首詩入選瘂弦主編的《當代中國新文學大系．詩集》（瘂弦編1980：637-640)。從溫任平在《當文》發表的詩作來看，其實他更長於以日常語言捕捉平凡街巷裏難以言傳的氛圍，例如〈這樣地走在街上〉（71：107)、〈無聊〉（82：126)、〈雨景素描〉（139：140)等，而且時有佳句，譬如「偶有一隻鳥經過/來不及啁啾就啞掉」（〈無聊〉)，或「一聲驚呼」「撲地的是一傘花裙/像一隻彩蝶/在躲雨的人底喝采聲中/猛烈地展覽了自己」(〈雨景素描〉之四）。

1.1.5 方娥真

與在《當文》登臺的天狼星詩人比較，方娥真的詩作不算多，也不曾入選期首詩；不過，從僅有的兩篇作品來看，她運用譬喻的能力以及匠心獨具的巧思，同輩實難匹敵。

余光中稱她為「繆思最鍾愛的幼女」(166：35-41)，雖嫌誇張，但亦非謬讚。[31]例如〈月臺〉(109：51)裏描寫情侶分手的一節，便以自身崩裂與對方失足的意象，生動的表達了當事人內心的傷感、惶恐與無措：「當最後的揮手欲揚而/垂下時/我化為一座斷崖/你是崖邊將墮跌的/快樂/呵不要/不要再跨出一步/再跨便是天涯」。對方走後，那種因失聯而失落，復因自困愁城而失去現實感的虛空精神狀態，方娥真以鏡中啞夢為喻，可謂入木三分：「你的名字/環圍成我四處的鏡面/你是鏡中，那無聲對我說了又說的/夢/鏡外，我是走不進夢裏的/深閨人/朝間　暮間/在我嗚咽的禱告裏/呢喃復呢喃/自己的交談」。[32]

另一篇作品〈高山流水〉是組詩，包含〈琴〉、〈棋〉、〈詩〉、〈書〉、〈畫〉五首(118：50-55)。[33]〈棋〉的構思與溫瑞安的〈對弈者〉各異其趣。溫詩以仙境對照人間，並在詩中的關鍵時刻，凍結仙人下子的動作，讓時空就此恆止於「勝敗立判」之前一刻，「天門與地獄」遂無從區分，歷史從此永遠消失在雲霧裏。方詩則瀰漫著人間煙火，她刻意將一場竹林對弈置於亂世浩劫裏，以突顯隱逸想像之虛幻：「竹林內，我們風中坐下/棋子們相對在小小的楚河漢界中/擺一個世外桃園的陣地」；「竹林外/有各種悽厲的歌聲/如血霞一般染紅了天邊」。在詩人眼裏，楚漢相爭的結局不外乎兩敗；在歷史的廢墟裏，唯一的救贖是形而下的山盟海誓，讓倖存者可以活下去的男歡女愛：「楚地的賓客呵賓客/請接我為楚而歌的管弦前來/這是無宮的漢地/請接下兩國滅後的哀音/亡後的瓦礫」，「遍地裏只有一個舊盟/在舊盟中結一個/雕欄玉砌的家」。在她的筆下，歷史總像廢墟，個人彷彿是劫後的幽靈：「秦代一把火/火和書生同落難/誰是那阿房宮的火焰中走出來的/第一人」，「而舉目處牆倒宮塌/塌成灰墟」。而人間的知識，又如何能與超越生死的情感相比，為死者照亮幽冥的歸路？「我在你更行更遠之處點燃/另一盞/更遠更深的/燈」，「我埋首燈裏/有什麼書/比長明燈/更可愛」（〈書〉）。

1.1.6 似痴

似痴在《當文》發表的詩作甚少，僅有〈尋菊者〉(132：49) 與〈禪〉(139：122) 兩首；然而這兩首作品流露的隱逸與冥想取向，在天狼星詩人之中獨具一格，深為社長溫任平賞識。後來，這兩首詩經過修訂與改寫，收入作者的詩集《尋菊》裏。〈尋菊者〉只修訂了文字，〈禪〉則改寫為〈綻〉，修訂後的版本比原作為佳（雷似痴1981：9-10，13-14）。

1.2 其他詩人

在天狼星詩社成員以外，投稿數量較多的作者包括雅波、夜半客、冰谷、潘天生以及江振軒。麥浪與懷冰也有投稿，不過數量極少。[34]

1.2.1 雅波

雅波發表詩作十一首，數量僅次於周清嘯。整體而言，他的詩風與天狼星詩人的中華風頗為相近，題材以情事為主，偶涉家國、生活、江湖與宗教想像。他的情詩一共六首，皆以唯美情調沉吟離別之苦，與他在《當文》發表的散文互相輝映。唯美的例子俯拾皆是：「空山靈雨　涼雲暮葉/就這樣癡守著美」（〈山中，我等〉；51：93）；「午後的陽光正年輕/山風梳理你的髮/飄也罷　不飄也罷/本是水該歸於水」（〈總是那雲〉；95：105）；「何曾如此抖擻著　恐懼著/音樂的雪若死亡斷椏皆殉情」（〈乍聚乍別〉；66：138）；「雪聚雪融　青山何曾老過/縱使來年不再相見/山依舊是山我仍舊是我」（〈蝶背雲飛〉；105：181）；「幾許年後　若妳來遲/　請俯身抓一把灰燼/揮手撒滿著苦待的孤寂山崗」；「天地已老　心不再年輕」（〈別後〉；106：169）。〈也是思鄉〉（87：53）以折翼鳥映照離鄉者有家歸不得的傷痛，同時哀悼已被黃昏埋葬的「古老王國」；〈收刀入鞘〉（期首詩；129：22）為一則斷臂俠客出家的傳奇，兼具溫瑞安詩作與香港導演張徹（張易揚，1923-2002）電影的趣味。〈剎那的死〉（78：118）以幾何意象與顏色對比模擬交通意外，是雅波筆下唯一一首具現代感的都市詩。〈登山〉（151：57）寫香客尋幽問道，是雅波最為成熟與圓融的一首詩。詩末的對話就甚有佛偈的意味：「問僧：何處下山/僧曰：不曾上何需下/再問　僧即大怒/去去　此處無山！」

1.2.2 夜半客

夜半客/鄭玉禮的作品計有八首，其風格雖與雅波相近，亦染中華風，不過他的題材較為貼近現實，關心人間苦難。〈千思〉(期首詩;78:118)一心尋覓解脱之道，然而迷者「坐盡暮靄」，甚至「枯坐萬年」，仍難擺脱「透夜澎湃」的內心罣礙，始終無法開啟「一道道的眼障」。詩人最難忘情的是分裂的中國(〈中秋月——寄余光中〉(129:53)，是背棄中華傳統的摩登世代(〈這一種年代〉;130:57)，是身陷險境的越華文友(〈去國——讀越南文友致《當文》信有感〉;131:127;〈離懷——讀千瀑詩《鄉愁》應感而作〉;152:16-17;〈斷垠——記南中國海上的越南難民〉;154:6-7)。即便寫俠客，他也不忘以血來「認識存在的意義」(〈劍客〉;151:113)。作者對生命的執著，在〈詠懷〉(155:77)裏有最明確的表態：「年華就是那般的流逝/我還是那般頑固的活著/我要擁有這個世界/這個世界就不能拋棄我」。

1.2.3 冰谷

冰谷的六首詩作，情懷亦頗為傳統。〈時代病〉(19:91)與〈女神〉(37:104)抨擊現代社會的失序，〈山的塑像〉(21:74)與〈失去牧神的雨季〉(27:100)觀察自然與四季，〈別了小安妮〉(24:62-63)與〈響亮的踝鈴〉(27:100)則是抒情小調。在冰谷眼中，「這時代標誌著酒杯，標誌著瘋狂/羅盤失靈，指不出方向」(19:91)，唯有向「昂首向天，固執著/不肯歸化現代」的巍峨群山靠攏，「以尋夢者之姿，覓/北斗和天狼星的方向」（21：74），才可以找到生命的意義。

1.2.4 潘天生

潘天生/綠沙刊於《當文》的作品共六首，主題不離短壽、老年與悼亡，主調沉鬱低迴。〈飛螢、冥遊〉（134：56）以螢火蟲為喻，感慨人生苦短；〈風燭〉（146：112）與〈暮歌〉（147：118）寫老人心聲，並向讀者提問：「曇花能撐得多少個春天」？〈記憶——悼恩師〉（132：49）與〈清明〉（150：105）都是悼亡之作，前者為夢想的突滅而悲苦，後者則有潘氏同期作品所僅見的明亮：「今年插在墳前的鮮花一束/明年仍會活在健碩的心坎裏/你的靈魂依舊是一線陽光」。七八年發表的〈流離歌〉（155：54）亦有追悼之意，屈原投水的典故似乎呼應著溫任平的流離之歌，亦暗指南越華人的出走與死亡。詩末的主要意象象徵著失城後華人群體身分的瓦解：「就是這一堆雉堞的矗立/城內你的鏡子已破裂/城外你是眾多煙囪裏的/一/團/烏/煙」。

1.2.5 江振軒

與潘天生比較，江振軒五首作品的調子輕快多了。〈在夜的食街〉（53：150）狀摹年輕食客光顧「媽媽檔」的歡樂，〈我是一隻固執的蝴蝶〉（88：85）以蝴蝶與蘭花的熱帶意象為喻，謳歌情侶之間信守不渝的愛情。〈他要回去海上〉（61：183）、〈樹〉（78：118）、〈奔赴者〉（102：53）無不展現了作者對生命的期盼與信念：「你是一名奔赴者/恆尋完美的境界/數十年的驛站/站站都記載你的失望/以及奔赴的決心」（102：53）。

二、散文

最主要的散文寫手是梁園，發表數量為馬華作者之冠。其餘常見作者為游牧、雅波、郎格非、夜半客四人；馬崙、溫瑞安、溫任平、逸萍也有散文發表，不過數量不多。根據陳大為（1969-）的研究，六〇年代末至七〇年代是馬華散文創作的革新期，溫任平與溫瑞安是這個時期的重要作者（陳大為 2009）。從《當文》所刊馬華作品來看，梁園、雅波與郎格非也同樣值得關注。

2.1 梁園

梁園在《當文》發表的作品，以雜文居多，共二十七篇，主要刊於「筆匯」專欄；此外，他還寫了兩篇評介馬華文壇現狀的長文，體裁介乎雜文與議論文之間。梁園的雜文，依其內容可分四類：一、懷鄉之作；二、文學絮語；三、生活隨筆；四、文藝與生活，其中以二、四兩類所占比例最高。根據碧澄（黎煜才，1941-）的意見，梁園「是以現實主義手法寫散文的佼佼者」（碧澄 2001：xiii）。〈懷鄉病〉（15：82-85）是他在《當文》刊出的第一篇紀實散文，描述南遷的父親如何從不忘「唐山」的移民變成馬來西亞公民的心路歷程。這篇文章非常誠實，一方面細數早期華人移民在各個歷史階段所面對的艱辛，另一方面亦向讀者披露了作者的混雜血緣——他的曾祖母是廣西瑤族女子，母親則是馬來亞娘惹。所謂「鄉愁」，既指作者對「唐山文化」的依戀，也暗示在經歷過「緊急狀態」（1948-1960）[35]之後，他對於「出生地」馬來亞所失去的安全感：「雖説人不親，土親，可是，想到緊急法令下的困苦，便令人感到恐懼，故鄉的土壤還會像以前那樣親切嗎？」〈詩人筆下的鄉愁〉（49：79-81）寫於三年後，聚焦於不同世代文人的詩作，追溯了華人對於馬來（西）亞從疏到親的態度轉變。在梁園看來，年輕一代詩人是「熱愛這片土地」的，並引蕭艾（賴南光，1936-）的〈八月〉為證：「當朋友自遠方來/我是第一次驕傲地/以主人的語氣問：『你可喜歡這土地？』」

梁園在《當文》發表不少文學意見，有些是關於自己的寫作歷程與文學愛好，部分回應《當文》社論或觀點，更多議論文學生產的不同環節。〈文學因緣〉（54：114-116）回憶他在太平（Taiping）華聯中學求學時所受謝冰瑩的影響，以及初涉文壇時得到黃思騁、黃崖、溫梓川（溫玉舒，1911-1986）等多位編輯提攜的往事。〈中年情懷〉（72：12-13）闡述他的散文觀。他認為散文與生活最為貼近，好的散文「雖無特別想像的地方，但叫人重視生活，欣賞生活，於平凡中見偉大，於芥子中見須彌，拈花微笑，思想感情更見真實和淳厚。」要達到如此境界，非飽經憂患、看透凡塵、下筆輕靈的中年作者不可。〈談接棒子〉(56:12-13)呼應《當文》關於繼承五四薪火的呼籲，但提出四個必須思考的問題：一、新文學「以外國為師的風氣」，是否還要延續下去？二、新文學運動的一大歷史教訓是文藝與政治的結合最終導致政治對文藝的干預；若以史為鑑，「我們是否應繼續繼承五四這種政治和文學混合的精神？」三、新文學運動有明確的思想指導、廣大的活動空間，而今日華人的文學世界，除港臺外，相當分散，各據一方，亦無共同理念，文學活動將如何開展？四、新文學運動留下很多遺產，也為後人造成難以踰越的障礙，繼承者將如何「青出於藍」？

梁園對於政治干預文藝的現象最為敏感，在〈新理想主義〉(58:12-13)一文中，他同意徐速「批判舊現實主義，倡導新理想主義」的觀點。他認為「舊現實主義」本身並無過錯，但「壞在給政治家利用，一旦達到目的，再不允許作家去批判社會，暴露新的黑暗」，故此必須提倡「新理想主義」，否則「不肯同流合污，卓然自立的」作家會失去暴露和批判社會的黑暗與不公的道德支持。至於「以外國為師的風氣」，在梁園看來，與文化殖民無異。他在〈談文化入超〉(86:10-11)裏批評，不少現代華文作品讀來比翻譯作品還要陌生，可見「用外國框子硬套中國事物，有時候是格格不入的」。他認為，寫作是最自由的，不應為外來框架或理論所左右；「作家可用新手法，新技巧，但卻必須生根於中國傳統文化和華人社會的泥土上。」梁園也為外地讀者介紹馬華文壇現狀，如〈談談星馬作家的職業〉（70：10-11）、〈馬華文藝雜誌的滄桑（1960-1967）〉（筆名黃原；30：24-27）、〈香港、臺灣、大陸對馬華文壇的影響〉（23：19-20）等篇。梁園的生活隨筆寫得不多，較具特色的是〈小事是大事〉（51：67-69）與〈現代和尚〉（52：77-80）兩篇。前者反省夫妻的育嬰與相處之道，一本正經的強調瑣事之不可輕忽；後者冷眼旁觀出家人謀財貪色的行徑，有時白描，有時又忍不住要揶揄一番，梁園似乎尚未看透凡間俗事，文筆難以「輕靈」。

2.2 游牧

同在「筆匯」專欄發表雜文的作家還有游牧，他後來還為新專欄「談趣錄」撰稿，作品一共十七篇。游牧為文，主要重溫舊體詩及其周邊議題，偶爾旁及現代詩。〈詩不蒙塵〉（123：8-9）認為凡詩須恪守聲韻、體裁與格式各方面的要求，即便是現代詩，也馬虎不得。儘管他謙稱自己是現代詩的門外漢，在〈弄巧反拙〉（128：136-138）一文裏，還是忍不住要批評余光中的〈白玉苦瓜〉，認為詩人「喜用其自創句法」，結果弄巧反拙，「因詞害意」，「使人難會意其詩的意境」。故此，他以「現行文法」將余詩譯成通順白話，以為示範，余氏另一首有「標奇立異」之嫌的〈月光曲〉亦遭到同樣的對待。

游牧如此改詩，自有其理據。他在〈我癖在章句〉（143：12-13）一文裏表示，他心儀的詩人是以「俗」名世的白居易，在他看來，白氏的文學標準也適用於當代。他對白詩的評價是：「每一首詩，每一詞句，都是現代的優美語言，好像今人的作品」；而白居易「不但夠資格被稱為『詩中亞聖』，同時也可以說是一位『白話文與國語』運動的先知先覺」。游牧最「俗」，亦最有趣的一篇文章是憶述山歌軼事的〈客家文藝〉（131：14-16）。試看以下一段：「一天有二三青年在山路旁數棵高大的橄欖樹上採摘果實。適劉三妹行經該處，她向樹上青年討取橄欖止渴。該青年曉得劉三妹為唱山歌能手，因此提出條件，要求劉三妹唱首每句箝『欖』字的山歌，若能唱得出，橄欖可照給。劉三妹不假思索，隨口就唱。不料該青年聽了山歌後，想入非非，竟失神從樹上墮下斃命。」這首奪命山歌的歌詞如下：「欖樹開花花層花，阿哥欖上妹欖下。牽起衫尾等哥欖，分妹一欖就回家。」游牧案曰：「『欖』字客音，與『抱』字同意。過去婦女上衣長要能遮過臀部，故衫尾很長，牽起衫尾叫衫帕，可作盛物之用。」

2.3 雅波

雅波在《當文》發表了十二篇散文，一篇是〈年咭疊疊〉，其餘為十一篇〈深山寄簡〉。〈深山寄簡〉是類書信體的小品文，以一位名為「柔柔」的女性為收信人/傾訴對象，然而各函並無上款發端，亦無下款殿後，可謂別具一格。[36]這一束書信雖然各自獨立，內容各不相同，但貫徹始終的是寫信人（偶以「雅波」的男性身分出現）對於男女親密關係的思考。信中所記是一對相知相惜的青年男女，因為女方不甘受到環境（馬來西亞）束縛，同時為了求知與追尋理想而遠走他鄉，導致兩人天各一方，只好以來生再聚的期盼作結的故事。雅波將男女易位，以男性的沉思反襯女性的動態，對傳統中華文化裏性別角色的反思呼之欲出。雅波對兩性關係的探討，亦超越了他在小說裏一再書寫的戀愛關係，強調雙方渴求知己，追求兩人在感性與理性兩方面的默契，即「學養相當，境界相等」，「美絕的『因緣』」（142：98）。至於女方遠行不歸，兩人關係無疾而終，雅波亦表現出一種豁達的態度。在他看來，只要曾經相處相知，這種快樂早已勝卻人間無數。因緣生滅，苦空無常，根本無須執著；所謂「風過竹而不留聲，雁去而潭不留影」（152：78），說的正是這個意思。更何況，於雅波而言，生命中難以逾越的距離、幾近完美的遺憾，以及因此萌動的豐沛想像與冷靜反思，都是催生文藝美感的重要前提。

這十一篇〈深山寄簡〉始於七一年，終於七九年，歷經八年。根據碧澄的說法，這個系列的散文曾引起馬華「讀者（尤其是年輕讀者）的注意」（碧澄 2001：xii）。[37]這批作品的寫作過程可以分為兩個階段，以七七年九月發表的第六篇

(142：96-98) 為分水嶺。前期重抒情，後期以論說為主——然而由於未能忘情，故此先論述，滔滔的雄辯占了絕大篇幅，最後才以輕聲細語的抒情筆調為文章作蜻蜓點水式的總結。這種轉折雖嫌突兀，有時甚至出現斷裂，然而瑕不掩瑜，〈深山寄簡〉的最後七篇展現了雅波的才學與文字修養，在思辨與意境兩方面完全超越了前期作品。[38]

第六篇論個體主義，駁斥集體主義，證之以莊子《至樂篇》的「不一其能，不同其世」說，最後歸結到寫信人與柔柔相忘於江湖的默契與喜悅 (142：96-98)。第七篇為知識分子與專業人士說話，肯定社會分工，各展所長之必要，並引用希西諾（Marcus Tullius Cicero, 106 CE-43 BCE）的自由觀，申說基本人權的道理，批評「一味把工農捧上天」的「教條主義者」，認為他們「亂套帽子的樣板把戲」只是旨在「令人畏懼」而已。要改善社會貧富不均的現象，「只有通過民主程序與方式去爭取」，而不是鼓吹排斥異己的「一種聲音，一種意見，一種看法與一種觀念」。文章以抒情筆調作結，坦然承認自己與柔柔各有期待，兩人重逢或合一的意願實乃一廂情願的幻覺 (147：52-55)。第八篇從佛洛姆（Eric Fromm, 1900-1980）筆下的「疏離」與「自我疏離」現象出發，反思在講究效率的機械文明裏，個人自由的生命、豐富的感情被資本主義體制折磨而萎頓的苦況，並提出改善制度以恢復人之本質的主張。雅波認為，資本主義社會對於效率與財富的徵逐乃一種偏執，如烏雲濁水之隔天蔽月，令人無法窺見真正的「人」與生命；唯有擺脱這種制度，放下形而下的執著，才能逍遙自在。他在文末以「掌燈人」為喻（「千年暗室，一燈能破」），想像分開兩地的知己，各自憑著清明的神智，「獨自在迷濛夜霧中悄然渡河」（152：76-78）。

然而，清明的神智從何而來？第九篇和第十篇分別談求知與思考方法。第九篇細述買書、藏書、讀書之必要，認為「求知生活的價值，就是做人的價值」；生命中的「智慧與靈性」，遠較商業社會的「日常生活」來得重要。此外，文學創作與性靈攸關，豈能不讀書？荒正人（1913-1979）曾為文描述他追求知識的理想生活，使寫信人不勝神往，亦因之據此斷言：「若有寫作者不喜買書或藏書，其作不看也罷，因必屬下品」（153：48-50）。第十篇介紹了黎波諾（Edward de Bono, 1933-）的「垂直思考法」與「水平思考法」，前者重縱深，後者擺脱定點思考的約束，採取多方面切入的策略，以建立多元與廣泛的聯繫，從而產生新的概念與思考方式。寫信人認為，結合兩種思考方式有利於個體主動思考，確定其自主性與創造性，以對抗受到舊觀念與傳統習俗所支配的社會與大眾傳媒。閱讀與思考還為個體帶來生命的歡樂：「每閱好書，心中即湧起飛蝶迎花般的喜悦與歡暢」（154：68-71）。基於這個信念，知交即使天各一方，仍會各自求知，自得其樂；「對坐已空，讀書似乎是一條永遠走不完的道路，即使只有一人，仍得繼續走下去」（154：

71）。至此，理性思考已完全凌越款款深情之上。

最後一篇〈深山寄簡〉回到傳統女性的議題。寫信人通過閱讀胡雲翼編的《女性詞選》，審視中國文學史上女詞人的命運。這篇散文有如閱讀札記，有敘事，有議論，也有抒情；既列出傳統筆記所載女詞人的事蹟與作品，亦為她們的悽苦遭遇哀嘆，寄以無限同情。末了，寫信人回想起以前與柔柔爭相抄寫、誦讀詩詞的美好時光，不勝唏噓，嘆曰：「彩虹正像櫻花，最美麗的時刻也就是最快凋謝的時刻，如果你想獲得美麗，也必須承擔凋謝消失後帶給你的全部苦楚」。往事既已如煙，寫信人不應執著，故此自勸道，「莫唸詞，深怕詞中字墨全化成妳」，並以納蘭性德的抒情詩境結束這一系列長達八年的〈深山寄簡〉：「一往情深深幾許，深山夕照深秋雨」（159：62-66）。

2.4 郎格非

郎格非早期投稿以小說為主，七三年以後轉攻雜文，一共發表七篇「零思錄」，分別就文學生產的各個環節如文學創作與親身體驗、文學與愛情、藝術與閒情、文學的價值、名家作品（包括莫泊桑〔Guy de Maupassant, 1850-1893〕與魯迅〔周樹人，1881-1936〕作品）、舊作、稿費等大發議論。[39]他的語調亦莊亦諧，半雅半俗，深受讀者歡迎（104：148）。此後他停筆近兩年，於七七年重出江湖，為《當文》撰寫「格非閒筆」專欄。此時的郎格非在學養與文筆兩方面均有精進，文章辛辣老練多了。只可惜在發表了四篇之後，就再也沒有下文。〈文人的醋勁〉（138：36-39）、〈文章難工〉（139：60-63）、〈曹聚仁先生〉（140：97-100）、〈作家〉（142：100-104）的文氣淋漓，觀點獨到，當屬《當文》佳作。

2.5 夜半客

夜半客/鄭玉禮的散文一共九篇，以刊於「筆匯」專欄的雜文為主，議論文學觀念、文學出版與馬華社會的關係等議題。夜半客本為理科生，但熱愛文藝，認為文學乃人類之精神財富，也是馬華社會必需的人文滋養（〈文藝和其他〉；132：8-9）。他感嘆馬華社會閱讀風氣不佳，文學創作沒有市場，雜誌難以經營，副刊亦得不到報社的有力支持，結果使馬華文藝淪為「半版文藝」（〈文藝刊物的生存和其他〉；141：10-11；〈半版文藝的對照〉；144：14-15；〈華人社會與文藝〉；152：73-75）。在文學觀念方面，他主張百花齊放，與時俱進的開放態度，反對排斥異己，故步自封的狹隘文學立場。他認同批判寫實主義是文學主潮的觀點，但質疑「健康寫實主義」迴避真相的動機（〈文學觀念〉；143：10-11；〈鏡子與文學〉；149：14-15）。他支持現代詩創作，曾在七六年四月投書《當文》（125：138-139），並撰〈試解余光中的《白玉苦瓜》〉一文（125：130-133），與香港的黃維樑（1947-）遙相應和，回應曾幼川與曹懋績對余詩的批評（詳見第二章）。

2.6 馬崙

馬崙的散文，除了幾篇文壇消息報道與評議雜文外，多為紀錄童年往事與馬來風物之作，如〈橡林之歌〉(98：67-70)、〈綠化大地〉(137：81-84)、〈甘榜之戀〉(151：100-104)、〈檳榔園拾夢〉(155：50-53) 等篇。不管何種題材，馬崙下筆為文，語調總在抒情與説理之間，〈高飛的鴿群〉(149：72-24)、〈琴韻歌聲〉(150：71-73)、〈森林與沙漠〉(156：78-82) 諸篇莫不如此。他的散文布局稍嫌僵化，情趣與巧思不足；〈檳榔園拾夢〉記兒時採檳榔，〈高飛的鴿群〉批評鴿子的象徵，則是少見的例外。[40]

2.7 溫瑞安

溫瑞安在《當文》刊出的散文有八篇，其中七篇為小品，一篇為議論性的雜文。七篇小品之中，〈一章散文〉(97：127-129)、〈回歸〉(100：84-85)、〈振眉書簡二章〉(103：66-67)、〈鴻雁——給秋月小妹妹〉(114：90-91)、〈更鼓〉(113：69-72) 都是懷人之作，前三篇向一名為「向陽」的女子低訴離情別緒，〈鴻雁〉為林秋月而寫，最後一篇分別向名為「蘭君」的女子、兄長、與友人表達自己在「這個情薄的世界裏」所必須面對的「孤單」與「沉哀」。這五篇作品之中，以〈更鼓〉為成熟之作。[41]

〈獨照〉(117：84-86) 及〈大鐘敲古寺〉(121：38-39) 的核心意象是風中的燭光與燭淚，象徵著華人在充滿敵意的環境裏，對中華文化的堅持與付出。在〈獨照〉裏，溫瑞安對於華人文化的存續抱著無窮的信心：「燭火已到了將熄滅的時候了，搖曳不定，在大風中，再獨照一千年，一萬年〔……〕；縱然是大風，縱然是獨照，仍然是要照著，堅持而執著地，永遠地，照著。」〈大鐘敲古寺〉猶如魔幻小說，文中的中華文化象徵更為鮮明，然而敘事者的信心已蕩然無存。父親有天夜裏突然秉燭進入膠林，兩個兒子決定尾隨，卻被父親發覺，只好折返。父親的異行給兩兄弟——以及讀者——留下了無法解答的謎：半夜三更，父親究竟要到哪裏去？此時筆鋒一轉，文章焦點落在這家人牆上的一副傳統山水畫。畫裏時空彷彿橫貫古今，與畫外的現實互相連接；兄弟倆不時挈友入畫登高，「痛快時便擊劍而歌，不痛快時便大哭起來」。接著，文章又跳接到父親手中的蠟燭——燭火突然被人拍熄，父親立即像白煙般淡滅、消失，山水畫亦隨之自焚而燬。驚惶間，敘事者找不到自己的劍，乃從噩夢中掙扎醒來。此時傳來古剎鐘聲，彷彿對醒者的一記當頭棒喝。[42]〈獨照〉與〈大鐘敲古寺〉已展現出溫瑞安獨特的文化關懷與文學風格，不過整體水準仍不及他同期在臺灣發表的小說〈鑿痕〉（溫瑞安 1977b: 1-35）。這些膠林、燭光、山水畫的意象以及華人半夜離家的場景，在後來北上臺灣的馬華作家如張貴興（1956-）與黃錦樹（1967-）的小說裏還會陸續出現（張貴興 1998；黃錦樹 1997）。

2.8 溫任平

溫任平發表的散文不多，僅有三篇，不過風格最為鮮明。[43]〈海的重臨〉（67：116-118）乃第一人稱敘述，寫一位畏海的兄長帶小妹到海灘戲水，一邊回憶兒時與父同遊海灘受驚的往事，一邊陷入對海員生活的想像以及對自己的報館與文藝工作的牽掛之中。文章敘事猶如鐘擺，在小妹的活動以及敘述者的內心世界之間來回，最後以小妹突然衝向海浪，使兄長受驚，連忙抱回小妹，在驚魂甫定後，反省活著的意義作結。這篇散文的心理敘述充滿現代主義色彩，《當文》並不多見。

〈存在手記〉（86：131-133）的體裁介乎日記與札記之間，記敘一位文人病癒出院之後，對於生命與死亡的感想。肉體的疼痛、生命的枯萎、存在的虛無與疲憊，無不令人恐懼；然而，天地之間的「單調循環」亦非全然無法抵受，既然生命有將水轉化為尿的必然，自然也有與之抗衡的選擇，讓人在艱難困苦裏把「血化為墨水」，達致自我昇華。病時可讀桑塔耶那（George Santayana, 1863-1952）的《美感》（The Sense of Beauty）、葉嘉瑩（1924-）的《迦陵談詞》、洛夫的〈蟹〉；病癒則可寫作，例如〈初論喬林：基督的臉〉以及〈電影技巧在中國現代詩的運用〉之類的文章。[44]儘管病人深為存在主義的焦慮所困，他的生命依然可以壯美，甚至是詩意盎然的：「是星花亂晃的夜，有一棵大樹自我床上昇起。下了一陣霪雨後是一片濡濕的悲涼，一首哀哀的三弦在我耳邊微細地抽動。」

在〈存在手記〉的末尾，溫任平表示有意「除下學院的長袍，再回到風中去散髮」，但此後發表的〈惜誓〉(120：69-71)仍然擺脫不了「知性活動」對「感性的奔躍」的干預(86：133)。文中作家在服用利眠寧（Librium）後，已感到大麻的陶陶然效果，然而又「可怕而猛烈地清醒著」，而且還「翻閱楊家駱主編的《楚辭注七種》」。他從〈惜誓〉想到賈誼，再想到屈原，進而為「千古以來不能見容於俗世底聖賢豪傑」而嘆息。現代主義的孤苦與古人的高潔，在此匯流成為作者對天狼星詩社「諸悍將」的期許，希望大家自強不息，信守忠於文學的約誓。

有趣的是，〈存在手記〉與〈惜誓〉的現代主義文氣偶有遇上亂流的異常時刻。比方説，〈存在手記〉一時沉不住氣，要抨擊「雅俗共賞」的「流行」作品時，反遭通俗氣息入侵，讓「無上裝，只穿著熱褲的女郎」登堂入室，本來嚴肅非常的語調頓時變成插科打諢的粵語——「夠晒『大眾化』」，叫讀者措手不及。〈惜誓〉也同樣有走調的時刻。只要現代主義的信念開始動搖，荒腔走板的後現代風便乘虛而入，改變文腔：「信誓旦旦，不如一雙煎得又香又脆的荷包蛋」；「看來我最多也是荷包蛋的料子，賈誼筆下的背信之徒」。粵語也會藉此時機順勢登場，以極不協調的低俗口吻，調侃現代主義「悍將」對於「芳草」淪為「蕭艾」的恐懼：「如果那時聚在一起的都是一小群腦滿腸肥的人，如果聚面的時候，大家都觳觫不已，荷包是很脹滿的，錦囊裏卻擺不下一首短短的詩？〔……〕『近來還撈得好吧？』」

2.9 逸萍/毅之

張奕東以筆名逸萍與毅之，在「筆匯」發表雜文四篇，內容全為馬華文壇近況的觀察與報道。㊺〈星馬文藝面面觀〉（73：12-13）乃有感而發，針對馬新兩地寫作人的怪現狀提出批評。〈馬華文藝活動一斑〉（74：12-13）的調子較為正面，介紹七〇年代初馬華文壇的新氣象；文中還樂觀的預測，由於馬華學生赴臺升學的人數已過三千，加上南洋大學（1950-1980）成立，肯定會對馬華文藝的發展產生正面的影響。兩年後，〈星馬文藝低潮癥結〉（88：14-15）又顯得有些洩氣，在感慨馬新文藝新氣象有如曇花一現之餘，分析文壇不景氣的主要原因。〈從梁園的死說起〉（98：12-13）則充滿悲憤之情，為梁園遇襲身亡而高聲吶喊：「嗚呼哀哉，梁園的死，無疑是星馬文壇的損失，也可說是惡劣社會的陰霾作祟，對於這麼年輕——死時三十又八的作者，這個社會，這個強蠻狠毒的凶手，難道要讓他們逍遙法外嗎？我們要控訴，我們要齊喊：『不公平！』」。

三、小說

小說發表數量最多的馬華作者是雅波，其餘依次為鄭易、馬崙、丁雲、黃崖、梁園五位，發表數量在十篇以下者為谷中鳴、曹嵐、方野、逸萍、年紅、郎格非、溫瑞安。

3.1 雅波

雅波在《當文》發表二十四篇小說，他的創作過程經歷兩個階段。第一階段（1968年9月-1971年4月）的作品只能算是習作，題材以熱戀、單戀或失戀男女的心事為主，如〈花自飄零水自流〉(34:37-44)、〈弦語〉(38:71-73)、〈溺〉(41:82-89)、〈祝福你比比〉(49:82-87)、〈小木偶〉(55:77-84)，還有女性「淪落」的故事，如〈掠〉(56:99-120)、〈裂〉(43:61-71)、〈毀〉(46:30-42)、〈砸〉(85:41-53)，以及中年男性對亡妻的回憶，如〈缺〉(50:67-75)。〈小木偶〉是《當文》創刊四週年（1969）「初戀」徵文比賽入選作品，寫一個早熟少男對鄰家少婦的單戀故事。

第二階段（1971年11月-1978年3月）始於〈疑〉(72:36-45) 與〈扒手〉(73:68-77)，前者敘述一名男教授與女學生的交往，兩人的思考與交談涉及人際倫理與哲學問題，後者描述一失業漢與女扒手的友誼，是一個人情克服法理的故事。這兩篇小說擺脫了第一階段的感傷與執著，開始展現出稍具個性的文學視野；此後發表的〈某個下午〉(128:109-117)，探討男性在靈與肉之間的掙扎，亦有同樣特點。第二階段的其他作品，例如〈死在死外〉(75:107-121)、〈戲子〉(76:43-55)、〈那截日子〉(82:55-72)、〈不落雨的雨城〉（110：103-120）、〈喜〉（114：56-69）、〈夢之外〉（119：26-39）、〈幕落〉（121：66-74）、〈流轉〉（137：33-47）等篇，雖在視境上未能企及前面三篇小說，在文字與結構兩方面已趨成熟。雅波在《當文》發表的最後一篇作品是〈三十個小時〉（148：26-51），故事改編自一則劫持人質的新聞報道，篇幅特別長；《當文》編輯部對這篇作品有好評，並對作者寄以厚望：「從現實社會新聞的題材創造了一個推理式的心理小說，這可能是雅波的一個嘗試，同時，也擴大了小說創作的領域。我們希望這位年輕作家繼續努力，為馬華文壇開闢一個新天地」（148：152）。

雅波小說的一個重要母題是馬來西亞社會重商輕文的現象。他筆下的年輕人，不論男女，凡是不肯「同流合污」（〈夢之外〉，36）、鍾情於文學、美術、音樂者，往往會在家庭、親人或社會的壓力之下放棄初衷，或因繼續堅持而抑鬱成疾或淪落風塵。〈夢之外〉裏兩位知心好友的通信，充分表達了年輕一代飽受壓抑的心情：「我們的夢在哪裏？我們的雄心與豪氣又拋到哪裏去了？事與願違，如今，妳進了妳平生最討厭的學系，而我卻在這兒苦啃著死人骨骼的名字，以後妳可能變成只會一味追求金錢的勢利合格會計師，我可能將成為只會專醫傷風咳嗽騙人的庸醫。對未來，我不敢再期望太高，也不敢展望什麼，因我們所希望的，竟沒有一項能獲得成功。誠如妳所說，我們活著是為著別人的榮耀而活著，書也是為別人而唸，甚至我們所走的道路，別人也預先為我們鋪好，像這種被緊鎖與窒息的生活，我們能創造出美好的前程與幸福的將來嗎？」（119：32-33）或許是為了彌補現實的缺憾，雅波這位南洋大學畢業生會在小說裏大量徵引詩文（汪靜之、冰心、余光中的作品），讓筆下人物唱歌（〈紅豆詞〉、〈天倫歌〉、〈松花江上〉），討論哲學（「存在主義的宗師齊克伽德」），議論宗教（《馬太福音》3:12）。這些文化符號豐富了小說文本，也刺激了讀者的文藝想像，讓小說的意境更為開闊。

3.2 鄭易

鄭易在《當文》發表的十二篇作品都是短篇小說。他的早期作品以男女之情與人情世故為主要書寫對象，其中以表現兩代人之間對情感與婚姻的態度差異較具特色，例如〈膠林之花〉（18：91-99）、〈漁歌〉（26：124-131）、〈滄海桑田〉（30：99-106）。兩代人之間對於金錢的不同態度也是他涉獵的題材，〈勝利者〉（9：100-104）與〈父親與兒子〉（28：121-126）都是現成例子。兩性的交往、擇偶、相處與世情，則是後來發表的〈缺點〉（32：115-121）、〈變數〉（34：47-57）、〈真相〉（35：50-57）、〈賽車場上〉（36：82-90）、〈社會明燈〉（37：62-69）、〈小鳳〉（130：27-40）的關懷所在。鄭易的小說角度清新，與《當文》常見的情愛小說頗為不同。〈死神的剋星〉（135：38-46）最為特別，直面訟務律師在真相與法理之間的倫理掙扎，被《當文》

編輯部譽為「故事、布局及主題思想都是上乘之作」(135：152)。當年鄭易的小說頗受歡迎，有編輯部的評語為證：「鄭先生是大馬近年來崛起的青年作家，在本刊發表的數量不多，但頗為讀者注意」(130：152)。[46]

3.3 馬崙

馬崙主要寫小說，也發表散文，偶以雜文表達對馬華文學的意見。六九年，他參加《當文》以「初戀」為題的四週年徵文比賽，憑著小說〈第一隻戀曲〉獲第三名，此後便成為《當文》作者。馬崙的短篇小說多以愛情為主題，場景、人物身分與故事情節富於變化，且具鮮明地域色彩。在十一篇作品之中，以〈浩劫〉(60：40-61)與〈第一流獵手〉(94：129-138)較為別致。前者描寫兩名水災倖存者的悲傷與愧疚，有驚心動魄之處；後者講述一個好出鋒頭的獵人被深藏不露的同行欺騙的故事，令人莞爾。始自〈第一隻戀曲〉，馬崙已悉心經營馬來風情，在其後各篇小說裏，他除了再現橡膠林、熱帶雨季、星柔長堤、吉蘭丹州古史外，還在行文中加入當地華語與馬來語，例如「彭古魯」(村長)、「捱山芭」(吃苦)、「摩哆西卡」(電單車)、「拗手瓜」(掰腕子)、「芭列」(小河)、「滾友」(騙子)、「落坡」(到市區去)、「羅格」(監牢)、「馬打」(警方人員)、「伯公馬」(老虎)等。

3.4 丁雲

丁雲的小說，尤其是早期作品，敘述性不強，文體性質接近散文（〈結他〉〔130：99-107〕、〈啞賊〉〔136：122-129〕與〈攀〉〔137：93-102〕），而且有說教傾向（〈爬〉〔124：37-46〕與〈啞賊〉）。不過，《當文》編輯部對這位年輕作者勗勉有加，對其作品經常給予正面評價，比方說，「本期發表的〈結他〉〔……〕值得向讀者推薦，〔……〕這位自學成功的丁雲先生，他數年來以堅持的毅力向本刊不斷投稿，果然有志者事竟成，作者的文字技巧雖然仍待努力，但題材捕捉與人物刻劃已經頗有意境了」（130：152）；又如，「〈爬〉〔……〕充分的表達了彼邦的文學氣質，故事的題材倒是世界性的社會問題，我們認為這類稿件的教育性大過藝術性，也算是文藝對社會的直接貢獻了」（118：152）；以及「〈攀〉〔……〕寫得很生動，主題和題材都頗有深度，〔……〕青年作家丁雲進步神速，前途似錦，但願百尺竿頭，更進一步」（137：152）。對於《當文》的啟發與勉勵，丁雲滿懷感激，這一點從他在《當文》十二週年紀念專輯的投書裏可以看到（145：145）。

〈搏鬥黑熊〉（143：59-66）、〈長堤〉（144：79-87）、〈猴群〉（161：82-92）是三篇比較成熟的作品。〈長堤〉寫一位熱愛文藝的年輕人離開馬來西亞小鎮，到新加坡的現代工廠工作的體驗與孤寂心情；在寫實與抒情之間，讓讀者體會到馬新的社會變遷對個人生活與情感的衝擊。〈搏鬥黑熊〉與〈猴群〉處理華人在馬來西亞墾殖的題材，涉及主題乃人獸之間因爭奪土地與資源所引發的衝突。兩篇作品的差異在於前者以人獸之爭為導引，呈現男主人公因妻子紅杏出牆而萌動手刃比自己強壯的情夫的念頭，是一篇刻劃男性恥辱感的心理寫實小說；後者將人猴之情以及人猴之間的搏鬥置於故事前景，描述的既是華人的開墾軼事，也是人類與自然衝突的文學紀錄。〈猴群〉與張貴興的〈草原王子〉在題材與敘述視角上頗為相近，亦同具鮮明的地域色彩；不過，丁雲的作品發表於七九年四月，比張貴興稍晚，〈草原王子〉於同年一月刊在臺灣的《中外文學》上。

3.5 黃崖

《當文》創刊時，黃崖為創刊號寫了短篇小說〈心願〉(1：33-38)，以示支持。據編輯部在〈編後〉所記，當時黃崖剛「碰到撞車慘劇，但他聽到本刊即將問世，負傷執筆，熱情感人」(1：167)。不過，此後除了在《當文》創刊三週年及四週年發表過兩封熱情洋溢的賀信外（37：174；249：160），他僅貢獻了兩篇散文（2：21-24；33：21-24），一篇弔文（99：110-114），一個中篇小說（〈鄰居們〉）。黃崖的稿件不多，因為忙於「大部頭的創作」，分身乏術（37：174），僅能將其中一篇「得意之作」作為對《當文》的獻禮（5：166）。

〈鄰居們〉分八期刊出（第5-12期）。與《當文》同期的馬華小說比較，這篇小說所展現的心態世故多了。這是個離散華人在四九年後另覓家園的故事。故事的主要場景是香港一間名為「美林」的破落大屋，包租婆陳老太太將房間分租予多個不同背景的家庭。男主人公出身書香世家，人情練達，但不缺正義感與同情心，樂於慷慨助人。他四九年後偷渡來港，對於同為天涯淪落人的華人鄰居、白俄老貴婦，乃至於教會所收養的孤兒，都有親切感。他特別關心白俄老太太，因為她在蘇俄革命後無家無國，流離失所，處處為難的遭遇觸動了他，讓他感懷身世而流淚滿面。這感傷無奈的一幕，正是「我是人間惆悵客，知君何事淚縱橫，斷腸聲裏憶平生」的現代演繹。由於主角還年輕，對生命還抱有希望，所以他致力與房東以及鄰居打好關係，並在故事末尾成功說服大家，修整屋外廢園，使之恢復生氣。在主角看來，這個廢園著實太像自己家裏的東園了，不能不修。在香港令廢園重生這個充滿象徵性的故事，由遠走馬來西亞的作者道來，不免令人更加感慨。這篇連載小說最具戲劇性之處，在於小說刊畢而故事似乎未能定案的結局；文末的「作者寄語」為關心這些異鄉人命運的讀者留下了懸念：「本文情節到此結束，候出版單行本時，再為整理，草率之處，至希讀友們鑑諒」（12：153）。

3.6 梁園

李憶莙（1952-）談馬華現實主義時，曾指出梁園「是一個不可忽略的名字」，因其作品多取材於馬來西亞的生活，在「悲國憂時」之餘，不忘關心華人與「友族之間的團結」（李憶著 2001：ix-x）。梁園在《當文》刊出的小說，於題材方面諸多探索，不過藝術水準並不穩定。〈熱帶情調〉（12：97-103）、〈山林無戰事〉（20：92-96）、〈活火山〉（28：103-108）諸篇嘗試處理本土題材，不過在情節上均予人力不從心之感。〈雕像〉（59：39-43）、〈山野之歌〉（66：98-105）、〈愉快的人生〉（83：52-57）有意挖掘男女之間性質各異的情事，然而也只是淺嘗即止，殊為可惜。題材突出、結構較為完整的一篇是〈偏見〉，故事講述馬來西亞一個華人新村裏，兩個家族之間延續了幾代人的積怨所引發的一場衝突，情節緊湊，人物生動，是《當文》所刊馬華作品之中稍具歷史縱深的作品。

〈沙文之死——弔念C君〉（65：51-55）與〈我的朋友張拱〉（41：28-34）則是梁園以文人身分對馬華社會重商輕文現象所作的最嚴厲控訴。前者悼念一位因貧病交迫而早逝的馬華作家，道出華文不受重視，寫作人無所歸依的蒼涼感。後者講述一位文學愛好者四次向一位富商好友募捐——甚至要求借貸——以出版文學雜誌不果的遭遇，作者內心的不平完全溢於言表。在梁園看來，有錢人不肯支持文藝活動，原因不僅在於文藝無利可圖，而且還在於會使支持者顏面盡失。小說裏的張老闆把話說得很清楚：

> 我可以給你一萬塊，或一間洋房，我就是不能讓你拿我的錢去辦刊物。因為，你那樣做了，我會被人們笑我是個

> 瘋子，一個沒有頭腦的瘋子。因為，全馬來西亞的華人中，沒有一個人這樣做，而我是第一個。我不敢，我害怕，我不能，這是瘋子的行為。你叫我怎樣有膽量面對全馬來西亞的華人？我不要，我只是一個商人，一個平平凡凡的商人。我的頭腦正常，我可以跟人自由交往！我不能做個瘋子！老梁，這事萬萬不可提起，你，我兩個人知道了就好了，別人知道，那還得了嗎？(41：33)

張老闆還乘機揶揄港臺文人，毫不客氣的説道：「再説，在馬來西亞，寫文章的責任，只輪到臺灣和香港的文人。他們很窮，讓他們多銷一些作品，對他們是一件好事。我們生活都很好，有各種出路，何必拿筆桿呢！你太傻了，我們不需要文化的。我們需要的是錢。」(41：32) 梁園的控訴，引來《當文》編輯部的回應，指出「寄意於腰纏萬貫的大資本家，為文藝做一些善舉」的想法不切實際，「文藝事業只有自力更生，才能有出路」；真正的靠山是讀者，「老爺們」偶爾「打賞」，只是「鏡花水月」而已（41：165）。

3.7 谷中鳴

谷中鳴以〈梅妹〉（56：77-86）和〈女老千〉（68：107-117）兩篇小説入選第一次及第二次徵文複選佳作（1969，1970），此後再發表〈文冬客〉（74：81-86）、〈金錢萬能的另一面〉（76：91-94）、〈自己人〉（98：90-95）、〈中了彩票以後〉（115：55-67）四篇小說。[47]

谷中鳴長於描寫馬華世態人情，情節引人入勝，語言幽默風趣，而且不忌諱方言俚語，很有地方特色。〈梅妹〉是一個年輕人的初戀故事，由他在友人婚禮上的一片胡鬧氣氛之中道來，其悲傷結局令人悚然心驚。在貌似風平浪靜的生活背後，其實隱藏著歷史的陰影與創傷——這個年輕人之所以獨身，因為他的初戀情人在英軍與馬共的一次遭遇戰中為流彈所傷，失血過多而死。《當文》編輯對於這篇小說的評語是「結構嚴謹」、「前後呼應得體」、「情感真摯動人而彌足珍貴」（55：165）。騙局是〈女老千〉和〈文冬客〉的主題，前者寫一場誤會，後者鋪排一個高明騙局，故事中的受害者都是自作聰明的好事者與旁觀者。《當文》編輯認為〈女老千〉的「文筆莊諧並舉」，故事「深具社會性」；稱讚〈文冬客〉為「深具諷刺意味的小說，刻劃出一般人的貪婪心理」，「其中人物雖是出自作者的假設，但讀來卻令人覺得是那麼的熟悉，而且也不由地會發出會心的微笑」（74：164-165）。〈金錢萬能的另一面〉與〈中了彩票以後〉有批判色彩，在故事的笑與淚之中宣揚人的尊嚴比金錢來得重要的道理。〈自己人〉是一則走錯地方認錯人的荒唐故事，有「錯誤喜劇」的色彩。

谷中鳴喜好糅雜華語、方言、俚語，並將之融為一爐，以呈現某些馬華社區（例如一再出現的紅泥新村）的精神風貌。除粵語句型外，他還會用上諸如「大妗姐」（婚禮上負責陪伴新娘的婦女）、「好嘢」（太好了）、「巴仙」（百分率）、「依吉」（英畝）、「吃頭路」（從事受薪工作）、「容乜易」（那還不容易）、「四眼」（戴眼鏡的）、「吃風」（兜風尋樂）、「做戲咁做」（裝樣子）、「鹹魚頭」（銜頭）、「頭家」（老闆、僱主）、「夠威」（夠威風）、「水皮」（差勁）、「飛象過河」（不守規矩）、「犀利」（厲害）、「跟佬走」（與情郎私奔）、「古老石山」（頑固守舊之人）之類的詞語與表達方式，使小說人物顯得活靈活現；就這一點而言，他與馬崙頗為相近。

3.8 曹嵐

最早在《當文》發表作品的馬華作者曹嵐，其作品以入選第一次徵文（1969）複選佳作的〈公主溪〉（56：65-75）較具特色。這篇小說講述一名華人少年與他心儀的馬來少女之間無疾而終的愛情故事，情節雖嫌簡單，男主角以馬來「班頓」詩（Pantun）挑逗意中人的場面卻是難得一見的文學亮點，可惜沒有進一步發揮。[48]曹嵐在《當文》一共發表五篇小說，一篇散文。

3.9 方野

方野描繪父子關係的短篇小說〈牆〉（128：48-57）曾入圍《當文》以「代溝」為題的十週年紀念徵文比賽（1975）。他在《當文》發表的其餘四篇作品也是小說，主要講述涉世未深的年輕男性身陷險境的奇情故事。〈夜宴〉

(116：42-50) 較為寫實，描寫一位青年出席婚宴所見的文、商「百醜大全」。〈黑海〉(119：86-97)、〈魔潭〉(144：60-73)、〈小鎮殘夢〉(157：28-46) 無不涉及黑幫、毒品與暴力，其視境之陰暗堪稱《當文》所刊馬華作品之最。〈魔潭〉後來獲選為南馬文藝研究會「王萬才青年文學獎」(1978) 小說組得獎作品 (160：127)。

3.10 逸萍/毅之

張奕東曾分別以張逸萍與毅之的筆名兩次參加《當文》徵文比賽。〈胡老伯〉(70：111-114) 於第二次徵文比賽複選入圍，〈舌耕生活的甘苦〉(93：103-108) 獲選為第三次徵文比賽入圍佳作。他後來還發表了〈憔悴的玫瑰〉(75：84-88)、〈咖啡山上的一夜〉(86：73-76)、〈婷婷〉(92：105-111)、〈二舅娘〉(100：94-98) 四篇作品，以描繪女性的不幸生活為主，內容較為單薄。

3.11 年紅

年紅很早就給《當文》投稿，不過次數甚少，只有〈雪后〉(6：89-96)、〈一票〉(80：66-69) 兩篇小說，以及朗誦詩〈新春曲〉(29：103) 一首。七二年，年紅贏得馬來西亞「首相文學獎」，十月號的《當文》為他安排了一個專輯，刊出他的獲獎詩作〈飛鳥〉(83：121) 與小說〈舞會〉(83：122-125)。年紅的語調樂觀正面，詩與小說莫不如此。

〈飛鳥〉展示的便是這種高亢的精神面貌：「世上　誰也不能阻擋/太陽放射出來的光芒/世上　誰也不能阻擋/自由之翼在宇間飛航」。

3.12 郎格非

郎格非雖以雜文得到《當文》器重，短篇小說卻是他的入場券。他在七一、七二年兩次參加徵文比賽，分別以〈驚鴻照影〉(55:85-94)入選第一次徵文比賽以及〈生活的洗禮〉(65:79-83)獲第二次徵文比賽第八名。此後又發表〈房客姻緣〉(59:49-60)和〈小城憂鬱〉(81:105-119)兩篇婚戀小說。儘管這批作品未脫他日後一再自嘲的「娘娘腔」(〈零思錄·恥觀舊作〉;92:124)與「脂粉氣」(〈格非閒筆·文章難工〉;139:62)，他的務實態度和辛辣文風已見端倪。〈驚鴻照影〉提及馬來亞日據時代的苦難以及英軍為了剿共而實施的新村移民政策，〈生活的洗禮〉亦寫到「大躍進」為中國百姓所帶來的災禍，兩者均為《當文》所刊作品中罕見的具體歷史指涉。〈房客姻緣〉和〈小城憂鬱〉所反映的婚戀觀，都比當年習見的初戀小說來得冷靜。

3.13 溫瑞安

溫瑞安在《當文》發表的兩篇小說都獲編者好評。〈哀矜〉(105:110-119)是一則通俗愛情故事，編者稱其「筆法別開生面」(105:152)；〈大哥〉(142:46-58)寫結義兄弟發現大哥無情無義的幻滅感，編者的評語是「意境深刻，頗有『羚羊掛角』之妙」，並稱讚作者的「寫作技巧越來越成熟了」(142:152)。[49]

第四節：馬華文學評論

綜觀第一階段的《當文》，在馬華作者的各篇議論文章中，以探討馬華文學的建構與屬性的議題最為重要。有五篇文章特別值得留意：梁園〈香港、大陸、臺灣對馬華文壇的影響〉（1967年10月）、叔權〈淺談馬華文藝與一般性問題〉（1972年6月）、梁園〈文學歸屬問題〉（1972年11月）、溫瑞安〈談談馬華文學〉（1973年8月）、梁園〈馬華作家沒有夢〉（1973年10月）。此外，林綠的〈評《中國現代文學大系》〉（1974年8月）為各地華文作者發聲，爭取得到臺灣文壇的承認，亦值得一提。至於溫任平、楊升橋、鄭良樹等人有關馬華文壇現狀的討論，由於第二章已有交代，此處不贅。

4.1 梁園

梁園在〈香港、大陸、臺灣對馬華文壇的影響〉(23:19-20)一文中指出，馬來西亞的年輕一代華文作家肩負著建設馬華文學的重任，「但因為語文、經驗及學識所限，還沒有足夠能力建立起區域性的、熱帶情調的文學創作的形態」。為了提高創作水平、尋找自己的文學風格，他們需要向不同的華人文壇取經，「向各方面作深切的觀察，吸收」，以「尋出適合的體制來表達自己的思想感情」。

根據他的觀察，馬華作家最關心大陸、臺灣與香港的文學動態，三地的「文藝的路線、技巧及其價值」對他們的創作有直接的影響。「大陸」指「過去大陸文壇」，其具體影響為「五四運動後，反映現實，含有人道主義的精神」的「現實主義」。這種文學主張重視「文以載道」的觀念，「使到文學成為一種思想的傳遞工具」，服膺此說的文藝批評家也往往以「傳統的道德觀念批判作品的價值」。在梁園看來，「馬來西亞及星加坡共和國地處赤道，四季常青、資源豐富，人民樂天享受，頗有浪漫的拉丁民族的氣息」，自有其「島國的格調」；梁園斷言，此種風土與文化特質，與「現實主義」這種「大陸性民族文化的投影」格格不入。

至於具有「高度文化水準」的臺灣，雖然該地出版的「嚴肅性的學術或純文藝刊物」「很少流銷星馬」，但「最新的文藝思潮，例如現代主義」，卻經由赴臺的馬華留學生以及馬新刊物的摘錄或轉載而傳入，對於本地文壇造成了衝擊。「對於現代詩、意識流小說以及存在主義思想的輸入，本地青年作者曾展開無數次的爭論。反對者甚多，支持者亦不少，但大部分主張兼容並蓄，擴大寫作的視野。」換句話說，臺灣文藝為馬新兩地的作家擴大了視野，也提供了新的創作能量。

梁園對於香港文學頗有微言。在他眼中，「香港的流行小說」代表了香港文學，它對馬新文壇只會產生不良影響，認真的讀者是不屑一讀的：「香港的流行小說，在星馬很暢銷，但對於文藝欣賞水準較高的讀者，八十巴仙是不看這類作品的，或以厭惡的態度對之」；「尤其是帶著商業性質的都市傳奇，在這年輕、欣欣向榮的土地上，卻在散播一種不健康的氣息。不過，它也激起人們尋求更合理、更美化的憧憬。」他認為，儘管香港也會出版「真正的文學作品」，例如徐速的《星星之火》、《星星．月亮．太陽》、熊式一（1902-1991）的《天橋》、黃崖的《烈火》、黃思騁（1919-1984）的《貓蛋》、齊桓（孫述憲，1930-2018）的《舊夢》等，香港文學「並不能發出光和熱，給予星馬文壇深刻的影響」。

在三種外來文學力量的支配下，馬華作家如何建立本土的文學主體性？梁園擔心馬新作者會失去自己的聲音：「在這三地作品和新思潮不斷滲入下，我們作者忙於吸收淘汰，而不能作真正研討本地文化特色，寫出含有色彩顯明的本地化作品」。對於梁園的文章，《當文》在〈編後〉作出簡短的回應；不過焦點卻不在馬華文學的主體性問題，而是在香港從事文化生產的倫理道義：「言簡意長，發人深思，值得我們文藝工作者參考。星馬是香港書刊最大的推銷區，但不能只為賺錢，而忘記文化出版的神聖任務。」（23：164）

五年之後，梁園在「筆匯」專欄發表〈文學歸屬問題〉

(84：10-11)，正式闡述他對「海外華人用方塊字寫的文學作品」以及馬華文學屬性的立場與觀點。

他的基本觀點是：在中國大陸之外各地華人創作的華文文學作品，由於因地制宜，獨立發展，各有格局，實在不宜，亦不應，再將之「歸屬於中國文學範圍之內」，或以「隸屬中國文學」的「旁枝」視之。這種觀念上的改變，不僅有利於正視各地文學發展的客觀事實，也對促進華文文學發展有正面意義。唯有「脱離母體的影響或束縛」，「結合當地」，「力爭上游，努力創作，形成獨特風格」，各地的華文文學創作才能「發揚光大」，進而與全球各大語系文學爭妍鬥麗。他寫道：

> 中國文學只應算是英語系中的英國，不應干涉像美國等國的文壇活動，這樣，才能使到各地華文文壇結合當地，生出別有風韻的果實來！

> 用方塊字寫的文學作品，應如英法國家一樣，應鼓勵其自由發展，成為獨特的風格。像英語語系的文學，除英國本土外，還發展到加拿大、澳洲、美國、南非、紐西蘭等國的獨立文壇。操拉丁語的國家，情形更複雜，南美洲各國發展為清一色的拉丁語文壇，這倒使拉丁語更為發揚光大。

從今天的角度來看，梁園當年將英語語系文學、法語語系文學與中國大陸之外各地華文文學等量齊觀，實際上已開始思考華語語系文學的可能性。此文雖然沒有明確提出「華語語系文學」之名，但確已邁出關鍵的第一步，堪稱此一論述的先聲，比陳鵬翔、張錯早了很多年（陳鵬翔1995；張錯2003；張錯2005；張錦忠2012）。他主張華人擺脱中國文學「直接及間接上的支配」，重視所在地的歷史與論述；這種「靈根自植」的文化價值取向，尚須等待三十五年，才在史書美（1961-）的英語論著裏得到更進一步的闡述（Shih Shu-mei 2007；史書美2013）。[50]

梁園重視的是各地華文文學的差異性與獨立性。照他的説法，七〇年代的漢語文學早已「分家」，共有四大區域：「中國大陸」、「臺灣」、「香港」、「星馬」。「中國大陸的文壇，目前已和其他地方的華文文壇有別，這已是無可懷疑的了。就是香港和臺灣文壇，在星馬人的眼中看來，也有了分別。」「而星馬，雖一水之隔，但自星馬分家後，情形又稍有不同，內行人很易看到，故將來又需分開來記述。」除了這四個區域外，還有正在成形的美華文學：「從留學美國的華籍人士所寫的文章來一看，內容風格和臺灣香港有別，帶著美洲大陸的風味，故將來他們人數一多，必也可能發展為美華文壇。」

在討論馬華文學時，梁園還特別提到，中國大陸上的政治風暴（指「文化大革命」）促使馬來西亞華人從心理上疏遠中國，轉而追求在地的國家與文學認同：

> 一方面，因時地不同，我們不能拿中國的方形來配合本地的圓形套子〔……〕。另一方面，我國（馬來西亞）正在獨立及建設中，人人渴望有自由及機會發展自己的能力。馬華作者想也不例外。這種國情，隨著中國政治的改變，情形更是分歧，以致馬華文壇需要獨立發展的心理更空前激烈。

他明確表達了自己對馬來西亞的政治效忠，聲明馬華文學必須獨立於中國文學之外：

> 由於我在熱帶土地上出生，雖是華族後裔，卻忠於本土。我認為馬華文學應是獨立存在的事物，不應再隸屬於中國文學作一旁枝。因為人應是正直及誠實的，在政治上，在經濟上，不能作出對本土不利的事情！除非我不是這個國家的公民，沒享到各種權利。如果，一個真正的本地公民，仍要把馬華文學列入中國文學者，那不是自我放逐，而是人格上的分裂。
>
> 前輩作家們竭力爭取馬華文學，作為脫離中國文學而獨立存在的一個事實，不但是適應政治上的進展及符合公民的熱望，而是有著高瞻遠矚的深見存焉。這不是對華

> 裔祖先的忘本，而是予以發揚光大的重責。
>
> 因此，思前想後，衡量得失，我認為馬華文壇應不再歸屬中國文學，而且，越早獨立發展越好！人人既不依賴母體，人人便需更負責，這種心理比什麼都重要！

馬華文學既然在性質上不屬於中國文學，而華裔公民（作家）的在地政治效忠又是如此重要，馬華文學究竟是不是——或有無可能成為——馬來西亞國家文學的其中一環呢？對此梁園不置一詞，可謂耐人尋味；然而，讀者可以從他的下一篇文章裏一窺原委。

一年後，梁園在《當文》發表〈馬華作家沒有夢〉(95: 6-7)。他在文中指出，馬來西亞政府在七三年國慶日號召國民「建立一個馬來西亞文化的社會」，「大馬文化」的創造已經起步，但華人的文學創作仍停滯不前，不僅趕不上時代，還與現實嚴重脫節，使他感到非常憂慮。他認為，與馬來作家的積極態度相比，華人作家缺乏創造活力，不懂深謀遠慮，很有可能會因此讓華人失去在國家文化建設中的主動權，甚至失去華人文化在國家文化中應有的一席之地。以下是他對馬來作家、馬來文學以及馬來民族主義的觀察：

> 我們從現代馬來文學發展史來看，在英殖民地時代的五十年代起，馬來作家在創作中，無不強調語文，民族

> 生存，政治權利，甘榜貧窮以及現代科學工藝的重要性，馬來作家要擺脱殖民地統治，重振民族光輝是每個人及民族的美夢！而這種文學中的夢，現在一一實現了，如果沒有上述的文學作主導及在作品中反覆強調，相信馬來民族主義不會像現在這般強烈及勇往直前。

對比之下，他對於馬華作家有嚴厲的批評。用他的話來說，就是一個因循舊有的寫作模式（源自中國大陸的寫實主義？）、缺乏參與建國「夢想」的寫作群體，如何能夠高瞻遠矚，在鼓舞華族人心之外，力爭在國家體制中應有的文化權益？

> 反觀馬華文學作品，大部分著重反映黑暗及諷刺社會，特別是對不擇手段經商致富的華人表示反感，除此以外，便是灌輸一種不合客觀實際的美夢，使得大馬華人文化中漸漸缺少了鼓勵和客觀實際相結的向上及進步的因素。

> 華人文學作品中不是沒有夢想，但這些夢想卻都和客觀現實脱了節。遠的不説，比如大馬是行民主自由制度的多元種族的社會，我們的作家就不敢預言新的一代，或兩三代後的社會結構，或者試圖描繪當時華人文化在馬來西亞文化中的地位。換句話説，作家缺少了對現實的

觀察，大膽的遠見，以及鮮明強烈的夢想，因此，華文文學在內容上及文化上節節退步，幾置自己於最不利的地位。

在梁園看來，馬華作家若不盡力，爭取華文文學與文化在馬來西亞國家文化體制裏的地位，必遭官方認可的馬來文化淘汰。故此，他在文末發出呼籲：

希望大馬華文作家響應國家號召，在創造馬來西亞文化中貢獻一分力量，把華人文化良好的一面融合進去。在這麼做的過程中，文學必先是文化火車頭，帶動火車，向前邁進。〔……〕近來華人電臺〔……〕報告新聞及點唱，用國（巫）語處占多，便是政府在創造大馬文化中一個起步，如果華人文化不急起直追，將來勢必落後及趕不上的。那麼努力吧，愛國愛文化的大馬華人作家們！

4.2 叔權

叔權比較樂觀，他在〈淺談馬華文藝與一般性問題〉（79：24-31）一文裏宣告馬華文學是馬來西亞國家文學的一員：

馬華文藝應該是馬來西亞文藝的一環，是一種通過華語華文為工具所表現的思想感情的產物。而馬華文藝的

「華」字，絕不應該被看作「中國」的代名詞，更不應該被解釋為「中國」或「中國的翻版」，因為隨著馬來西亞的建國，當地華人已成為這個國家民族的一員了。他們已經拋棄了「作客異鄉」的念頭，熱烈地、深切地愛著這個國家，而馬華文藝就必然地成為了馬來西亞文學的一環了。

他還從官方的角度為馬華文學訂立目標極為清晰的「使命」：

馬華文藝是純粹地服務於馬來西亞的，它所表現與反映的完全是馬來西亞的事物；它所負的任務應該是促使馬來西亞各民族團結一致，發揚愛國精神，實踐國家五大原則（Rukunegara），反映各階層的真實生活，暴露黑暗與罪惡的一面，從而指導讀者群朝著一條有希望、有生氣的道路邁進。

他並呼籲華人社會給予馬華作家最大的支持：

馬華文藝要實踐的工作及現實所賦予馬華〔文藝〕工作者的任務是何等的艱鉅而重大。為了國家的文明、後代的進步，大家應該努力發揚文藝，給文藝工作者以不斷的支持。

4.3 溫瑞安

溫瑞安〈談談馬華文學〉(93：13-15) 所表達的觀點和立場，與梁園、叔權兩人完全相反。他比較關心文學與語文的再現能力以及文化的局限。他認為馬華文學未必可以「代表馬來西亞的文學」，甚至「不能算是真正的馬來西亞文學」，原因與馬華文學的「本質、根源及其趨向」有關。在他看來，馬來西亞華人作家以華文寫作，自然受到漢字與漢語語法的制約，文學想像與文化意識亦無法超越中國文學與文化的影響；換句話說，華文即「中文」，馬華文學與中國文學根本無異：

> 我們知道「馬華文學」本來是中國文學的一個支流，沒有中國文學，便沒有馬華文學。我們所用的，仍是漢字；我們寫的，仍是標準的中國句法。〔……〕在本質上馬來西亞的華文仍是中文的。它的根源來自中國遷來僑居的華人，我們在作品中所造用的傳說(legend)、神話(myth)、寓言(fable)、傳奇(romance)仍是中國的，我們在象徵世界的組織意識與社會狀態上〔……〕仍是類似的，甚至相同的。

基於這種靜態觀點，他不相信語文擁有隨機應變的能力，更擔心語文在傳播過程中的混雜趨向，故此批評以華文書寫異國的精神意識，乃緣木求魚的不智之舉：

> 我認為：馬來西亞的華文的根源是中國語文，它的本質仍是中文的本質，如果用它來表現馬來西亞民族思想、意識及精神，那顯然是不智而且事倍功半的的事〔……〕。中文的本質是中華民族的，正如馬來西亞語文的本質是馬來西亞國民的，如果要兩者兌換來互相表現彼此民族的精神意識，不是不可以，而是其效果正如我們讀一部翻譯作品無法得其神髓一樣，甚至尤有過之；因為翻譯者是可以把作者所蘊含的意念以另一種文字轉達出來，而以一種文字去創造出另一個國家的民族精神意識——創造遠較轉達難多了。

> 馬來西亞是新興而且是獨立的國家，它需要的是表現馬來西亞的文字！〔……〕華文正在趨向馬來西亞化，也就是說，把它本質異族化，卻非善法，因為這很容易造成它喪失原有的文化價值，又無法蘊含新的文化價值。我們覺得如果要表現馬來西亞的民族精神意識，最切合的還是以馬來西亞語文去創作。

若溫瑞安是從不變的觀點來審視漢語及其傳播現象，他也同樣的從一元的角度來議論馬來西亞這個現代多民族國家及其「思想、意識及精神」。在他筆下，不僅「國」（馬來西亞）「族」（馬來人）不分，對於馬來西亞多民族、多語文、多元文化共存的現象也視而不見。此外，從文化政治的角度考量，否定華文具有適應、再現與干預現實的能力，其效果猶如否定華文在馬來西亞複語文系統中應占的一席之地，亦間接的否認了華人介入國家事務的公民身分與權利。

儘管溫氏反覆強調「華文難以表現別種國家的民族性」，他在文末還是作了一點讓步，表示「馬華文學應是中國文學的一道支流，如果要把它歸入馬來西亞文學的主流裏的話，那是有待有志於此的人的努力。」至於如何努力，由於牽涉「極廣」，而「華文的處境往往涉及政治問題，我們對政治沒有興趣」，這篇短文就此打住，不再深入議論。

4.4 林綠

七四年八月，林綠發表〈評《中國現代文學大系》〉(105:17-24)。這篇書評與馬華文學的屬性沒有直接關係，其關注點是余光中編輯選集的標準以及對各地華文文學的肯認問題。[51]在林綠看來，編輯選集必須客觀公正、原則一致，而這種嚴肅認真的態度正是余氏大系所缺者。他指出，大系詩卷「遺忘」的優秀詩人包括翺翺(張錯，1941-)、王潤華、淡瑩、馬覺（曹殷，1943-2018）、崑南（岑崑南，1935-）、蔡炎培（1935-）、鍾玲玲（1948-）等人，而「這些被『遺漏』了的詩人，湊巧大都是『海外的』」。所謂「海外」作者，林綠解釋道，「即非由大陸來臺或在臺出生的，而是旅居或出生於香港、星馬、菲律賓」的寫作人。若葉維廉（1937-）、戴成義（1937-）、溫健騮（1944-

1976）、藍菱（陳婉芬，1946-）這幾位港華與菲華詩人可以入選，「地域」顯然並非首要考慮因素，然而為何卻偏偏遺漏了其他同樣重要的馬、港詩人呢？

他在文中進一步指出，散文卷雖收錄了王敬羲（1933-2008）、蔣芸（1944-）、思果（蔡濯堂，1918-2004）三位香港作家，卻忽略了李素（李素英，1910-1986）、秋貞理（司馬長風，1920-1980）、夏侯無忌（孫述憲，1930-）等人。此外，詩與散文兩卷都有香港作家入選，小說卷卻無一人，亦令他感到大惑不解。他問道：莫非徐訏（徐傅琮，1908-1980）、黃思騁、徐速、齊桓（孫述憲，1930-）等人的作品不入編者法眼？基於上述原因，林綠對於余氏大系並無好評：「《中國現代文學大系》一套八冊，印刷頗為富麗堂皇，但是否能向歷史交卷呢？這是很令人懷疑的。〔……〕《中國現代文學大系》雖然外表衣著豪華炫目，其內裏所呈現的景色，卻是令人失望的」。《當文》同期社論呼應了林綠的批評，質疑大系無視「華僑文藝活動」（指香港和「星馬泰越」等地區的華人文學創作）的重要性，致使大系有「向歷史交假卷」之弊（105：6-7）。

林綠對於《中國現代文學大系》的批評，亦引起南越讀者的迴響。七四年九月，劉健生投函《當文》，感嘆外地讀者不熟悉越華新詩，實乃一大憾事，因為「越華詩作品的成績比現代香港出色得多」。他進而指出，如果該大系編輯將「海外文壇」視為「中國」的一部分，則《大系》的「詩部分就不能忽略越華作者」（106：132-133）。林綠與劉建生的意見，大系編輯未必看得到；不過，後來瘂弦編《當代中國新文學大系‧詩集》，顯然沒有忽略港、馬、越三地的詩人（瘂弦編 1980）。

第五節：新華作者投稿概況

新加坡獨立後，文學書籍出版漸趨蓬勃，從六〇到七〇年代，數量一直穩步上升。根據楊松年的統計，在六五至七九年的十五年間，新詩出版穩定，第一階段（1965-1969）有三十部，第二階段（1970-1974）增至四十九部，第三階段（1974-1979）又降至三十三部。小説與散文的出版量則有顯著增加：小説從第一階段的二十三部，增至第二階段的四十部，以及第三階段的七十三部；散文集則由第一階段的十六本，增至第二階段的六十八本以及第三階段的九十八本。劇本與文學評介的出版並不穩定：劇本在第一、第二階段分別有十及十二冊，到了第三階段降至三冊；文學評介的專著由第一階段的七本增至第二階段的二十二本，第三階段又降至十三本。相比之下，從六五到七四年，報章副刊與文學雜誌的處境並不理想，到了七六年之後才轉趨蓬勃，出現了《新加坡文藝》（1976.1-）、《樓》（1977.6-1979.1）、《度荒文藝》（1977.6-1981）、《紅樹林》（1976.7-1979.6）、《文學半年刊》（1978.4-1998）與《拾穗》（1978.10-

1979.1）等標誌性的文學期刊（楊松年1982：106-177；李金生、李通元編 2015）。

從六五至七九年，儘管新加坡的文學出版事業穩定發展，向外發展的新加坡作者依然不少。在這個時期，《當文》可確定身分的新加坡投稿者共十七人。其中發表七篇以上者為史旅洛（林益洲）、謝清（謝國華，1947-）、英培安（1947-）、文愷（程文愷，1947-）、沈璧浩（1951-）、蔡牧蒼；四篇以下者為湘靈（廖香靈，1947-）、寒川（呂紀葆，又名呂基炮，1950-）、零點零（顏學淵，1948-1976）、詹燕（吳晟鋒，1947-）、吳賜蘇、郭永秀（1951-）、紅白（王國銘，1951-）、吳韋材（吳偉才，1951-）、蕭宏秋（蕭寶育，1947-）、小貝（沈建榮）、火雷紅（余德根）。這群作者雖屬《當文》的第二與第三世代，但大都生於四〇年代末與五〇年代初，是非常年輕的「新兵」。

謝清、英培安、文愷、零點零、沈璧浩、吳韋材屬於新加坡的「六八世代」，即新加坡第一代現代詩人（許世旭1989：228；劉碧娟2017：80，111，201-227），其中謝、英、文三人更被視為六五年至七〇年代有影響力的作家（黃孟文、徐迺翔編2002：372）。謝清、文愷、零點零三人曾在七二年二月「北上」臺灣，在《笠》詩雙月刊第五十二期的「新加坡華僑詩人輯」裏亮相。[52]湘靈與蕭宏秋則在《當文》徵文比賽中獲獎。湘靈以小說〈新房客〉（51：147-156）入選第一次徵文比賽（1969），前後一共在《當文》刊出三篇小說與一篇散文。蕭宏秋以散文〈貓精靈〉(135：62-72) 入選《當文》十週年紀念徵文比賽複選佳作(1975)，第二篇散文〈十月的聖誕鈴聲〉(176：35-36) 刊於第二階段的《當文》。不過，第一位在《當文》亮相的新加坡作者是英培安，比馬來西亞的曹嵐稍晚，但較溫瑞安早了四年。英培安在《當文》發表第一篇作品時才十九歲，沈壁浩登場時也很年輕，只有十八歲。

第六節：新華文學創作與評論

新加坡的投稿以新詩為主，其次是評論。主要作者為史旅洛、謝清、英培安、文愷、沈壁浩、蔡牧蒼、寒川、零點零。史旅洛（另外兩個筆名是谷虹和紀明）的發表總數最多，包括六首新詩，九篇評論，一篇雜文。謝清的發表量排第二，十五篇作品之中新詩占十四篇，餘下一篇是散文。英培安的十三篇作品之中，有八篇新詩，三篇評論，雜文與小說各一。文愷一共發表十一篇作品，其中新詩占九篇，賀文與散文各一。其餘四位作者的新詩發表數量為：沈壁浩七首，蔡牧蒼六首，寒川四首，零點零兩首。

一、史旅洛

史旅洛的詩作發表於七四至七七年間。〈西線無戰事〉(108：65) 寫越南戰爭，〈夢囈〉(114：106-107) 與〈掌上雲〉(117：96) 表達失戀的哀傷，〈回鄉偶書〉(123：63) 詠故鄉之美，〈亡魂曲〉(133：37) 探討死亡的意義，〈千山萬水〉(143：48) 是贈友的酬唱之作。他的詩作風格平淡，並無特色。

史旅洛也發表議論文章，與其他《當文》作者討論問題，或品評古今文學作品。第一類文章包括：〈談《阿Q正傳》的價值〉(105：28-31)、〈一腔迷惑也談詩——《一腔孤憤又談詩》讀後感〉(109：104-110)、〈由新詩談到現代詩——再與慕容羽軍先生商榷〉(110：121-126)、〈再從新詩談到現代詩〉(114：119-121)。〈談《阿Q正傳》的價值〉回應英培安與郎格非關於《阿Q正傳》的討論（英、郎二人觀點詳見下文），其餘四篇針對慕容羽軍（李維克，1927-2013）的牢騷而發（詳見第二章）。第二類文章計有：〈從一首唐詩談起〉(112：97-101)、〈屬於詩的一九七五——寫於《當文》十週年紀念前夕〉(58-68)、〈吟風弄月詠新春〉(124：48-55)、〈從文學觀點論瓊瑤〉(138：18-31)、〈新加坡的兩大詩風〉(141：18-25)、〈再談新加坡詩壇〉(147：94-96)。這六篇文章之中，以細數瓊瑤作品缺點的一篇最長，也最引人矚目。[53]至於他評介新加坡詩壇的兩篇文章，見第七節的討論。

二、謝清

謝清與文愷的作品發表於六九至七五年之間，也就是在兩人與其他文友創立新加坡五月詩社（1978）之前。謝清的詩作可分時事與抒懷兩類。前者涉及題材甚廣，包括孟加拉的獨立戰爭（〈巴基斯坦〉，66：136；〈閱牆——致印巴難民〉，74：120）、太空探索（〈回航——為太空人而作〉，70：128）、越南戰爭與嬉皮士和平運動（〈越南——寄給那些戰火中的小孩〉，80：156；〈所謂和平〉，89：84-85；〈團圓〉，114：16-17）、慕尼黑慘案（〈慕尼黑的黑衣〉，83：22-23）、蘇聯放逐索忍尼辛（〈硬漢〉，104：86）；後者寫景抒懷，如〈偶遇〉（41：147）、〈那手繭——屬於母親〉（45：107）、〈再想起別離〉（82：118）、〈落霞篇〉（94：122）、〈千色流霞〉（99：83）、〈落霞、落霞〉（107：104-5）。謝清在《當文》發表的詩作，以〈慕尼黑的黑衣〉與〈團圓〉獲《當文》編輯賞識，均作期首詩刊出。〈芒燈夜筆〉是謝清在《當文》發表的唯一一篇散文，以日記形式記敘作者對於生命的冥想，其中涉及人性凶殘的段落與他在詩中批判時事的立場互相呼應（87：54-57）。

三、文愷

文愷被新加坡文史學者譽為「具有代表性的新加坡現代詩人」（黃孟文、徐迺飛翔 2002：388）。他的詩作雖不曾入選《當文》期首詩，但風格相當獨特，與其散文〈一棵老老的聖誕樹〉（109：102-3）大異其趣。從他對《當文》的善意批評裏，讀者不難看到他對創意的要求。在《當文》創刊六週年的賀文裏，他建議《當文》「刊載更多具有獨特風格的作品。這些作品的題材和創作手法都必須不『抄襲』三十年代至五十年代作家的作品」。他同時表示，《當文》亦須提高刊物的讀者定位：「我希望編輯先生們在選稿方面，除了照顧到廣大的中學生之外，也常常注意到一群具有一定寫作能力和社會經驗的讀者」（〈祝你們快樂〉，73：124-5）。[54]

文愷在《當文》發表的詩作，偏重於情感或幽思的表達，以〈日子〉（63：151）、〈感覺——風起的夜〉（65：121）、〈感覺——黃昏和落葉〉（67：127）、〈技藝〉（75：104）幾篇最具妙趣。〈感覺——風起的夜〉一詩，尤能展現詩人以文字形塑奇想之能力：

風起的夜
塵埃的長街
在我的喉間伸縮

我是時空的過客
在飄搖的蘆葦上
不安寧的
抽搐

我額上流過
異鄉一條混濁的河
背上漬著
一灘沼澤

直到星的眼神
引我超越
儼然
我已是一尊
枕山而長睡的
佛

四、英培安

英培安在六六至七二年間，於《當文》發表新詩，部分作品有臺灣現代詩影響的痕跡。[55]〈水仙花〉(7:15)與〈黑色的V〉(10:28)分別令人想起余光中〈蓮的聯想〉與羅門〈美的V型〉；〈水手〉(13:70)的意象與場景，則與余光中〈那天下午〉以及羅門〈流浪人〉遙相呼應。[56]受前人影響，並不意味後人缺乏創意；英培安寫〈蠹魚〉(17:50)，借用覃子豪（1912-1963）〈瓶之存在〉的詩句「挺圓圓的腹」，使這篇作品充滿了幽默感。[57]七一年的〈無根之弦〉(74:118)，描述新加坡華人身處多種文化與歷史之中的游離與惶惑感，是技藝較為成熟的一篇。第一節的鞋子意象，足將華人心繫故鄉、身老天涯的憂鬱表達得淋漓盡致：「你的明日/已被描繪成一隻淒清的/鞋子了。另一隻是在塞外/孤獨地流落在風沙裏」。在新加坡的後殖民時空裏，華人似乎在多元文化與歷史的衝擊下暫時失卻了身分認同，其內心的無助感，有如一朵僵止，而且「沒有形狀」的浮雲：「那時海峽時報在萊佛士坊/黃昏是潑在/一座英國式的鐵橋上/印度人的笑語/和隱約的咖啡香/散發過微濕的/街場。一朵沒有形狀/的雲，是繡在/維多利亞劇院鐘樓後面的/一株樹旁」。這首詩的前半部想像力豐富，意象紛陳，令人浮想聯翩；後半部語言簡單，平鋪直敘，雖有明確交代主旨之利，在美學上卻不無虎頭蛇尾之嫌：「我/只能回去/回去我只能/大聲地彈著我/重病的吉他」，「我和我的血/哀傷地歌唱/我的淚，更在/泣不成聲的」，「遠方」。

從七二到七四年，英培安發表了一篇短篇小說，一篇短評，三篇評論。與同期在《當文》刊出的詩作比較，他的小說與評論顯然在思考與技藝兩方面更為成熟。〈赤裸的上帝〉（79：47-52）以戲筆調侃衛道者對於天體的態度，並在文中煞有介事的為自己闡述的《聖經》故事加註，像這種直率辛辣、肆無忌憚的無神論表述在《當文》並不多見。英培安曾坦言，「喜歡寫雜文刺人，恐怕已養成一種壞習慣了」；不過，「寫評論時，卻盡量壓制自己不要動用不相干的情緒語言。諷刺的話是可以說的，但是要看對什麼人，在什麼時候」。這番夫子自道，出自〈談論戰〉（79：12-14）一文。英培安認為，文學論戰——或文學評論——其目的不外是為了「討論問題」，所以論者「要平心靜氣」，「若能互相尊重，是最好不過的事情」。在他看來，論戰或評論必須遵守三大原則：一、「不要犯上不相干的謬誤。如訴諸成見，訴諸情感，訴諸權威，訴諸未知，訴諸品格（人身攻擊）等」；二、「要懂得基本的邏輯思考」，「若要寫評論，起碼的思想程序都沒有，只有滿紙刻薄話，評論云乎哉？」三、「不要雞蛋裏挑骨頭」，論戰或評論的目的都是「為學問而戰，為真理而戰」，切莫使之淪為「戰多論少」的「罵戰」，「純粹為罵人而戰」。

英培安在《當文》發表的三篇評論是：〈略談文學的價值〉（100：53-61）、〈文學的「現代」與「當代」意義〉（101：24-25，120-21）、〈替魯迅與阿Q說幾句公道話〉（103：22-34）。〈文學的「現代」與「當代」意義〉雖然對「現代」（modern）與「當代」（contemporary）的詞義作出辨析，主旨卻是為了說明「現代」一詞所指稱的西方社會特質（工業化、高生產力、具社會流動性）以及應運而生的西方現代主義文學，進而質疑這種發源於「高度現代化」地區的文學潮流，是否適合港臺新馬這四個「發展中的過渡社會」。換句話說，英培安擔心的問題是：西方的「現代」精神，是否與港臺新馬的「當代」社會合拍？在亞洲進口現代主義風格，在時間上是否過於超前，很容易產生文學創作與在地文化脫節的浮誇現象？

> 平心而論，現代派在表現形式，與語言運作的創新上，確有其不可磨滅的貢獻。但在表現的實質方面，很多一窩蜂的現代主義者，就從未好好地思考過，自己所處的

> 是什麼社會。只要我們細心觀察一下，真正有建樹的現代主義作者，都是自覺地運用現代技法，表現自身社會的實際感受的。而糟的是，大批無知的現代派（受港臺影響的新馬現代派尤甚），卻是入了迷宮，變成不折不扣的形式主義（formalism）。蓋其所創作者，僅是形式化的現代作品，徒具形式（form），而無實況（reality）。
>
> 形式主義的現代派有兩種：一是純粹在形式上玩文字遊戲〔……〕；另一類是確有所表現，但表現的卻與其自身社會貌合神離。〔……〕這些無知的現代主義者，竟用他手持的現代社會模型，來作他們美學價值（aesthetic value）的判斷〔……〕，認為文學非要表現像西方現代社會那種分崩離析的人性，才算「有深度與廣度」的巨著。

在文末，他建議創作者求真，莫忘自己身處的現實世界與文化背景：

> 文學貴乎真，形式主義的現代派作品，可能把目前西方現代精神表達得很貼切，但若在他身處的社會裏，絕沒有那回事兒的話，就等於矯情作假，癡人説夢。
>
> 一個創作者，他不妨受西方現代主義的影響，吸收西方現代主義的精華；然而，當他創作時，他必需是個「設

身處地」的現代派，而非遠離自己的民族文化，社會背景的「西方現代派」。

從表面看來，〈略談文學的價值〉與〈替魯迅與阿Q說幾句公道話〉兩篇文章都是針對郎格非的言論而作的，但從英培安全力以赴的寫作姿態，可以看到他想藉此契機，向《當文》讀者闡述自己的文學信念，並展示如何細讀、評論文學的動機。兩篇文章都突顯了英培安重邏輯、講證據的思辨方法，至於他的批評語氣，雖還不至於「刺人」，但已足以令對手下不了臺，處境相當難堪。

〈略談文學的價值〉是衝著〈價值的困思性〉（97：62-65）一文而來的，其嚴肅與認真的態度，意味著英培安並不認同聊天式的文學議論。首先，他批評郎氏僅憑在書店瀏覽法朗士兩本書的浮泛印象，就斷言後者浪得虛名，是「非常不符責任的判斷」。他認為郎文粗疏，既沒交代這位「法朗士」是誰（遺漏外文姓名），亦沒有說明翻閱的是哪兩本書，書的譯文水準如何；若讀者無從查證這些基本資料，如何判斷郎氏的意見是否客觀有理？更重要的是，英培安很不客氣的追問，郎氏究竟有沒有能力看懂這位外國作家所寫的書？就推理方法而論，英培安認為，即使這兩本書寫得不好，郎氏怎能「據此斷定法朗士不行」，並進一步籠統的否定昔日的作家在現代讀者眼中的價值？於英培安而言，好的文學作品自有其恆久的價值，不僅不會因時移勢易而遭到淘汰，而且還會與文學的大傳統匯流，成為人文經典的一部分。故此，他對於郎氏將文學視同娛樂的觀點也作了批評。他承認，創作或始於娛樂，但一旦文學被文人用以表現其「生活意識」與「時代意識」後，就涉及價值觀的表達，已不復是簡單的娛樂了。文學的創作與欣賞，其中所激發的美感，說到底其實就是價值觀的藝術表達與呼應。最後，英培安對於郎氏宣稱中國文學不如西方文學亦表示不滿，認為這是信口開河，毫無實據的說法。總體而言，他對郎文的評語，就是對充滿主觀色彩的閱讀隨筆的批判：「郎格非那篇文章是非常不負責任的，他可以憑空地來一個論斷，又可以人云亦云地贊成，或反對一些事情。這種態度，不但浮誇，而且不道德。」

〈替魯迅與阿Q說幾句公道話〉開門見山，明確交代英培安對於文學批評的「科學」要求：

> 文學創作與文學批評是兩回事。文學創作可充分利用想像和主觀的情感，因為它是藝術；而文學批評則是一門科學，是科學就要有科學的方法與態度。「科學方法」，簡單地說，就是認識經驗世界的一套原理原則，它包括假設原則，歸納原則，觀察原則，比擬原則……等。用科學方法來研究文學的目的，是要全面的了解文學；只有全面的知，才是真知。「科學的態度」，是客觀的態度。有一分證據，說一分話；是真就說真，是假

就說假，絕不憑空揑造，面壁瞎扯。

根據英培安的說法，他本來無意將郎格非的〈阿Q是漫畫人物〉(99：56-59)視為文學批評，但是由於「這篇雜文對魯迅和阿Q的批評」「有些過了分」，所以不得不「第二次非議郎格非先生的文章」。這篇文章不僅比前一篇長，而且超過了《當文》論文的平均長度，力道也比上一篇來得猛烈，篇首援引魯迅語錄——「在現在這個『可憐』的時代，能殺才能生，能憎才能愛，能生與愛，才能文」(〈七論「文人相輕」——兩傷〉)——可謂充滿了殺氣。英培安對郎文的抨擊，主要集中在概念陳述、文本分析、作家研究三方面。他首先指出，郎文認為魯迅將阿Q寫得如此卑下，是個人「意結」作祟所致，缺乏心理寫實根據，可是郎文卻沒有從心理學的角度解釋「意結」的觀念，說明魯迅所患究竟是何種「意結」，以及產生此種「意結」，使他貶抑同胞的原委。其次，他引用小說原文，一一證明郎文所列阿Q在行為上自相「矛盾」之處完全是評論者的誤讀。最後，英培安從魯迅的其他著作以及文學研究者的評論入手，綜合評述阿Q的寫實意義、魯迅對於同胞的情感與態度，讓讀者對於魯迅筆下這個「漫畫人物」有一個相對客觀而全面的了解。

在文末，英培安除了重申「科學方法」的重要性之外，還忍不住「刺人」[58]：

> 我一向主張用科學的方法來研究文學。因為這樣可以免掉許多不必要的謬誤與偏見（個人或時代的偏見）。時下的文學批評，多是靠個人的直覺與情趣來發議論的。這種靠心有靈犀一點通的「禪機」，對文學的感悟，基於普同的人性，有時當然會道出「真」情來。但，總沒有用科學方法得來的結論周延、精確、可靠。運用心理學，不失為一種科學方法，但最可怕的是披著假科學的外衣，骨子裏卻祭著「反科學的想像」的術士。

《當文》編輯部不敢低估英培安這兩篇文章的強大火力，曾在〈編後〉表示他們的憂慮：

> 我們很高興看到真正的文藝批評與討論，這樣才能有進步，但是絕對反對「人身攻擊」，參加討論（並非筆戰）的朋友更應該先有這樣的心理準備與風度，本期英培安先生的〈替魯迅與阿Q說幾句公道話〉也就是在這個原則下進行討論的，希望郎格非先生不要介意，關於這一點，本刊徐主編亦曾親函向郎氏解釋，惜未得到回覆，而且連「零思錄」的稿子也停了，至為遺憾（103:152）。

幸好郎格非並不是那麼褊狹小器，「零思錄」停稿也與英培安的批評無關。郎格非在後來給《當文》的一封信裏表示，

「英君所言皆中肯綮，弟心悅誠服」，讓編輯部放下心頭大石，並在覆信裏稱讚他虛懷若谷，令人欽佩，並希望他繼續給《當文》寫稿（104：148-149）。

英培安與郎格非的議論引起史旅洛的興趣，他撰寫了〈談《阿Q正傳》的價值〉（105：28-31）一文，評說魯迅作品的「價值」。在他看來，魯迅的文字不僅文白夾雜，而且華洋並用，並非理想的現代語文；其次，《阿Q正傳》的內容「深奧『過頭』」，連他這個「高級知識分子都不易懂」，如何「喚醒千千萬萬個迷失的同胞」？換句話說，他認為《阿Q正傳》未能達到「喚醒」國人的「預期目的」，故此不能算是「真正成功」的創作；這篇作品之所以「出名」，是因為魯迅「極負盛名」，「加上一些名人拼命的寫講義，作論文，不出名也甚難的了。」他的這番議論在《當文》並沒有引起迴響。

五、沈壁浩

沈壁浩十七歲寫詩，十八歲在《當文》發表〈黃昏後〉（39：141）。他的詩作一共七首，格調清新，又具創意。少年不識愁滋味，〈湖邊〉（45：106）表現的正是這種花樣年華的快樂：「樹影紋身/我們與貝殼一齊入寐/這樣就纏死整個早晨/記得湖水衝破灘頭的下午/我們集體裸泳」；「彩霞褪後/我們陪伴月亮/在黑灘暢飲潮音/用鹹鹹的夜風點起火/點亮小鮫姣好的曲線/夜潮就沿脊髓爬起/呵潮，幾時我們再摺很多很多的紙船」。[59]〈那少年〉(53:152)寫少年男女眉目傳情，光景何其旖旎：「暮色披肩/他走過　一排長長的瀏海/看著星子/在髮瀑上乍現」；「那少年　他是/晚霞的過客/為了看黃昏/(黃昏在她臉上)」。〈黃昏後〉描繪月落星沉之後，多情男女繾綣難捨之情，端的是一刻千金：「他紡著她的髮絲/(卻秤著夜，以錢作砝碼)/她在鍍他胸前的鈕扣/(卻想帶一包謊言/去見深夜待門的媽媽)」。[60]〈金魚〉(56:144)藉金魚的生存狀態為喻，批評安逸的生活使人喪失戰鬥本能。詩的第一節以今昔對比呈現詩的主旨，文字簡潔有力：「風景這樣美/這樣便忘了/昨日。昨日/溪澗的故事/風的血和/雨的淚」。[61]李有成(1948-)認為，這首詩是在「傷悼新加坡的過去」(李有成2015:14)。〈無題〉(82:54)是詩人兵役期滿之後所作，以平實的口吻和意象，紀念無端失去的青春時光：「他來不及替昨日/立一座墓/那裏，已經長遍/綠色的小茵」。

沈璧浩最好的兩篇作品都與個人經驗無關，〈河〉(73:146)寫景(新加坡河)，〈喊賣馬來飯的小孩〉(43:111)觀察人(馬來小孩)，各具特色。[62]〈河〉分四節，第一、二節以擬人法分別描述河口漲潮與午後日曬的情境，第三、四節以第二人稱與河水談心，表達了詩人對這條寂寞潦倒的河流的關切之情。在這首詩裏，海與太陽都被男性化，河則被女性化，其行為特徵是日間堅強冷漠，夜裏脆弱多情。第一節寫海與河的冷淡關係：「海走來，駐足了/一個上午後/他便回去/孩子們的笑喝聲/也被帶走」。第二節寫河水不為太陽的熱情所動：「剩下她　忍受/午後的寂寞/輕佻的太陽/說了整整一個下午單調的情話/結果還是無可奈何的/走了　去找那個他住在/西街的小情婦」。第三、四節是敘事者對於這條河的觀察與描述：「愛妳的是穴居的海蟑螂/和無窮企望/妳身旁守候的石柱/牠們迷戀　風裏/妳濃郁的體臭」；「而妳，/為了一艘/撐傘的舢舨失蹤了/就哭了一個晚上」。李有成對這首詩的評價是：「語言質樸，構思富戲劇性」。他認為詩中的「新加坡河被擬人化為一純樸女性，甚至身有異味，非但不拒河中的卑微生命，且對河上活動的勞苦大眾寄予同情」，意味著這是一條「包容、慈愛而充滿悲憫的河」。在半個世紀後重讀此詩，讀者可以看到新加坡翻天覆地的變化（李有成 2015：14-15）。

〈喊賣馬來飯的小孩〉以現代手法為讀者勾勒出一個窮孩兒的形象，在展現作者的同情心之際，不落寫實主義的窠臼。沈璧浩以虛擊實，藉小孩虛弱的身影來突顯他在寒風中叫賣食物的淒慘與盼望：「（影子於地面吃力爬行/很飢餓的樣子/一直喊著早晨/早晨的名字）」。街上其他小孩趕著上學去，與他構成極大的反差——他們急促的腳步踏在他的影子上，所傷害的是他的自尊心：「燈柱淫淫笑他/且被白膠鞋底印過赧臉/那些書包們/對他睥睨/那個竹籃的提手惺意的/撫他手彎上的結疤」。詩的結尾非常悲觀，以小動物的不幸遭遇來預示弱勢孩童的最終結局：「希望勢必斷串，他想/且想著早上出門時/桌腳下餓死/的小貓咪」。

六、蔡牧蒼

從蔡牧蒼為《當文》四週年紀念專輯所寫的賀文推斷，他對於新詩應有很高的要求。他說：「在星洲，能夠看到的文藝刊物是屈指可數的，除了一些沒有水準的，可說上有深度的，除《當文》外真是絕無僅有的。雖然《當文》還不是十全十美的（例如最明顯的是『詩之頁』的詩稿未到一般要求的水準），但在這個文藝女神被冷落的地方，還是彌足珍貴的。」（49:153）

蔡氏在《當文》發表的詩作一共六篇，從意象、句式到意境都比較傳統，風格接近白話詩。詩中主要的意象有：暮雨/暮色/黃昏、煙霧/雲霧/雲煙/煙水、雨、山、樹、楓林、幽谷、瀑布、岩石、海石、落葉、蒲公英、斷弦、浪人/浪子、月光、石像等。相近的句式有：「長長的十月呵！太迷茫/煙靄朦朧中/落拓的旅人呢？浪人呢？」（〈感觸〉；35:127）；「愛撫琴的呵！/愛唱斷弦歌的/浪子/撲不落故園的憶念」（〈雁〉；43:113）；「心呵！心也倦了/倦於——/再蒐網雲煙往事/再馱負萬頃相思」（〈獨步〉；44:133）；「你可知悉呵！一個/患了初戀症的男孩」（〈椰樹的呢喃——給風〉；44:133）；「（來呵！寂寞的候星人/讓我們攜手，一同乘著飄零的/雲煙。回去小小的/飄著濛濛雨的/南方呵南方）」（〈雲煙〉；47:141）；「好倉促呵——/一回首/你帶淚的笑姿/已成永恒〔……〕父親呵！我這般地凝視/自己倔強的雙手」（〈禱——焚給父親〉；49：127）。蔡氏詩作的意境，大概可以其詩句「風雨的姿態/……」來予以概括。

蔡牧蒼也寫小說，不過僅發表過一篇。〈生命之歌〉（57：53-57）是一首輓歌，寫一名身罹絕症的大學生捨身救人的故事。這篇小說立意甚佳，不過情節缺乏說服力。

七、寒川

寒川一共刊出四首作品。〈水手之歌〉（79：163）以節奏取勝，在細數浪子的滄桑之餘，不忘自嘲。「邱比德自船上飄過/不曾駐足/愛情不屬於我/十字架釘在我鹹濕的背上」；「（何須尋索。遂想起/ 那亮著紅燈的小巷/那很赤裸裸的女人）」。〈千年之後〉（91：139）和〈懷人〉（96：73）為情詩，〈珊瑚新村〉（110：65）描寫日常生活，這幾首詩的風格都很平淡。

八、零點零

零點零在《當文》發表的詩作雖然僅有〈夜〉（17：106）與〈午後〉（27：101）兩首，不過令人印象深刻。這兩首詩分別寫膠林夜色與熱帶的午後氛圍，筆法別出心裁，不落窠臼。〈午後〉尤其精彩別致，其意象與詩趣為六〇年代馬新來稿所僅見：「窗是開著的/草履蟲 便一跛一跛的/幹下械劫案」，「室內是一乾涸的方格/是了 我就是方格內/

唯一蠕動的質子/閣下就是方格外/很文明很文明的/另一質子？」；「窗是開著的　平淡無奇/魁偉的圓周率/無精打采的/翻閱雜誌」，「是了　是了/午後就是黃昏女士/極寵愛的一頭/風燭殘年的象」。可惜天不假年，零點零過世時還很年輕。謝清後來寫詩悼念他，盛讚其詩「文采飛揚」、意象「奇僻」（謝清 1989）。

第七節：新華文壇報道與評介

早期《當文》少見關於新加坡文壇的報道，投稿人一般只在「星馬」或「新馬」的概念下提及新加坡華文文學的情況。七一年，梁園和馬崙分別以〈談談星馬作家的職業〉和〈新馬文藝界漸趨熱鬧〉兩篇短文，為讀者簡介兩地文壇情況。梁園指出：「星馬作者們在教育界服務最多，其次是報館，再其次是受薪階級（不管是官方或非官方的機構），而從事經商的並不多」（70：11）。馬崙主要報道新馬文壇的三件大事：一、方修編纂的《馬華新文學大系．小說一集》已經面世；二、新加坡教育出版社聯合新社即將出版《新馬華文文學大系》；三、新加坡作家協會已經成立，並計劃出版《作家季刊》（65：12-13）。

《當文》刊載關於新加坡文壇的獨立報道與評介，始自七七年。當時編者表示，「星馬是本刊發行的重要區域，是以我們有義務報道該地的文藝活動，以期達到與各地文藝交流的目的」，並呼籲讀者予以支持，「雖然一水之隔，我們對星洲的文藝狀況仍然感到陌生，如有遺漏處，尚祈文友們指教」(144:152)。編者還鄭重聲明：「《當文》的園地是公開的，我們絕不偏袒我們的作者」；若讀者有意辯駁所刊文章，《當文》「也竭誠表示歡迎」(141:152)。不過，直至《當文》停刊前，關於新加坡文壇的報道依然不多，而且側重新詩，未及其他文類。七七年，雁鴻發表〈新加坡華文文壇概況〉(135:18-21)和〈新加坡詩壇概況〉(144:18-23)兩篇文章，讀者才得以一窺新華文學概貌。〈新加坡文壇概況〉主要從文學場域入手，簡介四家華文日報（《南洋商報》、《星洲日報》、《新明日報》、《民報》）的文藝副刊、各種純文藝刊物（《新社文藝》、《茶座》、《自由列車》、《青年文藝》、《旭陽》、《赤道詩刊》、《星光》、《鄉城文藝》）、設有文藝版的綜合性雜誌（《藍白領》、《獵戶》、《建設》、《知識分子》、《南洋教育》、《新加坡》、《展望》）、大專與中學的學生刊物、文學作品單行本（詩集七十六本，散文及雜文集七十三本，戲劇與電影劇本二十一本)，以及《馬華新文學大系》和《新馬華文文學大系》。文章還列舉新詩、小說、散文與戲劇的重要作家，以為參考。

〈新加坡詩壇概況〉是前文的「繼稿」，但進路略有不同；此文先分析新加坡詩壇「沉寂」的原因，再介紹兩種不同的詩風，並舉例說明。根據作者的意見，新加坡詩運不隆的原因有三：一、發表園地不足；二、新詩對於讀者的要求比較嚴格，局限了詩集銷路；三、詩壇前輩封筆隱退，後輩缺乏指導鼓勵，往往半途而廢。至於新加坡的詩風，作者認為有兩大類：「一種是著重在以現在表現式入詩的詩歌，我們姑且籠統的稱它們為『現代派』，另一種是注重以平實的表現法來入詩的詩歌，我們不妨稱它們為『寫實派』」。前者包括周粲（周國燦，1934-）、王潤華、淡瑩、南子（李元本，1945-）、謝清等人，後者以苗芒（黃有吉，1935-）、杜誠（杜珠成，1935-）、柳北岸（蔡文玄，1904-）為代表。作者似乎偏好「現代派」，所舉五個例子之中，四首屬於「現代派」(周粲：〈魚游春水〉、〈餓馬搖鈴〉；淡瑩：〈青龍出水〉；謝清：〈寫作人的感覺〉)，只有一首是「寫實派」的（苗芒：〈電梯〉）。雁鴻本來有意再寫〈新加坡小說創作概況〉和〈新加坡華散文創作概況〉，不過後來無疾而終。

同年，紀明 (即史旅洛) 在《當文》發表〈新加坡的兩大詩風〉，以《新加坡文藝》第六期以及南洋大學《紅樹林》詩刊的作品為例，向國外讀者評介新加坡的新詩（141：18-25）。關於新加坡新詩的處境，紀明的觀點與雁鴻相近，他認為新加坡缺乏文學的發表場域，讀者也不重視新詩；不過，令他感到「費解」的是，儘管新加坡的文學生態並不理想，新詩「作品之多」還是「遠超過小說、散文、戲劇」。紀明舉《新加坡文藝》與《紅樹林》為例，稱前者詩風「較為保守」，後者「積極現代化」。他將《新加坡文藝》第六期所刊的四首短詩 (蓁蓁〔丘柳川，1949-〕〈河的對岸〉、風入松〈雲海集〉、周穎南〔周國輝，1929-2014〕〈東京三題〉、景風〈山水三疊〉）與《紅樹林》的三個例子（西河洲〔王保州〕〈屈原〉、林山樓〔林歷復，又名林利福，1951-〕〈歲月〉、黃繼豪〔1953-〕〈日蝕〉）作一比較分析，闡述他的詩觀。紀明對《新加坡文藝》的作品有較多批評，顯然對《紅樹林》的現代主義菁英風格有所偏愛：

> 一般地說，《新加坡文藝》的詩作走的是淺近普及的路子，可惜有時顯得走火入魔；「淺近普及」不是詩人能做到唯一優點，難懂可感的詩自有其他好處，詩人要照顧讀者的接受能力，但是不必做到「遷就讀者」這樣沒有立場，比較起來，《紅樹林》擁有許多優秀的詩人，他們的詩風多樣化而不落俗套，這正是《新加坡文藝》所缺少的；但是他們力求新奇的結果，往往變得華而不實，輕佻浮動〔……〕。《紅樹林》代表新一代的年輕詩人，他們的思想比較開通，更能接受新理論，另一方面，他們對古典中華文學沒有那樣濃厚的感情，基本上他們是西化的，走的路線和臺灣詩人洛夫、紀弦等人相仿，比起《新加坡文藝》，他們更加激進，是堅決的現代詩擁護者。〔……〕《紅樹林》裏的詩作比較抽象，可感性較可懂性更強，因此不肯動腦筋的讀者恐怕難以接受〔……〕。

不過，紀明在肯定年輕詩人創新的勇氣之餘，亦擔心「力求新奇的結果使到一些詩作變成光怪陸離的四不像」，勸喻詩人莫步牧羚奴（陳瑞獻，1943-）的後塵。他認為牧羚奴的文字遊戲「在標新立異方面有空前的成就」，但「這種如入無人之境的寫法」，「熱情地提供了專寫偽現代詩的詩人鼓勵與勇氣」，同時「替那些惡意反現代詩的人提供了最有效的第一流資料」，「對現代詩的發展無疑是一顆絆腳石」。因此，他總結道：「我絕對不反對任何人寫這種詩，但是在當今現代詩還待廣泛推行之際，我認為這種詩的出現是絕對有害的，我當然不敢抹煞這種詩的價值，既然它不能被讀者接受，又對現代詩的推行工作不利，我們的詩人何如暫時犧牲小我，等現代詩在文壇上穩占一席後再來寫呢？」

紀明的文章引來文豐子的回應。在〈幾點商榷〉裏（145：24-26），文豐子主要從五個方面質疑紀明的說法：一、文學發表場域：他認為「新加坡是一個多元種族文化的商業社會，華文文學只是其中一環，其發達與發展絕對不能與海外某些地區相提並論」，故此建議紀明調整對華文文學的社會功能以及發表空間的期待，以免與社會現實脱節；二、新詩與現代詩的接受情況：他認為新加坡的新詩與詩人（例如謝清、南子與周粲三人）廣受國內外讀者歡迎，現代詩亦已經為一般讀者所接受，《新加坡文藝》亦會刊登現代派詩作，硬將這份期刊與《紅樹林》分成兩派，並不符合事實；三、文藝刊物的性質：《紅樹林》的編者是年輕人，敢於創新，力求突破，其文藝價值取向與廣納不同風格的《新加坡文藝》顯然有別，不宜強作比較；四、詩評的方法：紀明雖然聲稱不反對短詩，「但是，字裏行間，他對短詩卻存在著很大的偏見」，故此他對蓁蓁的〈河的對岸〉所作的評論有欠公允；五、對牧羚奴的評價：紀明對牧羚奴的批評，文豐子表示難以理解。既然向來就是「新馬現代詩的前衛作者」，為何到了今天還要約束他的創意？文豐子認為，「在創作了多年之後，他若有意替現代詩開拓另一個境界，我們非但無可厚非，更應慶幸我們有這樣一位敢於『放棄』自己一貫詩風的作者」。他反問道：「既然紀明知道反現代詩的人是『惡意』的，那麼，為什麼他又要怕那一般人的攻擊呢？拿出作品來，一向是新加坡現代詩人的默契。十多年來，現代詩就是在這種只顧耕耘，不顧人家是否惡意攻擊中成長。」[63]

莞君很快就發表〈新加坡詩壇的幾個問題〉（147：90-93），對紀明與文豐子的兩篇文章同時作出回應。他的主要論點有四：一、列舉《新加坡文藝》廣納各家風格的創刊宗旨、曾刊載的詩人名單與詩論，批評紀明以《新加坡文藝》與《紅樹林》分別代表「保守」與「積極現代化」的二分法「過於草率，且有失公允」；二、同意紀明關於「新加坡詩壇最不受讀者重視」的觀點，表示難以認同文豐子的樂觀，並質疑新加坡詩人揚名海外的說法：「周粲、南子和謝清，在國內固然出名，不過若說他們的詩作受海外文壇重視，我不知道文豐子是否能舉出使人信服的論據來支持他的論點」；三、與文豐子意見一致，批評紀明對蓁蓁〈河的對岸〉有偏見：「我們不明白，紀明怎麼對與蓁蓁這首可讀性極高、含蓄而又經過雕琢的詩，也存有很大的偏見」；四、對於牧羚奴的實驗性作品，莞君如此陳述其批評立場：「牧羚奴是新馬現代文學的開路先鋒，在敬佩他的勇氣與魄力之餘，我們是應該以更客觀、冷靜的態度去批評他的創作」，「牧羚奴那圖文並茂、書法古怪的文字遊戲，偶爾為之，既名為遊戲，尚無傷大雅。不過，如果誤以為此類即現代詩之典型或正宗，則是大錯特錯」。他認為：「現代詩人應該常自我反省，倘若寫出來的詩太內向、太超現實、太潛意識或者太抽象，使人推敲再三依然無法看得懂，如此作品，有何價值可言？感情或者觀念的表達，固然應該含蓄，卻沒有理由含蓄到使人弄不清詩的主題意旨。」

關心新加坡文壇的讀者，還有曾在新加坡讀書的印尼作者柔密歐．鄭（鄭志平，1924-1995）。[64]他在讀過雁鴻的〈新加坡華文文壇概況〉之後，在《當文》發表了一篇熱情洋溢的感想，為新加坡文友打氣。紀明對《新加坡文藝》的「保守」詩風有所批評，但柔密歐．鄭在〈從《新加坡文藝》談起〉裏（142：24-26）對《新加坡文藝》卻讚譽有加：

> 不久前，我曾在一朋友處，很幸運地能夠粗略地窺看到，由新加坡教育出版社出版的一份純文藝刊物《新加

> 坡文藝》（季刊）的第六期，馬上我就被它吸引著，而心裏激動得說不出話來，這種高興確非那些中馬票者可比。該期恰好是詩的特輯，那更大大適合了我的胃口；因之，與我這朋友商之再三，方允許借我看一個晚上，因為他也是向別人借的，而且答應人家要速還的。

> 《新加坡文藝》在楊松年先生的主編下，果然不同凡響，它不但真正地能夠促進文學創作，及提高文學水準，而且已做到不屬於哪一門派，哪一單位了〔……〕。說真的，從這一期的文藝刊物上，已給我一個清新的印象，新加坡華文文藝已是相當的落根紮實了，這種進步的現象，是一點也不可以隨便抹煞的〔……〕。從這期的《新加坡文藝》上看來，寫新詩的作者實在很多，他們各自抒寫一些魅力的詩篇，雖是風格不同，但也確能做到百花齊放的新詩朵朵，令人易於接受。對我來說，它是很有分量的文藝刊物，而對於這許多的努力耕耘的作者，編者們，我除了對他們致敬外，還不斷地羨慕他們，因為他們已為新加坡文藝開闢出一條康莊大道了。

對於新加坡文學的「兩大主流」，他有以下建議：

> 新加坡華文文藝工作者，曾被人把他們分為有寫實與現代的兩大主流，因此一般有識之士，關懷於該國華文文

壇時，常要憂慮這種派別會妨礙他們的文藝上的發展，但我以為作為一個真正的文藝工作者，應該有寬闊過人的雅量，一方面固然要靠自己的努力和生活體驗，另一方面還能接納與自己不同形式不同體裁的文藝的存在，既繼承舊文藝的精美，復發揚新文藝的成分。尤其重要的，所有文藝工作者應該要團結一起，不搞分裂。

雁鴻所報道的新加坡文壇近況，鄭氏認為標誌著新加坡文藝的「蓬勃發展」；這些「非常良好的現象」，不僅讓印尼的華文讀者高興，還給予他們「高度的刺激」和「引起無限的共鳴」。故此，他向新加坡的文友發出呼籲：「我殷切地寄望於新加坡的文藝工作者，你們應加強聯繫，互相交流，甚至群策群力地合作起來，以鞏固維護新加坡文藝的日益強大與進步吧！要知道，你們的勝利，也即等於我們的勝利呀！」

第八節：本章小結

在創辦《當文》之前，主編徐速已南下聯絡馬新作者，爭取各方支持。進入七〇年代後，再遇上一群「北上」的年輕積極馬新作者，遂造就了《當文》眾聲喧騰、朝氣蓬勃的氣象。與香港作者群體比較，馬新作者在數量上並不遜色，而且以本地的青壯作者為主，由第二與第三世代平分秋色，完全是「新兵掛帥」的局面。第二代主要是生於四〇年代的作者，主將包括黃崖、梁園、游牧、馬崙、鄭易、溫任平、雅波、江振軒、謝清、英培安、文愷等人；第三代指生於五〇年代及其後更年輕的作者，如周清嘯、黃昏星、溫瑞安、夜半客、丁雲、藍啟元等人。第一代是生於一〇與二〇年代的作者，僅有姚拓、逸萍兩人而已。

新詩的投稿踴躍，馬來西亞的稿源以天狼星詩社社員以及雅波、夜半客、冰谷、潘天生、江振軒等人的作品為主，新加坡的稿件則來自謝清、英培安、文愷、寒川、沈璧浩、蔡牧蒼、史旅洛、零點零等人。在馬新芸芸詩作之中，《當文》編者較為偏愛馬來西亞的周清嘯、溫瑞安、溫任平三人的作品，他們一共入選期首詩五次。新加坡作者如文愷、英培安、沈璧浩與零點零等人的作品都被忽略了，其實從現代主義的角度來考量，這四位新華詩人的創作更具創意與現代感，令人耳目一新。

最主要的散文寫手是梁園，他發表的雜文數量為馬華作者之冠，從生活到文藝，無所不談。在散文作者之中，以雅波與溫任平兩人的作品最具個人風格。雅波長於抒情，亦好議論；〈深山寄簡〉系列的最後七篇，充分展現了作者的才學與文字修行，堪稱其代表作。溫任平的散文只有三兩篇，不過現代主義風格極為濃郁，在《當文》並不多見。新加坡作者的散文側重於文學作品與現象的評議，文章的性質介於雜文與文學評介之間。

小說發表數量最多的馬華作者是雅波，其餘勤於小說創作者為鄭易、馬崙、丁雲、黃崖、梁園、谷中鳴、曹嵐、方野等人。《當文》這個時期所刊的馬華小説雖然未算圓熟，但在題材與風格的開拓方面均有可觀之處。梁園寫馬來西亞華人新村裏兩個家族之間的世仇，其章法與題旨與野火（胡振海，1936-2004）或藺瑤（王潔心，1927-2010）的作品大異其趣。馬崙與谷中鳴關注本土色彩，會將當地風情與多種語言適切的寫進小説裏；而曹嵐以馬來「班頓」詩來談情説愛，亦是難得的創舉。這四位作者在寫作上的試探，均有益於拓展《當文》讀者的文學視野。梁園與雅波在小説裏都曾對馬來西亞社會重商輕文的現象作出抨擊，他們的言辭激烈，語氣沉重，可見兩人對於馬華文藝的情深意切。方野以年輕人的視角觀察社會，只見魑魅魍魎與各種怪現狀，其視境之灰暗可謂獨一無二。馬華小説作者之中，黃崖是唯一的第一世代與南渡作者。不過，他在〈鄰居們〉這篇描述離散傷痛的小説裏，傳達的卻是攜手並肩、重建家園的積極訊息，充滿了朝氣與希望。小説的場景雖是香港，寄意顯然落在「更南的地方」，作者早已在那裏「追逐於那花香日暖的理想」了（力匡 1952）。

文學評論與評介雖非馬新兩地作者投稿的重點，不過，議論焦點卻頗為集中。他們關注的主要議題有四：一、馬華文學的屬性與建構；二、對不同地區華文文學的包容；三、對壟斷文壇的左翼寫實文學觀的批判（詳見第二章）；四、文學批評的方法論。這四個議題雖然以馬新華文學或《當文》文章為討論對象，所關涉的思考方法乃至於具體內容對於不同地區的華文文學創作都有參考意義。梁園、溫任平、英培安、鄭良樹、史旅洛、郁谷平（詳見第二章）等人的議論文章，都有立場鮮明、觀點清晰、論述條理分明的優點，想必受到關心文學動向，又愛讀論戰文章的讀者歡迎。溫、英二人雄辯滔滔，詞鋒犀利，他們「刺人」的本事不在主編徐速之下，可說是《當文》一道非常獨特的馬新風景。

註釋：

① 雅波：〈總是那雲〉（95：105）。

② 南越作者、讀者跟《當文》的關係日趨緊密是七〇年代前期的事，當時西貢和堤岸兩地的銷量逾千冊（114：152）。

③ 馬漢：「據我所知，她（案：指《當文》）不但在東南亞擁有數萬讀者，而且是千百間中小學、圖書館、社團、機關訂閱賴供學生或會員閱讀的讀物。」馬漢1977：141。另見：傅南鵑〈《當代文藝》與我〉（13：115-116）。

④ 當時在新加坡國立大學任教的香港作家、學者劉紹銘（1934-）也曾去函該雜誌，建議他們辦一個大馬作家專號，溫任平1972f：105。

⑤ 由於出版《馬華文學》一書，溫任平與香港文藝書屋之間有些誤會。詳見溫任平1976a；香港文藝書屋1976。

⑥ 關於各人發表情況，詳見參考書目。

⑦ 王潤華六六年畢業於臺灣國立政治大學，六九年再獲碩士學位，七二年獲美國威斯康辛大學博士學位。陳慧樺六四年赴臺升學，畢業於臺灣國立師範大學英語系，後來獲得國立臺灣大學外文系碩士與博士學位。

⑧ 關於神州詩社文學創作與活動的研究，見黃錦樹1998；鍾怡雯2001：

141-197；鍾怡雯2002；張瑞芬2003。關於星座詩社與神州詩社的研究，參閱陳大為2012：47-126。至於王潤華、陳慧樺、黃昏星（李宗順）、廖雁平等人赴臺留學經驗的自述，見黃錦樹、張錦忠、李宗舜編2014。

⑨ 天狼星詩社資料組彙編1980；瘂弦編1980：53-56，637-640，641-644。

⑩ 根據黃昏星的回憶，瘂弦、張曉風（1941-）、周夢蝶（周起述，1920-2014）也是他們喜歡的臺灣作家，見李宗舜2012：211。

⑪ 黃崖五〇年來香港，五九年赴馬來亞，出任蕉風出版社社長兼主編、《學生周報》編輯，他為《當代文藝》寫稿時，身在馬來西亞。據叔權回憶，黃崖對於馬來西亞華文文學貢獻良多，應視為馬華作家：「六十年代，是馬來西亞文壇疲萎，文運幾至式微的年代。當時黃崖先生為了挽起文風，推動文藝，不停地從首都南下北上，在全國各地舉辦文藝講座，成立文藝研究班，鼓勵年輕一輩參加文藝行列。『吡叻文藝研究會』及『南馬文藝研究會』就是在他大力奔走策劃下成立的。當今馬華文壇有很多有分量的寫作者，都曾經是由黃崖先生直接或間接沐化而成名的。」「雖然黃崖先生一直未成為大馬的公民，但他以永久居民的身分，不停地創作以本地背景為題材的文藝小說，不懈地推動本地文風，因此我們必須肯定黃崖先生在本邦文壇的地位及貢獻。」叔權1993。

⑫ 姚拓於五〇年南下香港，五七年出任新加坡《學生周報》主編，五八年移居吉隆坡，從此定居馬來西亞。

⑬ 詳參天狼星詩社資料組彙編1980；李宗舜2014a。

⑭ 林振以〈紅頭〉（128：37-49）獲《當文》十週年紀念徵文比賽（1975）第九名。

⑮ 芳草的〈重逢〉（70：120-125）是《當文》第二次徵文比賽（1970）複選佳作，〈仙境女郎〉（90：108-115）則為第三次徵文比賽（1972）入選佳作。

⑯ 艾雲的〈大喜之日〉（64：69-72）是《當文》第二次徵文比賽入選佳作。

⑰ 黎渭鑾的〈生活第一課〉（67：72-77）和〈我做了媽媽〉（89：60-68）是《當文》第二次徵文比賽和第三次徵文比賽的入選佳作。

⑱ 康田的〈私奔〉（57：63-70）和〈那笑〉（68：123-128）分別是《當文》四週年紀念徵文比賽（1969）以及第二次徵文比賽複選佳作。

⑲ 煜煜的〈九一八五事件〉（63：107-115）是《當文》第二次徵文比賽入選佳作。

⑳ 海凡的〈心靈的悲泣〉(65：84-88) 是《當文》第二次徵文比賽入選佳作。

㉑ 髣髴的〈火災〉（67：64-71）為《當文》第二次徵文比賽入選佳作。

㉒ 艾舒以〈一面盾牌〉（128：26-36）贏得《當文》十週年紀念徵文比賽第三名。

㉓ 沈吟以〈秘密〉（133：66-79）入圍《當文》十週年紀念徵文比賽。

㉔ 湘雲的〈陰陽臉〉(134：58-71) 是《當文》十週年紀念徵文比賽複選佳作。

㉕ 徐速的〈哭梁園〉（98：14）一共四首：一、「遽聞噩耗如驚雷，一紙模糊淚眼開，濡筆我先伏案哭，天公何事妒文才？」二、「江沙臘月聽啼鵑，群雛孤孀太可憐，寫盡人間淒苦事，而今自撰斷腸篇。」三、「梁園無復舊煙霞，海外文壇惜英華，連老西遊苗秀死，那堪再摘黃臺瓜。」四、「一別十年病裏過，再尋樽酒已蹉跎，麻河舊事如新夢，剩有殘陽弔逝波。」根據徐速的註釋，梁園卜葬於故籍江沙，「連老」指同年逝世的連士升（1907-1973），「麻河」（案：應為「麻坡」）是十年前他南遊馬新時，結識梁園的地方。同期的〈編後〉對此事有如下報道：「造成本期忙亂的另一個原因，就是作家梁園的遇難。說來我們得到的消息並不算晚，第一個告訴我們的是星加坡的一位讀者，但我們不敢輕信，編輯部同人甚至懷疑是惡作劇，因為去年曾有人來了幾封信毀謗他，後來查清楚原來是他的『文敵』所為。但我們還是打電話詢問與新明報有關的明報，可惜他們也不能證實。只有寫航空信去問吉隆坡的朋友。倒是給我們寫稿的毅之先生和馬崙先生陸續寄來了悼文，接著，好幾位讀者剪寄了《星洲》《南洋》，這一來我們可慌了手腳。梁園先生是本刊的基本作家，從第七期就參加了我們的筆陣，這樣的朋友離開了我們，怎能不教我們『痛失知音』。本來我們打算在本期出一個『梁園紀念專輯』，大家一商量，覺得時間稿件都不允許，退而求其次，只有立即抽稿改排，發下與梁園有關的詩文，徐先生一面流淚，一面漏夜趕寫了四首詩，來紀念他的故友。只是

幾篇悼文，我們覺得『秀才人情』仍然對不起這位當文之友，雖然，本期發表的梁先生遺作，我們將稿費提高到兩百元，聊表對他的敬意。希望梁夫人跟我們聯絡，如有籌集『梁園子女教育基金』之類的計劃，本刊當盡綿力，以慰亡友。」（98：150）

㉖ 其中〈當街燈亮起〉（111：82-83）、〈揚不起的帆影〉（131：136）、〈等你〉（148：61）三首詩已收入他與黃昏星合著的《兩岸燈火》，見黃昏星、周清嘯1978：120-124；132-133；154-156。

㉗ 黃昏星、周清嘯1978：3-4；11-12；18-19；20-21；22-24；李宗舜，2014：16-17；23-25；28-29；30-32；38-41。

㉘ 關於余光中詩中的屈原意象對天狼星詩社社員的影響，參閱李樹枝2014：273-294。

㉙ 這首詩收錄在《馬華新詩史讀本1957-2007》，見鍾怡雯、陳大為編2010：94-95。

㉚ 根據溫任平門生謝川成（謝成，1958-）的研究，這是溫氏「第一首寫屈原的詩」，為其「屈原情意結」的肇始，「應該是極為重要的里程碑」。此後，溫氏就此主題一共發表了八首詩和一篇文章。謝川成對於陳大為在〈謄寫屈原：管窺亞洲中文現代詩的屈原主題〉（陳大為2001）一文中忽略了溫任平表示「不解」。謝川成2014：47-65。

㉛ 鍾玲亦曾論方氏詩作，認為其作品「繼承古典的婉約傳統」，鍾玲1989：329-334。

㉜ 這首詩經過修訂收入《娥眉賦》裏，見方娥真1977：27-28。

㉝ 這一組詩亦收錄在《娥眉賦》裏，見方娥真1977：7-20。

㉞ 谷虹（即史旅洛，原名林益洲）曾撰文評論《當文》馬新詩人作品，文中提及一些本書未能確定身分的馬新詩人，見〈屬於詩的一九七五——寫於《當文》十週年紀念前夕〉（120：58-68）。

㉟ 關於「緊急狀態」與馬來亞共產黨革命，參閱Andaya and Andaya 2001； Hack 2009；270-274；陳劍2009。

㊱ 雅波曾說：「『深山寄簡』能得到那麼多人的喜愛是我料想不到的。喜愛者只談我的散文，不談小說，也不提詩。為什麼呢？原來他們說，詩與小

說沒有柔柔。」雅波198？：259。

㊲ 根據碧澄的記敘，雅波從六八年開始寫這個系列的散文，到七二年已發表三十八篇，並於七三年結集出版，碧澄2001：xii。其中不曾在《當文》刊載的三篇現已收入《馬華當代文學選：第一輯（散文）》，不過水準不及《當文》發表的部分。見雅波198？。

㊳ 叔權對於雅波的評語是：「抒情以外，更含哲理，很有深度。最妙的是他的文字往往有佛偈的機鋒，卻無佛理的晦澀。」引自碧澄2001：xii。

㊴ 這七篇雜文刊於以下各期：90：136-139；92：124-129；95：126-130；97：62-65；98：86-89；99：56-59；100：80-83。

㊵〈琴韻與歌聲〉、〈森林與沙漠〉、〈綠化大地〉已收入《馬華當代文學選：第一輯（散文）》，見張樹林主編198？：113-115，116-119，120-122。

㊶ 這篇散文後來收入散文集《天火》裏，見溫瑞安1987：67-74；亦收錄在《馬華當代文學選：第一輯（散文）》，見張樹林198？：291-294。

㊷〈獨照〉與〈大鐘敲古寺〉已收入散文集《狂旗》裏，見溫瑞安1977a：13-18；19-22。此外，〈大鐘敲古寺〉亦被收入《馬華散文史讀本：1957-2007（卷一）》，見鍾怡雯、陳大為編2007：270-272。

㊸ 這三篇文章後來收入散文集《黃皮膚的月亮》裏，見溫任平1977a：23-27；157-180；237-240。

㊹ 這兩篇文章並非虛構，見溫任平1972g；溫任平1974。

㊺ 張奕東於五七年畢業於臺灣國立師範大學中國文學系，曾受業於謝冰瑩，早期作品發表於臺灣報刊，屢獲臺馬兩地文學獎。謝冰瑩對他的作品曾有此評論：「他不但小品文寫得很好，短篇小說也非常緊湊」。馬崙1984：321。

㊻〈賽車場上〉後來收入馬崙主編198？：207-214。

㊼ 這六篇作品後來收入小說集《文冬客》裏，見谷中鳴1977。在此之前，谷中鳴曾於六〇年以長篇小說《埋葬了的罪惡》贏得香港長城電影製片公司徵求「馬來西亞化」電影故事的第一獎，可惜這部電影沒有拍成。這本小說後來在香港出版，香港的圖書館僅存上集。見谷中鳴198？。

㊽ 關於更早期的華巫愛情故事，參莊華興2016b。至於馬來「班頓」詩

研究，見：飛雲1960；疑雲1969a；疑雲1969b；江汀1972；黎煜才2015；黎煜才2016。

㊾ 這兩篇小説後來收錄在《鑿痕》裏，見溫瑞安1977b：67-80；141-158。

㊿ 史書美：「華語語系表述更是具有反殖民、反中國霸權的意義。華語語系立基於地方，是日常生活的實踐與經驗，也是根據地方需求與狀況，而隨之反映與轉變的歷史形構。華語語系既可以是嚮往，也可以是抗拒許多不同的中國性建構的場域（site）；它可能是遠距的民族主義、或者是反中國的政治、甚至是與中國無關的場域，總而言之，它或真實，或想像。使用與中國有若干歷史關聯的漢語語言並不代表必定與當代中國有關聯，就如同使用英語並不一定非得與英國有關。換句話説，華語語系表述可能具有任何一種人類表現的方式，其表現的方式並非單單由中國來決定，而是由地方、區域或全球的情況與欲望來決定。這不只是抗拒、融合與昇華的二元辯證，而是至少是三元辯證（trialectics）的，因為在這個過程中不只有單一的永恆他者（the perennial other）能夠起作用，還有許多變動因素。」Shih Shu-mei 2007:30；史書美2013：56-57。關於「華語語系文學」觀念與各地華文文學的關係，可參考莊華興2012、陳榮強2012、林肇豊2016的討論與反思。

(51) 林綠於六四年赴臺升學，畢業於國立政治大學西語系，七五年考獲美國西雅圖華盛頓大學比較文學系博士。

(52) 最早與臺灣詩壇交往的新華作者為范北羚（羅子葳，又名羅鴻堃，1932-2012）與林方（林賜龍，1942-），前者於五六年在《現代詩》刊登詩作，後者於五九年畢業於臺灣中華文藝函授學校的詩歌班，為覃子豪所賞識的學生。許世旭1989：226-227；黃孟文、徐迺翔2002：370。

(53)《當文》好幾位作者對瓊瑤的作品都有批評。除了第一章註35提及的文章（6：123-127）外，另一例子是史筆的〈由瓊瑤剪綵談起〉（33：8-9）。

(54) 文愷曾説：「一個詩作者是否有耐心，毅力和真誠去嘗試追上時代或甚至超越時代。儘管周遭是渾濁的環境，真正的詩人必須有明淨的心靈。真正的一首好詩，能使你在每讀一遍之後，都有新的感觸新的領略新的醒悟。詩的好壞不全是『看得懂』與『看不懂』的問題。〔……〕真正的詩並不為任何人服務；真正的詩是獨來獨往的風和雲，翻山越嶺，不怕任何阻力。」引自劉碧娟2017：210。

⑮ 英培安深受臺灣文學影響，私淑瘂弦，見劉碧娟2017：61-62。他也喜歡閱讀力匡（鄭力匡/鄭健柏，1927-1991）與劉以鬯（劉同繹，1918-2018）的作品，還有很深的「香港情意結」，見趙曉彤2016。

⑯ 余詩見余光中1969：7-10；19-21。羅詩見羅門1984：29；93-94。

⑰ 覃子豪原詩見彭邦楨選1987：154-158。

⑱ 黃孟文（1937-）與徐迺翔（1931-）曾指出，英培安視雜文為打擊人的武器，其雜文既有金剛怒目式的諷刺，也有風趣幽默的調侃，其潑辣處甚有魯迅遺風。見黃孟文、徐迺翔2002：339-341。

⑲ 這首詩經修改後收入《都市錄》裏，詩題改為「海邊」。詩人在半個世紀後對這首詩有以下解説：「我原是城市裏的孩子，在新加坡河畔鬧市裏長大。我母親娘家，卻住在樟宜一個靠海的漁村，每當學校假期，我都會到那裏住上一兩個月，因此，我也同時擁有一個與大自然一起成長的童年。那裏的村民，有的在海裏討生，有的在屋旁種菜，養豬，養雞，養鴨，糊口為生。在二戰之前，外祖父就在那裏開了一間雜貨店，銷售米糧和日常用品給村民。外祖父的家，靠近海邊，走沒幾步，就是一片美麗的海灘，和一望無際的大海。每天，我們看著潮漲潮退。退潮時，海水會退到幾公里外的筌籠邊。裸露的海床，鋪滿黑色的泥巴。我們赤著雙腳，踏著泥巴，到海床上拾螺蚌，抓螃蟹。」見沈璧浩2015：頁44-47。

⑳ 這首詩經修改後收入《都市錄》裏，見沈璧浩2015：頁42-43。

㉑ 這首詩經修改後收入《都市錄》裏，見沈璧浩2015：頁52-55。

㉒ 這兩首詩經修改後也收入《都市錄》裏，〈喊賣馬來飯的小孩〉改為〈喊賣椰漿飯的小孩〉，見沈璧浩2015：頁48-49；90-91。

㉓ 紀明後來發表〈再論新加坡詩壇——兼答文豐子的幾點商榷〉一文（147：94-96），作出回應，不過並沒有提供新材料或新觀點。

㉔ 柔密歐．鄭是投稿最多的印華作者，從七一到七九年一共發表十七首新詩，十七篇散文，此外還有一些賀文與來信。《當文》復刊後曾發表新詩與散文各一篇。

第五章：或者日落前我將死去[1]
——越華作者與南越文壇

第一節：《當代文藝》、港臺期刊與越華作者

一、《當代文藝》與越華讀者

七〇年代初，來自南越（越南共和國）的投稿驟增，引起《當文》編輯部的重視。細究之下，原來與南越讀者大增有關；當時《當文》在南越的每期銷量已達兩千本，而且全是航空郵遞的訂戶。徐速在〈一顆文藝新星的昇起與隱沒〉（134：149-150）一文裏如此記敘他初次接觸越華文學的印象：「大約在一九七二年左右，越華作品忽然以飛躍奔騰的姿態，出現在《當代文藝》上。南越的稿子突然多了起來，很快便超過了印華、菲華、泰華、連《當文》的第二基地——星馬也有些望塵莫及了。」《當文》編輯部還發現，「越南華文文藝創作水準之高」，與同期的馬新創作比較，「可說是有過之而無不及」（80：165）。七五年，黃南翔在〈殷憂足以啟聖〉（111：38-30）一文裏亦表達了同樣的感受：「在東南亞各地的來稿中，我們不禁驚異地發現到：戰火紛飛、災難深重的越南，竟然是文學最喜滋生和發展的土壤；那裏出現的文學作品，不單質素日見提高，而且也很富啟示。」

《當文》很早進入南越讀者的視野。據越華詩人陳國

正（1945-）在九八年的回憶，《當文》甫出版，已在南越「銷出門路，受廣大讀者愛戴（筆者還留有當年的藏書為證）」（陳國正 1998：27）。南越作者韓毅剛也曾表示，《當文》廣受越華讀者歡迎，「每逢月初《當文》出版，即被搶購一空」；究其原因，不外兩點：一、《當文》內容「絕對的充實、絕對的健康」；二、「不隨波逐流，不煽風點火，不傳播思想毒素，而始終如一的為真正的信仰而戰，為文藝正義而戰」。故此，韓毅剛非常肯定《當文》這本境外文學期刊對孕育越華文學的貢獻：「越華文壇的趨向成熟，《當文》無疑地是個功臣」（94：141-142）。

二、港臺期刊與越華作者

當年刊載越華文學作品的香港文學期刊不止《當文》一家。羈魂（胡國賢，1946-）初次接觸越華新詩也是在七二年，正值《詩風》創刊不久。七三年，《詩風》第十五期推出「越南現代詩專輯」，作者包括：君白、心水（黃玉液，1944-）、藥河（陳本銘，1946-2000）、銀髮（盧斯榮，1944-）、藍斯、雪夫（劉仕雄，1944-1997）、西牧、冬夢（馬炳威，1957-）、路晶。這群作者之中，雪夫曾以新詩〈九歌〉入選香港大學學生會與香港中文大學學生會主辦的第二屆青年文學獎（雪夫 1974）。根據羈魂的回憶，陸續在《詩風》發表作品的越華詩人還有：施漢威、凌至江、千瀑（黃廣基，1952-）、胡國華、海弦、荷野（榮惠倫，1947-）、鄭華海、劍行、斯民、冬夢、藍采文（許德榮）、藍兮（劉保安，1947-）、許夢懷、許德光等人（胡國賢 1994：74，82），而千瀑、藍采文、海弦三人也是《當文》七〇年代的作者。從七二年到七五年，不少南越詩人匯聚於《詩風》的舞臺，熱鬧非常（方明 2014：89-94）。

越華詩人向境外文學雜誌投稿，始於六〇年代中期。根據越華詩人方明（1954-）的研究，越華新詩的主要境外發表場域在臺灣，集中於《創世紀》、《笠》、《龍族》、《藍星》、《秋水》五本詩刊。最早「北上」的越華詩人是藥河，他在《創世紀》發表第一首詩作的時間是六七年三月。[2]此後，《創世紀》曾三次刊出越華詩人專輯：第廿七期（1967年6月）、第卅六期（1974年1月）、第四十一期（1974年7月）。三個專輯的詩人之中，銀髮、藍斯、冬夢、海弦、古弦（陳英沐，1945-）都曾在《詩風》（前四人）與《當文》（後兩人）亮相。《笠》也辦過四次陣容鼎盛的越華詩人特輯：第四十九期（1972年2月）、第五十期（1972年6月）、第五十一期（1972年10月）、第五十三期（1973年2月）。這四個專輯的詩人之中，銀髮、路晶、藍斯、君白、心水、藥河、雪夫、西牧、冬夢、淩至江、劉保安（即藍兮）、鄭華海、藍采文也在《詩風》發表作品，西土瓦、亞夫、藍采文、藍兮、謝振煜則在《當文》露面。《龍族》創刊後，曾在第四號（1971年12月）、第六至十四號（1972年5月至1975年10月）刊登越華詩人作品，作者包括同期在《詩風》投稿的藥河、心水、淩至江、君白、冬夢、藍斯、雪夫，以及在《當文》亮相的西土瓦與古弦。《藍星》曾在新二期（1975年3月）與新三期（1975年6月）刊出劉健生、斯民、雪夫的作品，劉健生也是《當文》作者。《秋水》曾在七〇年代的第四至第七期以及第廿四期刊登海弦與燕姿兩人的詩作，海弦也是《當文》作者。進入九〇年代，《秋水》僅見銀髮詩作一首，刊於第七十六期（1992年4月）（方明 2014：75-81）。八〇年，瘂弦（王慶麟，1932-）主編的《當代中國新文學大系．詩集》出版，收錄雪夫、銀髮、藥河三人詩作，可說是對六〇至七〇年代越華詩壇的肯定（瘂弦編 1980：593-596；739-742；839-842）。

三、臺灣現代文學與越華新詩

越華的新詩創作，最早可追溯至四〇年代末。當年的兩位先驅是葉傳華（1918-1970）與馬禾里（李天鈺）。葉氏生於南越，四一年考上中國的西南聯合大學哲學系，四七年再赴清華大學深造，六〇至六七年間出任越南國立師範大學文學系與哲學系教授，七〇年病歿。《葉傳華詩文集》在他死後才結集出版。馬禾里來自中國，四六年在法國完成學業後，前往越南工作，並創作新詩，曾出版詩集《都市二重奏》。研究者認為，這兩位先行者對當年的文學圈子並無實質影響（阮庭草 1991：7；方明 2014：51-55）。新詩創作真正興旺，始於越華文社蓬勃發展的六〇年代；同時，臺灣現代文學的引進，亦帶來了正面的衝擊。歸納起來，臺灣文學對六〇年代越華詩壇產生影響的事件有二：一、設於堤岸的傘陀書局進口臺灣文學期刊；二、臺灣詩人吳望堯（1932-2008）、洛夫（莫洛夫，1928-2018）、瘂弦訪越。

根據越華詩人、學者尹玲（何尹玲，又名何金蘭，1945-）[3]的憶述，在六〇年代中期，傘陀書局供應的臺灣文學期刊與書籍包括：《創世紀》、《幼獅文藝》、《純文學》、《文壇》、《文星》、《藍星》、《笠》、《葡萄園》、《六十年代詩選》、《中國現代詩選》。尹玲表示，這些書刊「令所有的『文青』驚喜與興奮萬分。大家爭相購買、閱讀、消化、學習、模仿，努力去理解、詮釋、分析並創作自己以前從未寫過的真正『現代詩』、『現代散文』或小說，以及評論」。一言以蔽之，來自臺灣的文藝書刊「為越南華文文學創作帶來了重要的啟發、滋養和影響」。在臺灣《六十年代詩選》的啟發之下，《十二人詩輯》於六六年十二月誕生，成為「南越華文文學史上一重要里程碑」；「從此大家都往全新的『現代詩』面貌、風格、技巧、題材、形式用心努力，進行更多的嘗試和創作」。這本《詩輯》收錄的十二位詩人是：尹玲、古弦、仲秋（陳澄海，1949-）、李志成、我們（黃紀原，1948-）、徐卓英（1941-2008）、陳恆行、荷野、銀髮、餘弦（翁義才）、影子、藥河（方明 2014：46-50；何金蘭 2016：256-257）。除了徐卓英、餘弦、影子外，其餘九人都是後來陸續「北上」，進軍臺灣詩刊的先遣部隊。

臺灣詩人南遊，據說對越華詩壇也產生不小的影響。方明記得，吳望堯、洛夫、瘂弦三位詩人都到過南越。吳氏於六〇年前往南越投資，與越華詩人時有往來，交流創作經驗，並在七〇年代參與當地新詩筆戰，七七年才返回臺灣。洛夫在六五年十一月至六七年十一月之間，以軍人身分前往西貢，在中華民國軍事援越顧問團工作兩年④。六六年五月，他應邀前往西貢大學演講，題目是「中國現代詩在臺灣」，「特別介紹了超現實主義對臺灣現代詩的影響，也談到了《石室之死亡》的創作歷程」。當時臺下聽眾除了大學生外，還有銀髮、仲秋、各華文詩社成員，以及年僅十四歲的方明。⑤六七年除夕夜，洛夫在吳望堯家中與銀髮、仲秋、古弦飲酒談詩，極為盡興。七四年初，瘂弦隨中華民國東南亞文藝訪問團赴越期間，曾與藥河、銀髮、楊振民、雪夫見面，了解越華詩壇的情況。這是促成後來瘂弦在編輯《當代中國新文學大系．詩集》時，關注南越詩壇的重要契機（方明 2014：84-88；瘂弦編 1980）。

第二節：越華作者投稿概況

在《當文》的第一階段，可確定身分或大致確定身分的越華作者共二十四人。不少作者都是文社成員，在眾多文社之中，以方濟各野聲文藝社與颷風詩社的社員刊出作品最多。稿次在十篇以上的野聲社員為千瀑、李錦怡兩人；十篇以下者有方明、婷婷、何秋明、依雯四人。颷風社員以藍采文稿量最多，十篇以下者為畢若蘭、西土瓦、亞夫。稿次在兩篇以下的其他文社作者為：謝振煜（1936-；文藝社）、古弦（存在詩社）、夢玲（海韻文社）、胡國華（藝園）、雲中雁（中藝詩社）、愛玲（濤聲文社）、逸子（余瑞森，1952-；思集文社）、藍兮（水手詩社）、大湯（南風詩社）。飄集文社曾在六六年九月的《當文》刊出社員的短文專輯，題為「湄公河的躑躅」（10：115-120）⑥。其餘發表次數在十篇以上的作者有：鬱雷、陳樹強、氣如虹（周永新，生於四〇年代）；十篇以下者為：韓毅剛、向雲、高樂、張鬱衍/鬱衍、劉健生、海弦、張凱崙、黃梅、陳谷風、醉筆、李強。

綜合而論，發表總量（包括通信與賀文）最高的作者為千瀑與鬱雷兩人，數量都在二十篇以上；發表次數在十次以上者包括陳樹強、氣如虹、藍采文、李錦怡、韓毅剛五人。根據幾位主要投稿者的年齡來推斷，越華作者大多生於四〇與五〇年代，是屬於《當文》第二與第三世代的年輕生力軍。

第三節：文學創作

一、新詩

新詩發表數量最多的越華作者是千瀑與藍采文。本節主要析論千瀑詩作，兼評藍采文、鬱雷、海弦、張凱崙、劉健生、陳谷風、高樂、陳樹強、古弦等人較為成熟的作品。

1.1 千瀑

千瀑被方明譽為「越華文壇的奇葩」。他擅長「詩歌、散文、小說三種不同的文體，而且亦是各類徵文比賽的常勝將軍」，除了在越華報章文藝版大量發表作品外，「更是香港《當代文藝》的常駐作者」（方明 2014：65）。

千瀑在初中後期已開始寫作，課餘愛好閱讀《當代文藝》與《幼獅文藝》等港臺文學雜誌，高一時已「讀遍了徐速所寫的每一本書」（黃廣基 1987）。七〇年代，千瀑積極向香港文學期刊投稿。他的主要園地是《當文》、《詩風》、《文藝世界》（司馬中原〔吳延玫，1933-〕主編，1970年1月創刊）以及《環球文藝》（周恆主編）。[7]七二年，千瀑以〈遲升的月亮〉一文參加《當文》「苦與樂」徵文比賽，入選為複選佳作，後來收錄在《苦與樂》一書裏（士希 1974，II：154-163）。七三年，他以〈門〉參加《環球文藝》的小說徵文比賽獲首獎，開始在該期刊發表中篇小說。環球文藝後來替他出版《陋巷》（320號）、《愛河兩岸》（334號）、《野鴿的黃昏》（341號）、《半個暑假》（351號）、《短雨》（369號）五本小說。[8]

千瀑在《當文》主要發表新詩，其十三首作品的數量為越華作家之冠；其中四篇分三次入選期首詩，亦傲視同儕。第一篇期首詩是〈端午吟〉（103：16-17），作者以屈原的流放自況南越的華人，道出在不同時空裏忠臣同樣難逃被疑忌打擊的悲哀命運：「動地戰鼓/干戈聲中/詩人的年代以及我們的年代/原是一種悽美的殘缺」，「仍有懷王/仍有佞臣/仍有讒言/我們的年代原是詩人的年代」。⑨

第二次入選的期首詩有兩首，即〈十二行〉與〈十四行〉（III：16-17）。這兩首詩寫於西貢淪陷前夕，充滿了山雨欲來，屠城在即的恐懼。〈十二行〉如此預測首都失守的厄運：「陽光的彩衣太薄太纖細，一撕/預言已來，雨神紛紛登位」；「城的左面已淪入黑暗/右面，魂擠魂祭/黃泉路，誰的手一路提燈/一九七五呵一九七五」（〈十二行〉）。〈十四行〉則為不幸的戰爭死難者招魂：

如此我們就列隊而上
就算是一次廉價的旅行吧
城門緊掩，枝椏瘦瘦的撐著
一季煙靄，一月
這一場早來的春雨來得太迷離
天垂長長的淚，哭著招魂

前，後，左，右，我的兄弟
他們的眼點燃千古的心事
他們的眼，盛多少淚紋，呵祭文
就這樣扛著自己，一路，走向
無非走向歷史的深淵
無非有一座碑，先我們一步，在等

永恆是這樣，上窮碧落是這樣
上帝，如是說

〈霜降日〉（142：16-17）是千瀑第三次入選的期首詩，寫於馬尼拉難民營，時維七七年八月。詩人是六月十三日乘船逃離南越的，於十九日抵達菲律賓魯濱島（Lubang），由當地政府安排入住馬尼拉越南難民中心（〈也是「集中營」裏的一天〉；146：41-49）。所謂「霜降」，指難民營英語班裏的粉筆灰；在課堂上，詩人「由粉筆灰而想到雪，由雪而想到失落的故鄉，不禁悲之哀之」（142：17）。從馬尼拉遙望西貢，回不去的南越竟寒冷似北國：

茫茫如雪
永遠永遠有這麼一座城鎮
蒼白，憂鬱，陰冷得毫無路人
只有雨只有在黃昏時的燈才會
一支一支
歌唱著逝水和落霞
只有雪樣的茫茫壓傷我親愛的家
臨窗的街衢是我遊戲的街衢
如今苦寒得沒有一條狗，吠著月華
怎麼湄江也結了冰，西貢也凍成啞巴

還有無數抖顫的夜
寒病似的睡在歷史的枝椏
而我才從江裏撈出自己
猛然推開深鎖的雪窗
便照見，我流浪的名字
蒼白得多像故鄉的憂愁

千瀑其餘詩作的內容基本不離南越的艱難時局，從七三年的〈西貢，你是一隻病鳥〉(91：14-15) 到七八年的〈詩贈采文〉(149：103)，莫不如此。越南戰亂經年，即使是「平安夜」，困擾詩人的依然是戰火與屠殺的威脅，就像〈西貢、平安夜及其他〉裏所寫的不安心情：「就讓我們展覽青春/今夜不要想我們不要想/早報的問題/焚與被焚的問題」，「所以若我合十而跪/我親愛的兄弟/長窗之外是否仍有長槍/是否仍有新立的墓林」(99：120-121)。不息的戰火已將越南變成人間煉獄：「唯戰爭不死，戰爭不是墓碑銘/這裏並非閻羅殿，卻有閻羅/這裏不是煉獄，卻有煉獄的陰森/若有天梯，自上帝的素手跌落/這樣的遊戲哪，危險的遊戲/我的兄弟，你們還要/你們還要不要，攀登」(〈越獄〉)；和平彷彿遙不可及：「到底，到底你來不來/說你不敢來說你想來未來/說你正在躊躇/說你只是一則美麗的寓言」(〈寓言〉)。

七五年西貢淪陷後，局勢變得更為嚴峻，詩人也陷入孤立無援的絕境裏：「再往下挖吧，這麼一隻手/既不能救人也無法自救」（〈秋歌十四弦〉，134：112）；「前面是牢獄，後面是刀槍/左面是雨，右面是茫茫/我在其中，我在其上/徬徨，徬徨」（〈登樓之一〉，134：112-113）；「歷史輪迴一週人間便是這樣/墓碑林立，燈火不亮/有更多的鬼聲愛唱秋墳」（〈登樓之二〉，134：113）。在這個艱難時刻，千瀑寫下了最荒涼的一首「無題」詩（〈無題〉，134：113）：

隱隱，已是三更
雞聲未起，蛙聲已沉
長夜裏，我的心是一盞燈
當所有的空間都已經黑去
醒著的是我受傷的靈魂
幽幽柔柔，這麼一盞燈
亮著，小小的火焰是我的傷痕
既無法照亮別人也無法
燒去一個冬臨的命運
我唯有寂寞地醒著寂寞地
說自己是一個沒有音訊的人
紅樓已老，墳墓已近
一株繁華，化成秋雨陣陣
剩下我，一個落魄的書生
無劍可歌，無詩可吟
無琴可唱，無江湖可行

夜夜醒著，聽鐘聲沉沉
隱隱，已是三更

若將此詩與溫任平（溫瑞庭，1944-）的〈流放是一種傷〉（128：16-17）比較，兩地華人的處境差異立見。在馬來西亞，「獨來獨往的歌者」雖已衰疲不堪，猶能行吟放歌；七五年之後的越南，「落魄的書生」不僅琴殘劍缺，連江湖也行不得也，真是情何以堪。這種失魂落魄的狀態，一直延續到他流亡國外所寫的作品裏，如〈在馬尼拉的地下道裏〉：「而我是最後的樹/一層一層剝落自己/在馬尼拉，馬尼拉的地下道裏/一腳踏著鞋音的是我/光滑如鏡的地面，我照見/滿懷心事的一個異鄉人」，「抬首但見/萬家燈火/非家非國，非國非家」（143：98-99）；又如〈鄉愁〉：「此路無故人/彼路無笙簫/只有風，只有蒼黃的月蒼黃的照我/只有雨一路陪我散步/冷冷地瞅我小小的隱私/只有流螢，裙舞的小燈籠呵/有手攔我，圍我，竊竊問我/你是那一株我棲過的蘆草/那麼愀然」（148：52-53）。七七年底，千瀑在寫給藍采文的一首詩裏，開始懷疑異鄉人的迷離身分：「踩亂的腳印如何追回它的前身？」（〈詩贈采文〉，149：103）在難民營裏等待發落的日子，詩人陷入一種茫然的心情裏，在詩中自傷自悼：「天被翻開，地也席捲過了/那年城樓哭紅了眼的一九七五/而我也不曾說過什麼故事/總是在船和海之間吧/也不過吃吃聯合國的飯，晚上拍拍蚊子/也不過愛坐坐山頭，望彎彎的月/而滿樓雨聲，唉多像/一個鉛華洗盡的歌女啊/一聲，一聲，夜夜我驚聽/夢裏流過嫋嫋的逝水無數」（〈逝水〉，145:81）。

1.2 藍采文

藍采文也積極在香港文學期刊上投稿。在《詩風》[10]之外，他亦在《當文》發表作品，他的十二首詩分十一次刊出。他的作品數量雖與千瀑相近，不過水準卻不及千瀑。他的大部分作品稍嫌刻板空洞，語言詰屈聱牙，像〈雨情〉（73:146）、〈西貢雨〉（86:130）、〈失落〉（94:89）、〈跳著的雨〉（104:118）、〈妳的：簾捲四季〉、〈拾起妳的一根髮絲〉（146:40）、〈梅又初綻〉（147:97）、〈酹江月〉（152:92）都有這些毛病。入選期首詩的兩篇「孤鷗詩鈔」（140:16-17）則空泛無力，不能表達落難天涯的傷痛於萬一：「夜幕又跟著我的憔悴漫漫靠來/我的默默垂睫以後/自眶中滾落的淚珠卻灑落在/馬來西亞的海岸上」（〈站在馬來西亞的海岸上〉）；或「在這迷濛的蒼穹裏/我的睫早已/垂落在整個南方的嘆息中」（〈雨打西貢〉）。然而，《當文》編輯部對這兩首詩卻青睞有加，大概是主編的移情作用使然：「期首詩採用了越華作家藍采文先生由大馬難民營寄來的作品，可說是本期的一大特色，『故國不堪回首月明中』，藍詩的一字一句都是發自內心深處的聲音，也可以說是血淚凝成的作品」（140:152）。藍采文較具想像力的一首詩是寫於洛杉磯的〈我作了這個夢〉(155：40-42)。根據後記，這首敘事詩所記是他抵美之後某夜的惡夢。在夢裏他攀山渡海，逃至廣州後卻遭逮捕、審訊並遣返；在南越他被迫再赴戰場，一場莫名其妙的鏖戰便在森林與家中同時展開，硝煙裏只見兄長展讀自己寄自大馬難民營的信。這是藍采文在《當文》發表的最後一篇詩作。

1.3 鬱雷

鬱雷是南越軍人，他發表的七首作品都是戰爭詩。六九年的〈征人淚〉(39：141)寫前線與後方的對照以及青春的幻滅感，為日後的詩文定下了基調：「鋼盔上有槍彈劃過的痕跡/而征衣上染上難脱的血污/青春飄逝於烽煙裏/很年輕卻已失落稚憨/心靈盈溢了早熟的憂鬱/日夜顫慄火箭砲天外飛來/轟炸聲淹沒離亂的哭泣/總是想家——想十七里外親人/西貢城泛漾在昇平的氣氛中」。〈交鋒〉(53：151)⑪與〈烈士〉(69：154)訴説犧牲的徒勞與功勳的虛無，並質疑華人被迫參戰的意義何在：「踏著先烈的血跡前進嗎？哦哦！不是烈士，在這異鄉的沙場上，我們是失落的一群雁隻，超載的鄉愁日夕昭示我們被遺棄著，當北望那塊海棠葉的土地」(69：154)。這種得不到「祖國」保護，甚至感到「被棄」的心情，在鬱雷讀到《當文》「初戀」徵文比賽冠軍的感言時，表達得尤其強烈：「李燕先生在文末寫著：『我一直都熱愛祖國，但祖國從來沒有愛過我！』多麼沉痛的呼聲呵！尤其我們這些被遺棄了的遊子能不為之同聲一哭麼？」（〈向歐美進軍〉，61：150）。

其他描繪戰事的作品還有〈軍旅〉（65：118）、〈機槍彈〉（72：84）、〈棉境行軍〉（74：121）與〈戰地抒懷〉（82：22-23）。其中以〈軍旅〉最能代表鬱雷的心境與風格：

> 這年月，我們已不屬於自己
> 稚嫩的心靈日夜飽受傷害
> 二十開外，我們卻染上憂鬱病症
> 愴然著卜算不到自己的命星
> 健康透支了，青春是蒼白一片
> 而我們的藍色季節呢？
> 呵！花晨月夕下
> 我們去赴死亡約會
> 戰鬥在烽火的熾烈裏（65：118）

〈戰地抒懷〉表達了軍人對於和平無期的憂鬱以及對於殺戮的無奈：「在一片淚光中，我們以一種抑鬱的坦然/面對黑色的死亡」；「一身森林色，出沒於無夢無詩的原野上/我們是獵人者，日夜追搜著自己的/族類/然後展開廝殺」。這些軍人有家歸不得，只能長年在前線演出一齣又一齣叫人「心碎腸斷」的悲劇；在詩人眼中，越南確實有「流不盡的血淚」。

鬱雷在《當文》發表作品的時間集中在六九至七三年，同期他亦有投稿給《純文學》與《詩風》，不過數量不多。[12]七六年，《詩風》再刊出他的兩首詩作，那大概是他在香港期刊發表的最後作品。

1.4 海弦

七二至七四年是海弦在香港發表詩作的高潮，其中十五首刊於《詩風》[13]，其餘六首刊於《當文》，另有一篇為《當文》七週年而作的賀詩（85：140）。這六篇作品之中，一首悼亡（〈逸去的魂——悼爸爸〉；97：90），一首自傷（〈風箏〉；110：98-99），三首為戰俘與死難軍人而歌（〈釋俘〉；98：125；〈三月黃花〉；100：38-39；〈無名墓碑——悼死難戰士〉；104：44-45），最後一篇是詩人在馬來西亞難民營裏的喃喃自語（〈登嘉樓〉；158：86）。

海弦雖無作品入選期首詩，其水準其實不在千瀑之下。他下筆即成輓歌，語氣低迴沉鬱，色調強烈濃郁，為《當文》的越華詩人之中風格最為鮮明的一位。〈三月黃花〉（其一）寫前線華裔軍人的疲憊與絕望，是最好例子：

那是掌燈時分，我們踏叢生的蒺藜回來
繼而蹣跚步入參差的冷穆墓碑
何其淒清，每一墓碑皆有其可供哀悼的故事
已經三月，三月的清明，我們看黃花盛開

何等肅穆的襯托不堪棲遲的舊日河山

而戰事方酣，遠處的三五鴉群尚未休
酗酒的征客如何在群墓中
酩酊借酒？至於遙遠的故國江山
如同深厚狼藉的鞋印，那堪回首
黃花的三月，風自兩肩呼嘯而來
我們任其在疲倦的征衣上
刻劃創痛的年輪

鬢髮飄零，何以回歸的蹄聲總是一則
流傳的傳說？撫劍時每每憶及
掛滿兩腮的風霜歲月，而日子將遺留給我們
一雙無人睇視的殘靴，連同一柄歷經
滄桑的長槍仰臥在殘忍的斷臂上

即使有幸退役還鄉，一個飽經折磨的軍人又如何向親人訴說戰場上的經歷？連釋廣德（Thich Quảng Đức, 1897-1963）也被捲入凡塵是非，須自焚肉身以抗議暴政時（許文堂 2012: 67），生命的傷痛與恐懼應該如何表述？「我們著實厭倦，所謂戰事/所謂生命，在戰地/疲倦的坦克如柩車排列」；「而我們是南方的，久戰歸來/我們害怕目睹自焚的老僧/生命在火光中沐浴/請不要向我探詢什麼，我的愛人/

戰爭是無須解釋什麼的」（〈釋俘〉；98：125）。對於軍人而言，前線的極端體驗根本無法以日常語言再現，它只存在於瀕死戰士的無言獨悟裏，一如〈無名墓碑——悼死難戰士〉所刻畫的情境：

戰爭是什麼
你已無須去探問
所有的答案必然是血
以及寡婦
以及一張張倚門望歸的顏容

這就是戰爭
看啊　那面頹然的國旗
正緩緩地展示你心中
過多的心酸

「誰是最後的唯一勝利者？」
有人在臥倒前發問
唯四周的墓碑都肅立無語

呻吟著
躺在自己的血泊中
你才猛然醒悟

自己原來竟是一座沒有名字的
墓碑（104：45）

七九年一月，《當文》刊出海弦詩作〈登嘉樓〉（158：86-87）。這首詩寫於七八年六月八日，當時作者身處馬來西亞的難民營；所謂「登嘉樓」，其實是「瓜拉丁加奴」（Kuala Trengganu）的雅譯，寄託作者登樓遠望，期盼西行的心情。戰爭結束，家國已遠，詩的第一節呈現出風雨暫歇的寂寥與平靜：

登高樓遠眺兮
海灣，在狂奔而去的山峰間
什麼時候，已藍得像你眼中的
那說不出的寂寞

還聽見隱約可聞的櫓聲嗎？
寂寞，一如退潮的海灘上
一隻喃喃自語的螃蟹
霧隨海風來，長堤
像你期盼的眼神伸向
日落的那邊

然而，在詩的最後一節，逃亡者必須再度遠行，海弦以再起的風聲為他在《當文》的文學創作做個了結：「登高樓遠眺兮/拾級而上啊拾級而上/千帆已過/怒號的風嘶中，我隱約聽見/你獨自奏琴的樂聲」。

1.5 張凱崙

張凱崙在《當文》只發表新詩，作品一共四首：〈月〉(91:58)、〈聊齋夜〉(94:16-17)、〈鄉愁——讀唐詩《靜夜思》有感〉(97:12—13)、〈小雞的悲哀〉(104:126-127)。同一時期，張氏在《詩風》也發表過一篇作品（張凱崙 1973）。〈聊齋夜〉與〈鄉愁〉均為期首詩，編輯稱前者表達了戰時「人民的痛苦的聲音」(94:198)，後者為「新形式的創造，值得詩同志參考」(97:162)。〈鄉愁〉在形式上的探索（原詩豎排），尤其是對文本的「錯誤徵引」(misquote)(Allen 1991)，比起羅青（羅青哲，1948-）的〈天淨沙〉、〈野渡無人舟自横〉或〈登U州臺歌〉要早了十多年。[14]在這首詩裏，猛烈的「太陽」（照明彈/戰事）與陰柔的「月光」（唐詩/唐山）構成了當下異域與文化原鄉的對照、戰爭與和平的反差，非常形象的表達了華人（士兵）在越戰中，離散主體的文化記憶與客觀環境完全脱節的精神狀態：

床

前

明月
光

躺在刻有紅十字的車子
我看到人類的血
無辜的湧出
而濃濃的血水裏
卻反映出另一個
太陽的出現
　　(怎麼不是月光?)

疑是
　地
　上
　霜

撿彈殼的孤兒寡婦
偶然丟掉了眼淚
落在沒人埋葬的枯骨上
那點點的痕跡

舉頭
　望

　明
　月

那個燦爛得使人痛苦的
太陽正驕傲的說：
「且看我多麼堅強
輝煌的功績
已經拖了四分一的世紀」

低頭
　思
故鄉

故鄉呢？
當異族人問及
我不敢抬起頭來
(哪一個故鄉？
 哪一個故鄉啊！)

同樣的技巧亦見於心水（黃玉液，1944-）同年發表於《詩風》的〈唐詩〉，不過該詩的主體意識與客觀環境契合無間，寄託了詩人對於和平的期盼（心水 1973）。作者將孟浩然的〈春曉〉「誤置」於越南的場景裏，並把首二句與次二句對調，讓讀者彷彿在經歷一夜風雨（戰爭）後，在夢與醒之間聽到鳥聲，並感到日出的明亮與安詳。〈鄉愁〉與〈唐詩〉均具創意，令人印象深刻。

1.6 劉健生

劉健生在《當文》發表新詩與小說各三篇。三首新詩〈五月詩魂——寫給屈原〉（79：128）、〈月亮的詩兩首〉（105：59）、〈出征之後〉（91：49）均具水準，〈出征之後〉尤佳，抄錄如後：

所有的塑像都曾是
　　　　　　戰士
生命的火花劃亮
在烽火的旁邊
一隻荷槍的手舉起
　如同一面旗升起
　或另一面旗

沿著防空壕
戰爭巨大的黑影竄入
出征以後
悲劇躲在砲洞裏哭泣
沉重的軍靴　漠然

將同伴與敵人的血渡成河

還有什麼可說呢
就連一朵雲也追隨戰鬥機的飄姿
戰爭一直憑弔我們
什麼時候
我們憑弔戰爭

劉健生於七九年離開南越前往臺灣，在八一至八三年間，曾在《詩風》發表兩篇詩作（劉健生 1981，1983）。

劉健生對於越華現代詩是充滿信心的。在他眼中，越華現代詩的總體水平比香港現代詩「出色得多」，個別優秀作者如藥河、銀髮、古弦等人「比起臺灣的名詩人並不遜色」，遺憾的是外間對他們認識太少。他曾向《當文》請纓編輯越華現代詩專輯，可惜遭拒。《當文》的理由是：「各僑地一視同仁，不單獨發表越華詩專欄，也絕不排擠越華作品」（106：132-133）。《當文》的編輯方針顯然與主動籌劃各地文學作品專輯的《詩風》和《創世紀》迥然有別。

1.7 陳谷風

陳谷風發表新詩與雜文各兩篇。他的詩作比雜文來得耀眼，題材也是越戰。〈在戰爭年代〉（83：103）感嘆戰爭對人性的摧殘：「當戰塵落下/我們是群食不飽的獸」；「在鐵絲網的另一邊/母親把生命交給我們/我們卻將它懸掛在槍嘴/如此我們就成為存在之外的過客」；「白晝甚至黑夜/我們右手提著槍/左手提著死亡/然後去赴一個血腥的約會」；「亘古狙擊我們的兄弟是一種榮譽/而炮彈爭吵得最熾熱時/山亦憤吼爆裂/我們也許會臥下而為一縷青煙」；「在戰爭的年代/我們都說：『我們是有著人與獸的雙重國籍。』」〈十七度緯線以南〉(93：55) 則為青年枉死沙場而忿忿不平：「十輪車　走過/年輕的臉龐　走過/遠處有人伸長脖子/眼裏牧著悽然/悱惻的時間/並竭力仰望出一隻鴿子來/而西半球的花都/曾若東半球的板門店/那群小學生仍爭辯著/同樣一個問題達百多次/他媽的/就如此議論著/十一月屬尼克森或/麥高文都無關重要了/當十輪車　以及/好多好多年輕的臉龐/走/過」。

1.8 高樂

高樂主要寫散文，偶爾作詩；然而，他的詩比散文精采，而且不乏佳句。〈天還沒有亮〉(100：70) 如此描述新兵受訓時雖生猶死的挫敗感：「七山的巉巖痙攣著/湄公河的浪濤也抽搐著/夜很長　天沒有亮/日子被戰爭塞得癰腫而醜陋/感情被鐵絲網重圍/生與死都成為一種沉重的負荷」；〈破落的牆角〉(112：58) 則以超現實主義的墨彩臨摹鏖戰後的荒涼現場：「那是大戰以後的事/一隻軍鞋就如此破落在牆角/牆是臉譜/斑剝如我們的顏面青苔如血/猶為我們的死而流著/圓圓的炮口便如此對它怔著/想為呼吸尋找鼻子」。在烽煙四起的南越，年青的高樂既找不到鼻子，也找不到出路。他在散文〈這一季雨〉(82:31-33) 裏感嘆：「的確，誰能苟全生命於亂世，誰能真正地為自己而活著，漫天皆是仇恨的烽煙，遍地都有癘疫的鬼魂，聖殿殘破了，廟堂倒塌，學堂也荒廢，和平鴿很久以前就被射殺了，自由的女神在哭泣，我們變得平凡而渺小，我們患著嚴重的憂鬱症和精神的分裂，在徬徨與恐怖中，我們總被葬於寂寞空虛裏。我們就要被這二十世紀的煙塵窒息了。」

1.9 陳樹強

陳樹強發表的詩作僅有兩首，均成於南越淪亡之後。〈有一種琵琶〉(130:147) 是抒情詩，一遣越華淪落天涯的悲懷；〈中國血的河——中國人在越南的夢〉(123:38-41) 是敘事詩，追記「三叔」（早期越人對華人的尊稱，後來變成蔑稱）移民南越的始終。前一首詩的意象很出色，十分生動的表達了在臺越華的失鄉之感：「昨夕的故事很早就講完了/可是我們心中有一顆樹，如斯蒼鬱/轟然指向天空」；「我們將那棵樹裝上琴弦/然後撥弄　然後慢撚　然後挑彈/攜手奏你家鄉的搖籃歌」；「讓樹葉張傘，掉落/然後在海上生根/然後在雲上蒼茂」；「有一種琵琶，是一種樹/長在夢中閃爍，是故鄉的月」。後一首詩的概念大於形象，讀來較為生硬；作者以「大唐」與「匈奴」來比喻南北越亦不恰當，最後以「留著中國血的河」來描述越南境內的湄公河更是喧賓奪主的險著。如果陳樹強視南越為「故鄉」，而當地華人也確實是為了保家衛國而戰，他們所灑的熱血就不宜以「中國」名之。

1.10 古弦

古弦早慧，十六歲開始創作，作品刊於越南華文報刊文藝版，六六年與詩友成立存在詩社，六七年從軍，七八年定居澳洲（方明 2014：171）。七〇年，他在《當文》發表〈K的自繪〉（60：137），這是《當文》所見其唯一作品。這首詩模擬一名前線軍人的獨白，表達了他無法與愛人告別，亦無從交託遺囑的孤寂與悲哀。「K」既暗示作者筆名（「古」），亦與現代主義作家卡夫卡（Franz Kafka, 1883-1924）筆下的小人物遙相呼應。全詩如下：

> 是的。或者日落前我將死去
> 遺囑交給山的那一邊正啟程的夜
> 被覆蓋以國旗的棺木
> 有一種不被形容的怨鬱
> 每一次遠行皆沒有一次揮手
>
> 唉！小樓再沒有誰的影子爬到窗簾去看月
> 妳的探訪已經太遲

回去吧。沿著妳來時的路
那個去參加戰事的人還沒有歸期

在戰壕中把一個個春季捏碎
復而興臂歡呼夜
興奮之後總被襲擊以一種冷
我寂寞的槍便是今日的面目

下午六點半被剪掉的頭髮埋怨我
不是C城裏腐爛的青春
當迷你裙與被誤解的「存在主義」
被放出滿街
我把死摺成最美的儀式

或者日落前我將死去
妳的探訪也許太遲
而遺囑只能交給慰問我的夜
或者交給依偎著我的卡賓

從六〇至七〇年代，古弦尚有其他詩作刊於香港的《海光文藝》與《海洋文藝》上。⑮皇甫盛曾在《中國學生周報》發表文章誇讚其作品，但擔心他與《海光》往來，或會被中共「統戰」而「上當」受騙（皇甫盛 1967）。古弦後來定居澳洲，大隱於雪梨鬧市，不再與人往來（方明 2014：171），八〇年代的香港期刊亦不復見其作品。

二、散文

越華散文的主要作者為鬱雷、氣如虹、陳樹強、千瀑、韓毅剛六人，前面三位的作品在十至十七篇之間。

2.1 鬱雷

鬱雷在《當文》的投稿包括新詩與散文，以散文的數量較多，成績也更為顯著。他兩度以散文參加《當文》徵文比賽，均獲評判青睞。第一次以〈相憶深〉（54：75-78）入選四週年紀念徵文比賽，第二次以〈軍旅生涯苦樂談〉（91：47-52）獲選為第三次徵文比賽佳作。從六九年至七三年，他一共刊出七篇小品文，十篇雜文。他的七篇小品文基本上是「植根在這火藥味很濃的土地上一個異鄉人的呢喃」，抒發的是一個年輕生命「早熟的憂鬱」（〈秋這季節〉；54：75-78）。這個「染上『憂鬱症』的男孩」（54：68），由於生活在一個經常戒嚴與征戰不斷的國家裏，一達入伍年齡，便失去選擇生活方式的權利，對於愛情與幸福更是不敢奢望。他不時為自己的存在感到迷惑，反覆自問：「我是誰？誰是我？」並自嘆：「多可悲，你的心向來是如此的茫然和無主，你不知道自己生在這個世界，究竟應該扮演什麼角色？」（〈十九歲的憂鬱〉；42：39-41）對於這個疑問，他在

〈戰地寄簡〉(46：111-112)裏做出了明確的回答：作為一名軍人，他只是「人世的過渡者」；在被殺前，他所扮演的也不過是與對方一樣的「殺人犯」角色。「多可悲，忝為萬物之靈，我們的責任與義務就是去殺害同族類的『人』！」⑯)生命的慰藉只剩下了後方寄來的「幸福」牌香菸(〈五月，西貢在雨中〉；66：123-124)，以及在照明彈下展讀心儀女子的遠方來信(〈相憶深〉；54：77)。即使和平在望，軍人「仍然要涉水、迎風沙、冒槍林彈雨」而感到十分無奈(〈致軍旅中的M〉；88：100-101)。

鬱雷的雜文風格硬朗，語調鏗鏘，與其小品文的風格有很大差異。他關心的議題亦擺脫了個人哀愁，直接介入各種有關戰爭、國族、政治與文藝的論述。在〈淺話戰爭〉(94：4-5)裏，他清晰的表達了反戰的立場，以理性論述回應他在小品文中一再抒發的哀愁。在他眼中，戰爭是一種毀人滅己的暴力與罪行，勝敗雙方或輕或重均受其害，而最令他感到困擾的是，勝方不見得會比敗者來得仁慈，人民百姓始終只是芻狗。他讚揚英國哲人羅素（Bertrand Russell, 1872-1970）為「最偉大的和平主義者」，因為他抨擊戰爭，並提出「為免生靈塗炭，可以不惜向征服者稱臣」的觀點。

另一個鬱雷關心的議題是華人的民族情感與國家認同，他的立場是既鮮明又曖昧的。一方面，他認同於「中華民族」與「中國」；另一方面，他又猛烈抨擊「中國人」以及海峽兩岸的國共政權。〈國家至上〉(70：6-7)與〈兩個可怕的民族〉(86：8-9)是作者表達其國族認同的典型例子。〈國家至上〉寫於七一年，在抗議美日「私相授受」釣魚臺列嶼以及抨擊國共政權「兩不管」之餘，熱烈表揚香港「愛國青年以血、以淚、以汗去維護國家的主權」的「偉大英勇精神」。從香港的保釣運動，他得出的看法是：惟有兩岸政權統一，國內外華人俱以國家利益為重，一致對外，「中國」才能贏得國際尊重：「海外中華兒女都是熱愛祖國的！縱是遙隔於千萬里外的異鄉，華人仍與祖國血肉相連！休戚榮辱與共！團結，統一，無疑地是海外華人的一致願望！」〈兩個可怕的民族〉寫於中共政權與美國建交之後，作者呼籲華人慎防「蘇俄的擴張海權和日本的重整軍備」，原因在於歷史上「禍害中國既深且鉅的，就是蘇俄北極熊和日本軍國主義」，而「一九六九年的珍寶島事件和一九七一年的釣魚臺事件，又一次地赤裸暴露了蘇俄北極熊和日本鬼子對中國的狼子野心。」不過，他對於美國總統尼克森（Richard Nixon, 1913-1994）來訪之後的「中國」充滿信心：「七十年代，中國已不再是睡獅子，我們深信：為維護領土主權，如遭受異族任何武力的挑釁，中華民族八億人發出的『獅子吼』足以毀滅一切外侵！」

〈由「偉大的民族」談起〉(79：8-9)、〈由「李、柏案件」談起〉(81：8-9)、〈作家和政治家〉(89：8-9)、〈從周氏兄弟牢騷想起〉(92：10-11)、〈李敖的悲劇〉(95：

4-5）則是對「中國」與國共政權的批評。在〈由「偉大的民族」談起〉一文中，鬱雷對於尼克森將「中華民族」稱為「偉大的民族」不以為然，並引魯迅的名言來刺他：「倘有外國的誰，到了已有赴宴資格的現在，而還替我們詛咒中國的現狀者，這才是真有良心的真可佩服的人」。對於近代「中國」，他也同意魯迅「更其直截了當的說法」，認為數百年來的國情不外兩種：「一，想做奴隸而不得的時代；二，暫時做穩了奴隸的時代。」〈從周氏兄弟牢騷想起〉把他的失望之情說得更明白：「周作人在〈歷史〉一文中寫著：『我讀了中國歷史，對於中國民族和我自己失了九成以上的信仰與希望。』」「魯迅在〈燈下漫筆〉一文說得好：『中國人向來就沒有爭到過「人」的價格，至多不過是奴隸，到現在還如此，然而下於奴隸的時候，卻是數見不鮮的。中國的百姓是中立的，戰時連自己也不知道屬於那一面，但又屬於無論那一面。強盜來了，就屬於官，當然該被殺掠；官兵既到，該是自家人了罷，但仍然要被殺掠，彷彿又屬於強盜似的。』」

魯迅敢言，是鬱雷的偶像；魯迅早逝，他認為是一種福氣。鬱雷在〈作家和政治家〉裏表示，國共政權均無氣量，絲毫容不得文人對政黨對政治作出任何的批評：「民國以來，中國的政治家比起歷代統治者的大興『文字獄』也『不遑多讓』，他們把『不為己用』或喜作『不平鳴』的作家視為『洪水猛獸』，而作『血腥鎮壓』地抓了不少！關了不少！而且殺了不少！」不僅如此，這兩個政權還主動管束作家的思想與行動：「中國的左右政治家仍然執行黨性、鬥爭性、組織性、教育性的『文藝政策』來作為箝制作家的思想以至行動！中國大陸和臺灣之間歷年來迫害作家的『文藝整風』運動，赤裸地告訴了我們：中國大陸需要的只是黨幹部、農奴和勞工，臺灣需要的是官僚、市儈和苦力。而無獨有偶，兩方面政權皆摒棄那揭發其『以人民為芻狗』的先知先覺者的作家。」

對於李敖、柏楊的案件（81：8-9；95：4-5），鬱雷感到「別有一番滋味在心頭」，原因在於兩人的不幸再次證實了魯迅的洞見：「魯迅先生這麼説過：『文學家的話，其實還是社會的話，他不過感覺靈敏，早感到早説出來〔……〕政治家認定文學家是社會攪亂的煽動者，心想殺掉他，社會就可平安。』」他進而慨嘆：「儘管今日的新時代已經不是過去『朕即國家』的舊時代了，但我們中國封建皇朝歷來那一套『生殺予奪』玩意兒仍然『陰魂不散』地眷顧到今日的文人身上！君不見臺灣不讓大陸的『文藝整風』鏟除『牛鬼蛇神』專美於前，最近也在『肅奸防諜』的大題目下以李敖、柏楊二位文人作『代罪羔羊』嗎？向古人看齊，大興『文字獄』，左右雙方，半斤八兩，彼此彼此！『文章賈禍』，古今一例，可謂『後先輝映』呢！」（81：8-9）文學處境如此，文藝批評顯然更不易為。他在〈談文藝批評〉（79：10-11）裏寫道：「在中國，許多人都視為畏途，往往『敬謝不敏』，惜墨如金地不輕易動筆。」然而，要在「此時此地」推廣優秀文藝作品，樹立良好閱讀風氣，豈能沒有文藝批評？鬱雷評曰：「一個有良知良能的文藝批評家，面對著值得批判評論的文藝作品，應不惜任何代價，殫精竭慮而言人所不曾言！在執筆時，更要抱定『對事不對人』的嚴肅態度，去從事純粹學術性的研究切磋，這樣，『文藝批評』才能推動文運，樹立良好的寫作態度與閱讀風氣。」「此時此地」指東南亞華文文壇，而不是大陸或臺灣。他曾以身作則，在《當文》發表〈由有色讀物談起〉(95：34-36)，嚴厲批判越華社會的「黑〔離經叛道〕、黃〔軟玉溫香〕、灰〔消極頹廢〕三色」讀物。

這些雜文寫於鬱雷「健康透支」之後。據他在紀念《當文》創刊六週年的賀文所述，自從寫了〈國家至上〉之後，他便患上「肺炎和心臟衰弱」的綜合病症，身體經常出現「心跳、氣喘、目眩、眼花、咳嗽、咯痰、潮熱、出汗」等病徵，惟有遵照醫囑，減少寫作，休養生息。他的來信，使《當文》編輯部不勝憂心（73：138）。七三年十月發表的〈李敖的悲劇〉，是他刊出的最後一篇作品。

2.2 氣如虹

氣如虹在《當文》主要發表散文，包括四篇雜文、一篇記敘文。這四篇雜文是：〈「一稿兩投」問題〉(98：6-7)、〈我與阿Q〉(108：43-46)、〈中文裏的外文〉(109：14-15)、

〈詩與詩人〉(III:84-86)。記事文〈征途摭拾〉由於篇幅較長,分十期刊出(第98-107期)。〈「一稿兩投」問題〉回應七二至七三年間發生於《當文》的多起兩投事件(詳見第二章),對抄襲和兩投的作者作了批評。〈我與阿Q〉與〈中文裏的外文〉則是對英培安(1947-)批評郎格非(范立言)的迴響,作者一方面認同英培安的意見,另一方面亦對於魯迅以外文字母為小說主人公命名表示難以理解。〈詩與詩人〉表述個人詩觀,亦論及現代詩。

氣如虹在《當文》發表的文章,以〈征途摭拾〉最為重要。當時作者從軍,文章紀錄了六八年至七四年間,華人被迫入伍、接受訓練、據點戍防、參與南越與高棉兩地反共戰爭的過程,亦描述了南越華人在逃伍與衛國之間的內心掙扎,以及和平無期、成家無望的無奈心境。這段時間正是越戰日趨激烈,南方逐漸失守的最後階段。透過這篇文章,《當文》讀者得以一窺戰火之中,華人與越人的共同命運與困境。與越軍並肩作戰的當然還有美軍,然而美國大兵的特殊待遇,卻使華人與越人感到屈辱,意興闌珊:

> 士氣最低落的日子〔……〕和美軍在一起,更感自慚自卑;越軍樣樣顯得貧困,糧食也不充足;美軍則吃喝不盡,每期接濟都十分豐富,剩餘下來,都倒出垃圾堆去,多麼的可惜!有馬鈴薯、紅蘿蔔、蘋果、雪豬肉以及日常用品等。我們不忍暴殄天物,在美軍燒毀之前,

> 去撿拾回來。儘管小團長一再禁止，認為有失越軍的體面，但〔……〕有時我們又到了豉油撈白飯的境界；因之，還是有人甘冒受罰之苦，偷偷的去撿拾！
>
> 美軍方面，除了吃喝豐足以外，還有一種娛樂組織。就是每月的最後一個星期天，必請來一團歌舞表演，以慰勞士兵；表演的都是美麗的越南少女，最主要的節目是脫衣舞，精彩、香豔、刺激！〔……〕脫衣舞的表演，當時確曾使人渾忘一切，麻醉了痛苦的軍人，狂呼吼叫，嘻哈大笑。過後，我卻感到無比的空虛，似乎欠缺了什麼！想通了，才了解內心所渴望的是自由與愛！我開始怨懟，這是從軍以來最感到鬱鬱不歡的日子（105：124-125）。

〈征途摭拾〉乃作者根據日記整理的從軍紀錄，行文有如流水帳，情緒與節奏亦不穩定，與其餘四篇構思嚴謹的雜文相去甚遠——或許，這才是這篇文章的精華所在，因為它真切的反映了華裔軍人的戎馬生涯與抑鬱心情。

2.3 陳樹強

陳樹強的投稿以散文為主，一共十二篇，其中〈記者的苦與樂〉（95：97-102）入選《當文》「苦與樂」徵文比賽複選佳作。從作者投書可見，他在唸初一那年已開始購閱

《當文》，以細讀散文篇章為樂（94：152）。陳樹強的文字清通，文章布局均勻，只是情感過於稚嫩，不論男歡女愛或母子之情，寫來都顯得刻板浮泛。〈戰地書〉（75：89-94）乃年輕華裔軍人的系列家書，最後一封是其絕筆。〈叮鈴叮鈴〉（74：115-117）、〈月下〉（84：117-119）、〈早安，晨霧〉（90：143-145）、〈千航之外〉（121：132-136）諸篇都是綿綿情話。比較有創意的兩篇是〈我們須見太陽〉（78：88-91）與〈童話與夢〉（87：122-129）。〈我們須見太陽〉為第二人稱敘述，以兩名年輕男女在水邊漫不經心的問答以及敘述者的內心活動，烘托出一代人的迷惘與渴望。此文風格輕盈跳脫，然而內容卻抑鬱不安，張力十足。〈童話與夢〉雖耽溺於甜膩的唯美色彩，文中女子卻一再遭受情傷，包括「遠處的閃電、火光、雷聲、風雨」給她所愛的鐵血男子的致命一擊。她後來收到陣亡丈夫的身分銅牌，這是殘酷現實對華美夢境的一記當頭棒喝。

陳樹強高中畢業後，前往臺灣大學升學。這段時期的散文，因作者離家在外而感觸良多，後來南越政權易手，文章的情感更顯洶湧澎湃。〈冬至臺北〉（100：62-69）寫出了留臺越華的快樂與哀愁——在「祖國」（臺灣）與「家鄉」（南越）之間，他們究竟何去何從？「聽到的是熟悉的語言，見到的是自己人，雖然好親切好溫暖，可是，我卻仍然好陌生好寂寞！我們這遠處海外的年青一代究竟是怎樣的一代？回到了祖國，卻不了解祖國；離開了不屬於我們的家鄉，卻在懷念家鄉的芭蕉樹。親愛的，這是如何的一種悲哀？」

〈越南啊，我的家鄉〉（117：48-53）與〈噢，媽媽〉（119：59-66）寫於西貢易手之後。前者以故人來信的手法，想像廣治、順化、峴港各地逐一陷落的情境，表達了南越學生「憂家鄉，憂家人，憂經濟斷絕」的悲情與惶惑；後者則是遊子向西貢發出的淒厲呼喚，思念中的母親、家園與「家鄉」已渾然不分，彷彿一體：「當一省市一省市的噩訊抵達，當烽火漫天，孩兒總念著千山外的溫暖家園，那和煦的陽光，那濃厚的人情味，父親慈祥溫厚的臉，蒼白著頭髮的媽媽，天真活潑的弟妹們；往往是一頁頁心痛的夢境；越南呵，越南，我在夢中呼喊著，呼喊著。」這兩篇文章打動了《當文》的編輯，他們評曰：「南越與香港雖然斷絕了幾個月的信息，但《當文》仍然帶著濃厚的越南色彩，除了長篇的《繫》，本期又發表了陳樹強先生的〈噢，媽媽〉，逸子的〈芽莊，芽莊，芽莊〉，至情之作，讀來令人感泣」（119：152）。

〈你是一簾月光〉（136：41-46）回歸早期的唯美風格，也是一篇呢喃情話，不過敘述者已不再天真，他的深情話語被失鄉的陰影完全覆蓋：「我的遠方是另一場戰爭。有很多種冬天。我是異鄉的流浪者，無形的包袱在我肩上；我常做夢，夢到烽火與哭泣；夢魘像一口大而黑的井，只見到黑暗、陰森，往往摸及冰冷且長滿青苔的井壁，就驚慄醒了。

那年的某一天以後，無論走到哪裏，那口井都在我四周浮動著，伺機吞噬我。我顫慄那種深不可測的黑暗，而沒人曉得。」這是陳樹強在《當文》發表的最後一篇散文。

2.4 千瀑

在七二至七八年間，千瀑一共發表了九篇散文，其中八篇屬於小品文，一篇雜文。他的小品文充滿強烈的唯美、感傷、抒情色彩，令人印象深刻。這些文章之所以愁煞人，原因來自年輕人珍惜大好年華，然而卻不得不面對當兵與戰爭的可怖壓力。〈十九歲的囈語〉(80：84-87) 是千瀑在《當文》發表的第一篇作品，裏面便有作者的感嘆：「就因為那一種夢樣的感覺，因此，我愛這株聖誕紅。我總是不斷地迎向它；它總是永恆地投向我。此刻，我又將自己埋藏在濃濃的花蔭下了。而每一次，我都是如斯悲哀地以一隻右眼去看這株聖誕紅，以另一隻左眼去窺伺一些我不想擁有卻又非擁有不可的現實。〔……〕也許，有一天，當右眼的幻象全被左眼的景物所淹沒時，當那一點點尚存的可憐的夢也遠離了我的時候，我就知道：我不再屬於自己了；我完全迷失在現實的洪流」裏。「不可避免的時代洪流」湧來時，「我亦會很滑稽地說自己是一名英勇的戰士，背起了行囊，扛起了槍桿，忘了孟子所說的『人之初，性本善』，也忘了孔子的『大同世界』，而在深山曠野上，在太陽光線的照炫之下，刀尖對著刀尖，去刺殺同一種族的『人』！」

戰爭與死亡的威脅確實使人愁：「誰說：少年不識愁滋味？如今，我滿胸的愁、滿胸的怨、滿胸無告的酸楚和無奈！〔……〕哦，十九歲，我從書窗之外，目擊一隻鴿子被戰火槍斃、看著烈火長年累月的在南方燃燒，聆聽著一連串干戈下的嘶喊和悲號！十九歲！我就是如此這般的被埋葬了！」在千瀑看來，華人從軍，效忠南越政權，這件事本身就深具荒謬性；故此，他寫文章紀念屈原時，不忘向身處「最南方的南方」的華人發問：「您那年代，還能將自己的一顆忠貞的丹心付與祖國（縱然是扭曲）；而我們這個年代，卻又該將自己的忠貞付與什麼國度？」「倘若死是一種最大的解脫〔……〕，那麼，誰將我們落泊的故事帶回故鄉？」（〈五月，掬一把淚和雨〉；91：80-82）。

所謂「故鄉」，千瀑所指乃遙不可及的「文化中國」，一如〈若妳來雨港〉（82：106-108）所寫的：「鄉關呢？鄉關呢？我的五指攀不住一朵回歸的雲。〔……〕妳是知道的，那豈是寂寞。〔……〕我便哭著從厚厚的線裝書上觸摸自己的鄉關。或一些西江月。或一些淡淡的所謂鄉愁、所謂斜陽、古道、瘦馬的悽楚。洛陽城。古典的燈樓。長安。古箏。琴。古老的民族。不朽的歷史。這些，這些，都祇是被雨天握著的一頁殘破的風景。殘破的風景。那豈是寂寞。」七二年，千瀑以〈遲升的月亮〉（95：74-81）一文參加《當文》「苦與樂」徵文比賽，入選為複選佳作。在這篇文章裏，千瀑將他的唯美、感傷與抒情色彩發揮得淋漓盡致，宛如一封「光潔如璧」的情書。文中男子所鍾情的女子，不僅美貌超凡脫俗至「無法述說」，兩人的相處之樂亦只能以「山的壯大和海的浩瀚來比喻」。兩情相悅與文化原鄉神遊相輔相成：「在夢不到自己的鄉土的地方」，兩人把盞夜話，竟夕談論「遙遠的江山」、「小橋流水」、「平野長沙」、「線裝書」和「紙窗」。可惜好景不常，如此旖旎夢境盡毀於「戊申年的一把火」——六八年春節，北越（越南民主共和國）的越南人民軍協同越共（越南南方民族解放陣線）的人民解放武裝部隊，在南越境內發動的「總攻勢」（Tet Offensive）。[17]一對南國鴛鴦從此天各一方，各自「學會孤獨地哭泣」，「彼此徒然的想念和悟憶」。這場戰事將兩人從極樂投向至悲之境，從此「痛苦像一條無岸的河，流向我們」。對於千瀑而言，這種至悲不妨視為絕美，因為「它是屬於第五季的，永生不滅」。「我們的故事是濡濕的。也唯有曾經在濡濕中活過的人，才能感受到那份濡濕的蒼涼和美。這樣，我還能再希冀什麼呢？當你的一切，經已移植在我心之荒漠，成一株永恆的仙人掌，生著，活著，夢著；並且，愛著」（〈仙人掌〉；106：40-42）。

世事多變，人生苦短，珍惜美好當下是千瀑散文裏常見的母題。〈打開的電話亭〉（121：81-85）描述初戀男子的忐忑心情，並將其心跳聲比喻為「非常過癮的春雷」。〈春的圖騰〉（81：31-33）寫惜春之情：「整個下午，春就在這個相思林中獨坐。而我也獨坐。且不要問為什麼要獨坐。不為什麼，獨坐就是獨坐。像春很自然的在相思林中獨坐一樣。我必須承認，孤獨是一種寧靜的享受；像此刻」。然而春易老，海易枯，〈去看海的日子〉（89：150-153）只好轉而寄情於頑石：「向晚。當海潮殷殷般的呢喃著向岩石告別的時候，我們便在那在海哭泣過的地方很寂寞的守候了一個晚上；而且數著它遠去的足跡，數著遠處的每一次沉沉的鐘聲。〔……〕不知怎的，我突然啊啊呀呀的哭起來。所以，這個黃昏，那些居住在海灘的石頭就很悲哀的被我搬回去了。且不要問我為什麼要搬動那些石頭。連我自己也不知道為什麼。祇因為那些石頭曾那麼悲慟地被我們愛過嗎？」

千瀑的散文風格，在逃亡之後，有顯著的改變。〈也是「集中營」裏的一天〉（146：41-49）寫於馬尼拉難民中心，記述劫後餘生瑣事；文章頗為雜亂，而且心神渙散，予人意興闌珊之感。以下一段可見作者心情蕭索：「現在已經是下午三點了。我嘆了一口氣，想像自己為什麼這樣懶。又不願唸書，又不想睡覺，又無城市可去，想來想去，最後還是拿了一大堆髒衣服，到下面的水龍頭去洗。」「日子往往就是這樣過去了的。」這是千瀑在《當文》刊載的最後一篇散文。

2.5 韓毅剛

韓毅剛在《當文》主要發表散文與小說，散文一共六篇，小說只有兩篇。就散文而言，無論是軍人家書（〈一個戰士的家書〉；79：76-78），還是情人絮語（〈夏日絮語〉，89：

119-121；〈栗色的相思〉，104：90-94；〈懷念，在潮聲中〉，113：119-122），他的抒情文字都頗為成熟，文章結構也相當圓融，惜無新意。《當文》曾刊登他的兩篇雜文，從中可以窺見其頗為單純的文學觀：「在散文的領域上，朱自清、冰心所以受到普遍讀者的喜愛，其文筆清新、雋永固然是一個主因，然而，有一點更不容忽視的是：他們的作品都充滿了愛心。〔⋯⋯〕一個作家，對廣大的讀者，都有一份艱苦的責任，一份無可旁貸，無論終始的責任，這個責任就是表達愛心，讓作品從愛的源泉中湧出。一個作家，如果能擁有一顆愛心，那麼，他的作品將會是黑暗中人類心靈上不落的陽光」（〈我們需要陽光〉；105：10-11）。他還認為，文學創作不應「作西方文學的奴婢跟班」，遺忘了（中華）「民族性」：「無論我們的作家的文藝路線是傳統的，抑或是現代的，都應該在作品中表現一些中國的東西，讓讀者的觸覺能夠嗅及一些『秋海棠的芬芳』。我相信，只有能說出中國人的願望，寫出中國的創傷，以及中國人的痛苦，才能感動中國人，甚至別的民族」（〈「非中國」與「泥土香」〉；108：14-15）。

三、小說

小說是越華作品中最薄弱的一環，不僅作者少，數量也不多，幾乎由李錦怡一人包辦了。其餘小說作者為千瀑、劉健生、陳樹強、韓毅剛，每人僅有三兩篇，聊勝於無。

3.1 李錦怡

從七二至七八年，李錦怡發表了五個短篇小說，一個中篇，後者分七期刊出。這五個短篇為：〈十六歲的夏天〉(81:98-103)、〈吞雨水的人〉(82:99-105)、〈斷夢〉(92:86-91;入選《當文》第三次徵文比賽)、〈藩切情〉(106:70-88)、〈花睡衣〉(146:53-58)。中篇小說〈繫〉(第117-123期)刊出時，南越已經易幟，港越兩地「消息隔絕」，編輯部稱有「季札掛劍」之意(117:153)。〈花睡衣〉是李錦怡在《當文》發表的最後一篇作品，寫於菲律賓的馬尼拉難民營，內容與越南無關。

李錦怡的題材以年輕人的戀情為主，絕大部分都是無疾而終的感傷故事。[18]她筆下不缺熱情如脫韁野馬的華人女性，她們傾心的對象是「灑脫、專蠻、爽朗、憂鬱」、有「獨特的男性體質」的華人男子(106:83)。《當文》編輯部曾指出，〈繫〉「甚得讀者歡迎，尤其適合新潮青年人的口味」(118:152)。然而，可惜的是，小說中理想的情感關係和「花蝴蝶一般的日子」只是鏡花水月——〈藩切情〉裏才氣過人的藝術家/哲人因病早逝，〈繫〉裏的癡情浪子/富家子弟也難逃兵役之災，生死難卜——如此種種讓小說裏「滿懷希望的生活著」(106:71)的女子不勝憔悴。在李氏小說裏，女性與男性同樣飽受戰爭的困擾。〈吞雨水的人〉的夏雯傷心，因為心上人要上前線，兄長亦同時被召入伍；更叫她難以釋懷的是，華人男性前赴後繼的為南越浴血征戰，究竟所為何事？心上人臨行數語，道盡了華人子弟的身分困惑與身不由己的無奈：「第一個祖國不要我們，於是，我們就到第二個祖國去，但，我們終於又要離開第二個祖國，然後，我們的靈魂又回到第一個祖國那兒去！」（106：104）〈繫〉的兩位華人男主角都必須上戰場，他們的前途——以及他們的女友的前途，可謂非常渺茫；難怪小說裏的浪子要及時行樂，他的友人亦要感嘆：「我們就是可悲的一代，戰爭就是我們最大傷痛」（120：121）。

3.2 千瀑

千瀑在《當文》一共發表了三篇小說：〈停火之後〉（113：51-57）、〈最後一架班機〉（115：26-34）、〈大火〉（147：80-89）。前兩篇作品在西貢淪陷前寄出，最後一篇寫於馬尼拉難民營。〈停火之後〉講述一整個南越師團被越共殲滅後，戰場上唯一「倖存」的士兵驚覺自己原來已成亡靈的驚悚小說。小說從第三人稱的角度呈現這個心力交瘁的死者的心理活動，他的獨白既質疑生命的意義，也否定華人士卒為南越而戰的價值：「生命的本身原來就是一件這麼可笑的事。人活著是什麼呢？無非是等待死亡而已。〔……〕活著是一連串的鬥爭，一連串的突擊。他實在厭倦這種生活。當然，作為一個大兵，或者說，生活在這樣的國度，他是應該有他活著的本分的。可是，他多希望被自己打倒的，是中國的敵人，他多希望自己站立的，是中國的國土！但，中國離他太遠，他只不過是一個被移植的生命而已。他常常都在心底問自己：我究竟是為什麼而活著的？我究竟是為什麼而戰爭的？」若與氣如虹的散文〈征途摭拾〉比較，千瀑這篇小說無論在華人身分認同或反戰意識方面，都表達得非常清晰，毫無含混擺盪之處。故此，文末亡靈的自我提問就顯得格外的沉重，透露了被迫參與越南內戰的華人的大哉問：「他茫然的呆在那裏，心裏又驚，又怕，又惘然。他不禁這樣問自己：我是誰？我究竟是誰呢？站在這裏的是『我』嗎？『我』又是什麼？那麼荒謬，這大地。難道，難道我僅僅是屬於一片虛空？」

〈最後一架班機〉和〈大火〉則以多重視點呈現南越兩個城市在淪陷前後眾生的苦難。〈最後一架班機〉的故事發生在七五年三月二十九日下午，地點是峴港機場；當時越共武裝力量已攻入峴港，機場聚集了上千難民，準備乘搭最後一班航機逃走。小說描述了難民的驚惶心情，以及在跑道上競相追逐飛機，並與從前線撤退下來的軍人搶登機艙的恐怖場面。小說對於逃亡場面的描寫幾乎是超現實的：「槍聲真的響了。一些沒能即時擠上機的軍人，竟連連的向飛機開槍。甚至有的向機翼處投了一枚手榴彈。有人企圖用身擋住飛機，有的抱住機輪不放……」。在千瀑的詩文裏，飽受戰火摧殘的南越根本與地獄無異；這篇小說也不例外，在故事完結前，再次重申了作者的觀點：「能夠衝上機的，大約只有二百多人，全都是軍人，祇有兩名婦女，和一名幸運的嬰孩——他無知的目睹了人間最悲慘的一面，在他生命的最初。機上，每個人都用手掩著臉。其實也沒有什麼好看了，這地獄。」這篇小說寫的雖是峴港，然而日後讀來，卻饒富象徵意義；它讓讀者想起越戰結束前夕，美軍利用西貢的美國大使館天臺，連續二十四小時以直升機緊急疏散親美工作人員的倉皇場面。

在千瀑的小說裏，未能及時離開南越的華人，最終還是難逃越共政權的迫害。〈大火〉所講述的，便是華人社區因為不肯響應新政府下放「新經濟區」的號召而遭到縱火的故事。千瀑在小說末尾如此描寫一名華人女子的覺醒：「火是熄了，彷彿是。誰也說不清火是打從那一頭燒起來的，那麼突然，那麼不明不白。而她知道，是的，她知道，在生命中，在往後的日子裏，還將有無數無數這樣大這樣大的一場場大火！」

3.3 劉健生

劉健生在新詩之外，還寫小說；在七三至七四年間，他在《當文》刊出〈蘭子〉(95：113-123)、〈漁家漢〉(100：40-51)與〈爬塔人〉(109：26-46)三篇作品。在眾多越華年青作者之中，以他的小說最為理性客觀，也最為清新亮麗，《當文》編者曾譽之為「新人新作，內容也新」(95：162)。無論是同窗友誼，情人聚散，還是從軍或逃役，在他寫來全都實事求是，坦蕩從容，毫無感傷氣息，與眾不同。

偶爾忍不住要抒情的時候，小說就會突然迸現詩一般的句子，例如「沿著校園的走廊，我以左右腳交替卜問前路，儀茵的影子交疊過我的影子」（95：120）；或「同窗的日子畢竟已截斷了，然而，我們才只航過淺淺的學海而已。戰爭的影子竄出來，夢的圓殼便驚裂，一張畢業證書代表什麼？在烽火處處昇起每一朵血花的季節，十八歲只是一座不穩固的堡壘而已」（109：30）。

陳健生的小說其實不乏寫實的情趣，例如〈漁家漢〉寫漁民為避水災將頑固的家豬誘趕入屋的一幕，就很有喜劇的效果：「幾個人都退到一旁。亞力力大如牛，旋轉著繩子讓那頭豬打幾個圈子，停下來時豬屁股就正對著屋裏，換了本來的方向。人豬拔河開始了，亞力緊紮馬步緊收繩子，待繩子稍為緊了，便放鬆一點，豬在反抗、掙扎，繩子稍一放鬆整團肉球便往後退，最後，亞力猛然一鬆手，整隻豬便突然失去重心倒退進屋裏」（100：48）。三篇小說之中，以〈爬塔人〉寫來最為得心應手，大概與作者的切身經歷有關。這篇寫實小說以展現橫切面的方式，描述一群高中畢業生在面臨升學、留學、就業、戀愛、從軍、逃役等各種人生關口時所作的選擇，呈現出七〇年代越華年輕一代的眾生相。儘管這篇小說的基調豁達，年輕人對於自己的未來仍然不敢樂觀：「葉開城豁然的笑起來：『來日方長，青年人還怕沒有機會闖個前途。』〔……〕聽到『前途』這兩個字，我有點惘然。我們的前途，正燃著一盞戰事的燈，燈的顏色正輝煌。

當我們走出小閣樓的時候，已是燈火萬家的黑夜了，戰爭，彷彿就正在這漆黑的夜裏窺伺」（109：41）。

3.4 陳樹強

陳樹強的小說只有兩篇，〈破娃娃〉（93：122-131）與〈我回來了，麗莎〉（105：63-80）。對於前一篇，作者曾表示是「一個新嘗試——寫下層社會的小人物的故事」，但在「筆法技巧」方面還不夠「嫻熟」（94：157-158），可謂中肯的自評。後一篇是一名前線軍人的漫長獨白，在向後方情人傾訴戎馬生涯的艱辛之際，不斷的回憶或幻想兩人相聚的美好時光；文體介於小說與散文之間，風格也在溫柔與暴烈之間來回擺盪。小說結尾時，軍人因傷失一腿，不得不解甲回家；多年征戰已徹底改變了這個軍人，使他成為一個既「歸來又不歸來的故人」。

3.5 韓毅剛

韓毅剛僅發表過兩篇小說，〈稚夢〉（92：137-143）與〈選擇〉（109：60-70）。前者講述一名少男暗戀年青女子的老故事，後者探討一名成衣設計師在兩間工廠的商戰裏所面臨的職業與道德選擇，題材特別，情節起伏有致，對人心與道德的微妙關係也有頗為細緻的觀察，是越華小說中難得一見的嘗試。

第四節：議論文章

來自南越的稿件並沒有文學評論，僅有零星短論與讀者來信，議論焦點是越華文壇的現狀。從七二年到七七年，《當文》只刊載了五篇短論：陳谷風〈烽火下的越華文壇〉(78：8-9)、醉筆〈關於越華文壇〉(81：12-13)、燕雲〈所謂越華文壇〉(83：12-13)、李強〈關於越華文壇〉(113：10-11)、許德榮（筆名為藍采文）〈想當年〉(143：128-129)，以及向雲與劉健生的兩封來信 (84：155；106：132-133)。《當文》編輯部則在社論與〈編後〉裏作出回應。

這五篇文章所關心的歷史時期大約是六五至七五年間的十年。綜合各家說法，這個十年以六八年越共在南越境內發動春節總攻擊為分水嶺，越華文壇在經歷近兩年的沉寂之後，在七二至七三年恢復生機，這也正是越華作家開始踴躍投稿《當文》的時期。以下是根據這五篇文章的資料，結合陳國正、尹玲、方明三人的憶述，對這十年間南越華人的主要文社、出版以及活動情況作一簡略的綜述 (陳國正 1998；尹玲 2000；方明 2014；何金蘭 2016)。

一、文社

根據尹玲回憶，從六〇年代到七五年四月三十日西貢淪陷之前，「是南越華文文青最多、最熱情、最熱絡、最瘋狂、最愛行動的時期」。儘管越戰如火如荼，詩社與文社還是有如雨後春筍，不斷出現；有些人甚至加入好幾個文社，盛況可謂空前（何金蘭 2016：257）。

當時的主要文社有：一、海韻文社（六二年成立，社員包括：村夫〔?-2006〕、心水、夜心、楚珊、荷野、何傑華、黎啟鏗、徐卓英、林松風、小苗芽、黃其中〔謝餘湘〕、葉長平、吳雪梅、潘懿德、陳雲飛、勞可騰、思微、夢玲、子詩）；二、存在詩社（六六年成立，社員包括：銀髮、仲秋〔陳澄海，1953-〕、我們/秋原、古弦、射月〔杭慰瑤〕、藥河）；三、文藝社（社員：謝振煜）；四、方濟各野聲詩社（社員：黃廣基、李錦怡、方明、婷婷、何秋明、依雯）；五、風笛詩社（創刊社員為：心水、藍斯、李刀飛、荷野、異軍、黎啟鏗；其餘社員為：秋夢〔陳友權，1943-〕、冬夢、藍斯、李志成、石羚）；六、颱風詩社（社員：藍采文、西土瓦、畢若蘭、夕夜、君白、路晶、雪夫、亞夫）、七、藝園（社員：心弦、秋心、胡國華）；八、向日葵詩社（社員：莊微、瀛瀯）；九、南風詩社（社員：大湯、小湯、深心）；十、中藝詩社（社員：雲中雁、憂薇、夢群）；十一、墾拓詩社（社員：青雲、藍詩）；十二、濤聲文社（社員：尹玲、斯冰、友愛玲、餘弦、顯輝、陳國正、春夢、黃烈友、趙忠中）；十三、思集文社（社員：秋夢、施漢威、逸子、懷玉子〔陳耀祖〕）；十四、飄集文社（後易名為「飄飄詩社」；社員包括：陳恆行、西牧、李志成、施明東）；十五、奔流文社（社員：李希健、漂泊、洪輔國、牖民〔劉為安〕）。其餘文社還有旭日、濤韻、青年學生、筆壘、水手（案：水手詩社只是為了出版《水手》詩雙月刊而設的詩社，社長為藍兮）等。

《當文》這五篇文章沒有提及的兩個文社為沙城文友會（七二年成立，成員包括：星光〔劉榮光〕、迴夢〔張錫海〕、謝國勢、徐慶鴻、徐蝶文、夕夜〔謝海裘〕、藍采文、孤雁〔鍾某〕、譚光興、文民〔邱世經〕、何秀雁、邱嘉慧）與書生文社（成員包括：艾虹、盧超虹、晚星〔一說為「曉星」〕）（陳國正 1998：28；方明 2014：26-28）。

據陳谷風所記，「這些文藝組織經常集會相互交流彼此寫作經驗，出版文藝刊物，在各華文學校傳播文藝種子」。「作家與作家之間，文社與文社之間，只有善意的批評而沒有惡意的攻擊，只有互相激勵而沒有互相詆毀」，展現了「真正的知識分子」的團結精神。七二年二月廿七日，野聲、文藝、水手、筆壘、颱風、海韻、思集等八大文社曾舉行一次春節文友聯歡會，參加文友達二百名，「為越華文壇有史以來最盛大的聯歡會」（78：8-9）。

二、出版

2.1 報章文藝副刊

尹玲記得，六、七〇年代的西貢有近二十家華文報社，「每一家都有文藝副刊版，對愛好寫作的『文青』有非常大的鼓勵和幫助」（何金蘭 2016：256，註4）。根據《當文》越華作者的報道，當年主要的報章文藝版包括《成功日報》的「學生版」、《亞洲日報》的「青年文藝」、《遠東日報》的「學風」、《人人日報》的「人人文藝」、《光華日報》的「筆花」、《新論壇報》的「文苑」、《奮鬥日報》的「現代」、《新生報》的「新苗」、《越華晚報》的「學海」以及《文聲週報》的「純文學版」。根據許德榮回憶，越戰結束後，西貢只剩下一份華文報紙——《解放日報》；其文藝副刊為「解放文藝」，但由於「內容空洞」，水準與昔日相比有「天淵之別」，「又不符合個人的思想，所以文友紛紛停筆」(143：129)。

2.2 文藝刊物

同一時期的主要文藝刊物計有：《文藝》(文藝社出版)、《像岩谷》(詩頁，存在詩社六七年出版)、《青年學生》(青年學生文社出版)、《水手》(詩雙月刊，荷野主編、藍兮負責經費，七一年創刊，只出版一期)、《筆壘》(黃廣基、方明、徐永華主編，七一年創刊，只出版三期)、《風車》(劉健生、駱文良主編，七四年創刊，只出版一期)。在政權易手後未能出版的刊物是《颱風》(藍采文、藍采風、夕夜、雪夫主編)。此外，根據方明的研究，銀髮在七四年有意以臺灣的《創世紀》詩刊為藍本，出版《空垣壁》詩刊，可惜申請遲遲未獲官方批准，最終因為政權易手而胎死腹中(方明2014：44-45)。

2.3 作品專集

根據陳谷風的觀察，越華作家出版的個人專集與合集非常少。許德榮記憶中的作品集僅有以下四種：《十二人詩鈔》（1967）；《葉傳華詩文集》（葉傳華著，1971）；《蝸牛隨筆》（何四郎著）；《獻給我的愛人》（謝振煜著）。

三、對越華文壇與文學創作的評價

這五篇文章的議論焦點在於如何評估南越華文文壇的現狀。對於陳谷風來説，七〇年代的南越雖然戰事頻繁，其整體社會文化的「繁榮與進步」確在一些沒有兵燹之災的國家之上；越華文學的表現尤其耀眼，「不因戰爭及政治影響而頓成沙漠，更反而顯得多采多姿，不但作家多，作品多，所成立文藝組織，所出版的文藝刊物亦多」。即便作家的個人專著尚少，他相信困難是短期而且可以克服的，對於日後的出版情況表示樂觀（78：8-9）。

七二年七月，《當文》〈編後〉對於日益增加的南越稿件評價很高，認為總體水準在馬新兩地之上（80：165）。《當文》的讚譽對於南越作者無疑是雪中送炭，引來熱烈的迴響。醉筆在八月的《當文》撰文，肯定了越華文壇的活力：「無可否認，越華文壇目前從作者或作品這兩方面來説，都可算是雨後春筍，其蓬勃的現象，雖然不敢説是空前，確是歷年罕見的。姑不論其作品的好與壞、水準的高或低，單憑那一種勇於『創作』和『耕耘』的決心與精神，無論如何，是值得喝采的。」雖然南越未有定期的華文文藝刊物，華人作家與編輯還是非常重視文藝活動的；他們並沒有放棄開拓文學園地的努力，一方面致力維持多家報章的文藝版，另一方面組織文社，開辦文藝班，為文壇盡心培養新血（81：12-13）。

對於以上兩位作者以及《當文》的樂觀評估，燕雲不表贊同，甚至發出「越華文壇究竟存在不存在」的疑問。他認為，南越「文壇」最根本的問題在於缺乏培養文藝的良好土壤。在檢察制度嚴厲、經濟支援不足的環境中，不僅定期文藝刊物稀少，個人專著罕見，報章的商業路線也不利於文藝版的生存；此外，文社此起彼落，創作水準亦難以維持（83：12-13）。對於越華文學的現狀與水準，他有以下的評估：

> 文藝作品在此地以散文占多，其次是小說，再其次是詩，翻譯一直是貧乏的，批評論述性的文章還未達到水準，學術性的文章可以說未見。
>
> 散文因較其他作品易於表達和控制，很多作品已經不錯了，不過內容空洞、幼稚和強說愁的文章仍常常見到，模仿的積習依然未能加以擺脫。
>
> 小說一環最弱。嚴格來說還未能有那一位作者寫

> 出有「創作性」的小說，大部分是模擬香港的流行作品。仍以說故事的方法，去單線發展。作者未能控制、或者忽略小說裏應有情節的鋪排，人物的心理、題材背景與對話技巧等。而最大的通病該是忽略地域性，我們讀到的大部分都是香港式的生活和香港式的景色，甚至是香港的電話號碼，這和當前戰爭中的越南環境脫了節，未免是一種滑稽。

> 詩的地位已從「補白」的命運提升到和各類文藝作品等量齊觀。不過許多所謂新詩詩人的作品仍欠訓練，缺乏表達能力與詩的完整性的掌握。一直以來詩作品還有抄襲、剽竊、因襲的情形存在，凡此種種都顯示出大多數詩人功力不足和濫作（83：13）。

在他看來，越華的文藝作品雖然「正趨向成熟」，「文壇的雛形」也逐漸成形，但較諸港臺馬新，水準仍然不高。他奉勸越華文友，莫要「盲目地被人誇耀和自我崇拜」，而應該「回顧自己的過去，重新體認創作能力，拋棄一切因襲，努力寫出自己的『聲音』」（83：13）。

與燕雲意見相近的還有投書《當文》的兩位南越讀者。向雲對越華文藝的前景感到悲觀，原因在於文藝刊物之闕如：「所謂文藝雜誌純然是臺港區的貨色，至於本地的文藝產品完全交白卷；沒有一份可以代表越華文壇的純文藝刊物。除了在報紙上每週僅闢出一兩期文藝版而已！」(84:155) 劉健生則批評南越報章所刊的大部分作品「令人洩氣」，「詩、散文、小說的作品不堪入目」，各式各樣的現代詩「濫作」尤其多。不過，他也指出，南越並非沒有好詩人，只是未為人知而已。他認為，就整體表現而言，「越華詩作品的成績比現代香港出色得多」，而個別詩人如藥河、銀髮、古弦等人的作品，「比起臺灣的名詩人並不遜色，甚而可以說有過之而無不及」，只可惜越華詩作缺乏出版社問津，因此無法在華人社會裏流傳 (106:132-133)。

《當文》出於扶掖與愛護年輕作者之心，並不在意南越文友的嚴厲自我批評，反而鼓勵有加。在七四年七月的社論〈一樣情懷，兩個看法〉裏，主編甚至大膽預言越華文壇未來的成就：「這幾年來，香港文藝界朋友常常懷疑在《當文》發表的西貢作品，都是made in Hong Kong，其實篇篇都是貨真價實。客觀說來，越華文壇水準之高，並非自高自大的香港人所可想像的。我們有理由預測在十年之後，越南青年作家的成就，可能為香港臺灣望塵莫及了」(108:7)。《當文》給越華作者戴高帽，南越讀者卻不肯領情。李強在〈關於越華文壇〉一文裏，就給《當文》當頭澆了冷水。他的論點很簡單：南越並沒有培養華文文藝的土壤。他的論據與燕雲如出一轍：南越欠缺文藝期刊，報章副刊亦不足，若長期缺乏發表園地，如何鍛煉寫作，怎樣栽培人材？他斷言：「倘若這種現象不加以整頓的話，今後十年越華文壇不可能有什麼突破性的躍進，以及越華青年作家不會有驚人的成就，那是可以肯定的」。李強並告誡南越文友，切莫因別人的善意而自我陶醉；認清真相，重整「跡近荒蕪的越華文壇」才是當務之急（113：10-11）。這篇文章刊出於七五年四月，此時北越與越共的大軍已兵臨城下，西貢淪陷只在旦夕之間。

到了六月，《當文》編輯部大夢初醒，在〈編後〉裏寫道：「由於中南半島的局勢急轉直下，本刊不但在發行上發生了莫大困難，也在稿源上遭遇很大損失，我們多年辛苦培植的文藝新苗，遽爾夭折，令人痛惜」。此外，還特地提及兩篇南越作品，請讀者留意：「請看黃廣基先生的〈最後一架班機〉，就是描寫峴港撤退的場面，也可以看到在危難時所表現的人性，讀來令人酸鼻」；「另外還有一個長篇《繫》，也是西貢李錦怡女士在西貢易手前夕寄到的，準備在下期開始連載，這樣『南越情調』的稿件，以後大概很難看到。」（115：152）

同年七月，《當文》發表了林振的〈什麼作為準繩？——談南越的取締不良書籍運動〉，從中可見南越文化界山雨欲來的情勢。據林文報道，新政府上臺後，立即發動了「取締一切不良思想」和「散播毒素」的書籍的「運動」；「一時之間，市面上書店所擺賣的書報只剩下寥寥可數的幾種。」林振書生氣十足，一方面「歡呼」新政府的決定，另一方面又擔心此後無書可讀，沒有文章可寫。他憂心忡忡的問道：「現在我們的越南文藝作者又將循著什麼路線去創作他們的作品呢？他們還有沒有擁有那一點點的寫作自由？他們在寫了一篇文章發表後是否會受到人民的批判？」（116：16-17）林振的焦慮，可說是對《當文》原來的樂觀預言的最大反諷。

議論文章之中，比較特殊的一篇是謝振煜發表於六九年二月的〈評蔣芸的抄襲與尹雪曼的掩飾〉（39：123-125）。這篇文章回應了《當文》第卅七期關於蔣芸（1944-）涉嫌「盜作」的報道（詳見第二章），旨在批評抄襲行為之不當，並對尹雪曼（尹光榮，1918-2008）袒護蔣芸的作法表示異議。六〇年代初期，謝振煜曾在香港投稿，作品主要發表於《中國學生周報》和《伴侶》，《當文》所見僅此一篇而已。⑲

第五節：尾聲

一、坐困愁城

七五年四月三十日，北越的越南人民軍攻占西貢總統府，結束長達十五年的越南內戰（Goscha 2017: 370），東西兩大意識形態陣營在亞洲的軍事決戰以美國的倉皇撤退告終。曾在《當文》投稿的南越作者，在南越政權易手後，一直與《當文》保持聯繫，直至七九年四月《當文》結束為止。套句《當文》編輯部的話，這種情形反映了「越華文壇與《當文》的血緣關係」(117:152)。在這段時間裏，越華作者的來信、編輯部以及各地讀者的回應均刊於「當文之友」的專頁裏。除了徐速親自撰文回覆外，各地文友亦發表詩文，表示對越華作者的同情與支持。

越華作者的第一封信來自氣如虹，寫於七五年十二月五日。當時西貢已買不到《當文》，不過，華人處境還不至於太壞，因為氣如虹還有心情關心《當文》近況，查詢自己的稿費，並請《當文》補寄一本七四年四月號的《當文》。《當文》編輯在七六年三月號的〈編後〉表示：「這是西貢易手後，我們收到的第一封信。我們多麼歡欣的讀著這封珍貴的信，所以發表出來讓關心越南作者的本刊讀者們也高興一下。」徐速當時立即覆信，不過卻遲遲收不到回音，故此特請越華讀者轉告氣如虹(124:135)。其實在七六年二月十六日，氣如虹已給徐速回信，並感謝對方贈書——儘管此書一直不曾寄達。南越的文化氛圍顯然已變，他在信中寫道：「解放後的南方，漸漸的向社會主義進展，一般的書局，都擺賣有關『胡主席』、『革命烈士』、『馬列主義』等書籍，不像舊時的什麼文藝著作都可以出版了。」料想因通信不便之故，他請《當文》刊出其信，藉以向在港的親友報平安：「徐先生！解放以來，我未曾寫信給我的親友，就先寫信給您，這次是第二封，如果不妨礙『當文之友』的篇幅的話，那就代我問候在港的親戚以及由越來港的同學和文友！」氣如虹最後以「身無綵鳳雙飛翼，心有靈犀一點通」結束此函，一切盡在不言中（125：142）。

七六年七月，「當文之友」刊登一封寄自南越、長達五頁的匿名信（125：144-148），同時附上徐速的覆函（125：149-151）。這封信實出自千瀑之手，由他代表西貢的一群《當文》作者向徐速以及編輯部報平安。此信以韓元吉的〈好事近〉開頭，藉以表達他們「心有千言口難開」之苦：「凝碧舊池頭，一聽管弦淒切。多少梨園聲在，總不堪華髮。杏花無處避春愁，也傍野煙發。惟有御溝聲斷，似知人嗚咽。」儘管有口難言，言之亦難盡意，千瀑還是知難而進，向境外文友解說南越寫作人的困境，因為他感到這可能是最後的機會了：「這是我們在解放後給你們寫的第一封信，但也可能是最後一封信也未可知。所以當我答應了一部分的文友寫這封信，並且當我寫下第一句之後，我告訴自己：盡量寫好一點吧。因為這是最後一封信了。機會不是常常有的。也不是常常會有此種心情的。要知道，已經有許多青年上山下鄉，遠奔農村了。我們又焉能不放下筆，拿起鋤頭呢？我們能拒絕偉大的農村新經濟建設嗎？」（125：145）

根據千瀑的觀察，新社會並不需要舊文藝，昔日文壇已如廣陵散，「從此絕矣」：「解放後，所有的文藝刊物及報章都已停刊，代之的是一份國營《解放日報》，報上每星期有一『解放文藝』，裏面多是所謂革命性的進步文學，其實與口號無異。其內容與中國三十年代或解放初期相似。總之，以反映『勞動群眾』或『革命精神』為主。這就是所謂文藝了。在文藝整風的口令下，舊文化岌岌可危，名之為『墮落文化』」。在這種形勢之下，南越文友的生活、創作與心境如何？千瀑的申訴：「大多數的文友都因生活的改變而失業。在這個時期，我們的文學藝術是真空的。就別說有多寂寞了。〔……〕面對蒼白的藍墨水，我們疲倦得不願再提筆。我們情願做一個守節的寡婦，也不願再披婚紗。這樣說，你們就明白了吧？雖然沉默是一件痛苦的刑罰，但對於一個守節的寡婦來說，沉默卻是唯一可行的。〔……〕死亡和墓碑常常成為我們談論的話題。尤其是清明剛過，沉思時總常常想起黃昏時的草深墓深。我和大多數的文友一樣，總不肯從幻想中醒來。這是我們的悲哀。也是這一代知識分子的悲哀。」（125:146）

面對著南越文壇即將消失的前景，千瀑與文友不免會反思過去的成績，考慮史料的保存問題。對於南越文壇的成績，他們的看法是悲觀的：「無可否認，我們的文壇已告一段落。不管它過去曾經提出過什麼問題，也不管它過去怎樣的蒼白，最後的答案總是屬於歷史的。至於越華文壇之是否被接受，是否被承認，也唯有歷史才能見證。但我們能向歷史交代多少呢？在海外華文創作中，我們又占什麼位置呢？說來慚愧又傷心。回顧過去近廿年來的越華文壇，我們能留下的，亦只不過是一大疊報章文藝版和幾本薄薄的流產雜誌，如此而已。」關於史料的保存，他們也因力不從心而感到失望：「我常常覺得我們的力量太微小，有許多工作我們沒有做，有許多理想我們還未能達到。而今後更不可能達到了。我們所能保存的文藝版，日後又不知將散失和毀滅多少。而要將它們寄給你們又不可能。」當時唯一可做的事情，就是請求徐速大力襄助，將在《當文》發表過的越華作品結集出版，以保存越華文壇的部分資料，為史作證（125：146-147）。

讀千瀑的信，讀者不僅可以感受到越華作者對於徐速與《當文》的信任，還可以看到他們對《當文》的關懷。千瀑等人知道，南越政權易手必對《當文》的銷量構成嚴重打擊，因為「《當文》在越南同類的刊物中銷數可以說是最高的」。[20]他們擔心《當文》會因此而倒閉：「解放後的最初幾個月，因《當文》連一封信也沒有給我們（除了李錦怡曾收到過你們的通知信之外），我們曾因此猜想《當文》一定已完蛋大吉，或因支持不住而關門。直到現在才知道《當文》仍然掙扎求存，這是為什麼我在前面說感到『又驚、又喜，但又掩不住滿心的惆悵』的原因了。在精神上，《當文》一直是我們的朋友，知道這個朋友還活著，正如《當文》知道我們還活著一樣，不是都值得祝福麼？」越華作者身陷險境，無以繼續寫作，但他們仍然期盼《當文》能夠續辦下去，並呼籲香港作者珍惜香港的言論與出版自由。千瀑以充滿感情的文字收筆：「如果你們能夠收到這封信，我希望你們能聚在一起，一齊拆閱。同時我希望你們之中，有一個比較聰明，或者説比較敏感的人，能夠站起來，能夠感動的對其他人説：『我知道，我知道他們為什麼要寫這樣的一封長信給我們，因為我們能夠在這種空氣下呼吸，對他們來説，實在太幸運了。他們的意思是為了要我們珍惜；窗外的陽光，是比什麼都昂貴的。』」「如果你們能夠這樣説，而我們又能在黑夜裏，感覺到你們已經這樣説了。那麼，一切就不必説了。除了祝福，和更多的祝福。」(125:148)

徐速的回信同樣的長，也同樣的充滿了感情。徐速對於越華作者的處境非常同情，但不知道如何安慰他們，唯一可做的事大概只有肯定他們筆耕的成績了。首先，他答應為他們出版一本《越華作品選集》；[21]其次，他宣布李錦怡的小説集《繫》即將在港出版的消息。徐速表示，越華作者在危難中沒有忘記《當文》，《當文》也時刻惦記他們。以下一段表白，足見徐速急公好義的本色以及作為流亡者的複雜心境：

記得一艘荷蘭船將越南難民遣送到香港的第二天，我和妻就開車到新界石崗，希望在難民營裏能找到你們，但看守的警察拒絕我們接近，我只能遙望著鐵絲網，大聲呼喚著你們的名字，「黃廣基！藍采文！何秋明！鬱雷！千瀑！氣如虹！李錦怡！婷婷……」天哪，我聽到自己愴啞的聲音多麼的孤獨的飄落在黃昏的田野上，驀地，我想起我的故鄉，鄉下人為孩子們叫魂也是這樣一

> 聲一聲喊叫的，但沒有人應聲；不知為什麼，我的聲音忽然咽哽了，離開家國二十多年，我多麼懷念那些迷失的孩子啊！

> 那天空跑一趟，我仍想弄張記者證再去採訪，妻說我很傻，如果你們來了，一定會有信給我。是的，你們會找到《當文》的，因為我知道《當文》是你們在香港唯一的親人。但沒有，一個也沒有（128：150）。

徐速的公開信，千瀑和文友後來都讀到了，他們既感動，又覺得難以置信。[22]七六年八月十七日，千瀑以「小冬」之名給「小夏」寫了一封信，發表在十一月號的「當文之友」（132：151）。這顯然是一封寫給摯友的求救信，因為他在信中暗示出走的最佳時機已至：「雖然，我還能有這樣的閒情給你寫信，但也要記住：好機會不是常有的。小夏，你明白我的意思嗎？如果你能諒我，如果你能解我知我，也請你幫助我，告訴我，怎樣才能和你相見吧。我說得坦白一點，小夏，你有辦法嗎？」隨信附上的〈詠懷〉一詩也流露了同樣的訊息：「詩殘酒冷，忍看落葉蕭索/煙消雲散，千古豪情，已隨黃鶴/只留得愁懷半紙，丹心一顆/清風明月，我能企求什麼/但盼還我江湖，三千豪情如昨」。

《當文》七七年元月號刊出徐速為李錦怡小說集《繫》撰寫的序文，〈一顆文藝新星的昇起與隱沒〉（134：149-

151）。徐速回顧越華作家投稿《當文》的始末，略述自己在李氏寫作過程中所扮演的角色，以及南越政權易手後，雙方時斷時續的書信聯繫。面對著越南的巨變和李錦怡的傷感，徐速實在無言以對，只能表示「意在不言中」，並且期望讀者也能意會其中的感慨。

二、亡命天涯

率先投奔怒海的越華作者是藍采文。[23]根據七七年六月號《當文》〈編後〉報道，藍采文當時已成功抵達馬來西亞，暫居瓜拉丁加奴（Kuala Trengganu）難民營；因「人地生疏，諸多困窘」，故「急函本刊要求救助」。《當文》表示，「本於同文之誼」，《當文》「有責任克盡綿力」，但同時呼籲「熱心的星馬地區文友、讀友就近在精神或物質上給予照拂，使他在孤苦中得到人間溫暖」（139：153）。同年八月，《當文》〈編後〉報道，繼藍采文之後，千瀑與李錦怡已「渡過了無情海，逃亡到菲律賓，現住難民營，等待移民安排」（141：153）。千瀑是在六月十三日與李錦怡一同買舟南逃的，六天後他們抵達菲律賓，被送至馬尼拉的越南難民中心。安定下來之後，千瀑立即去信徐速，詢問藍采文的消息。根據千瀑多年後回憶，越華作者在逃亡期間，都把《當文》視為聯絡站，而《當文》也義不容辭，充當聯絡人（黃廣基 1987）。徐妻張慧貞在八三年的一篇文章裏，亦提到當年各地「讀友」響應《當文》號召，以「送錢、送衣、送食物」(161:92)的方式，救濟流落他鄉的越華作者，讓他們渡過難關的事蹟。在生活極其困頓的日子裏，千瀑寫下〈也是「集中營」裏的一天〉，發表在七八年一月號的《當文》上（146:41-49；黃廣基 1987）；同期刊出的越華作品還有藍采文的〈拾起妳的一根髮絲〉(146:40)與李錦怡的〈花睡衣〉(146:53-58)。

七七年十二月的「當文之友」刊登了浪雲（譚昭雄）的求助信，希望得到法國有心人的幫助，擔保他一人或全家離開南越。據他表示，自七五年以來，他像藍采文一樣盡力，不過屢遭挫折，始終未能離開南越。《當文》編者表示，有心人可與編輯部聯繫，《當文》會代為轉達。浪雲其實作品極少，只在七三年十月的《當文》發表過一首題為〈流星　簫音〉的新詩(95:36)；由此可見《當文》對於身陷困境的越華作者一視同仁，均盡力協助。其實，《當文》遠在香港，能力亦有限，可以做的事情實在不多。張慧貞對此深有體會：「眼看著我們南越的作者們，紛紛來信要我們救助的時候，我們只能做出小小的支援——替他們轉信，轉錢，打長途電話……可是依然不能解決他們的生活問題，至於更進一步的居留問題，那就更談不上了。所以我心中常有說不出的苦痛。」(145:151)

七八年八月號「當文之友」刊出韓毅剛來信，告知讀者他已於三月十六日乘小舟出海，在歷盡艱辛之後，於廿一日抵達馬來西亞丁瓜拉丁加奴難民營，並遇上藍采文，後者為他解決了不少精神與物質方面的難題。韓毅剛還報告，千瀑已落戶西雅圖，李錦怡亦已定居明尼蘇達州；此外，藍采文於四月六日經香港前往洛杉磯時，徐速夫婦還前去看他。韓氏在信裏特別提到，他在抵達馬來西亞後，在四月廿四日接到《當文》的五十美元匯票，作為預支稿費，讓他應急。此事叫他感到「意外又感激」，嘆道：「以一個純文藝的出版社，尤其在現在這個人情淡薄的世界裏，此舉是何等富有人情味啊！何況，我只是一個在文藝世界裏初學步的青年而已，既非《當文》的基本作家，更無名氣可言，只為我曾給《當文》寫過幾篇稿，就對我伸出援助的手，實在令我感激不已。」事實上，徐速幫助的越華文友不止韓毅剛一人。千瀑流落難民營期間，徐速除了給他補發西貢失守期間積壓的稿酬外，還預付了稿費，而且稿酬比一般文稿要高。千瀑抵美不久，徐速立即匯上美金五十元，並在信裏解釋道：「人地生疏，希望能對你有所幫助。」許多年後，千瀑在一篇回憶徐速的文章裏寫到這個充滿戲劇性的場面：「記得當時我是在門外信箱前，站著拆讀他的來信，那時天氣酷寒，大雪紛飛，我這才第一次嚐試到『雪中送炭』的意義。許多事情往往就是這樣，使人有說不出的感激、說不出的溫暖」（黃廣基 1987）。藍采文過境香港時，因時間緊迫，來不及購買禦寒衣服，徐速夫婦便帶這位從未謀面的異鄉客回家，贈以自己的冬衣（161：92-93）。

六月四日，韓毅剛離開難民營，飛往吉隆玻；六月廿七日，再轉赴澳洲，到臥龍崗定居（153：140-141）。至此，《當文》關於越華作家逃亡的報道告一段落。

三、《當文》之友

八〇年，瘂弦在《當代中國新文學大系．詩集》的〈導言〉裏說：「越南陷共之後，詩人吳望堯倉皇逃出，女詩人尹玲因在臺念書，得以倖免這場災難，其他詩人則全部陷入鐵幕，消息全無，走筆至此，對這些詩人的近況不禁更加繫念」（瘂弦 1980：30）。其實，關心越戰及其「後遺症」（《當文》編輯部語；146：152）的讀者何止臺灣詩人呢？這場世紀冷戰中的慘烈戰事，不僅影響越華作者的生活，還觸動了各地《當文》讀者的心。㉔

六九年，新加坡的沈璧浩（1951-）在《南洋商報》上發表〈血光〉一詩，控訴越戰之不義，亦表達對越南百姓的同情（沈璧浩 2015：38-41；李有成 2015：7-12）。七二年，同樣來自新加坡的謝清（謝國華，1947-）為戰火中的越南兒童賦詩，在《當文》發表〈越南——寄給那些戰火中的小孩〉（80：156）。㉕南北越政權、越共以及美國四方在七三年簽署巴黎和平協約之後，新加坡的史旅洛（林益洲）在七四年十一月的《當文》發表了〈西線無戰事〉（108：65），但對越南的和平前景不表樂觀：「西線無戰事/（且莫歡喜）/收屍的請到東方/北方有屠殺白鴿的未曾收市/南方的西貢有人眺望」。七五年八月，《當文》的期首詩為〈控訴〉（117：

18-19），作者是勒第，來自英國。此詩作於七五年四月，對於印支三邦即將失守的前景感到悲哀：「所謂援助/只灑下滿天熱血/卻是印度支那的一篇醜史/所謂救難/　只平添無數野墓/　卻是一具虛偽的笑面」；「唉愛人/　您的純真呢？/　您的廿年自由掙扎？」

馬來西亞的夜半客（鄭玉禮，1954-）對於南越文友的遭遇最為同情，為他們寫過三首詩。七六年十月，他發表〈去國〉（131：127），回應氣如虹與千瀑的來信，既表示同情，亦鼓勵他們：「風風雨雨/落花無數/豈是殘燈所能照透？」；「且無需去歌歷史/歷史自有它的歌者/你有的是青山/還年青的青山/青山會是你，你會是青山啊！」七八年七月，他再寫〈離愁——讀千瀑詩《鄉愁》應感而作〉（152：16-17），感慨湄河與南海的「血花」不斷，花開花謝的記憶使流亡詩人白了頭。當沿著水路逃亡的難民越來越多，演變成重大國際人道主義危機時，他又發表〈斷垠——記南中國海上的越南難民〉（154：6-7），為難民悲歌一闋。

香港的施友朋（1954-）對於南越文友的遭遇同樣關心。他除了發表〈無題〉（153：16-17）與〈歲晚感詠〉（159：16-17）這兩首關於難民的詩作外（見第三章的討論），還特意為南越文友寫了兩首詩。七六年八月，在得悉《當文》有意為落難的南越華人作家出版選集後，他發表〈遙祝——寫於《越華作品選集》之前〉（129：27）一詩，興奮之情，溢於言表。他相信文友「曾經/摘過流虹採過/彩霞的一雙手/一定能握一大把陽光與雨露/即時、有力的/擲向歷史」，亦肯定他們的文學努力：「而如果歷史/有歌，一定/你們不會失蹤不會/失蹤，一定/你們是五線譜，慷慨激昂的重/音符……」。七七年十月，他又為千瀑賦詩；〈失題——詩寄千瀑〉(143：139)的情感飽滿，充分表達了兩地詩人休戚與共的情懷。「國際氣候/把西貢急凍成一隻雪鳥」指美國無心戀戰，越南戰爭急轉直下的敗局；「歷史，你不要鼓動滴血的羽翼/拍打著/鬱涼傷悲的調子啊/在你們流浪的腳步聲裏」為流落四方的南越難民祈福；「霜降之時，你吟自己成詩/夢，飲盡你書生的淚水」則是處境孤獨、欲哭無淚的詩人的寫照。對於越華作者的感傷與失落，甫從大陸移居香港的牧衷（林穆忠，1948-）在七八年一月的期首詩〈給流浪者〉裏，則以務實的態度，奉勸大家——包括自己——「莫再泣訴」、「莫再苦苦行吟」。原因何在？天地不仁，人間無情之故：「縱腰間有劍/刎頸成一闋悲歌/聽著誰淚垂/世道依舊/人情還淡薄」(146：14-15)。他以此詩「獻給在馬來西亞海岸望鄉、在馬尼拉地下道裏躑躅、以及在九龍城碼頭沉思的詩人」。

七九年三月，時距西貢易幟已四載，《當文》再刊詩文各一篇，繼續表達刊物的人道主義立場：〈難民〉(160：46-47)一詩為印尼張漢英（1938-）所作；〈逃亡〉(160：59-61)是散文，作者為香港的李華川（李少華，1951-）。除了《當文》作者外，一般讀者也同樣關心越華作者的近況。

七九年九月，《當文》刊出一名為「楊珊」的新加坡讀者來函，裏頭寫道：「在『當文之友』裏看到越南作家的來信，那份高興實非筆墨所能形容！我居住的地方離越南十萬八千里，且與越南作家素昧平生，但是，自從他們和〔……〕《當文》失去聯絡後，我是這樣一直深切地懷念著這群文友，為他們的安危，為他們的生活，為他們的一切一切，感到擔心！如今，總算有了點他們的消息了，知道他們還好好地活在這個充滿苦難的世界裏，至少，我告訴自己，可以放下一點心了！然而我不得不承認，在高興、快樂之餘，那封充滿血淚的信又使我增添一股莫名的悲哀！人生裏最痛苦的莫過於失去自由，包括肉體和精神上的，但在這種使人詛咒的環境裏，我們又能做些什麼呢？」這位讀者得出的答案與徐速一樣，就是要為保存越華文壇的資料而盡力：「《越華作品選集》的出版不該只是越南作家們的要求，而該是我們所有熱愛文藝，敬愛越南作家的讀者的要求，你說是嗎？〔……〕若有需要讀者幫忙的話，我願意第一個先高舉雙手，為《當文》，為越南文友盡一分綿力！」（130：149）直到八四年，第二階段的《當文》還有方昂為流亡的越南詩人而寫的〈咯血的夜鶯〉（179：4）。

四、半島餘話

至於中南半島上同樣已遭赤化的高棉，關心的讀者不多。七九年二月，《當文》刊出的〈又一隻鴿子被射殺——

聞金邊失守後塗作〉(159：149)，係佚名所作。此詩為中南半島上的越、棉、寮三國的命運畫上了句號：「七九年春/那點染印支半島東方的/點點的不是春的綠/點點是/鴿子的血啊鴿子的血」。㉖

《當文》編輯部倒是惦記寮國作者的處境。七五年六月的〈編後〉流露出對阮放（危亦健，1928-）的關心：「永珍也陷在政治動亂中，他是否能看到本刊這一期他自己寫的文章，還是個大問題」(115：152)。在七二至七五年間，阮放在《當文》一共發表了八個短篇小說，一個中篇，九首新詩，一篇雜文。㉗九首詩作之中，〈鴿子死了〉(86：22-23)與〈平安夜〉(99：14-15)兩首反戰詩獲編輯青睞，入選期首詩。阮放移居港澳後，繼續為《當文》寫稿，直至八三年十一月，《當文》第二次停刊前夕；這個時期裏他一共發表八個短篇小說，七首新詩，六篇雜文。㉘詩作〈女媧氏未死〉(132：16-17)、〈十二月〉(145：16-17)與〈除夕〉(147：16-17)述說親離友散，漂泊天涯的心境，都曾入選為期首詩。㉙

若按年齡考量，阮放屬於《當文》的第一世代，另一位來自寮國的陶通（葉望，1953-）則屬於第三代。陶通開始投稿時，寮國已經易幟。從七七年至七九年，他一共發表九首詩作，兩次獲選為期首詩。《當文》復刊後，他在八四年二月號上最後一次發表作品。他的作品按寫作地點可分為三批：一、寮國：〈送別〉(140：86-87)、〈十三號公路〉(143：54)、〈詩兩首：懷故里、水燈季〉(144：36-37)、

〈罌粟花〉(148：68)；二、泰國難民營：〈和平〉(期首詩；155：16-17)、〈鴿〉(156：104)、〈當旗揚起時〉(157：27)、〈海上〉(期首詩；161：17)；三、加拿大：〈毀城二首——懷陶里及遠在巴黎的丁青〉(177：8)。

由於陶通在印支三邦變色後才開始寫作，他的關懷已不限於寮國一地，而是及於整個中南半島。兩篇期首詩的書寫對象，分別是越棉兩國的軍事衝突以及逃離越南的海上難民。〈和平〉寫共產主義陣營內的鬩牆之戰[30]，也就是越南為了控制高棉而向其東北地區（鸚鵡嘴）所發動的戰爭：「仍是落雨、落雨/印支又和淚/槍砲伴著閃電/坦克伴著步兵/踐踏，踐踏/鸚鵡嘴一夜屍身/仍有人唱『前線又是雨』/和平啊和平/我們已經洗禮/何曾有罪？」〈海上〉獻「給海上漂流的每一位難民，並致《當文》的越南文友」，表達了印支華人所居「故鄉」與文化原鄉雙失的悲哀：「仍找不到/依戀的陸地」；「而陸地/不再是鄉心/不再是鄉情/母親的暖意/不隨寒流來」；「誰又醉倒/異鄉的街頭/當掉最後一件/唐山裝」。這是印支華人二度流離的困局：「八千里外/是一涯淒美的煙雨/是一條長廊的回憶」；「且抑住欲掉的淚/抓一把山土。去殘祭/一個清冷的——/家鄉的漢月」(〈懷故里〉)；「流放的黃帝魂永遠不是正統/唐山裝裹不住犯瘧疾的國粹/且熱帶，熱帶的叢林/彩旗一日三變/這一季又多雨」(〈水燈季〉)。

至於寮國的內戰，陶通著墨不多，但意象顯然比其他詩作都要來得血腥。〈十三號公路〉寫戰事之驚鬼神，猶如超現實的夢境：「日暮後/血便塗滿整座森林」；「哀嚎聲像千百個不協調的女高音/而無常們/躲在夜的長生殿裏獰笑」；「唯那十三號公路的墓塚/患極嚴重的後遺症/倒下了又爬上來」。〈毀城兩首〉之一紀錄了兵臨城下、百姓逃亡的險境：「子彈向巷口問路/問我家的門牆/我躺在梯階下的防空洞/沒有回聲，沒有應門」；「城毀了/在稀落的槍聲裏毀了」；「我緊渡江/渡冷冷的——/浮屍狂流的江」。

然而，對於為王的成者來說，種種死難與犧牲都是必要的、抽象的代價。陶通寫〈當旗揚起時〉，如此冷眼旁觀一位意氣風發的勝者在舞臺上的發言：「旗揚起了，那邊臺上/一個二十五歲的青年在演講/據說走過三十年的革命路/歷史/是一頁黑白/是翻掌之間/哪怕是/旗昇旗又落」。

第六節：本章小結

《當文》刊行時，正好遇上南越華文文壇的勃興期，遂成當地作者在境外發表作品的重要園地。若要追溯六〇年代末至七〇年代中期越華文壇的面貌，《當文》所提供的素材，其重要性實不下於香港的《詩風》、臺灣的《創世紀》、《笠》、《龍族》、《藍星》、《秋水》等文學期刊。

投稿《當文》的越華作者人數雖不及馬來西亞與新加坡兩地眾多，但亦值得關注。由於越南長期陷於內戰，而越戰又是二十世紀最為凶殘的戰事之一(Goscha 2017: 355),[31]加上當地華文文藝生態亦難盡如人意,寫作人要持之以恆,克服困難,脫穎而出,絕非易事。當年的南越諸多文社之中,以方濟各野聲文藝社與颱風詩社的投稿最多,千瀑、李錦怡、藍采文三人堪稱代表;其餘筆耕較勤者有鬱雷、陳樹強、氣如虹三人。這六位作者屬於《當文》的第二與第三代作者,是年輕的生力軍。

《當文》的越華稿件以新詩的水準最高,散文次之,小說成績一般,文學評論付之闕如。千瀑無疑是這個時期的重要寫手,他在新詩、散文與小說三方面都有過人的表現,但以新詩的成績最為亮麗。海弦在《當文》的發表數量不及千瀑,不過水準同樣優異。張凱崙的期首詩之中,以〈鄉愁〉(97:12-13)最具實驗性,走在時代前沿。古弦的詩作,現代感性豐沛,可惜曇花一現,是《當文》讀者莫大的損失。〈K的自繪〉是他作為軍人的自我寫照,但這首詩的最後一節,何嘗不是他為越華文壇所留下的最後身影?「或者日落前我將死去/妳的探訪也許太遲/而遺囑只能交給慰問我的夜/或者交給依偎著我的卡賓」(60:137)。

據洛夫回憶,瘂弦曾經說過:「越戰什麼也沒留下,只留下了一本《西貢詩鈔》」(方明 2014:86;洛夫 2009:164-198)。瘂弦此說,與劉健生聲稱越華新詩水準在香港之上,甚至與臺灣不相伯仲,同樣語出驚人。在綜合考察三地同期作品之前,罔顧各地歷史經驗與文學生態的差異而匆忙作出論斷，實在無此必要。根據目前所見資料，六、七〇年代的越華文學，有一部分保存在港臺兩地的文學期刊裏，值得有志於東南亞華文文學的研究者深入發掘，《當文》只不過是其中一個顯著的例子。近來，洪淑苓撰文分析越華現代詩，並將之與洛夫的《西貢詩鈔》作出對照，藉此探討亞洲視野裏的越戰經驗（洪淑苓 2015），是可貴的開端。基於同樣道理，楊宗翰編輯《血仍未凝：尹玲文學論集》一書（楊宗翰 2016），也值得關心華文文學的讀者稱頌。

註釋：

① 古弦：〈K的自繪〉（60：137）。

② 藥河的詩作已結集出版，見陳本銘2012。

③ 尹玲是臺灣大學中國文學研究所碩士及國家文學博士、法國巴黎第七大學文學博士，曾受業於鄭騫（1906-1991）、葉慶炳（1927-1993）、柯麗絲德娃（Julia Kristeva, 1941-）、杭波（Placide Rambaud, 1922-1990）等學者。關於尹玲作品的研究，見洪淑苓2010。

④ 因為聯合反共的關係，臺灣的國民黨政權與南越的吳廷琰政權（1955-1963）一直保持緊密的軍事合作關係。六四年八月二日的東京灣事件，促使美軍對北越展開大規模戰略轟炸，越戰自此全面升級。六四年十月，臺、美雙方決定從臺灣派遣軍事顧問團常駐西貢，並將國民黨的政治作戰制度傳入南越。六六年春，臺灣顧問團人數從十五人增至三十一人，派駐在政戰總局、各戰區司令部以及海空軍司令部擔任顧問。洛夫是在這個背景之下派駐西貢的。關於冷戰年代臺越之間「唇齒相依」的關係，參閱林孝庭2015：287-292。

⑤ 方明於七三年赴臺升學，就讀於臺灣大學經濟系，大學時代與廖咸浩（1955-）、羅智成（1955-）、苦苓（王裕仁，1955-）、楊澤（楊憲卿，1954-）、天洛（蔡義益，1954-）等人創辦「臺大現代詩社」。他也是創世記詩社、藍星詩社同仁。

⑥ 專輯包括李賢成、泡沫、李志成、陳國賢、蒲公英五位社員的作品。

⑦ 千瀑在《詩風》發表作品的高潮是七三及七四年，詳見參考書目。關於千瀑在《文藝世界》和《環球文藝》的投稿情況，參閱黃廣基、許定銘2016。由於香港的大學圖書館所藏《文藝世界》和《環球文藝》並不完整，千瀑於七三、七四年所刊作品已無法檢索。從《文藝世界》第6期（1971年7月）版權頁可見，《文藝世界》當年在中南半島的南越、高棉、寮國都有發行代理。《環球文藝》第251期的「讀者心聲」專欄（49-53）所刊三封來信都來自南越，其中兩封表達了對嚴沁（1944-）、依達（葉敏爾，1946-）、岑凱倫、魏力（即倪匡，原名倪亦明，1935-）等作者的仰慕之情，另一封則批評嚴沁與依達的作品不夠水準，可見越華讀者對於《環球文藝》的基本作者是非常熟悉的。

⑧ 關於千瀑與《環球文藝》的出版因緣，見黃廣基2013。

⑨ 關於二戰後南越華人的政治處境，參閱黃宗鼎2010。

⑩ 藍采文在《詩風》發表的作品集中於七三及七四年，詳見參考書目。

⑪〈交鋒〉的內容與鬱雷另一首題為〈戰鬥〉的詩完全相同，後者刊於《純文學》，見鬱雷1970a。

⑫ 鬱雷1969，1970a，1970b，1976a，1976b。

⑬ 海弦1973a-1973h，1974a-g，另有散文一篇，見海弦1972。

⑭ 見羅青1988：15-29；30-33；羅青1998。

⑮ 古弦1966a，1966b，1967，1979a，1979b，1980a。

⑯〈戰地寄簡〉的內容與鬱雷另一篇刊於《純文學》的散文〈戰地書簡〉大致相同，見鬱雷1970b。

⑰關於六八年春節的越共「總攻勢」，參閱Goscha 2017: 361-363；尹玲對這一年的春節戰事亦有極生動的憶述，見何金蘭2016：259-263。

⑱ 徐速後來將李錦怡的小說結集出版，見李錦怡1977。

⑲ 從五〇年代末至六〇年代，謝振煜在香港發表的其他作品見參考書目。

⑳ 千瀑認為，中南半島變色是導致一些香港文學期刊倒閉的主因。二〇一六年，他在網上與許定銘通信時，再次提到這個看法：「一九七五年四月，印支三邦的相繼淪陷，給香港文化出版物造成很大的打擊。越南、寮國、柬埔寨是香港書刊出版商在海外賴以生存的大本營，這些大本營的失去，讓出版物的生存無以為繼，紛紛停刊。我相信，《當文》和《環球文藝》的消失，亦與印支三邦的淪陷有千絲萬縷的關係。我期待以後的研究者，在回顧上世紀七十年代的出版物時，也能從這個角度作一個反思。」黃廣基2016。

㉑ 暫時未能查到這本選集，大概不曾出版。

㉒ 許多年後，千瀑回憶徐速這篇文章時，寫下了他當時的感想：「最使我感動的，是他在文內提到，每當有難民船抵達香港碼頭，他必定前往，向每一條船隻呼喚曾在《當文》發表過作品的越華文友的名字。此頁短文在文友間傳閱時，許多人都不能置信，世間怎會有這樣的『性情中人』呢？尤其是極其現實的香港社會。徐速逝世後，某年我在復刊的《當文》（由余玉書主編）上，看到徐速遺孀張慧貞女士的一篇旅美文章，文內提到與采文在洛城見面的情況，並回憶徐速在香港碼頭呼喚越華文友的一節，足以證明〈遙寄〉所講述的，完全屬實。」見黃廣基1987。千瀑的記憶有誤，徐文提到的地點是「石崗」，而不是碼頭，復刊《當文》的主編也不是余玉書。張慧貞的文章是〈旅美散記（上）〉（169：88-101），此文後半部記述了她與藍采文在三藩市重逢的經過。

㉓ 在西貢淪陷前夕，美國已將近十五萬名與南越政權有緊密關係的越南人撤離西貢。在七五至七八年間，逃離南越的華人與華裔越南人有數十萬之眾，Goscha 2017: 422。

㉔ 這是文學團體之內的情感交流，學者視之為與政治領域平行對峙（juxtapolitical）的「親密的公共場域」（intimate public sphere），參閱Driscoll 2014: 33, 42；Berlant 2008: 5-13。

㉕ 根據黃孟文（1937-）與徐迺翔（1931-）的說法，「謝清的詩都充滿了

激憤和悲涼，他對以強凌弱中的弱者表現出了極大的同情，心中充滿了哀傷和憤怒。在他的詩中兩次涉及湄公河畔發生的慘案。」黃、徐提及的兩首詩是〈哭泣的神〉和〈祭——向美萊村大屠殺中不幸者致哀〉，見黃孟文、徐迺翔編2002：389-391。

㉖ 從七五年到七八年底，赤柬屠殺的國內人口超過一百五十萬。在這三年間，成功逃離中南半島三國的難民人數在一百四十萬左右，其中二十萬名越南難民喪生於逃亡途中，Goscha 2017: 423。

㉗ 這九篇小說後來收錄在小說集《春風誤》裏，作者易名為陶里，見陶里1987。阮放在六〇年代曾以筆名「陶里」在《文藝世紀》上發表新詩與散文，陶融（何達，即何孝達，1915-1994）曾撰文評論其作品，見陶融1969。

㉘ 這八個短篇小說分別收入《春風誤》與《百慕她的誘惑》裏，見陶里1987a；陶里1996。

㉙ 阮放在《當文》發表的部分詩作已收入詩集《紫風書》裏，見陶里1987b。

㉚ 關於中、蘇、越、棉四國在中南半島上的利益衝突，見Goscha 2017: 430-436。

㉛ 越戰期間，美軍在中南半島三國投下的炸彈是第二次世界大戰總投彈量的兩倍；重災區依次為南越、寮國、北越、高棉。六五年到七五年間是越戰高潮，北越的正規部隊與越共的游擊隊的死亡人數高達三百一十萬人，南越軍隊與美軍的陣亡人數分別為二十萬人以及五萬八千人，Goscha 2017: 355-361。根據文莊（1922-；中華人民共和國駐北越使館一等秘書）、黃華（1929-；北越國防部外事局參謀）、高碧蓮（北越人民軍總政治部秘書處翻譯）三人的回憶，從六五年至七五年，中共政權為支持北越政權，先後派出人員總數多達三十二萬人的「工程和防空部隊到越南北方」，提供的物資援助總值達到二百億美元。據說在長達十年的軍事援助行動中，中共的「支援部隊」只有四千二百餘人負傷，一千四百七十六人死亡。見文莊、黃華、高碧蓮2005。

第六章：尾聲

第一節：結束的開始

黃南翔對於《當文》第一階段的發展與結束有很好的總結：

徐速主編的《當文》，自一九六五年十二月創刊，至一九七九年四月停刊，總共出版了十三年又四個月，先後發行一百六十一期，從未脫過期，編過月刊的人都深知，要長期保持雜誌準時出版十分不易，由此可見徐速對這份文藝雜誌的認真和重視。在這十三年半之中，《當文》有過光輝的歲月（主要在前五年），走過穩健發展的步伐（跟著來的五年），最後的三年則應該說是掙扎求存了，主要原因一方面是徐速本人的健康欠佳（例如他在《當文》連載，備受讀者歡迎的長篇小說《媛媛》，未能接續發表下去），另方面則是大眾傳播媒介勃興，文藝風氣日趨淡薄，加上東南亞地區中文書刊市場一步步萎縮，都使文藝刊物的生存空間越來越小。相對於香港其他文藝刊物的壽命來說，《當文》算是「得享遐齡」了。一九七九年四月，《當文》出版第一六一期，徐速以〈質本潔來還潔去〉作社論題目，宣布《當文》停刊（黃南翔 2002b：47）。

徐速健康欠佳，《當文》的長期訂戶大抵都知道。自創刊以來，他就常為健康問題所困擾（37：188-192；73：143；121：163-167；133：165-167）。《媛媛》未能完成，那是七一年的事。七八年，《當文》邁入創刊第十三年之際，徐速因膽結石而入院動手術（154：152-153；155：131-141）。七八年底，《當文》的赤字似乎已無法彌補，需要考慮停刊（157：161）。七九年，《當文》經過四個月的改版與兩個月的救刊運動，成效不大，終於在出版第一六一期後，向讀者宣告「質本潔來還潔去」的決定（161：6-7）。徐速對於這份雜誌的評價以及複雜的心情，從更早的兩篇文章標題裏已可窺見：〈奮鬥十三年，得失兩茫茫〉（157：162-166）、〈《當文》不老，只是深感寂寞〉（159：6-7）。

《當文》停刊兩年後，徐速於八一年八月十四日辭世。

第二節：兩次復刊

此後，《當文》經有心人努力，曾兩次復刊，不過最終還是難逃終刊的命運。第一次復刊為八二年九月，由天聲圖書公司東主鄭雪魂注資出版，《當文》核心作者黃南翔出任總編輯。出版十二期後，鄭氏因投資失利，無力繼續支持《當文》月刊，黃氏乃自告奮勇，成立奔馬出版社，接辦《當文》。再出版九期後，因財力不支而於八四年九月停刊。第一次復刊歷時兩年，共刊布二十一期（第162-182期）。九五年六月，香港藝術發展局成立；九九年初，黃氏為《當文》（雙月刊）向藝展局申請出版資助，獲得批准。九九年二月，《當文》第二次復刊，在出版十二期後，由於無法續獲資助，在二千年底停刊。第二次復刊亦歷時兩年，共刊布十二期（第183-194期）（黃南翔 2002b：47）。

續辦《當文》，除了資金方面的困難外，還有稿源的問題。黃南翔曾在八三年九月的〈編餘漫筆〉裏表示，復刊後的來稿以散文和新詩為多，「小說則少之又少」。這種現象使他擔憂，因為他覺得「一份文藝刊物每期沒有一二個較好的小說，是壓不住陣的，因而最初的幾期裏我們都多方約稿」，但過多的約稿又有違《當文》「鼓勵寫作的目的」（170：189）。此外，《當文》的銷售亦不理想，以致收支未能平衡。八三年十一月的〈編餘漫筆〉透露，《當文》復刊後一直虧本，本已準備停刊，「但面對著不斷湧來的稿件（尤其是一些新人的稿件）和訂閱單」，主編想起一年來所付出的心血，就決定撐下去（174：64）。復刊《當文》本來每期有一九二頁，在鄭氏退出後，每期只剩下六十四頁，而且開始出現脫期現象。八四年一月的〈編餘漫筆〉向讀者解釋脫期的原因，並說明雜誌面臨的困境：「為了使《當文》能得以繼續出版，而虧蝕又能減至最低限度，我們編輯部同人暫時不支取編輯費。」編輯部甚至向讀者發出求救的訊息：「如果有誰有意接辦這份刊物，只要他真正熱心搞文藝，又能不違背《當文》創辦人徐速先生的宗旨，我們隨時樂意把這份刊物連同訂戶及其他資料交出。如果他們能把《當文》搞得更好，更有前途，我們也會覺得與有榮焉。」（176：62）二月的〈編餘漫筆〉因雜誌又脱期再向讀者致歉（177：63）。三月，編輯向表示願意伸出援手（當義工或捐款）的讀者致謝，並引用余光中（1928-2017）的話自勉，希望《當文》能生存下去：「辦文學刊物，永遠是辛苦的奉獻。」（178：64）

黃南翔復辦《當文》時，其實有留意到文化市場的變化，對刊物的內容作出相應的改革。他認為首要關鍵是把刊物「辦得生動活潑，並緊密地聯繫現實社會」，具體做法是稍減文學的分量，增加其他藝術的比重，使雜誌看來既多元又通俗：「把它辦成較富動感的、『文』與『藝』相結合的綜合性文藝雜誌。所以除了文學外，我們也包容了電影、音樂、戲劇、舞蹈等文藝範疇內的東西，惟文學仍占主導地位罷了。」（〈敬致讀者〉；162：4）復刊第一期（第162期）辦了一個「新浪潮電影專輯」，介紹香港的新潮導演，由李默專訪許鞍華（1947-），並請列孚（王凱南，1949-）作電影分析，張徹（張易揚，1923-2002）談當代電影。此外，復刊的《當文》還刊登影評與電影劇本，常設「音樂」專欄（第162-173期）。復刊第二期（第163期）特別策劃了一個「流行曲專輯」，議論香港的粵語流行曲。「藝壇精英」（第162-

167期）則介紹文藝界人才，如林懷民（舞蹈；1947-）、蔡浩泉（畫家；1939-2000）、劉楚華（音樂）、王司馬（漫畫；黃永興，1940-1983）、黃大偉（戲劇）、水禾田（攝影；潘炯榮，1946-）等人。「當代視角」（第175-182期）是圖文並茂的專欄，內容涵蓋攝影、繪畫、設計、民俗藝術等方面。

在文學方面，復刊《當文》秉承前一階段以專欄介紹中國大陸現代作家的傳統，推出「作家譜」、「專訪」與「作家印象」三個專欄，並安排了三個作家專輯。「作家譜」（又名「作家印象記」或「作家韻事」；第162-173期）訪問或介紹的作家包括：張秀亞（1919-2001）、張君默（張景雲，1940-）、倪匡（倪亦明，1935-）、琦君（潘希真，1917-2006）、司馬長風（胡若谷，1920-1980）、蔣芸（1944-）、何紫（何松柏，1938-1991）、隱地（柯青華，1937-）、戴望舒（1905-1950）、黃裕榮（1935-1983；印尼華人作家）。「專訪」（第162-182期）訪談的作家有：佘也魯（1921-2012）、余光中（兩次）、農婦（孫淡寧，1922-2016）、梁羽生（陳文統，1926-2009）、林燕妮（1943-2018）、嚴沁（1944-）、黃思騁（1919-1984）、梁小中（1926-2012）、陳之藩（1925-2012）、韓少功（1953-）、林海音（林含音，1918-2001）、張君默、席慕容（1943-）、黃維樑（1947-）、瓊瑤（陳喆，1938-）。「作家印象」（又名「作家軼事」）寫沈從文（沈岳煥，1902-1988）、金庸（查良鏞，1924-2018）、胡菊人（胡秉文，1933-）、戴天（戴成義，1937-）四人。三個作家專輯為：一、沈從文與無名氏（卜乃夫，1917-2002）；二、「香港作家及其作品」（舒巷城〔王深泉，1921-1999〕；177：34-42）；三、「香港青年作家專輯」（鄭鏡明〔1955-〕；180：9-17）。從以上所列作家名單來看，《當文》已逐漸聚焦香港，在各種專欄與專輯中亮相的人物主要是香港與遷港的作家，如張君默、司馬長風、蔣芸、何紫、余也魯、農婦、梁羽生、林燕妮、嚴沁、黃思騁、梁小中、陳之藩、黃維樑、金庸、胡菊人、戴天等人。

余光中來自臺灣，但亦自稱「香港作家」（174：28-31）。《當文》第一次復刊時，他正在香港中文大學中文系執教（1974-1985）。他給《當文》投稿，作品包括詩作、評論與翻譯：〈橄欖核舟——故宮博物院所見〉（162：14-15）、〈杖底煙霞——山水遊記的藝術〉（164：40-49；165：30-36）、〈樓高燈亦愁——序方娥真的《娥眉賦》〉（166：35-41）、〈黃河——水禾田攝影展所見〉（171：12-15）、〈土耳其現代詩人貝雅特利詩選〉（174：8-9）、〈土耳其現代詩選〉（179：3-5）、〈論題目的現代化〉（180：26-28）。《當文》非常敬重余氏，曾刊出兩篇訪問，一篇作品賞析：施友朋〈訪余光中談當代文學〉（163：14-24）、老九公〈溫良恭儉讓——余光中教授印象記〉（174：28-31）、李元洛〈海外遊子的戀影——讀余光中《鄉愁》與《鄉愁四韻》〉（170：40-46）。八五年，余光中離港返臺，不再投稿予《當文》，可是他的影響猶在。《當文》第二次復刊後，讀者依然可以在各種「專訪」和「佳作賞析」專欄裏看到他身影：王劍叢〈夜訪余光中〉（185：11-14）、李元洛〈花開時節又逢君——名作家余光中小記〉（185：14-17）、古遠清〈有情有韻，動人心目——余光中幽默散文《催魂鈴》賞析〉（185：84-90）、戴遠〈可聽可看可嗅可觸可舔的雨——淺析余光中《聽聽那冷雨》的五感運用〉（190：120-123）、戴遠〈余光中詩文流露的父女情〉（194：64）。

第一階段的香港作者之中，繼續為《當文》寫稿不懈的只有黃南翔一人；其餘作者如柯振中、慕容羽軍、余玉書、施友朋、陳潞、鄧一曼、林力安、曾逸雲、牧衷、溫乃堅、李洛霞、蔡炎培、沈西城、秀實、李默、鍾曉陽、張君默、紅葉、鄭鏡明、藍海文、思果、許定銘、黃思騁、雨萍、李燕、羈魂、梅子等人雖有投稿，但次數不多。《當文》兩次復刊上出現的香港新面孔有：農婦、金東方（1930-）、譚秀牧（譚錦超，1933-）、胡菊人、璧華（紀馥華，1934-）、劉紹銘（1934-）、阿濃（朱溥生，1934-）、王一桃（黃壽延，1934-）、樹影（譚帝森，1934-）、趙令揚（1935-）、李怡（李秉堯，1936）、何紫（何松柏，1938-1991）、黃傲雲（黃康顯，1938-2016）、戴天（戴成義，1938-）、鍾毓材（1938-）、小思（盧瑋鑾，1939-）、胡少璋（1941-）、董橋（董存爵，1942-）、王鍇（1942-）、陶然（涂乃賢，1943-）、岑逸飛（岑嘉駟，1945-）、夏婕（1945-）、東瑞（黃東濤，1945-）、白洛（白樂成，1946-）、黃國彬（1946-）、黃維樑(1947-)、馮湘湘(馮穗芳，1947-)、楊賈郎(楊梅，1947-)、青谷彥(楊毅，1947-)、陳不諱(陳文威，1948-)、陳浩泉(陳維賢，1949-)、陳少華(1949-)、列孚、張灼祥(1949-)、曾敏卓(1950-)、達文(劉達文，1951-)、黃嫣梨(1951-)、舒非(蔡嘉蘋，1954-)、韋婭(左韋，1956-)、陳德錦(1958-)、蔡益懷(1962-)、鄧潔雯(1973-)、廖偉棠(1975-)、謝曉虹(1977-)、殷德厚、吳美筠、林月秀、冷楓(林翠芬)等人。

曾活躍於《當文》第一階段的馬華作者，僅有方娥真、溫瑞安、夜半客、游牧、江振軒等人繼續投稿，不過數量很少。新人只有幾名，作品亦寥寥可數。來自新加坡的稿件同樣零落，舊人已不復見，新人許福吉（1960-）則發表了一篇論文，論析香港「學者散文」的理性與感性（189：83-92）。綜合而言，復刊後馬新兩地作者的參與可説是不成氣候。至於越華作者，他們在劫後流落在世界各地，《當文》兩次復刊都不見他們的蹤跡。隨著《當文》結束、徐速故世，這個跨域華文文學想像聯合體亦風流雲散。

第三節：「回歸」香港

《當文》在世紀末第二次復刊，儘管得到藝展局資助，黃南翔對於刊物的前景並不樂觀。他在〈編後記〉裏寫道：「何以一直沒將復刊提上日程呢？恕我説得直率，就是當今的文藝風氣實在越來越薄，文藝刊物的銷路難以打開，因而令我們踟躕不前。」提供資金的藝展局亦相當謹慎，只同意資助一期，「待出版後始決定是否繼續資助」(183：159)。故此，《當文》在出版「試刊號」後，須經藝展局再次審批，才獲得營運一年的經費(184：159)。六期之後，《當文》又面臨第三次審批，以決定未來的命運。《當文》幸運地通過了，續獲一年資助。這是最後的六期，《當文》終於二千年年底終刊。

《當文》是次復刊由於得到政府資助，在編輯方針上不免要顧及藝展局評審委員的意見。比方說，有評審委員認為《當文》「較適宜中學生訂閱」(〈編餘漫語〉；193：160)，這就涉及刊物所預設的讀者對象了，總編輯豈能不斟酌一番？另有評審委員出於維持公平原則的善意，提出「發表文章的作者面要廣」、「認文不認人」、「一位作者最多只能隔期發表一篇」的建議，《當文》亦立即照辦，並作書面回應：「本刊一位編者撰寫的〈邵氏電影王國六十年〉，現趁該文內容剛好告一段落，亦暫時終止連載，以示公允」。文末，主編還表示：「我們願意接受讀者的監督和建議，以期做得更好」(〈編餘漫語〉；191：160)。對於熟悉《當文》歷史的讀者而言，公平原則雖好，「一位作者最多只能隔期發表一篇」的做法卻與《當文》的傳統相違。昔日《當文》若刪去徐速的長篇連載、李素、丁淼、楊翼、余玉書、柯振中、陳潞等人的長期專欄，或打斷各地作者連續不懈的投稿，大概也就辦不成了。

隨著九七年香港政權的移交，香港文學及其評論漸成第二次復刊《當文》的核心內容，前次復刊中的影藝比重亦因此下降。《當文》這本原屬香港與東南亞華人社區的文學刊物，終於在千禧前夕「回歸」香港，成為一本本地的文學期刊。九九年五月，《當文》第二次復刊第二期刊出「香港文學國際研討會專輯」（184：4-14），詳細報道由香港中文大學新亞書院與香港藝術發展局在四月合辦的首次香港文學國際研討會的消息。除此之外，《當文》還著手從多種角度為讀者提供香港文學的訊息。「專訪」專欄訪問了多名香港寫作人與文化人，包括黃維樑、陳慧（陳偉儀）、「千禧寫作新一代」（李伯衡、周龍英、黃擎天、麥潔縈、謝冀華、徐振邦）、何瑞麟、「網上作家」（蕭志勇、敖飛揚）、蔡敦祺、「兒童文學作家」（黃慶雲〔1920-2018〕；、周蜜蜜〔1953-〕、劉鳳鸞、黃雅文）、金聖華，以及幾位年輕的雜誌創辦人。「佳作賞析」專欄有鍾曉陽和黃國彬的作品分析；「都市面譜」則由不同作者以短篇作品捕抓香港的風貌。「評論」欄的內容最為豐富，既涉及文學獎、專欄雜文、都市小說、環保文學、本地之香港文學研究等議題，亦分析徐速（兩篇）、劉以鬯（劉同繹1918-2018）、舒巷城、陶然、陳寶珍（1953-）、黃碧雲（1961-）、李碧華（1959-）等人的作品。「書評」論及的香港作家包括黃南翔、梁錫華（梁佳蘿，1947-）、蘇賡武、韋婭、金東方、西西（張彥，1938-）、曹聚仁（1900-1972）、亦舒（倪亦舒，1946-）、東瑞以及秀實（梁新榮，1954-）；所評的香港文學論著為《香港當代文學批評史》（古遠清著）、《香港文學史》（王劍叢著）、《香港文學與現實主義》（王一桃著）。由於研究香港文學的大陸學者與日俱增，他們在《當文》以及香港文學論述場域的曝光率也不斷提高，《當文》後來刊出一篇由古遠清（1941-）撰寫的〈內地研究香港文學學者小傳〉（190：84-93），以作介紹。最後一期《當文》還安排了「文社憶拾」一欄，讓陳浩泉與紅葉（陳煜坤，1934-）執筆，追憶五、六〇年代香港文壇舊事（194：111-115）。

第四節：結語

《當文》的出現，與四九年大陸鼎革，香港與東南亞的關係日趨密切有關。在這個歷史時刻，徐速南下這個冷戰中的「前哨城市」，因緣際會，得到新加坡華人資本的支持，創辦了一本普及文學雜誌，為香港以及東南亞的華人離散社群培養了一批寫作人才，亦創造了一個游離在國共兩黨政權與意識形態之外的跨域華文文學想像聯合體。然而，隨著時局演變，在新興媒體不斷衝擊下，加上共產主義勢力席捲中南半島，《當文》在失去東南亞一個重要的銷售市場之後，逐漸陷入經營困境。復刊的《當文》雖然辦得有聲有色，由於原來的作者群體已瓦解星散，刊物本身的歷史特徵亦逐漸消失。九七年後，香港在「一國兩制」的政治設想之下，由原來的「閥限空間」變成「有中國特色的社會主義」體制內的資本主義「特別行政區」，這個舉世知名的「區域重鎮」原有的屬性與特徵面臨巨變。在大陸一片「香港熱」之中（王宏志 2000），各種關於香港與香港文學的論述開始粉墨登場，《當文》在此大潮之下也順勢「回歸」香港，將焦點放在此時此地的作家與作品之上。

就在此時，正當二次復刊的《當文》即將停刊前夕，傳來流亡法國的華裔作家高行健（1940-）獲得二千年諾貝爾文學獎的消息，《當文》於是製作了一個「高行健獲諾獎專輯」，以為慶賀。徐速生前熱心栽培「海外」寫作人才，其心願正是為了讓「新生一代問鼎諾貝爾文學獎」（徐速 1979：2）。雖然高氏並非「新生一代」，只能算得上是半個「海外」作家，而且他的作品又是那麼的「現代派」，不見得會合徐速的胃口；不過，有離散華人作家在風雨如磐的二十世紀結束前奪得桂冠，假如徐速地下有知，想必也會非常的高興。

後記

文學期刊研究不易為。本書雖將研究範圍限定為《當代文藝》的「內緣」考察，但由於涉及的時空廣闊，牽連的人際網絡也頗為複雜，在資料的搜尋與核對兩方面均有一定的難度。至於隔著時空的雙重距離來披覽當中的文學作品，則是個相當漫長的過程，有擊節稱賞的時候，也有搔首踟躕，難以敲擊鍵盤的時候。不過，這種文學（史）研究的基礎工程還是需要有愚公來做，香港以及周邊地區華文文學的研究資料與經驗才能積累，為日後更上層樓的綜合研究鋪路。所謂「拋磚引玉」，大概就是這個意思。

這個研究所需資料與資料的初步整理，得到董文燈與林凱敏兩位研究助理鼎力幫忙，為前期工作掃除了不少障礙，謹此再申謝忱。此外，還要感謝曾維龍教授與謝征達博士，他們為這個研究提供了一些馬新文學的參考資料。當然，本書如有遺漏舛誤之處，一概由作者負責。

二〇一八年十一月

附錄：《當代文藝》資料圖片

創刊號封面
（1965年12月）

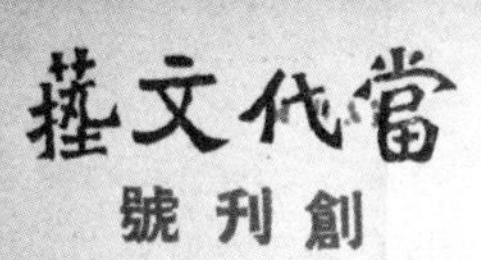

當代文藝
創刊號
中華民國五十四年十二月一日出版
中華民國五十四年十二月五日再版

目錄

當代名作
文藝長城

創刊號目錄

八二年復刊號封面（1982年9月）　九九年復刊號封面（1999年2月）

第六期封面（馬蒂斯〈陽台上的少婦〉）

六三年徐速南下馬來亞與文友合照於蔴坡華校教師會（左二為馬漢、左三為徐速、左四為年紅，右一是馬漢妻子郁茵）

作者群像之一

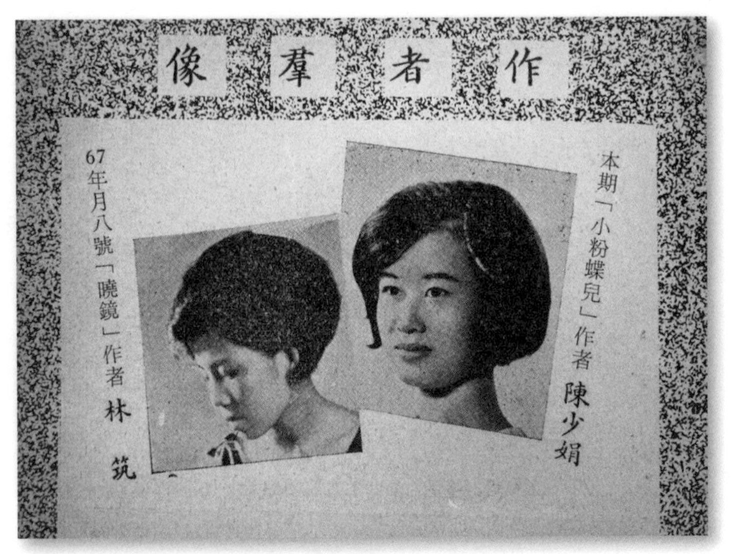

作者群像之二

香港作者傅南鵑

越華作者鬱雷

寶劍贈烈士

你有好朋友在遠方嗎？彼此送點小禮物，可以使友情或愛情更加溫馨、甜蜜。如果你訂一份全年的「當代文藝」新期刊，送給你的親友、同學、或者是你的愛人，不是比那些俗氣的東西好得多嗎？而且，普通禮物只能給人一時歡心，但期刊卻能每個月提醒他，也提醒他的心和愛。

如果你嫌麻煩，或者不願當面送給他，只要寫信連同訂費寄給本社，我們就可每月按址替你寄贈。

新刊送朋友

《當代文藝》廣告

星加坡

東亞文化事業公司

以信譽爭取客戶

以勤勞服務讀者

以無我精神

——發展海外文化事業

以有利條件

——努力星馬文化建設

地址：新加坡北京街三十六號。

No. 36, Pakin St, Singapore. 1.

東亞文化事業公司廣告

當代文藝社主辦

文藝函授部

宗　　旨：提高現代語文水平，研究寫作技巧，培養青年作家。

修業期限：初高級班均以一年爲一學程，每半年測驗一次，成績及格者由本部發給證書。

教　　材：

小　說：中國小說史、小說作法研究，中國古典長篇小說欣賞、中國短篇名著介紹。西洋短篇名著選讀。小說題材講話，小說研究。名家小說研究等。

散　文：散文作法研究，中國散文佳作研究，西洋散文選讀，中國古代散文選讀。

詩　歌：中國詩歌發展史、古詩欣賞。古詩作法講話。新詩作法研究，新詩選讀及欣賞。

授課辦法：每星期郵寄教材一至二次。每月限題習作一次，每三月測驗一次。習作精改寄還，香港區定期舉行座談，並對個人作品提貢意見。

特別指導：由本部敦請當代名作家專題指導。

作品發表：優秀之習作，由本部推薦當代文藝及其他報章雜誌發表。

報名日期：自本（一九六七）年八月一日起。

開課日期：定於九月一日。

招收名額：初級班八十名，高級班四十名，逾額不收。

學　　費：高級班每月港幣十二元，叻幣八元，美金五元。初級班每月港幣十元，叻幣七元，美金四元。（亞洲其他地區以叻幣折算）

主　任徐　速

副主任黃思騁

當代文藝社文藝函授部招生啟事

49

徵文

本刊自三月號刊出中文大學文學院院長唐君毅先生懷鄉記一文，頗獲一般讀者讚賞，紛紛來信希望多刊載此類情文並茂之佳作，因爲現在僑居海外華人大都是離鄉背井，飽嚐戰亂之苦，秋風故園，何人無起懷鄉之思。

這個意見是在本社編輯會議中提出的，經過一番討論大家都認爲有公開徵文的必要，因爲這樣才能廣泛的引起作者注意。

我們已經計劃撥出相當篇幅來容納入選的佳作，如佳作太多或者考慮另出專集，這要看情形而定。但爲了給應徵諸君更清晰的概念，我們擬定下列徵文條例，以供參攷。

文題：懷鄉記（副題由作者自擬或由編者代爲摘擬。）

字數：五六千字以內最合適，但精采佳作，不在此限。

稿酬：入選稿件不分等第，稿費照本刊一般標準計酬。不入選稿件亦贈送徵文紀念品。（贈品容後公佈）

內容提示：A、請勿抨擊現實政治；B、請尊重僑居地之法令；C、最好能附照片，以便製版附印，以增作品之眞實感。

投稿手續：請參照本刊「徵稿簡章」。

「懷鄉記」徵文啟事

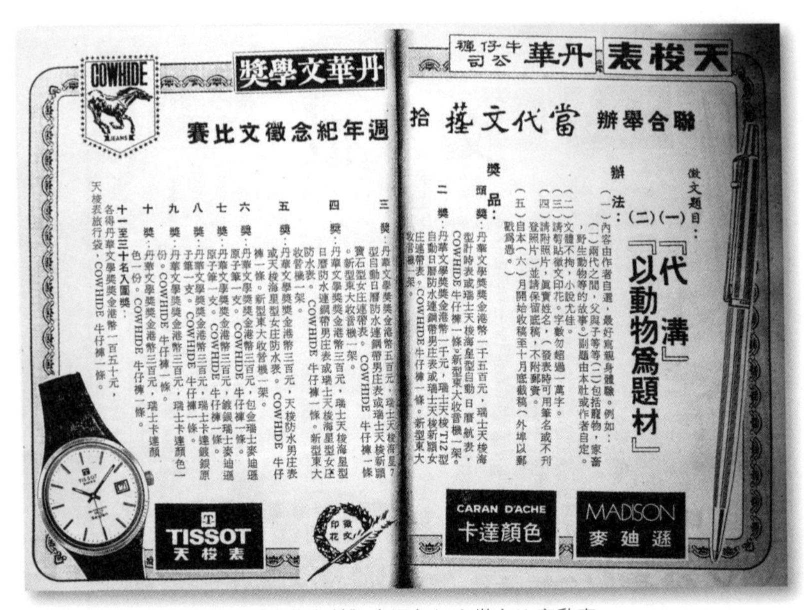

《當代文藝》十週年紀念徵文比賽啟事

西洋幽默漫畫選之一

DO YOU LIKE THE VIEW?
Jolie vue n'est-ce pas?
HOW ABOUT A GAME OF MAH JONG?
Vous jouez au mah jong?

西洋幽默漫畫選之二

參考書目

一、漢文書目

力匡，1952。〈燕語〉。《燕語》。香港：人人出版社。頁1-3。

——，1986a。〈《人人文學》、《海瀾》和我〉。《香港文學》第21期（9月）：頁18-19。

——，1986b。〈關於黃思騁〉。《香港文學》第22期（10月）：頁22-23。

——，1986c。〈三個香港〉。《香港文學》第23期（11月）：頁72-77。

士希等，1974。《苦與樂》。兩冊。香港：高原出版社。

也斯（梁秉鈞），1996。《香港文化空間與文學》。香港：青文書屋。

———，1996a。〈解讀一個神話？——試談《中國學生周報》〉。也斯，1996：頁161-168。

———，1996b。〈《四季》、《文林》及其他〉。也斯，1996：頁169-178。

———，1996c。〈《大拇指》與《大拇指小說選》〉。也斯，1996：頁179-181。

———，1996d。〈從《越界》看香港文化雜誌與雜誌文化〉。也斯，1996：頁200-204。

———，1998。〈六〇年代的香港文化與香港小說（代序）〉。也斯編：《香港短篇小說選：六十年代》。香港：天地圖書有限公司。頁1-16。

也斯編，1994。《六〇年代剪貼冊》。香港：香港藝術中心。

也斯、葉輝、鄭政恆編，2011。《香港當代作家作品合集選．小說卷》。第一卷。香港：明報月刊出版社；新加坡：青年書局。

千瀑，1973a。〈聖詩之外〉。《詩風》第8期（1月）：頁4。

———，1973b。〈入黑〉。《詩風》第10期（3月）：頁1。

———，1973c。〈懸念的一個上午〉。《詩風》第11期（4月）：頁1。

———，1973d。〈西貢，你是一隻病鳥〉。《詩風》第12期（5月）：頁1。

———，1973e。〈調寄汨羅江〉。《詩風》第13期（6月）：頁4。

———，1973f。〈打著雨，我哭——清明，唱給祖父逝世二週年〉。《詩風》第14期（7月）：頁1。

———，1973g。〈銀河〉。《詩風》第16期（9月）：頁4。

———，1973h。〈髮樣的河〉。《詩風》第17期（10月）：頁1。

———，1973i。〈松果〉。《詩風》第18期（11月）：頁4。

———，1973j。〈故國：二重奏〉。《詩風》第19期（12月）：頁4。

———，1974a。〈塑像〉。《詩風》第20期（1月）：頁4。

———，1974b。〈讀春的詩〉。《詩風》第25期（6月）：頁4。

小思（盧瑋鑾），1981。〈序〉。李默：《衣白漸侵塵》。香港：波文書局。無頁碼。

文莊、黃華、高碧蓮，2005。〈中國援越抗美支援部隊出國四十週年回眸〉。《南洋問題研究》總第123期：頁66-72。

文藝書屋，1976。〈《馬華文學選》〉。《明報月刊》第11卷第6期（6月）：頁107。

《文藝雜誌》主辦，1983。〈筆談會：香港文藝期刊在文壇扮演的角色〉。《文藝雜誌》第7期（9月）：頁20-47。

方明，2014。《越南華文現代詩的發展：兼談越華戰爭詩作（1960年-1975年）》。臺北：唐山出版社。

方桂香，2010。《新加坡華文現代主義文學運動研究：以新加坡〈南洋商報〉副刊〈文藝〉、〈文叢〉、〈咖啡座〉、〈窗〉和馬來西亞文學雜誌〈蕉風月刊〉為個案》。新加坡：創意圈出版，2010年。

方劍雲，1993。〈悼徐直平兄〉。「當代文藝出版社編輯部編：『徐速先生紀念集』」。徐速，1993：頁227-413。

方娥真，1975a。〈燃香〉。《詩風》第39期（8月）：頁1。

———，1975b。〈萬階行盡〉。《詩風》第40期（9月）：頁4。

———，1977。《娥眉賦》。臺北：四季出版事業有限公司。

———，1978a。〈捧心〉。《詩風》第68期（1月）：頁14-15。

———，1978b。〈紅樓〉。《詩風》第75期（8月）：頁24-25。

心水，1973。〈唐詩〉。《詩風》第15期（8月）：頁1。

王良和，2009。《余光中、黃國彬論》。香港：匯智出版有限公司。

———，2009a。〈青年文學獎與「余派」之說〉。王良和，2009：頁5-74。

———，2009b。〈論余光中「香港時期」的新詩〉。王良和，2009：頁75-131。

王宏志，2000。〈第一章：歷史的沉重〉。《歷史的沉重：從香港看中國大陸的香港史論述》。香港：牛津大學出版社。頁1-69。

———，2007。《本土香港》。香港：天地圖書有限公司。

王列耀，1996。〈《文藝》雜誌與香港文學〉。《香港文學》第141期（9月）：頁14-19。

王珏婷，2011。〈冷戰局勢下的臺港文學交流——以一九五五年「十萬青年最喜閱讀文藝作品測驗」的典律化過程為例〉。《中國現代文學》第19期（6月）：頁83-114。

———，2015。〈五〇年代臺港跨文化語境：以郭良蕙及其香港發表現象為例〉。《臺灣文學學報》第26期（6月）：頁113-152。

王梅香，2014a。〈美援文藝體制下的《文學雜誌》與《現代文學》〉。《臺灣文學學報》第25期（2月）：頁69-100。

———，2014b。〈冷戰時代的臺灣文學外譯——美國新聞處譯書計劃的運作（1952-1962）〉。《臺灣文學研究所學報》第19期（10月）：頁223-254。

———，2015a。〈不為人知的張愛玲：美國新聞處譯書計劃下的《秧歌》與《赤地之戀》〉。《歐美研究》第45卷第1期（3月）：頁73-137。

———，2015b。〈文學、權力與冷戰時期美國在臺港的文學宣傳

（1950-1962年）〉。《臺灣社會學刊》第57期（9月）：頁1-51。

———，2016。〈美援文藝體制下的臺、港、馬華文學場域——以譯書計劃《小說報》為例〉。《臺灣社會研究季刊》第102期（3月）：頁1-40。

王潤華、蔡志禮、許通元、李金生、曾繁婧主編，2015。《新加坡華文文學五十年》。新加坡：八方文化創作室。

王賡武，2009。〈越洋尋求空間：中國的移民〉。《華人研究國際學報》創刊號（6月）：頁1-49。

王劍叢，2010。〈抗日題材小說的特別之作——重讀徐速《浪淘沙》三部曲〉。《文學評論》第7期（4月）：頁55-60。

天狼星詩社資料組彙編，1980。〈天狼星詩社：七十年代大事記〉。藍啟元編：《憤怒的回顧》。馬來西亞霹靂州安順：天狼星出版社。頁131-152。

尹玲（何金蘭），2000。〈越華詩壇今昔〉。《文訊》總號176（6月）：頁54-56。

孔不明，1969。〈為《星星．月亮．太陽》辨誣〉。《萬人雜誌》第105期（10月30日）：頁32-33。

古弦，1966a。〈海．踱步〉。《海光文藝》〔第10期〕（10月）：頁57。

———，1966b。〈焚詩以前〉。《海光文藝》〔第11期〕（11月）：頁47。

———，1967。〈藩切．外一章（兩首）〉。《海光文藝》〔第13期〕（1月）：頁77。

———，1979a。〈弔CAT一八八九號——兼以思念父親〉。《海洋文藝》第6卷第3期（3月）：頁49。

———，1979b。〈海上（外一首）：未有答案的問話〉。《海洋文藝》第6卷第5期（5月）：頁130-131。

———，1980a。〈短詩兩首：未題；憶一九七八年九月十一日〉。《海洋文藝》第7卷第1期（1月）：頁80-81。

———，1980b。〈寫在戰爭時期的詩〉。《海洋文藝》第7卷第7期（7月）：頁126-127。

古蒼梧，1986。〈《盤古》與文藝〉。《香港文學》第13期（1月）：頁90-91。

———，2005。〈《八方》出版在運動落潮中的刊物〉。《文學世紀》第55期（10月）：頁10-12。

古遠清，1996。〈發掘三四十年代文學寶藏，促進香港文學繁榮——七十年代前半期的香港《中國學生周報》〉。《黃石教育學院學報》第1期：頁11-13。

———，2004。〈為香港文學推濤作浪的徐速〉。《香江文壇》第32期（8月）：頁35-38。

本社（海瀾雜誌社），1955a。〈寫在篇首（代發刊詞）〉。《海瀾》創刊號（11月）：頁2。

———，1955b。〈編後寄語〉。《海瀾》創刊號（11月）：頁35。

———，1955c。〈海瀾的啟示〉。《海瀾》第2期（12月）：頁3。

本刊記者（《讀書人》），1997。〈六、七十年代的「讀書人」〉。《讀書人》第24期（2月）：頁10-13。

石中英，2015。〈我們認識的《青年樂園》〉。關永圻、黃子程編，2015：頁72-99。

石中英口述、韓雪整理，2017。〈我的「六七文化」之旅〉。《明報月刊．明月》第4卷第7期（7月）：頁16-26。

左規芳，2011。〈星星．月亮．太陽〉。羅海維等編：《光影的長河：影史百大經典華語電影》。臺北：田園城市文化。頁60。

史文鴻，1989。〈《號外》分析——香港「優皮」混亂的思想型態〉。《博益月刊》第23期（8月）：頁44-45。

史書美著，楊華慶譯，蔡建鑫校，2013。《視覺與認同：跨太平洋華語語系表述呈現》。臺北：聯經出版事業股份有限公司。

江汀，1972。〈馬來班頓的分類〉。《幼獅文藝》第227期（11月）：頁201-218。

伍燕翎、潘碧絲、陳湘琳，2010。〈從《蕉風》（1955-1959）詩人群體看馬華文學的現代性進程〉。《外國文學研究》第2期：頁60-67。

沈璧浩，2015。《都市錄》。新加坡：草根書室。

汪浩，2014。《冷戰中的兩面派：英國的臺灣政策，1949-1958》。臺北：有鹿文化。

宋逸民，1969a。〈論中學國文教材選材不當——從番書仔讀《小園賦》談起（上）〉。《萬人雜誌》第82期（5月22日）：頁4-5。

———，1969b。〈論中學國文教材選材不當——從番書仔讀《小園賦》談起（下）〉。《萬人雜誌》第83期（5月29日）：頁4-5。

———，1969c。〈「密碼派」詩文的今昔觀〉。《萬人雜誌》第84期（6月5日）：頁4-5。

———，1969d。〈與李思義校長論國文教學（上）〉。《萬人雜誌》第85期（6月12日）：頁4-5。

———，1969e。〈與李思義校長論國文教學（中）〉。《萬人雜誌》第86期（6月19日）：頁6-7。

———，1969f。〈與李思義校長論國文教學（下）〉。《萬人雜誌》第87期（6月26日）：頁6-7。

———，1969g。〈港、臺國文教材比較談〉。《萬人雜誌》第88期（7月3日）：頁4－5。

———，1969h。〈《為密碼辨誣》的辨誣〉。《萬人雜誌》第89期（7月10日）：頁4-5。

———，1969i。〈《為密碼辨誣》的辨誣（二）〉。《萬人雜誌》第90期（7月17日）：頁6-7。

———，1969j。〈《為密碼辨誣》的辨誣（三）〉。《萬人雜誌》第91期（7月24日）：頁10-11。

———，1969k。〈《為密碼辨誣》的辨誣（四）〉。《萬人雜誌》第92期（7月31日）：頁14-15。

———，1969l。〈為改善中文教育向本港當局進一言（上）〉。《萬人雜誌》第93期（8月7日）：頁4-5。

———，1969m。〈為改善中文教育向本港當局進一言（下）〉。《萬人雜誌》第94期（8月14日）：頁4-5。

———，1969n。〈王婆罵雞與蒸饃蘸蒜〉。《萬人雜誌》第94期（8月14日）：封底內。

———，1969o。〈答徐速先生並替他找錯別字〉。《萬人雜誌》第95期（8月21日）：頁12-13，28-29。

———，1969p。〈談本港常見的別字〉。《萬人雜誌》第99期（9月18日）：頁14-15。

宋逸民、齊又簡等，1970。《星星月亮太陽是抄襲的嗎？》。香港：高峰出版社。

杜漸，1980。〈徐速先生暢談創作和文學批評〉。《開卷月刊》第3卷第7期（12月）：頁2-7。

杜家祁，2004。〈回首雲飛風起——談六七十年代的香港文學〉。《香港文學》總第229期（1月）：頁27-33。

李立明，2000。《香港作家懷舊》。第一集。香港：科華圖書出版公司。

李宗舜，1994。《詩人的天空》。吉隆坡：代理員文摘（馬）有限公司。

———，2012。《烏托邦幻滅王國：黃昏星在神州詩社的歲月》。臺北：秀威資訊科技。

———，2014。《李宗舜詩選I》。臺北：秀威資訊科技股份有限公司。

———，2014a。〈真正的那些年——《李宗舜詩選》後記〉。李宗舜，2014：頁322-327。

李洛霞、關夢南編，2012。《六十年代青年小說作者群像（1960-1969）》。香港：風雅出版社。

李淑君，2016。〈從「她族」映照「中國性」：從〈紅紗籠〉到〈拉子婦〉的道德優越到自我贖罪〉。《臺東大學人文學報》第6卷第1期（6月）：頁123-153。

李燕等著，1971。《初戀》。兩冊。香港：高原出版社。

李憶莙，2001。〈導言〉。李憶莙主編：《馬華文學大系短篇小說（一）：1965-1980》。新山：彩虹出版有限公司。

———，2015。〈逝去的年代〉。《首屆方修文學獎（2008-2010）獲獎作品集：散文卷上冊》。新加坡：八方文化創作室。頁50-51。

李素，1969。《讀詩狂想錄》。香港：高原出版社。

李奭學，2008。〈剪不斷，理還亂——港臺文學關係之我見〉。《現代中文文學學報》第8卷第2期及第9卷第1期（1月）：頁182-200。

李樹枝，2010。〈現代主義的理論旅行：從葉芝、艾略特、余光中到馬華天狼星及神州詩社〉。《華文文學》總第101期：頁80-86。

———，2014。《余光中對馬華作家的影響研究》。馬來西亞霹靂州金寶：拉曼大學中華研究所博士學位論文。

李樹枝、辛金順編，2015。《時代、典律、本土性：馬華現代詩論述》。馬來西亞雪蘭莪州雙溪龍：拉曼大學中華研究中心。

李有成，2015。〈詩所為何事？——讀沈璧浩的詩〉。沈璧浩，2015：頁6-23。

李金生，2006。〈一個南洋，各自界說：「南洋」概念的歷史演變〉。《亞洲文化》第30期（6月）：頁113-123。

李金生、許通元編，2015。〈新華文學期刊五十年附錄〉。王潤華等主編，2015：頁329-336。

李幼新，1995。〈從《星星．月亮．太陽》與《白蛇傳》看電影中的女性主義與女同性戀〉。《世界電影》第319期（7月）：頁150-153。

李瑞騰，2000。〈大馬詩社資料〉。《文訊》總號176（6月）：頁44-48。

李瑞騰、陳玉幸等，1991。〈文學雜誌研究〉。《臺灣文學觀察雜誌》第3期（1月）：頁6-87。

李婉薇，2016。〈政商夾縫中的右傾文人：五、六〇年代黃思騁文學活動研究〉。《現代中文文學學報》第13卷第1-2期（夏季）：頁68-93。

李錦怡，1977。《繫》。香港：高原出版社。

秀實，2017。〈後記：天堂列車——悼詩人溫乃堅〉。《圓桌詩刊》第57期（9月）：頁37-38。

吳宏一，2006。〈從香港文學的跨地域性說起〉。《文學研究》第3期（9月）：頁11-27。

吳美筠，1992。〈《九分壹》九分之一的故事〉。《詩雙月刊》總第20期（10月）：頁40-41。

吳康民，2011。《吳康民回憶錄：九十歲月留痕》。香港：吳康民教育基金有限公司。

吳康民編，1992。《吳華胥紀念文集》。香港：萬里書店。

吳萱人，1997。〈同一序幕，不同演出——九七時期探六七十年代文社青年〉。《讀書人》第25期（3月）：頁16-21。

———，1999。《香港六七十年代文社運動整理及研究》。香港：臨時市政局公共圖書館。

———，1999a。〈六十年代中期的文社運動盛況〉。吳萱人，1999：頁30-48。

———，1999b。〈文社創作方面的論戰〉。吳萱人，1999：頁116-126。

———，2015。〈代變中看六、七十年代文社運動傳承（講文提要）〉（及附錄一、附錄二）。關永圻、黃子程編，2015：頁100-120。

吳萱人編，1998。《香港七十年代青年刊物回顧專集》。香港：策劃組合。

———，2001。《香港文社史集初編（1961-1980）》。香港：採集組合。

吳連音編，1982。《大學生散文選．第一輯》。臺北：久久出版社。

吳兆剛，2007。《五十年代〈中國學生周報〉文藝版研究》。香港：嶺南大學中文系碩士學位論文。

呂大樂，2007。〈《號外》：一個香港文化的故事〉。呂大樂編，2007：無頁碼。

呂大樂編，2007。《號外三十——城市》。香港：三聯書店（香港）有限公司。

呂興昌編訂，1998。《林亨泰全集》。第二冊。彰化：彰化縣文化中心。

谷中鳴，198?〔缺年分〕。《埋葬了的罪惡》。香港：綠島出版社。

何金蘭，2016。〈讀看得見的明天——試探戰火紋身後創作心靈之死亡與復活〉。楊宗翰，2016。頁253-270。

何葆蘭，1973。《南遊記》。香港：香港中國筆會。

伯齡，1974。《拾慧集》。香港：高原出版社。

余玉書，1974。《天星樓隨筆》。香港：高原出版社。

———，1978a。《寂寞的星群》。香港：高原出版社。

———，1978b。《西窗隨想錄》。香港：香港中國筆會。

———，1993。〈平生風雨兼師友〉。「當代文藝出版社編輯部編：『徐速先生紀念集』」。徐速，1993：頁307-307。

余英時，2018。〈《祖國周刊》與《海瀾》——《香港與新亞書院》之八〉。《明報月刊》第53卷第8期（8月）：頁17-20。

余曆雄，2014。〈徐持慶《敲夢癡言》的自我傳記與文學史料之價值〉。《文學論衡》總第25期（12月）：頁72-84。

余光中，1969。《蓮的聯想》。臺北：大林書店。

阮庭草（陶里），1991。〈越南南方華文文學的舊貌新顏〉。《香港文學》第84期（12月）：頁4-10。

迅清，1985。〈九年來的《大拇指》〉。《香港文學》第4期（4月）：頁93-97。

邱偉平，2011a。〈《文藝新潮》譯介現代主義詩作的選擇與取向〉。《現代中文文學學報》第11卷第1期（2011）：頁75-84。

———，2011b。〈翻譯研究的文化轉向——以《文藝新潮》為例〉。梁秉鈞等編：《香港文學的傳承與轉化》。香港：匯智出版。頁247-264。

岳永逸，2018。〈保守與激進：委以重任的近世歌謠——李素英的《中國近世歌謠研究》〉。《開放時代》1期：頁91-106。

叔權，1993。〈黃崖在馬來西亞〉。《香港筆薈》創刊號（3月）：頁102-104。

周文德，1993。〈徐速・當文・我〉。「當代文藝出版社編輯部編：『徐速先生紀念集』」。徐速，1993：頁338-340。

周清嘯，1978。〈話別〉。《詩風》第68期（1月）：頁21。

周愛靈，2010。羅美嫻譯：《花果飄零：冷戰時期殖民地的新亞書院》。香港：商務印書館。

周俊、宋琦，2010。〈本土性的遮蔽與回歸——從文學期刊看戰後二十年香港文學〉。《華文文學》第1期：頁79-84。

林肇豊，2016。〈「本土」作為一種策略：華文/華語語系文學、臺灣文學與香港文學諸問題〉。游勝冠編，2016：頁321-353。

林孝庭，2015。《臺海冷戰解密檔案》。香港：三聯書店（香港）有限公司。

林春美，2011-2012。〈獨立前的《蕉風》與馬來亞之國族想像〉。《南方華裔研究雜誌》第5卷：頁201-208。

林真，1970a。〈「是」與「非」之間——評徐速的《第六，愧不敢當》〉。《萬人雜誌》第118期（1月29日）：頁14-15。

———，1970b。〈「死鬼」、「魑魅」、「毛蟲」——評《當代文藝》的罵人話〉。《萬人雜誌》第125期（3月19日）：頁15。

———，1970c。〈評徐速對「流行小說」的批評〉。《萬人雜誌》第126期（3月26日）：頁14-15。

———，1970d。〈揭瓊瑤陰私的「當代佳作」——評《當代文藝》的對人身的攻擊之一〉。《萬人雜誌》第127期（4月2日）：頁14-15。

———，1970e。〈徐速教授的「大棒子政策」〉。《萬人雜誌》第128期（4月9日）：頁15。

———，1970f。〈不容詭辯〉。《萬人雜誌》第129期（4月16日）：頁9-10。

———，1970g。〈攻訐、排拒、摘謬和批評——《當代文藝》詭辯手法之二〉。《萬人雜誌》第130期（4月23日）：頁15。

———，1970h。〈不答，等於承認〉。《萬人雜誌》第131期（4月30日）：頁15。

———，1970i。〈看相佬與名作家〉。《萬人雜誌》第146期（8月13日）：頁12-13。

林培瑞（Perry Link）著，鍾欣志譯，2008。〈一九一〇年代的上海文學雜誌〉。《政大中文學報》第10期（12月）：頁1-12。

林力安，1978。《獨唱：林力安詩集》。香港：著者自刊。

———，1996。〈摘星射虎話當年——七十年代文學生涯回憶〉。《大公報．文學》第208期（7月3日）：頁E7。

林筑，2007。〈《曉鏡——寄李商隱》小識〉。《文學研究》第7期（9月）：頁51。

林積萍，2005。《〈現代文學〉新視界：文學雜誌的向量探索》。新店：讀冊文化。

林餘佐，2011。〈屈原在現代詩中的抒情召喚——以羅智成、楊澤、陳大為為例〉。《東華中國文學研究》第10期（10月）：頁125-141。

林秋月，1976a。〈秋〉。《詩風》第47期（4月）：頁4。

———，1976b。〈夜〉。《詩風》第48期（5月）：頁4。

———，1976c。〈暮照〉。《詩風》第50期（7月）：頁12。

———，1976d。〈詩兩首〉。《詩風》第51期（8月）：頁26。

———，1976e。〈焚蝶〉。《詩風》第53期（10月）：頁18-19。

———，1977a。〈茶〉。《詩風》第60期（5月）：頁6。

———，1977b。〈虹以外〉。《詩風》第63期（8月）：頁5。

———，1978。〈思維以外〉。《詩風》第68期（1月）：頁9。

非夢，1971。《我的歌呵，你飛吧》。香港：香港新文學出版社。

金進，2010。〈臺灣與馬華現代學關係之考辨——以《蕉風》為線索〉。《中國比較文學》第2期：頁130-142。

——，2012。〈一九五〇、六〇年代香港與馬華現代文學關係之考辨——以姚拓的文學活動為中心的考察〉。《香港文學》第333期（9月）：頁46-53。

施友朋，〈逢山飛越，遇水不沉——初探林力安詩集《獨唱》〉。林力安，1978：頁42-47。

———，2004。〈千古文章未盡才——追憶徐速先生二、三事〉。《香江文壇》總第31期（7月）：頁31-32。

洪林伯、蔡雅芳，2012。〈文學雜誌閱讀者之閱讀動機、閱讀行為與滿意程度研究〉。《文化事業與管理研究》第9期（6月）：頁27-56。

洪淑苓，2010。〈越南、臺灣、法國——尹玲的人生行旅、文學創作與主題追尋〉。《臺灣文學研究集刊》第8期（8月）：頁153-196。

———，2015。〈越華現代詩中的戰爭書寫與離散敘述〉。《中國現代文學》第27期（6月）：頁91-132。

洪世謙，2012。〈流動變異的生成域外——反思多重疆界〉。劉石吉、王儀君編：《海洋歷史文化與邊界政治》。高雄：中山大學人文研究中心。頁269-283。

洛夫，1994。〈詩人之鏡〉。瘂弦、簡政珍主編：《創世紀四十年評論選：1954-1994》。臺北：創世紀詩雜誌社。頁29-48。

———，2009。《洛夫詩歌全集》。第一冊。臺北：普音文化事業股份有限公司。

祖國周刊社編，1955。《大澤鄉》。香港：友聯出版社。

皇甫盛，1967。〈古弦的詩〉。《中國學生周報》第780期（6月30日）：第4版。

胡國賢，1994。〈不接亦相接的青黃——從《桂冠文叢》看越華新詩近貌〉。《詩雙月刊》第5卷第5，6期（5月）：頁74-86。

———，1997。〈從「文社」到「詩社」——香港詩社及詩刊發展初探〉。《足跡剪影回聲——香港新詩論集》。香港：詩雙月刊出版社。頁10-40。

柯振中，1987。〈散憶《文學報》〉。《香港文學》第34期（10月）：頁74-76。

———，1989。〈七十年代《當代文藝》的內容〉。《香港文學》第57期（9月）：頁21-26。

———，1993。〈「香港作家」之思〉（1989）。《華文文學》第2期：頁78-79。

———，1996。〈記《文藝》季刊〉。《香港文學》第143期（11月）：頁66-67。

———，1997。〈六十年代香港文社風景——兼及「風雨文社」〉。《香港文學》第145期（1月）：頁21-22。

———，2002。〈十三妹過世類似張愛玲〉。《香江文壇》第5期（5月）：頁40-41。

———，2004a。〈與徐速交往——紀念徐速逝世二十三週年〉。《文學世紀》第44期（1月）：頁77-80。

———，2004b。〈徐速與我文壇二懸案道白〉。《香江文壇》第31期（7月）：頁35-38。

南子、黃浩威、陳蝶，2003。〈兩岸的記憶在蕉風椰雨中——舊雨新交談《蕉風》〉。《蕉風》第490期（7月）：頁19-25。

香港作家聯會編，1997。《香港作家小傳》。香港：香港作家出版社有限公司。

《香港文學書目》編輯小組編，1996。《香港文學書目》。香港：青文書屋。

姚雪垠，1969a。《春暖花開的時候》。香港：高原出版社。

———，1969b。《春暖花開的時候》。香港：高峰出版社。

———，2010。〈本卷說明〉。《姚雪垠文集第十一卷：春暖花開的時候》。北京：人民文學出版社。無頁碼。

飛雲，1960。〈談談「班頓」〉。《蕉風》第89期（3月）：頁3。

凌霜等，1972。《我最難忘的一天》。兩冊。香港：高原出版社。

浩于豪，1993。〈與徐速談《當代文藝》〉。「當代文藝出版社編輯部編：『徐速先生紀念集』」。徐速，1993：頁384-393。

海弦，1972。〈關著的水龍頭〉。《中國學生周報》第1030期（4月14日）：第7版。

———，1973a。〈一朵流浪的雲〉。《詩風》第9期（2月）：頁4。

———，1973b。〈迷信〉。《詩風》第10期（3月）：頁4。

———，1973c。〈古道〉。《詩風》第11期（4月）：頁1。

———，1973d。〈輓歌〉。《詩風》第13期（6月）：頁6。

———，1973e。〈心事——悼詩人屈原〉。《詩風》第14期（7月）：頁1。

———，1973f。〈海弦詩鈔——給蘇倫多之八〉。《詩風》第16期（9月）：頁1。

———，1973g。〈射程內〉。《詩風》第18期（11月）：頁4。

———，1973h。〈十二月作品〉。《詩風》第19期（12月）：頁1。

———，1974a。〈觸角三題〉。《詩風》第21期（2月）：頁1。

———，1974b。〈月光流來月光〉。《詩風》第22期（3月）：頁4。

———，1974c。〈無根的樹〉。《詩風》第22期（3月）：頁4。

———，1974d。〈十八歲的少年在西貢〉。《詩風》第27期（8月）：頁4。

———，1974e。〈初戀回憶四則〉。《詩風》第29期（10月）：頁1。

———，1974f。〈唱民歌的少年〉。《詩風》第29期（10月）：頁1。

———，1974g。〈讀星的人〉。《詩風》第31期（12月）：頁4。

高山駒，1968。〈敲破「文藝王國」之夢〉。《文壇》第284期（11月）：頁227-230。

容世誠，2014。〈文化冷戰與廉紙小說〉。《百家文學雜誌》第33期（8月）：頁12-18。

秦賢次，1985。〈香港文學期刊滄桑錄〉。《文訊》第20期（10月）：頁53-76。

班鹿，1955。〈免徐速的「詩籍」！！〉。《詩朵》第1期：頁7-10。

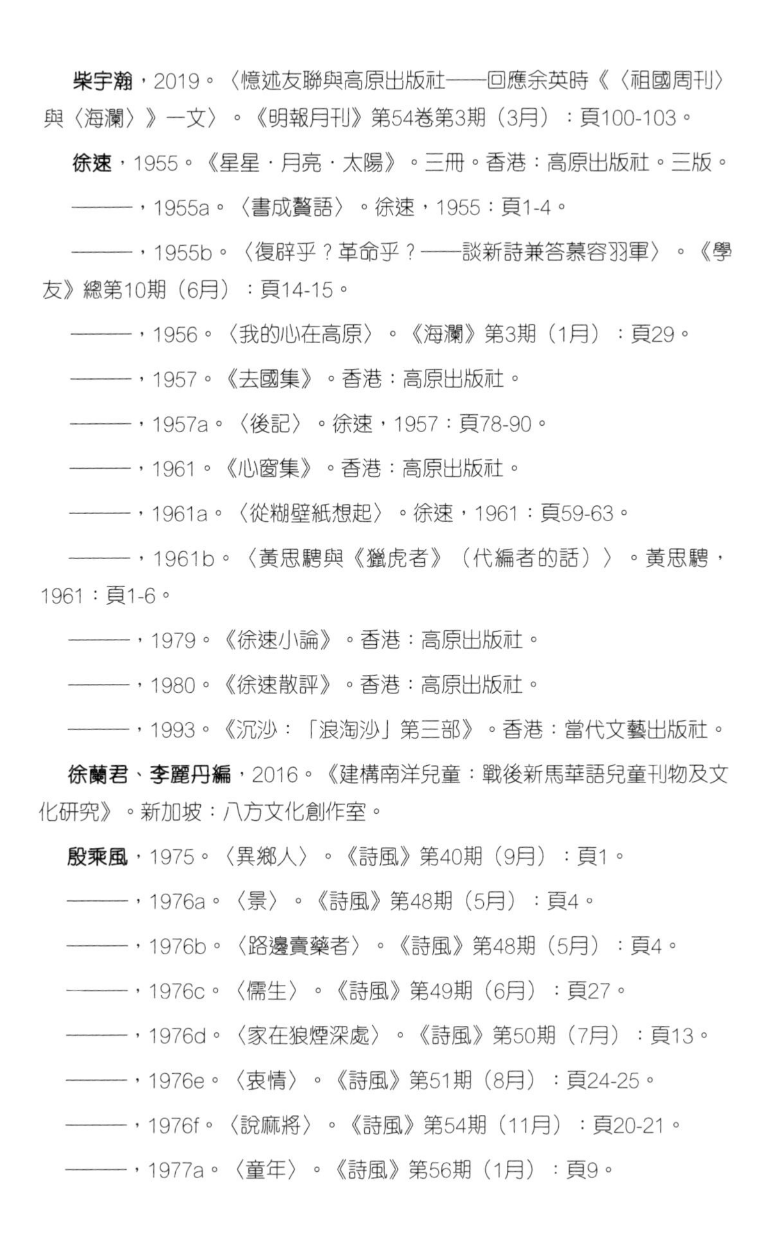

柴宇瀚，2019。〈憶述友聯與高原出版社——回應余英時《〈祖國周刊〉與〈海瀾〉》一文〉。《明報月刊》第54卷第3期（3月）：頁100-103。

徐速，1955。《星星・月亮・太陽》。三冊。香港：高原出版社。三版。

———，1955a。〈書成贅語〉。徐速，1955：頁1-4。

———，1955b。〈復辟乎？革命乎？——談新詩兼答慕容羽軍〉。《學友》總第10期（6月）：頁14-15。

———，1956。〈我的心在高原〉。《海瀾》第3期（1月）：頁29。

———，1957。《去國集》。香港：高原出版社。

———，1957a。〈後記〉。徐速，1957：頁78-90。

———，1961。《心窗集》。香港：高原出版社。

———，1961a。〈從糊壁紙想起〉。徐速，1961：頁59-63。

———，1961b。〈黃思騁與《獵虎者》（代編者的話）〉。黃思騁，1961：頁1-6。

———，1979。《徐速小論》。香港：高原出版社。

———，1980。《徐速散評》。香港：高原出版社。

———，1993。《沉沙：「浪淘沙」第三部》。香港：當代文藝出版社。

徐蘭君、李麗丹編，2016。《建構南洋兒童：戰後新馬華語兒童刊物及文化研究》。新加坡：八方文化創作室。

殷乘風，1975。〈異鄉人〉。《詩風》第40期（9月）：頁1。

———，1976a。〈景〉。《詩風》第48期（5月）：頁4。

———，1976b。〈路邊賣藥者〉。《詩風》第48期（5月）：頁4。

———，1976c。〈儒生〉。《詩風》第49期（6月）：頁27。

———，1976d。〈家在狼煙深處〉。《詩風》第50期（7月）：頁13。

———，1976e。〈衷情〉。《詩風》第51期（8月）：頁24-25。

———，1976f。〈說痲將〉。《詩風》第54期（11月）：頁20-21。

———，1977a。〈童年〉。《詩風》第56期（1月）：頁9。

———，1977b。〈拭刀〉。《詩風》第61期（6月）：頁9。

———，1977c。〈聲息〉。《詩風》第63期（8月）：頁8。

———，1978。〈激流〉。《詩風》第68期（1月）：頁18-20。

馬漢，1993。〈敬悼徐速先生〉。「當代文藝出版社編輯部編：『徐速先生紀念集』」。徐速，1993：頁321-329。

馬崙，1984。《新馬華文作家群像（1919-1983）》。新加坡：風雲出版社。

———，1991。《新馬文壇人物掃描（1825-1990）》。馬來西亞柔佛州士古來：書輝出版社。

馬崙主編，198?〔缺年分〕。《馬華當代文學選：第二輯（小說）》。出版地點不詳：馬來西亞華人文化協會。

梁慕嫻，2018。〈我所知道的《青年樂園》〉。《明報月刊》第53卷第5期（5月）：頁102-105。

梁欣榮、梁新榮、梁尊榮編，2011。《粲花館詩鈔全卷》。香港：香港詩歌協會。

梁從斌、非夢、柯振中，1976。《雲山客程》。香港：高原出版社。

梁秉鈞，2009。〈秦羽和電懋電影的都市想像〉。黃愛玲編：《國泰故事》（增訂本）。香港：香港電影資料館。頁158-171。

———，2013。〈一九五〇年代香港文化的意義〉。梁秉鈞、黃淑嫻編：《痛苦中有歡樂的時代：五〇年代香港文化》。香港：中華書局。頁3-11。

梁秉鈞等，2008。〈「報刊研究」討論〉。《現代中文文學學報》第8卷第2期及第9卷第1期（1月）：頁230-243。

梁科慶，2010。《大時代裏的小雜誌：〈新兒童〉半月刊（1941-1949）研究》。香港：匯智出版有限公司。

梁敏兒，2000。〈都市文學的空間：八十年代的《秋螢詩刊》〉。朱耀偉、白雲開編：《香港八十年代文學現象》。第一分冊。臺北：臺灣學生書局。頁191-236。

郭士，2011。〈「自由出版社」滄桑史〉。陳正茂編著，2011：頁73-100。

郭馨蔚，2016。《臺灣、馬華現代主義思潮的交流：以〈蕉風〉為研究對象（1955-1977）》。臺南：國立成功大學臺灣文學系碩士學位論文。

章妮，2008。〈空間香港：遊走、索驥與「香港性」剖析——八十年代《香港文學》的香港想像〉。《香港文學》第282期（6月）：頁28-35。

許文堂，2012。〈當代越南佛教的政治參與〉。《臺灣東南亞學刊》第9卷第2期：頁57-108。

許定銘，1986。〈從《華僑文藝》到《文藝》〉。《香港文學》第13期（1月）：頁67-69。

———，1990。《醉書閒話》。香港：三聯書店（香港）有限公司。

———，1998。《書人書事》。香港：香港作家協會。

———，2006。〈跨年代的《文藝世紀》〉。《文學研究》第4期（12月）：頁180-187。

———，2008a。〈盧森和他的《文壇》〉。〈《城市文藝》總第31期（8月）：頁30-34。

———，2008b。〈難得一見的舊期刊〉。《香港文學》第286期（10月）：頁92-94。

———，2009。〈幾種青年文藝刊物〉。《城市文藝》第41期（6月）：頁28-31。

———，2010。〈黃崖革新的《蕉風》〉。《香港文學》第306期（6月）：頁82-83。

———，2011。《舊書刊摭拾》。香港：天地圖書。

———，2016。《香港文學醉一生一世》。香港：練習文化實驗室有限公司。

許世旭，1989。〈臺灣詩給新華詩的影響〉。《東南亞華文文學》。新加坡：新加坡歌德學院、新加坡作家協會。頁225-232。

許迪鏘，1995。〈在流行與不流行之間抉擇——由《大拇指》到素葉〉。《素葉文學》第59期（復刊第34號；7月-9月）：頁108-109。

———，1997。〈在文學大道上走碎步〉。《讀書人》第27期（5月）：頁83-85。

———，1998。〈《大拇指》點滴〉。吳萱人編，1998：頁84-85。

莊華興，2012。〈馬華文學的疆界化與去疆界化：一個史的描述〉。《中國現代文學》第22期（12月）：頁93-106。

———，2015。〈落在香港、吉隆坡和紐約的雨——楊際光的離散現代性〉。陳平原、陳國球、王德威編，2015：頁376-389。

———，2016a。〈戰後馬華（民國）文學遺址：文學史再勘察〉。《臺灣東南亞學刊》第11卷第1期：頁7-30。

———，2016b。〈帝國崩解、離散華人與家國想像：以《馬來妹》為例〉。游勝冠編，2016：頁355-369。

雪夫，1974。〈九歌〉。第二屆青年文學獎籌備委員會編：《青年文學獎文集》。香港：香港大學學生會、香港中文大學學生會。頁69-73。

連玲玲編，2013。《萬象小報：近代中國城市的文化、社會與政治》。臺北：中央研究院近代史研究所。

區志堅、彭淑敏、蔡思行，2011。〈香港身分證簽發之始：《人口登記條例》〉。區志堅、彭淑敏、蔡思行編：《改變香港歷史的六十篇文獻》。香港：中華書局。頁200-208。

陳文受，1967。《塗鴉集》。香港：文壇出版社。

———，1971。《星辰集》。香港：高原出版社。

野火，1968。《風雨故園》。香港：高原出版社。

———，1993。〈悼念徐速先生〉。「當代文藝出版社編輯部編：『徐速先生紀念集』」。徐速，1993：頁274-276。

陳子謙，2016。《「火紅年代」青年刊物的身分探索與文學探索：〈盤古〉、〈文學與美術〉、〈文美月刊〉與〈70年代〉雙週刊研究》。香港：中文大學中國語言及文學系哲學博士學位論文。

陳榮強，2012。〈華語語系研究：海外華人與離散華人研究之反思〉。《中國現代文學》第22期（12月）：頁75-92。

陳滌，1986。《醉翻風月鑑》。香港：奔馬出版社。

陳本銘，2012。《溶入時間的滄海：陳本銘紀念詩集》。臺北：釀出版。

陳月葉，1976。〈遙寄〉。《詩風》第48期（5月）：頁1。

———，1978a。〈哀情〉。《詩風》第68期（1月）：頁12。

———，1978b。〈訴〉。《詩風》第76期（9月）：頁7。

陳大為，2001。〈謄寫屈原：管窺亞洲中文現代詩的屈原主題〉。《亞細亞的象形思維》。臺北：萬卷樓。頁197-245。

———，2009。〈馬華散文視野與技藝的革新（1967-1975）〉。《師大學報：語言與文學類》第54卷第1期（3月）：頁69-90。

———，2012。《最年輕的麒麟——馬華文學在臺灣（1963-2012）》。臺南：臺灣文學館。

陳正茂，2011。《逝去的虹影：現代人物述評》。臺北：秀威資訊科技股份有限公司。

陳正茂編著，2011。《五〇年代香港第三勢力運動史料蒐秘》。臺北：秀威出版社。

陳平原，2015。《「新文化」的崛起與流播》。北京：北京大學出版社。

———，2015a。〈現代中國文學的生產機制及傳播方式〉。陳平原，2015：頁1-24。

———，2015b。〈晚清：報刊研究的視野及策略〉。陳平原，2015：頁25-49。

———，2015c。〈文學史視野中的「報刊研究」〉。陳平原，2015：頁50-74。

陳平原、陳國球、王德威編，2015。《香港：都市想像與文化記憶》。北京：北京大學出版社。

陳芳明，2011。《臺灣新文學史》。兩冊。臺北：聯經出版事業股份有限公司。

陳國正，1998。〈談越華詩壇三十年來的嬗遞〉。《華文文學》第3期：

頁27-29。

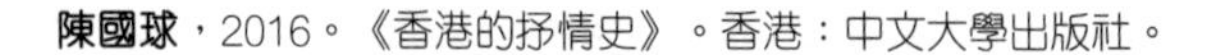
陳國球，2016。《香港的抒情史》。香港：中文大學出版社。

———，2016a。〈臺灣視野下的香港文學〉。陳國球，2016：頁73-96。

———，2016b。〈情迷中國：香港五、六十年代現代主義文學的運動面向〉。陳國球，2016：頁261-310。

陳國球編，2016。《香港文學大系．評論卷一》。香港：商務書店。

陳偉中，2015。〈冷戰格局下「面向南洋」的香港左派刊物——以五六十年代的《鄉土》、《文藝世紀》為例〉。《中國現代文學》第28期（12月）：頁49-70。

———，2017。〈甲子回望《青年樂園》〉。陳偉中編，2017：頁2-17。

陳偉中編，2017。《誌．青春——甲子回望〈青年樂園〉》。香港：火石文化有限公司。

陳筱筠，2015。《1980年代香港文學的建構與跨界想像》。臺南：國立成功大學臺灣文學系博士學位論文。

陳智德，1996。〈詩觀與論戰——「七、八十年代香港青年詩人回顧專輯」的史料補充〉。《呼吸詩刊》創刊號（4月）：頁48-53。

———，2002。〈《盤古》與詩〉。《明報．世紀詩頁》6月2日：D4版。

———，2009。〈覺醒的肇端：《70年代》初探〉。侯萬雲著，周思中編：《〈1970s〉不為懷舊的文化政治重訪》。香港：進一步多媒體有限公司。頁218-223。

———，2013a。〈十年生滅：香港的文藝刊物〉。《地文誌：追憶香港地方與文學》。臺北：聯經出版事業股份有限公司。頁267-277。

———，2013b。〈左翼共名與青年文藝——一九四七至一九五一年的《華僑日報》「學生週刊」〉。《政大中文學報》第20期（12月）：頁243-266。

陳劍（陳松沾）。2009。〈冷戰與東南亞共運的興衰：馬共革命沉浮錄——一九四八年馬來亞共產黨武裝起義的回顧〉。《冷戰國際史研究》第1期：頁349-379。

陳建忠，2012。〈「美新處」（USIS）與臺灣文學史重寫：以美援文藝體制下的臺、港雜誌出版為考察中心〉。《國文學報》第52期（12月）：頁211-242。

陳紀瀅，1981。〈劉紹唐主編：民國人物小傳（八十五）〉。《傳記文學》第39卷第4期（10月）：頁140-148。

———，1982a。〈記姚雪垠（上）〉。《傳記文學》第40卷第2期（2月）：頁37-42。

———，1982b。〈記姚雪垠（中）〉。《傳記文學》第40卷第3期（3月）：頁47-51。

———，1982c。〈記姚雪垠（下）〉。《傳記文學》第40卷第4期（4月）：頁74-80。

陶里，1987a。《春風誤》。北京：中國友誼出版公司。

———，1987b。《紫風書》。香港：華漢文化事業公司。

———，1996。《百慕她的誘惑》。香港：獲益出版事業有限公司。

陶融，1969。〈談陶里的詩〉。《文藝世紀》第147期（8月）：頁30-34。

陶然，1997。〈從《作聯會訊》到《香港作家報》〉。《讀書人》第28期（6月）：頁91-94。

張家偉，2012。《六七暴動：香港戰後歷史的分水嶺》。香港：香港大學出版社。

張詠梅，1997。〈開拓者的足跡——試論《人人文學》〉。《香港文學》第156期（12月）：頁4-13。

———，2002。〈試論香港文化空間的「中介」特色——以五、六十年代香港左翼文藝雜誌及報章文藝版為例〉。《文學世紀》第13期（4月）：頁26-31。

———，2003。《論香港左翼小說中的「香港」（1950-67）》。香港：天地圖書有限公司。

———，2008。〈尋求新路向：《海光文藝》研究〉。《現代中文文學學報》第8卷第2期及第9卷第1期合輯（1月）：頁214-229。

張贛萍，1969。〈新詩趣聞與詩瘋的謬句〉。《萬人雜誌》第92期（7月31日）：頁20-21。

———，1970a。〈好大的口氣！好厚的臉皮——評徐速《星》書的戰場描寫〉。《萬人雜誌》第124期（3月20日）：頁10-13。

———，1970b。〈徐速又錯了（一）〉。《萬人雜誌》第145期（8月6日）：頁17。

———，1970c。〈徐速又錯了（下）〉。《萬人雜誌》第146期（8月13日）：頁14-15。

張樹林，198?〔缺年分〕。〈導論〉。張樹林主編，198？。頁1-7。

張樹林主編，198?〔缺年分〕。《馬華當代文學選：第一輯（散文）》。出版地點不詳：馬來西亞華人文學協會。

張光達，2009。《馬華現代詩：時代屬性與文化屬性》。臺北：秀威資訊科技股份有限公司。

張貴興，1998。《群象》。臺北：時報文化出版企業有限公司。

張愛玲，2010。〈詩與胡說〉。《華麗緣：散文集一（一九四〇年代）》。臺北：皇冠文化出版有限公司。頁163-168。

張錯，2003。〈文學的爭議與執行：世界華文文學領域探討與展望〉。蕭依釗編：《「二十一世紀世界華文文學的展望」研討會論文集》。吉隆玻：星洲日報。頁10-15。

———，2005。〈離散與重合：華文文學內涵探索〉。《思想文綜》第9期（7月）：頁18-25。

張錦忠，2001。〈現代主義與六十年代臺灣文學複系統：《現代文學》再探〉。《中外文學》第30卷30期（8月）：頁93-113。

———，2003。《南洋論述：馬華文學與文化屬性》。臺北：麥田出版。

———，2012。〈華語語系文學：一個學科話語的散播與接受〉。《中國現代文學》第22期（2012年12月）：頁59-74。

張慧貞，1994。〈出版贅語〉。《媛媛——「浪淘沙」第一部》。香港：當代文藝出版社。無頁碼。

張瑞芬，2003。〈明月前身幽蘭谷——胡蘭成、朱天文與「三三」〉。《臺灣文學學報》第4期（8月）：頁141-197。

張凱崙，1973。〈髮音〉。《詩風》第19期（12月）：頁1。

張君默，1993。〈徐速小記〉。「當代文藝出版社編輯部編：『徐速先生紀念集』」。徐速，1993：頁291-292。

游之夏（黃維樑），1967。〈看《星星・月亮・太陽》〉。《盤古》第4期（6月）：頁33-35。

游勝冠編，2016。《媒介現代：冷戰中的臺港文藝國際學術研討會論文集》。臺南：國立成功大學人文社會科學中心。

曾焰等，1978。《動物與我》。香港：高原出版社。

曾敏之，2009。〈香港作家聯會二十年的文學旅程〉。《華文文學》總第92期（3月）：頁103-104。

曾逸雲，1998。《一船黃昏》。香港：當代文藝出版社。

雅波，198?〔缺年分〕。〈深山寄簡〉。張樹林主編198？：頁259-262。

彭邦楨選，1987。《覃子豪詩選》。香港：文藝風出版社。

黃康顯，1996。《香港文學的發展與評價》。香港：秋海棠文化。

黃宗鼎，2010。〈1945-1970年代初南越華人之政治景況〉。《南方華裔研究雜誌》第4卷：頁202-214。

黃廣基，1987。〈那人在燈火闌珊處——懷念徐速〉。重刊於馬吉（何文發）主持：香港文化資料庫，2015年4月10日。https://hongkongcultures.blogspot.com/2015/04/blog-post.html

———，2013。〈黃廣基的回應〉。馬吉：〈依達《迷惑》〉。馬吉主持：香港作家書與影，2013年5月9日。http://pictureandbookhongkongwriter.blogspot.com/2013/05/blog-post_5697.html

黃廣基、許定銘，2016。〈文藝書簡：Ha・TM〉。馬吉主持：香港文化資料庫，2016年10月16日。https://hongkongcultures.blogspot.com/2016/10/hatm.html

黃振威，2004。〈徐速論作家〉。《香江文壇》總第31期（7月）：頁39-41。

黃靜，2002。《一九五〇至一九七〇年代香港都市小說研究》。香港：嶺南大學中文系哲學碩士學位論文。

黃南翔，1978。《遊子情懷錄》。香港：高原出版社。

———，1979。《當代中國大陸作家評介》。香港：高原出版社。

———，1998a。〈徐速小傳〉。黃南翔編，1998：頁289-290。

———，1998b。〈徐速重要文學活動及作品年表〉。黃南翔編，1998：頁291-292。

———，1993。〈我心目中的徐速先生〉。「當代文藝出版社編輯部編：『徐速先生紀念集』」。徐速，1993：頁354-359。

———，1999。〈徐速．當代文藝．我〉。《當代文藝》第183期（2月）：頁35-40。

———，2002a。〈徐速先生與我〉。《香江文壇》第2期（2月）：頁35-37。

———，2002b。〈《當代文藝》綿延三十五載〉。《香江文壇》第5期（5月）：頁42-47。

———，2004。〈徐速——從低學歷到名作家〉。《香江文壇》總第31期（7月）：頁28-30。

———，2005。〈知其不可為而為——兩度復刊《當代文藝》憶拾〉。《文學世紀》第55期（10月）：頁15-17。

———，2007。〈徐速文學生涯管窺〉。《文學研究》第5期（3月）：頁138-149。

黃南翔編，1998。《徐速卷》。香港：三聯書店（香港）有限公司。

黃南翔、馮湘湘，1988。《港臺作家小記》。北京：友誼出版社。

黃思騁，1961。《獵虎者》。香港：高原出版社。

———，1961a。〈自序〉。黃思騁，1961：頁1-4。

黃錦樹，1997。《烏暗暝》。臺北：九歌出版社有限公司。

———，1998。〈神州：文化鄉愁與內在中國〉。《馬華文學與中國性》。臺北：元尊文化。頁219-297。

黃子，2008。〈一份重構馬華文壇版圖的雜誌〉。《蕉風》第500期（12月）：頁30-46。

黃孟文、徐迺翔編，2002。《新加坡華文文學史初稿》。新加坡：新加坡國立大學中文系、八方文化企業公司。

黃維樑，1985。〈看《星星．月亮．太陽》〉。《香港文學初探》。香港：華漢文化事業公司。頁204-214。

———，1993。〈青葉燦花的水仙——余光中筆下的屈原〉。《臺灣香港澳門暨海外華文文學論文選：第五屆臺灣香港澳門暨海外華文文學國際學術研討會》。福州：海峽文藝出版社。頁217-223。

———，1996。《香港文學再探》。香港：香江出版。

———，1996a。〈香港詩話〉。黃維樑，1996：頁69-101。

———，2003。〈藍墨水的上游是汨羅江——余光中對屈原的推崇〉。《雲夢學刊》第24卷第6期（11月）：頁11-12。

———，2017。〈第十四章：香港文學的發展〉。王賡武主編：《香港史新編》。增訂版。兩冊。香港：三聯書店（香港）有限公司。下冊：頁605-634。

黃維樑主編，2000。《活潑紛繁的香港文學：一九九九年香港文學國際研討會論文集》。兩冊。香港：中文大學出版社，香港中文大學新亞書院。

黃昏星，1977a。〈聽我訴說〉。《詩風》第58期（3月）：頁16-17。

———，1977b。〈早到的腳步〉。《詩風》第62期（7月）：頁33。

———，1978。〈依憑〉。《詩風》第68期（1月）：頁13。

黃昏星、周清嘯，1978。《兩岸燈火》。臺北：神州詩社。

黃錦樹、張錦忠、李宗舜編，2014。《我們留臺那些年》。馬來西亞雪蘭莪州八打靈再也：有人出版社。

黃繼持，1998。〈香港小說的蹤跡——五、六十年代〉。黃繼持、盧瑋鑾、鄭樹森，1998：頁11-25。

黃繼持、盧瑋鑾、鄭樹森，1998。《追跡香港文學》。香港：牛津大學出版社。

黃繼持、盧瑋鑾、鄭樹森編，1998a。《香港新詩選（1948-1969）》。香港：香港中文大學人文學科研究所香港文化研究計劃。

黃繼持、盧瑋鑾、鄭樹森編，1998b。《香港散文選（1948-1969）》。香港：香港中文大學人文學科研究所香港文化研究計劃。

須文蔚，2011。〈余光中在一九七〇年代臺港文學跨區傳播影響論〉。《臺灣文學學報》第19期（12月）：頁163-190。

———，2012。〈葉維廉與臺港現代主義詩論之跨區域傳播〉。《東華漢學》第15期（6月）：頁249-273。

———，2015a。〈馬朗五六十年代的雙城記——以臺港現代主義文學跨區域傳播為焦點〉。陳平原、陳國球、王德威編，2015：頁356-375。

———，2015b。〈一九六〇～七〇年代臺港重返古典的詩畫互文文藝場域研究——以余光中與劉國松推動之現代主義理論為例〉。《東華漢學》第21期（6月）：頁145-173。

須文蔚、顏訥，2016。〈一九五〇年代香港文藝副刊連載小說研究——以《香港時報》副刊為對象〉。《現代中文文學學報》第13卷第1-2期（夏季）：頁94-130。

絲韋（羅孚），1989。〈《海光文藝》和《文藝世紀》——兼談夏果、張千帆和唐澤霖〉。《香港文學》第49期（1月）：頁35-39。

賀淑芳，2013。〈《蕉風》的本土認同與家園想像初探（1955－1959）〉。《中山人文學報》第35期（7月1日）：頁101-125。

賀麥曉（Michel Hockx）著，陳太勝譯，2016。《文體問題——現代中國的文學社團和文學雜誌（1911-1937）》。北京：北京大學出版社。

傅光明選編，2006。《大澤鄉：茅盾小說》。杭州：浙江文藝出版社。

溫雪蕓，1976。〈文學批評界的新銳——崢嶸篇之一〉。《幼獅文藝》第266期（2月）：頁4-24。

溫乃堅，2001。《溫乃堅詩選》。香港：香港文藝出版社。

溫任平，1971a。〈緘默是不可能的〉。《純文學》第51期（6月）：頁193-196。

———，1971b。〈沒有影子的〉。《純文學》第54期（9月）：頁140-141。

———，1972a。〈論詩的音樂性及其局限〉。《純文學》第60期（3月）：頁4-35。

———，1972b。〈失題〉。《純文學》第63期（6月）：頁49。

———，1972c。〈鄭愁予的詩〉。《純文學》第63期（6月）：頁9-11。

———，1972d。〈從否定出發〉。《純文學》第64期（8月）：頁93-96。

———，1972e。〈露天茶攤〉。《純文學》第65期（10月）：頁118。

———，1972f。〈寫在「大馬詩人作品特輯」前面〉。《純文學》總第65期（10月）：頁104-108。亦收錄在溫任平等，1974：頁3-10。

———，1972g。〈初論喬林：基督的臉〉。《幼獅文藝》第227期（11月）：頁119-136。亦刊於《純文學》第66期（12月）：頁117-134。

———，1972h。〈廟：外一首〉。《純文學》第66期（12月）：頁87-88。

———，1974。〈電影技巧在中國現代詩裏的運用〉。《幼獅文藝》第241期（1月）：頁102-129。

———，1975。〈齒〉。《詩風》第41期（10月）：頁1。

———，1976a。〈選集的困擾〉。《明報月刊》第11卷第5期（5月）：頁84-85。

———，1976b。〈端午〉。《詩風》第50期（7月）：頁15。

———，1976c。〈析余光中的《長城謠》〉。《詩風》第54期（11月）：頁24。

———，1976d。〈岸〉。《詩風》第54期（11月）：頁13。

———，1977a。《黃皮膚的月亮》。臺北：幼獅文化事業公司期刊部。

———，1977b。〈浮生〉。《詩風》第56期（1月）：頁17。

———，1977c。〈沒有語言〉。《詩風》第57期（2月）：頁12。

———，1978。〈有味道的詩〉。《詩風》第68期（1月）：頁7。

———，2015。《馬華文學板塊觀察》。臺北：秀威資訊科技股份有限公司。

———，2015a。〈從北進想像到退而結網〉。溫任平，2015：頁153-183。

———。2015b。〈與安煥然談：研討會．中國學者．黃錦樹事件〉。溫任平，2015：頁235-240。

溫任平等，1974。《馬華文學》。香港：文藝書屋。

溫瑞安，1977a。《狂旗》。臺北：楓城出版社。

———，1977b。《鑿痕》。臺北：四季出版事業有限公司。

———，1987。《天火》。香港：香江出版公司。

瘂弦，1980。〈導言〉。瘂弦編，1980：頁1-33。

瘂弦編，1980。《當代中國新文學大系．詩集》。臺北：天視出版事業有限公司。

雷似痴，1981。《尋菊》。馬來西亞安順：天狼星出版社。

楊宗翰，2012。《臺灣新詩評論：歷史與轉型》。臺北：新銳文創。

———，2017。《異語：現代詩與文學史論》。臺北：秀威經典。

楊宗翰編，2016。《血仍未凝：尹玲文學論集》。臺北：釀出版。

楊賈郎、牧衷、施友朋，1985。《香港三葉集》。福州：海峽文藝出版社。

楊松年，1982。《新馬華文文學論集》。新加坡：南洋商報。

楊國雄，2010。〈《激流》：香港三十年代初的文藝期刊〉。《文學評論》第7期（2010年4月）：頁98-101。

———，2014。〈新文藝期刊（十八種）〉。《舊書刊中的香港身世》。香港：三聯書店（香港）有限公司。頁239-297。

楊國雄編，2009。《香港身世：文字本拼圖》。香港：香港各界文化促進會。

楊儒賓，2015。《一九四九禮讚》。臺北：聯經出版事業股份有限公司。

楊牧、鄭樹森編，1989。《現代中國詩選》。兩冊。臺北：洪範書店。

葉洪生，1984。〈回首「神州」遠〉。《聯合文學》第13卷第3期（11月）：頁124-133。

葉蔭聰，1997。〈「本地人」從哪裏來？——從《中國學生周報》看六十年代的香港想像〉。羅永生編：《誰的城市？——戰後香港的公民文化與政治論述》。香港：牛津大學出版社。頁13-38。

葉積奇，2007。〈《中國學生周報》的神話〉（1992）。呂大樂編，2007：頁345-351。

葉健民，2014。〈「六七暴動」的罪與罰：緊急法令與國家暴力〉。趙永佳、呂大樂、容世誠合編：《胸懷祖國：香港「愛國左派」運動》。香港：牛津大學出版社。頁13-32。

葛量洪著，曾景安譯，1984。《葛量洪回憶錄》。香港：廣角鏡出版。

齊又簡，1970a。〈《星》、《春》兩書比較談之一——《星星・月亮・太陽》是抄襲的嗎？〉。《萬人雜誌》第119期（2月5日）：頁14-19。

———，1970b。〈《星》、《春》兩書比較談之二——羅蘭、吳寄萍與朱蘭的比較（星星）〉。《萬人雜誌》第120期（2月12日）：頁12-14。

———，1970c。〈《星》、《春》兩書比較談之三——林夢雲與馬秋明的比較（月亮）〉。《萬人雜誌》第121期（2月19日）：頁12-14。

———，1970d。〈《星》、《春》兩書比較談之四——黃梅與蘇亞南的比較（太陽）〉。《萬人雜誌》第122期（2月26日）：頁12-15。

———，1970e。〈《星》、《春》兩書比較談之五——七拼八湊的男主角徐堅白〉。《萬人雜誌》第123期（3月5日）：頁12-14。

———，1970f。〈《星》、《春》兩書比較談之六——幾個配角人物的比較〉。《萬人雜誌》第124期（3月12日）：頁13-15。

———，1970g。〈《星》、《春》兩書比較談之七——相似的情節和相似的文字（上）〉。《萬人雜誌》第125期（3月19日）：頁12-14。

———，1970h。〈《星》、《春》兩書比較談之八——相似的情節和相似的文字（下）〉。《萬人雜誌》第126期（3月26日）：頁12-15。

———，1970i。〈《星》、《春》兩書比較談之九——有待商榷的情節

（上）〉。《萬人雜誌》第127期（4月2日）：頁12-15。

———，1970j。〈《星》、《春》兩書比較談之十——有待商榷的情節（下）〉。《萬人雜誌》第128期（4月9日）：頁12-14。

———，1970k。〈《星》、《春》兩書比較談之十一——有待商榷的文字（上）〉。《萬人雜誌》第129期（4月16日）：頁11-13。

———，1970l。〈《星》、《春》兩書比較談之十二——有待商榷的文字（下）〉。《萬人雜誌》第130期（4月23日）：頁12-14。

———，1970m。〈《星》、《春》兩書比較談之十三——結論〉。《萬人雜誌》第131期（4月30日）：頁12-14。

廖雁平，1977。〈念珠〉。《詩風》第64期（9月）：頁25。

———，1978。〈錯過〉。《詩風》第69期（2月）：頁16。

碧澄，2001。〈導言〉。碧澄主編：《馬華文學大系・散文（一）：1965-1980》。新山：彩虹出版有限公司。頁vii — xix。

趙戎編，1979。《新馬華文文藝詞典》。新加坡：教育出版社。

趙聰，1969。〈左搖右擺的姚雪垠〉。《萬人雜誌》第106期（11月6日）：頁12-13。

趙曉彤，2016。〈英培安：自由對一個城市很重要〉。《明報・星期日文學》8月7日。

趙稀方，2017。〈民族主義與殖民主義——「友聯」及《中國學生周報》的思想悖論〉。《社會科學輯刊》第4期：頁165-171。

趙綺娜，1997。〈冷戰與難民援助：美國「援助中國知識人士協會」，1952年至1959年〉。《歐美研究》第27卷第2期（6月）：頁65-108。

熊志琴，2010。〈追迹與再現：舊期刊的重讀與重刊——以《中國學生周報》為例〉。《香港文學》第311期（11月）：頁45-49。

殘雲，1969a。〈班頓的產生（上）〉。《蕉風》第195期（1月）：頁52-54。

———，1969b。〈班頓的產生（下）〉。《蕉風》第196期（2月）：頁48-52。

潘碧華，2000。〈香港文學對馬華文學的影響（1949-1975）〉。黃維樑主編，2000。下冊：頁747-762。

潘耀明，2017。〈卷首語：填補一頁空白〉。《明報月刊．明月》第4卷第6期（6月）：頁1。

鄭炯堅，2004。〈借哲理寫純文學的徐速〉。《香江文壇》總第31期（7月）：頁33-34。

鄭蕾，2016。《香港現代主義文學與思潮》。香港：中華書局。

鄭振偉，1998。〈五十年代前後的香港詩論〉。《香港文學》第160期（4月）：頁4-13。

———，2000a。〈給香港文學寫史：論八十年代的《香港文學》〉。《香港文學》第181期（1月）：頁14-22。

———，2000b。〈《文壇》在香港文學史上之地位〉。黃維樑編，2000：頁847-864。

———，2008。〈《文壇》的資料——兼談梁青藍〉。《現代中文文學學報》第8卷第2期及第9卷第1期合輯（1月）：頁282-296。

鄭慧明、鄧志成、馮偉才編，1985。《香港短篇小說選：五十年代至六十年代》。香港：集力出版社。

鄭樹森，1991。〈現代中國文學中的香港小說〉。陳炳良編：《香港文學探賞》。香港：三聯書店。頁331-344。

———，1995。〈談四十年來香港文學的生存狀態——殖民主義、冷戰年代與邊緣空間〉。邵玉琴、張寶琴、瘂弦編：《四十年來中國文學》。臺北：聯合文學出版有限公司。50-58。

———，1998。〈五、六十年代的香港新詩〉。黃繼持、盧瑋鑾、鄭樹森，1998：頁41-51。

———，2013。熊志琴訪問整理：《結緣兩地：臺港文壇瑣憶》。臺北：洪範書店。

鄭樹森、黃繼持、盧瑋鑾，1999a。〈國共內戰時期（1945-1949）香港文學資料三人談〉。鄭樹森、黃繼持、盧瑋鑾主編：《國共內戰時期香港文學資料選（1945-1949）》。香港：天地圖書。頁3-22。

———，1999b。〈國共內戰時期（1945-1949）香港本地與南來文人作品三人談〉。鄭樹森、黃繼持、盧瑋鑾主編：《國共內戰時期香港本地與南來文人作品選（1945-1949）》。兩冊。香港：天地圖書。上冊：頁1-37。

———，2000。〈香港新文學年表（一九五○——一九六九）三人談〉。鄭樹森、黃繼持、盧瑋鑾編：《香港新文學年表（一九五○——一九六九）》。香港：天地圖書。頁3-35。

鄭鏡明等，1978。《代溝》。香港：高原出版社。

樊善標，2008。〈案例與例外——十三妹作為香港專欄作家〉。《現代中文文學學報》第8卷第2期及第9卷第1期（1月）：頁244-269。

———，2011a。〈香港報紙文藝副刊研究的回顧（上）〉。《文學評論》第16期（10月）：頁89-98。

———，2011b。〈香港報紙文藝副刊研究的回顧（下）〉。《文學評論》第17期（11月）：頁111-115。

———，2014。〈從香港《大公報．文藝》（1938-1941）編輯策略的本地面向檢討南來文人在香港的「實績」說〉。《臺灣文學研究》第6期（6月）：頁281-316。

———，2016。〈一九四○、五○年代之交香港《華僑日報》兩個學生「園地」的青年文藝培養〉。游勝冠編，2016：頁39-76。

———，2017。〈香港《立報》主導權重探〉。《中國文化研究所學報》第65期（7月）：頁311-334。

樊善標編，2011。《犀利女筆——十三妹專欄選》。香港：天地圖書有限公司。

蔡炎培、朱珺，1987。《結髮集》。香港：專業出版社。

蔡敦祺主編，1999。《一九九七年香港文學年鑑》。香港：香港文學年鑑學會。

慕容羽軍，1976。《喬木青青》。香港：高原出版社。

———，2004。〈徐速的兩次挫折〉。《香江文壇》總第31期（7月）：

頁24-27。

———，2005。《為文學作證：親歷的香港文學史》。香港：普文社。

黎煜才，2015。〈馬來班頓的演變與目前所見集子〉。《臺灣東南亞學刊》第10卷第2期（4月）：頁81-104。

———，2016。《〈詩經〉的「風」與馬來班頓：形式與內容的比較研究》。馬來西亞霹靂州金寶：馬來西亞拉曼大學中華研究所博士學位論文。

鄧一曼，1994。《一曼詩集》。香港：當代文藝出版社。

編者（萬人雜誌），1969a。〈「密碼」之辯的幾點聲明〉。《萬人雜誌》第93期（8月7日）：頁18-19。

———，1969b。〈編者的話〉。《萬人雜誌》第94期（8月14日）：封底內。

劉碧娟，2017。《新華當代文學中的現代主義》。新加坡：八方文化創作室。

劉增人等，2005。《中國現代文學期刊史論》。北京：新華出版社。

劉佩瓊，2015。〈戰後第一代成長的時代與環境——記《中國學生周報》、《盤古》等青年刊物及活動〉（及附錄）。關永圻、黃子程編，2015：頁55-71。

劉健生，1981。〈離越一年四個月〉。《詩風》第101期（12月）：頁20。

———，1983。〈詩之經絡〉。《詩風》第112期（10月）：頁22。

劉以鬯，1981。〈香港的文學活動〉。《素葉文學》第2期（6月）：頁44-45。

———，1985。〈發刊詞〉。《香港文學》第1期（1月）：頁1。

———，1997。〈關於趙聰的出生年〉。《香港文學》第150期（6月）：頁43。

———，2002。《暢談香港文學》。香港：獲益出版事業有限公司。

劉以鬯主編，1996。《香港文學作家傳略》。香港：市政局公共圖書館。

劉登翰，1995a。〈論《詩風》（上）〉。《香港文學》第124期（4

月）：頁4-9。

———，1995b。〈論《詩風》（中）〉。《香港文學》第125期（5月）：頁10-12。

———，1995c。〈論《詩風》（下）〉。《香港文學》第126期（6月）：頁44-47。

蕙村，1968。〈注視文藝出版界幾個現實問題——武俠小說為何壓倒文藝小說？〉。《文壇》第281期（8月）：頁73-76，85。

蕭鳴，1961a。〈談《星星．月亮．太陽》和一般流行小說的特點（上）〉。《南洋文藝》第6期（6月）：頁4-7。

——，1961b。〈談《星星．月亮．太陽》和一般流行小說的特點（下）〉。《南洋文藝》第7期（7月）：頁4-7。

盧菁光，1989。〈她在建構兩座橋樑——《香港文學》40期述評〉。《暨南學報（哲學社會科學版）》第2期：頁24-29，36。

盧瑋鑾，1985。〈從《中學生》談到《中國學生周報》〉。《香港文學》第8期（8月）：頁4-8。

———，1998a。〈五、六十年代的香港散文身影〉。黃繼持、盧瑋鑾、鄭樹森，1998：頁29-34。

———，1998b。〈「南來作家」淺說〉。黃繼持、盧瑋鑾、鄭樹森，1998：頁113-124。

盧瑋鑾、熊志琴訪談、熊志琴紀錄，2010。《雙程路：中西文化的體驗與思考1963-2003》。香港：牛津大學出版社。

盧瑋鑾、熊志琴編著，2014。《香港文化眾聲道．第一冊》。香港：三聯書店（香港）有限公司。

———，2017。《香港文化眾聲道．第二冊》。香港：三聯書店（香港）有限公司。

駱明主編，2005。《新加坡華文作家傳略》。新加坡：新加坡文藝協會、新加坡作家協會、錫山文藝中心。

應鳳凰，2007a。〈文藝雜誌、作家群落與六〇年代臺灣文壇〉。《臺灣文學評論》第7卷第2期（4月）：頁46-73。

———，2007b。〈第十二章：張漱菡——令讀者難忘的海燕〉。《文學風華——戰後初期十三著名女作家》。臺北：秀威資訊科技股份有限公司。頁125-134。

———，2013。〈香港文學傳播臺灣三種模式：以冷戰年代為中心〉。《全國新書資訊月刊》第174期（6月）：頁4-10。

———，2015。〈香港文學生產場域與一九五〇年代文學史敘述〉。陳平原、陳國球、王德威編，2015：頁341-355。

謝清，1989。〈零點零〉。南子主編：《五月現代詩選》。新加坡：五月詩社。頁228。

謝其章，2011。〈香港「三大」老牌文史掌故雜誌〉。《文學評論》第17期（12月）：頁105-110。

謝振煜，1958。〈笛聲〉。《中國學生周報》第309期（6月20日）：第10版。

———，1963a。〈歇宿〉。《中國學生周報》第588期（10月25日）：第7版。

———，1963b。〈快樂誕辰〉。《伴侶》第21期（11月1日）：頁32。

———，1964a。〈我漫步於夜的白騰碼頭〉。《伴侶》第28期（2月16日）：頁40。

———，1964b。〈有朋自遠方來〉。《伴侶》第28期（2月16日）：頁40。

———，1965。〈謎一般的詩，詩一般的謎〉。《中國學生周報》第666期（4月23日）：第12版。

———，2011。〈越華文學三十五年〉。《華文文學》第104期（3月）：頁76-78。

謝川成，2014。《馬來西亞天狼星詩社創辦人溫任平作品研究》。臺北：秀威資訊科技。

韓晗，2011。《可敘述的現代性——期刊史料、大眾傳播與中國現代文學體制（1919-1949）》。臺北：秀威資訊科技。

簡易明，2014。〈冷戰時期臺港文藝思潮的形構與傳播——以郭松棻〈談談臺灣的文學〉為線索〉。《臺灣文學研究學報》第18期（4月）：頁207-240。

鍾玲，1989。《現代中國繆司：臺灣女詩人作品析論》。臺北：聯經出版事業公司。

鍾蘊晴，2008。《〈大公報〉的〈文藝副刊〉和〈文藝〉（1933年 - 1949年）》。香港：嶺南大學中文系哲學博士學位論文。

鍾怡雯，2001。《亞洲華文散文的中國圖象（1949-1999）》。臺北：萬卷樓圖書有限公司。

———，2002。〈從追尋到偽裝——馬華散文的中國圖像〉。《中外文學》第31卷第2期（7月）：115-151。

鍾怡雯、陳大為編，2007。《馬華散文史讀本1957-2007（卷一）》。臺北：萬卷樓圖書股份有限公司。

———，2010。《馬華新詩史讀本1957-2007》。臺北：萬卷樓圖書股份有限公司。

藍啟元，1972。〈成長〉。《純文學》第66期（12月）：頁102-103。

———，1978。〈叩門〉。《詩風》第68期（1月）：頁17。

藍采文，1973a。〈短題（給：LM）〉。《詩風》第14期（7月）：頁4。

———，1973b。〈在晚上寫信（給：君白）〉。《詩風》第14期（7月）：頁4。

———，1973c。〈寂寞〉。《詩風》第16期（9月）：頁1。

———，1973d。〈夜述——給你〉。《詩風》第18期（11月）：頁1。

———，1974a。〈樓閣笙歌〉。《詩風》第21期（2月）：頁4。

———，1974b。〈沿路詩鈔〉。《詩風》第22期（3月）：頁4。

———，1974c。〈棄物〉。《詩風》第26期（7月）：頁1。

———，1974d。〈我未寐〉。《詩風》第29期（10月）：頁1。

藍天雲編，2009。《有生之年：易文年記》。香港：香港電影資料館。

譚福基，1992。〈檢點閒愁在鬢華——《詩風》憶舊〉。《詩雙月刊》總第20期（10月）：頁35-36。

譚秀牧，1986。〈我與《南洋文藝》〉。《香港文學》第13期（1月）：頁76-78。

羅永生，2012。〈六、七〇年代香港的回歸論述〉。《人間思想》第1期（夏季號）：頁191-209。

———，2015。《勾結共謀的殖民權力》。香港：牛津大學出版社。

羅青，1988。《錄影詩學》。臺北：書林出版有限公司。

——，1992。〈論《詩風》詩人之詩風：介乎現代與後現代之間的聲音〉。《詩雙月刊》第3卷第5期，總第17期（4月）：頁66-76。

——，1998。〈登U州臺歌〉。白靈編：《臺灣文學二十年集1978-1998：新詩二十家》。臺北：九歌出版社有限公司。頁41-44。

羅琅，2007。〈源克平與《文藝世紀》〉。《文學研究》第5期（3月）：頁163-171。

———，2018。〈南洋資本書業與香港圖書銷售〉。香港出版學會出版委員會編：《書山有路——香港出版人口述歷史》。香港：香港出版學會有限公司。頁44-59。

羅孚，1993。〈好一個鍾曉陽〉。《南斗文星高——香港作家剪影》。香港：天地圖書有限公司。頁247-260。

羅隼（羅琅），1991。〈香港刊物綴拾〉。《香港文學》第83期（11月）：頁14-16。

———，1994。〈《文壇》、《青知》與《南斗》〉。《香港文化腳印》。香港：天地圖書有限公司。頁22-27。

羅門，1984。《羅門詩選》。臺北：洪範書店。

關永圻、黃子程編，2015。《我們走過的路：「戰後香港政治運動」講座系列》。香港：天地圖書有限公司。

關夢南，1997。〈我搞過些什麼？———切都變得不真實〉。《讀書人》第24期（2月）：頁17-18。

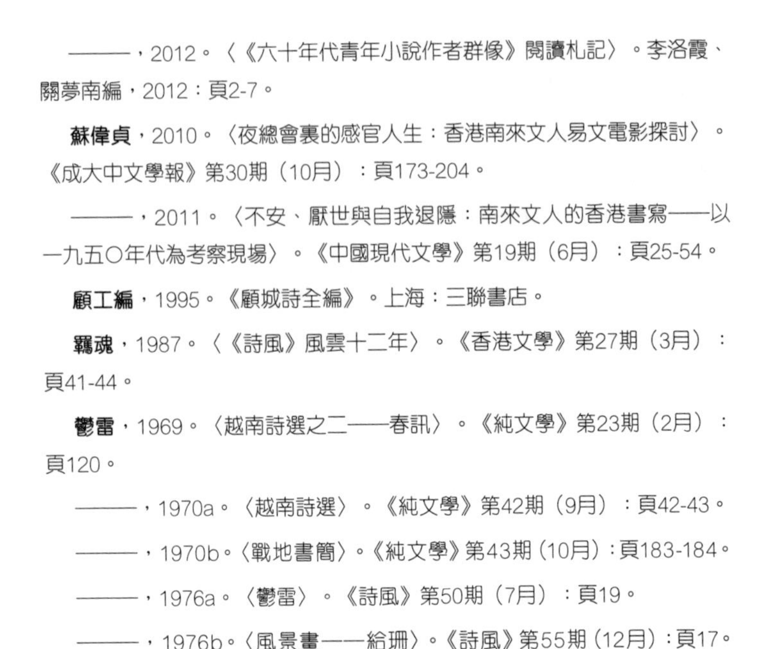

———，2012。〈《六十年代青年小說作者群像》閱讀札記〉。李洛霞、關夢南編，2012：頁2-7。

蘇偉貞，2010。〈夜總會裏的感官人生：香港南來文人易文電影探討〉。《成大中文學報》第30期（10月）：頁173-204。

———，2011。〈不安、厭世與自我退隱：南來文人的香港書寫——以一九五〇年代為考察現場〉。《中國現代文學》第19期（6月）：頁25-54。

顧工編，1995。《顧城詩全編》。上海：三聯書店。

羈魂，1987。〈《詩風》風雲十二年〉。《香港文學》第27期（3月）：頁41-44。

鬱雷，1969。〈越南詩選之二——春訊〉。《純文學》第23期（2月）：頁120。

———，1970a。〈越南詩選〉。《純文學》第42期（9月）：頁42-43。

———，1970b。〈戰地書簡〉。《純文學》第43期（10月）：頁183-184。

———，1976a。〈鬱雷〉。《詩風》第50期（7月）：頁19。

———，1976b。〈風景畫——給珊〉。《詩風》第55期（12月）：頁17。

二、英文書目

Allen, Joseph R. 1991. "The Postmodern (?) Misquote in the Poetry and Painting of Lo Ch'ing." *World Literature Today* 65.3 (Summer): 421-427.

Andaya, Barbara Watson, and Leonard Y. Andaya. 2001. *A History of Malaysia*. Honolulu: University of Hawaii Press.

Berlant, Lauren. 2008. *The Female Complaint: The Unfinished Business of Sentimentality in American Culture*. Durham and London: Duke University Press.

Burns, Robert. 1958. "My Heart's in the Highlands." *The Poetical*

Works of Robert Burns. Ed. William Wallace. London: W. & R. Chambers. 325.

Caroll, John M. 2007. *A Concise History of Hong Kong*. Hong Kong: Hong Kong University Press.

Chou, Grace Ai-Ling. 2010. "Cultural Education as Containment of Communism: The Ambivalent Position of American NGOs in Hong Kong in the 1950s." *Journal of Cold War Studies* 12.2 (Spring): 3-28.

____. 2011. *Confucianism, Colonials, and the Cold War: Chinese Cultural Education at Hong Kong's New Asia College, 1949-1963*. Leiden, Boston: Brill.

Davis, Natalie Zemon. 1983. *The Return of Martin Guerre*. Cambridge: Harvard University Press.

Driscoll, Beth. 2014. "Recognizing the Literary Middlebrow." *The New Literary Middlebrow: Taste Makers and Reading in the Twenty-first Century*. London: Palgrave MacMillan. 5-44.

Duara, Prasenjit. 2011. "The Cold War as a Historical Period: An Interpretive Essay." *Journal of Global History* 6.3 (November): 457-480.

____. 2016. "Hong Kong as a Global Frontier: Interface of China, Asia, and the World." *Hong Kong in the Cold War*. Ed. Priscilla Roberts and John M. Carroll. Hong Kong: Hong Kong University Press. 211-230.

Emmerson, Donald K. 1984. " 'Southeast Asia' : What's in a Name?" *Journal of Southeast Asian Studies* 15.1 (March): 1-21.

Fu, Poshek. 2008. "Introducton: The Shaw Brothers Diasporic Cinema." *China Forever: The Shaw Brothers and Diasporic Cinema*. Ed. Poshek Fu. Urbana and Chicago: University of Illinois Press. 1-25.

Goscha, Christopher. 2017. *The Penguin History of Modern Vietnam*. London: Penguin.

Hack, Karl. 2009. "The Origins of the Asian Cold War: Malaya 1948."

Journal of Southeast Asian Studies 40.3 (October): 471-496.

Hockx, Michel. 2003. *Questions of Style: Literary Societies and Literary Journals in Modern China, 1911-1937*. Leiden, Boston, Köln: Brill.

Jones, Demelza. 2014. "Diaspora Identification and Long-distance Nationalism among Tamil Migrants of Diverse State Origins in the UK." *Ethnic and Racial Studies* 37.14 (October): 2547-2563.

Mark, Chi-kwan. 2004. *Hong Kong and the Cold War: Anglo-American Relations 1949-1957*. Oxford: Clarendon; New York: Oxford University Press.

Oyen, Meredith. 2010. "Communism, Containment and the Chinese Overseas." *The Cold War in Asia: The Battle for Hearts and Minds*. Ed. Zheng Yangwen, Hong Liu and Michael Szonyi. Leiden and Boston: Brill. 59-93.

Scholes, Robert, and Clifford Wulfman. 2010. *Modernism in the Magazines: An Introduction*. New Haven and London: Yale University Press.

Shen, Shuang. 2017. "Empire of Information: The Asia Foundation's Network and Chinese-Language Cultural Production in Hong Kong and Southeast Asia." *American Quarterly* 69.3 (September): 589-610.

Shih, Shu-mei. 2007. *Visuality and Identity: Sinophone Articulations across the Pacific*. Berkeley: University of California Press.

Tu, Wei-ming. 1991. "Cultural China: The Periphery as the Center." *Daedalus* 120.2 (Spring): 1-32.

Tzara, Tristan. 1992. "To Make a Dadaist Poem." *Seven Dada Manifestos and Lampisteries*. Trans. Barbara Wright. London, Paris, New York: Calder Publications, Riverrun Press. 39.

Wade, Geoff. 2009. "The Beginnings of a 'Cold War' in Southeast Asia: British and Australian Perceptions." *Journal of Southeast Asian*

Studies 40.3 (October): 543-565.

Wang, Meihsiang. 2017. “Images of a Free World Made in Hong Kong: The Case of the *Four Seas Pictorial* (1951-1956).” *Journal of Chinese Studies* 64 (January): 255-283.

書　　名　《當代文藝》研究：以香港、馬新、南越的文學創作為中心的考察
作　　者　危令敦
責任編輯　陳幹持
美術編輯　楊曉林
出　　版　天地圖書有限公司
香港皇后大道東109-115號
智群商業中心15字樓（總寫字樓）
電話：2528 3671　傳真：2865 2609
香港灣仔莊士敦道30號地庫／1樓（門市部）
電話：2865 0708　傳真：2861 1541
印　　刷　亨泰印刷有限公司
柴灣利眾街德景工業大廈10字樓
電話：2896 3687　傳真：2558 1902
發　　行　香港聯合書刊物流有限公司
香港新界大埔汀麗路36號中華商務印刷大廈3字樓
電話：2150 2100　傳真：2407 3062
出版日期　2019年6月／初版

（版權所有・翻印必究）
©COSMOS BOOKS LTD. 2019
ISBN ： 978-988-8547-87-6

本書為香港研究資助局（The Research Council of Hong Kong）優配研究金（General Research Fund）資助項目「香港文學雜誌《當代文藝》研究」（編號：14408514）的研究成果。